古典文獻研究輯刊

十五編

曾永義 主編

第 18 冊

中國賦對越南科舉試賦之影響研究

阮 玉 麟 著

國家圖書館出版品預行編目資料

中國賦對越南科舉試賦之影響研究／阮玉麟 著—初版—新
北市：花木蘭文化出版社，2017〔民106〕
序4+ 目2+250 面；19×26 公分
（古典文學研究輯刊 十五編；第18冊）
ISBN 978-986-404-910-3（精裝）
1. 賦 2. 文學評論
820.8 106000835

ISBN-978-986-404-910-3

9 789864 049103

古典文學研究輯刊
十五編　第十八冊　　　　　　　ISBN：978-986-404-910-3

中國賦對越南科舉試賦之影響研究

作　　者　阮玉麟
主　　編　曾永義
總 編 輯　杜潔祥
副總編輯　楊嘉樂
編　　輯　許郁翎、王筑　美術編輯　陳逸婷
出　　版　花木蘭文化出版社
社　　長　高小娟
聯絡地址　235 新北市中和區中安街七二號十三樓
　　　　　電話：02-2923-1455／傳真：02-2923-1452
網　　址　http://www.huamulan.tw 信箱 hml 810518@gmail.com
印　　刷　普羅文化出版廣告事業
初　　版　2017 年 3 月
全書字數　207256 字
定　　價　十五編 18 冊（精裝）新台幣 32,000 元　　　　版權所有・請勿翻印

中國賦對越南科舉試賦之影響研究

阮玉麟 著

作者簡介

阮玉麟（NGUYỄN NGỌC LÂN），1978 年出生，男，越南河內人，現任越南河內大學中文系副主任，自 2007 年 9 月在中國中山大學攻讀中國古代文學專業，並於 2010 年 6 月獲得文學博士學位。現主要從事對外漢語、中越互譯、古代漢語、中國古代文學等教學工作；研究方向：對外漢語教學、中國古代文學。

提　要

　　越南自 939 年獲得獨立後，在政治上仍與中國保持密切的關係。爲了鞏固與強化其政權，在以中國儒學作爲建國治民指導思想的同時，越南也採取中國科舉制度作爲選拔人才的工具。自李朝（1010～1225 年）仁宗皇帝 1075 年首次開科取士至陳朝（1225～1400 年）、胡（1400～1407 年）、黎初（1428～1527 年）、莫朝（1527～1592）、黎中興（1533～1788 年）乃至阮朝（1802～1945）凱定皇帝 1919 年的最後一次開科取士，越南的科舉制度爲何選賦作爲科舉考試科目？試賦在科舉制度所佔的地位有什麼變化？越南的士子怎樣去學習、借鑒中國的各體賦作，所受的影響究竟是怎樣的一種方式？凡此種種，是作者在本文中力圖解決的問題。

　　本文以中國賦與越南科舉試賦爲研究對象，通過對中國賦與越南科舉試賦的比較，在文化的影響與接受、文學觀念、科舉制度、賦的體格以及律賦的結構、聲律、用典等方面做深入的比較分析。通過縱（史的角度）橫（賦體文學）兩方面的結合，著重分析中國文化、賦體文學、科舉制度等對越南古代試賦的演變及其影響，探詢唐、清代律賦對越南科舉試賦的影響，以求揭示越南士人在接受中國文化的過程中，借鑒、學習中國文學的規律與創作形式；同時也介紹越南漢文試賦的來源，形成與發展的過程以及越南賦在內容和藝術方面的價值。從中可以看到，科舉試賦在越南文壇上，特別是在越南歷朝科舉制度中，佔有很重要的地位，產生很重大的影響。

　　本書共有四章，第一章《總論越南科舉制度與漢文試賦發展及其演變》。分爲兩個部份，第一部份主要闡述越南科舉制度的文化背景，亦即越南文化接受中國文化影響的問題。第二部份簡介越南科舉制度發展過程，及其模仿中國科舉的詩賦取士，並間接說明試賦在越南科舉中的地位及其作用。

　　第二章《中國賦對黎朝以前的漢文賦之影響》。分爲四個部份，前一部份介紹越南早期的詩文面貌。後三個部份，就儒學在越南當時地位的變化、科舉制度的開始、試賦的由來、試賦體制規定的變化、越南科舉制度所借鑒中國科舉制度以及中國詩賦對李、陳、胡三朝的影響等方面進行說明與論證。在這方面的研究中，筆者新發現了關於越南科舉制度以賦作爲考試科目的具體時間。

　　第三章《中國賦對黎朝漢文賦之影響》。分爲三個部份，分別敘述與說明越南黎朝初期、莫朝、黎朝中興及後期的儒學地位、科舉制度的改善、考賦科目的特點、場屋文體的嬗變、漢文試賦篇目的存亡情況以及中國科舉制度、詩賦等對此三個時期的影響。其中對黎朝《皇黎八韻賦集》的賦題、押韻及其受中國律賦的影響等方面作了較詳細的分析。

第四章《唐、清律賦對阮朝漢文賦之影響》。分爲三個部份，就越南阮朝科舉制度對考賦科目的規定、清代科舉制度與清代律賦對阮朝試賦的影響等問題展開論述並加以說明。其中新發現了清夏思沺所撰《少岩賦草》傳播到越南，並對當時越南士子研習律賦的影響。

　　總之，試賦在越南科舉制度中，不同的歷史時期有不同的地位，但總離不開接受中國賦體文學的影響。這一特殊的情況，無論是從中越兩國的文化交往、越南的科舉制度、越南文學自身的研究以及中越兩國的比較文學研究方面，都具有十分重要的價值。

序

　　玉麟的這部《中國賦對越南科舉試賦之影響研究》一書就要由臺灣花木蘭文化出版社付梓出版了，非常高興！這部書稿係玉麟的博士論文，因我是玉麟的博士導師，指導了論文的全過程，並熟悉之後的相關情況，所以當玉麟囑我作序時，我毫不猶豫地答應了。

　　玉麟是 2010 年博士畢業的，當年或是次年我就收到了花木蘭文化出版社的邀約，該社擬出版這部博士論文。我收到信函後即告知玉麟，並鼓勵他將論文再修訂一過，盡早交由該社出版。我鼓勵玉麟盡早出版該書的原因有三，一是瞭解到花木蘭文化出版社有一個宏大的出版計劃，就是精選大陸博士論文，分門別類，系列展示大陸地區近年學術新銳的研究成果。從當時已出版的著作看，選擇精嚴，質量較高。數年以後，將會是一個體系龐大，影響深遠的學術文庫，能系列其中，不失為一個好的選擇。其次，該出版社效率高，年內即可完成編輯程序，而且從已出書中，看到該社出版的書籍在裝幀設計和印刷水平方面也具相當高的水準。第三，也是最重要的，是這篇博士論文的選題涉及域外漢學，尤其是中國賦與越南科舉試賦的關係，這個選題在當時實為罕見，即便放在今天，也是一個原創性極強，創新性研究突出的成果。能早日面世，嘉惠學林，是一個非常好的事情。無奈玉麟畢業後到河內大學中文系任教，教務繁重，家庭事情也多，再加上他後來承擔系行政工作，所以只能間斷性地對論文進行修訂。恍惚之間，六年已經過去，完成了修訂，玉麟才又提起出版一事。蒙出版社不棄，玉成此事，也可謂「好事多磨」了！

　　越南文學與中國文學的關係研究，是近年大陸學術界的一個熱點，概論性質的中越文學關係史研究及詩文、小說等各體文學間的相關研究都有一些

成果面世，在國家社科基金的立項層面，也有對中國古代詩文影響於越南漢詩文研究的課題資助，說明中國古代文學與越南漢文學的關係研究越來越受到重視。近日聽聞大陸一研究機構正就此申報國家重大攻關項目資助，並邀玉麟參與，更說明這一領域處在學術前沿，有較大的研究空間。值此時刻，玉麟的書稿能夠面世，也是對相關研究的襄助。

我近年著力於中日漢文學的影響研究，對越南漢文學並不熟悉。但玉麟作為一個越南人，對越南漢文學有天然的瞭解，在資料的佔有方面也有天然優勢。他在河內大學經過四年的中文系本科教育，自 2003 年起，又來中國專門學習中國語言與古代文學，從 2004 年跟我讀碩士學位，到 2010 年博士畢業，前後在中國學習古代文學有近 7 年的時間，所以他有多方面的優異條件和資質去研究中越漢文學的影響關係，為中越文化交流做出獨特貢獻。我所能做的，就是在研究路向、方法、框架及有關中國古代科舉制度、賦作及漢語寫作等方面予以指導，其它大量的具體工作均由玉麟獨自完成。在論文寫作期間，玉麟多次到河內漢喃研究院查找資料，許多越南的科舉試賦只有抄本，雖然都是漢字書寫，但由於書寫習慣不同，異體字及書法字體繁多，所以在文字識讀方面我們花費了大量時間。也正由於此，該論文在文獻資料的搜集使用方面具有極高的原創性和開拓性，也提高了論文的學術水準和價值。

在我看來，該著作在研究方面具有如下價值和特色：

一、在對越南科舉試賦的研究中，對越南科舉制度有較深入的涉獵。

二、對越南科舉課目選擇律賦的原因及律賦在越南科舉中的地位進行了深入的探討。

三、以史為線索，研究了中國賦如何影響越南科舉試賦的體制及越南試賦的特色。

四、展示了越南古代舉子學習中國賦作的原生狀態。

五、首次全面挖掘整理了越南試賦的原始文獻。

六、係首部專門研究中國賦與越南試賦關係的著作。

這六個方面當然不能完整體現這部著作的內容和價值，但我以為這是這部著作重點解決了的問題，也是該著最有價值的方面。

我和玉麟是亦師亦友的關係，從 2004 年他到中山大學跟我讀書，至今已有 12 年的時間，其間有許多值得懷念的事情和難忘的時刻。他從一個青澀的本科畢業生，成長為一個嶄露頭角的青年學者。這 12 年間，他相繼戀愛、結

婚、成家，從一個毛頭小夥成長為一個有三個孩子的父親。這 12 年間，他也從一個可以喝 2 斤中國高度白酒的「酒仙」，先後退化為 1 斤、半斤，也許現在只能喝三兩白酒的普通「酒徒」。學問在長，酒量在降，對於人到中年的他，也許是好事吧！

　　在玉麟的著作即將面世的時候，拉雜許多廢話，更多的是想記錄我們師生間的情誼。謝謝玉麟給我這個機會！

孫立

2016 年 8 月 15 日於廣州中山大學

目

次

緒　論

　　本書選擇「中國賦對越南科舉試賦之影響」作爲研究對象，這是一塊前人未曾系統研究過的新領域。論文不僅就越南賦體文學受中國賦的影響進行了相關研究，而且展開了越南科舉制度與賦體文學的關係研究。無論是從中越兩國的文化交往、越南的科舉制度、越南文學自身的研究以及中越兩國的比較文學研究方面，都具有十分重要的價值。

一、選題意義

　　近年來，學界已較爲關注中國文學對於域外文學的影響，並取得了不錯的成績。越南是同中國關係最密切的鄰邦之一，兩國擁有相互關聯的政治傳統和文化傳統。在趙佗稱王南越（公元前 207 年）至吳權奠都古螺（939 年）的一千多年裏，北部越南曾作爲一個行政區而存在；而以推行漢文化爲實質的科舉制度，則在越南持續實行到 1919 年。儘管越南拉丁文字出現在 17 世紀中葉，但一直到 1945 年，這種拉丁文才成爲法定文字，最終代替了漢字。這意味著，以漢字爲主要載體的越南古代文學深受中國文化，尤其是以儒家思想以及各種文學體裁的影響爲最。

　　中國唐、宋時期進士科考詩賦取士的制度，在域外的越南也能看到。從李陳時期的試太學生和進士科考試，到黎朝乃至阮朝的進士科鄉試、會試都與中國進士科考試內容相同或相似。此外，還專門設有一場漢文詩賦考試。

　　越南 939 年獲得獨立後，封建統治者在建立與鞏固封建中央集權君主專制制度的同時，在文教方面亦非常注重倡導、鼓勵士子尊儒並學習漢文詞章，並通過「得人之效，取士爲先，取士之方，科目爲首」〔註1〕以選拔人才，藉

〔註 1〕〔越〕吳士連撰，《大越史記全書》，卷 11，《黎紀》，河內社會科學出版社 1998
　　　　年版，第 13 頁。

此擁護其統治。所以自李朝到黎朝乃至阮朝，科舉制度不斷得到完善，考試科目也更加完備、要求也更爲嚴格。進而科舉制度成爲讀書人求取功名、步入仕途的唯一「正途」，這給及第者帶來榮譽、地位和豐厚的物質利益的同時，也對調動廣大老百姓的學習積極性、以及促進知識普及同樣具有重要的作用。而陳、黎及阮朝科目當中詩賦都占重要的地位，對舉子登科及第有決定性的影響。因詩賦成爲士人們的敲門之磚、進身之階，所以在日常中，他們都要努力研習，而律賦正是非常合適的文體。誠如王芑孫《讀賦卮言》所講：「讀賦必從《文選》、《唐文萃》始，而作賦則當自律賦始，以此約其心思，而堅整其筆力。聲律對偶之間，既規重而矩疊，亦繩直而衡平。律之爲言，固非可鹵莽爲之也。」〔註2〕

　　中國以賦作爲考試科目是在唐代（618～907 年）、宋代（960～1279 年）、元代（1206～1368 年）、明代（1368～1644 年）、清代（1616～1911 年），而不同時期有不同的科舉規定，使得賦這一文體的地位和受青睞的程度又有所差別。就越南而言，自李朝（1010～1225 年）仁宗皇帝 1075 年首次開科取士至陳朝（1225～1400 年）、胡（1400～1407 年）、黎初（1428～1527 年）、黎中興（1533～1788 年）乃至阮朝（1802～1945）凱定皇帝 1919 年的最後一次開科取士，越南科舉制度爲何都選賦作爲科舉考試科目？試賦的開始、發展、嬗變以及在科舉制度所佔的地位有什麼變化？越南當時的學者如何學習、借鑒中國之賦以及對中國賦家有哪些偏好？那麼所受的這種影響究竟是怎樣的一種方式？其結果又怎樣？這都是本文試圖回答的問題。而且中國律賦，特別是唐、清代律賦作家及賦篇在越南科舉制度中，不同時期所佔不同的地位以及受到不同程度的喜愛，這也是本文所要回答的問題，以上所述即爲本文的選題意義。

二、文獻綜述

　　關於本書所研究的論題，學界無論是越、中學者，還是國外學者均未有就中國賦對越南科舉試賦影響展開相關論述。

　　現今，隨著對域外漢文詩賦與中國古代文學關係研究的關注，關於中國古代詩賦文學與越南古代文學關係的研究也取得了一定的成績。從現在的研

〔註 2〕〔清〕王芑孫撰，《讀賦卮言・律賦》，（何沛雄撰，《賦話六種》，三聯書店 1982 年版，第 12、13 頁）

究狀況來看，主要集中在中國文學、文化、史學對越南的影響，以及中國書
籍在域外流傳的研究，可歸結爲以下四個方面：

　　一、越南文化受漢文化影響。這方面的論著及論文有代表性的如：林明
華《漢文化對越南影響瑣談——讀書札記三則》；徐傑舜、林建華《試談漢文
化對越南文學的影響》（社會科學家，2002 年 9 月第 5 期），梁凱《清朝時中
國文化繼續在越南廣泛傳播及其原因》（宜賓學院學報，2003 年第 6 期），袁
運福《略論北屬時期中國文化對越南的影響》（天中學刊，2004 年 6 月第 3 期），
（日）竹田龍兒撰，陳奉林譯：《越南阮朝初期與清朝的文化往來——文物制
度的移植》（東南亞縱橫，1991 年第 3 期）等等。

　　二、越南詩文受漢文學的影響。代表性論著及論文有：（越）懷清《越南
文學的發展》（黃秉美譯，1960 年 9 月）；（越）鄧臺梅《越南文學的發展概述》
（黃軼球譯自法國《歐洲》雜誌，387～388 期合刊，1961 年巴黎，黃建華校。）；
黃軼球《越南古典文學名著成書溯源》（暨南學報，1982 年第一期）；溫祖蔭
《越南漢詩與中華文化》（福州師範大學學報，1989 年第 4 期）；祁廣謀《越
南陳朝漢文詩小議》（解放軍外國語學院學報，1991 年第 2 期）；賀聖達《越
南古代漢語文學簡論》（東南亞 1996 年，第 2 期）；李未醉《簡論古代中越文
學作品交流》（貴州社會科學，第五期，2004 年 9 月）；陳蜀玉《中越文論之
間的影響與接受關係》（西南民族大學學報，2004 年 4 月第 4 期）；劉玉珺《越
南使臣與中越文學交流》（學術研究 2007 年第 1 期）；孫士覺《古越漢禪詩研
究》（廣西師範大學碩士學位論文，2003 年 3 月）；何仟年《越南古典詩歌傳
統的形成——莫前詩歌研究》（揚州大學博士學位論文，2003 年 5 月）；於在
照《越南漢詩與中國古典詩歌之比較研究》（解放軍外國語學院博士學位論
文，2007 年 3 月）；阮玉麟《唐律賦對越南八韻賦之影響研究》（中山大學碩
士學位論文，2007 年 5 月）等等。

　　三、越南科舉制度受中國影響。代表性論著及論文有：梁志明《論越南
儒教的源流、特徵和影響》（北京大學學報，1995 年第 1 期）；黃敏《科舉制
度在越南的嬗變及其對越南文化的積極影響》（解放軍外國語學院學報，2003
年 11 月第 6 期）；王運來《論歷史上科舉制度在國外的重大影響》（晉陽學刊，
2000 年第 3 期）；陳文《科舉在越南的移植與本土化》（暨南大學博士學位論
文，2006 年 6 月 10 日）；陳文《越南黎朝的武舉制度考——兼論中國武舉制
度對越南的影響》（暨南學報，2007 年第 3 期）；陳文《越南黎朝進士科鄉試

考述》（考試研究，2007 年 10 月，第 4 期）；金旭東《越南科舉制度簡論》（東南亞，1986 年第三期）等等。

　　四、中國書籍在越南的傳播。代表性論著及論文有：張秀民《安南書目提要》（北京圖書館館刊，1996 年第 1 期）；何仟年《中國歷代有關越南古籍考述》（西南師範大學學報，2002 年 11 月第 6 期）；李未醉《古代越南史學對中國史學的繼承與創新》（阜陽師範學院學報，2004 年第 3 期）；孫曉明《試論《安南志略》的史料價值》（東南亞，1987 年第三期）；戴可來《越南歷史述略》（東南亞縱橫，1983 第一期）等等。

　　上面所列的論著及論文，均以宏觀概述爲主，主要就漢文化、古代文學、科舉制度、書籍等方面對越南的影響多側面、多角度的進行了一些論述，其中一些研究方法爲本文的研究提供了很好的思路。

　　此外，各論著及論文在個案研究方面，有的也談到中國科舉與科舉文章對越南古代文學的影響，如：陳文的博士學位論文《科舉在越南的移植與本土化》第八章《黎朝科舉與漢文化在越南的傳播發展》（274～329 頁），但重點還是放在科舉方面，沒有具體的談到中國賦體文學，特別是中國賦對越南科舉試賦的影響。本人所撰的碩士學位論文《唐律賦對越南八韻賦之影響研究》，雖然談及唐律賦對越南科舉試賦的影響，但還沒把越南試賦中所受唐律賦的影響指出來。再說，本人論文只限於黎朝八韻賦所受律賦的影響，而阮朝（1802～1945 年）的試賦及文人、舉子在科舉、寫舉業文章的賦篇的現存書集是越南古代賦體文學當中數量最多的，其搜集中國唐、清兩代律賦及受之影響的最多部份尚未談到。

　　有的談到中國詩歌對越南古代文學的影響，如：何仟年的博士學位論文《越南古典詩歌傳統的形成——莫前詩歌研究》；（越）孫士覺的碩士學位論文《古越漢禪詩研究》，所談到的分別是越南莫朝（1527～1592 年）中國詩歌對越南詩歌的影響、越南禪詩受中國古典文學的影響，但尚未談及中國賦體文學對越南賦體文學的影響，同時也沒有談及詩歌與科舉制度的雙重關係。

　　有的專談越南科舉制度受中國科舉制度的影響，如：黃敏的《科舉制度在越南的嬗變及其對越南文化的積極影響》；王運來的《論歷史上科舉制度在國外的重大影響》；陳文的《越南黎朝的武舉制度考——兼論中國武舉制度對越南的影響》、《越南黎朝進士科鄉試考述》；塔娜的《越南科舉制的產生和發展》及金旭東的《越南科舉制度簡論》等論著。這些論著雖談及中國文化、

科舉制度對越南科舉制度的影響，但重點還放在科舉制度一面，對科舉文學方面，特別是科舉試賦只做簡單介紹。

有的專談中國文化對越南文化的影響，如：徐傑舜、林建華的《試談漢文化對越南文學的影響》；袁運福的《略論北屬時期中國文化對越南的影響》、《略論越南莫朝文化》；梁凱的《清朝時中國文化繼續在越南廣泛傳播及其原因》；（日）竹田龍兒撰，陳奉林譯的《越南阮朝初期與清朝的文化往來——文物制度的移植》；馬達的《從越南使用漢字的歷史看漢文化對越南的影響》等論著。這些論著或從文化方面、或從使用漢字的介入點來談越南文化受中國文化的影響，但尚未談及中國詩賦及科舉制度對越南科舉試賦的影響。

有的從中國書籍在越南的流播及其對越南古代文學影響的角度來談，如：張秀民的《安南書目提要》；何仟年的《中國歷代有關越南古籍考述》等論著。

綜上所述，學術界關於中國賦對越南科舉試賦的影響，特別是在科舉當中規定使用的賦體，越南當時的文人墨客、舉子在學習、借鑒以及喜用中國某種賦體等問題的研究，相對來說比較零散，且未有更深入的分析。就目前的研究而言，筆者認為：對上述諸問題的研究沒有很足夠的就中國賦對越南科舉試賦影響展開相關論述，而還有許多值得我們深入探討的地方，值得提出來談的也決不是表層的。鑒於此，本文分列專題對上述部份問題加以論析，希望這些研究能為中國文學對域外文學影響的研究增磚添瓦。

三、界定與說明

本書之所以不談及中國宋、元、明三代之律賦對越南科舉試賦之影響的原因如下：

1. 據前人統計，越南現存的安南本中國書籍共有 514 種，其中集部共有 51 種。有關舉業文和賦有：《歷科名表》、《初學靈犀》、《校文全集》、《十科策略》、《策學纂要》、《應制詩》、《時文備法》、《名文精選》、《新揀應試詩賦》、《明清狀元策》、《明清狀元策體式》、《少岩賦草》、《金蓮寺賦》等 15 種。〔註3〕然而，據本人統計，在此 15 種當中有關律賦的只有《新揀應試詩賦》和《少岩賦草》兩種。（1）《新揀應試詩賦》一書，越南漢喃研究院編號為 A.172，印刷本，柳齋堂鐫於明命 14 年（1833 年），共 248 頁，規格：

〔註 3〕劉玉珺撰《越南漢喃古籍的文獻學研究》，中華書局，2007 年 7 月，第 34～40 頁。

26 x 16cm，收錄中國名人詩賦及清朝道光癸未科會試中格等 68 篇賦。然而，在 68 篇律賦當中只有唯一一篇由中國宋代范仲淹（969～1052）所作的以金在良冶求鑄成器爲韻的《金在鎔賦》。(2)《少岩賦草》一書，越南漢喃研究院編號爲 AC.634/1-2，印刷本，清夏思泗撰，越南大著堂印於嗣德 28 年（1875年），共 416 頁，規格：20 x 12 cm。

2. 據越南史書記載，越南書籍屢次遭到兵火之災，如：吳士連撰《大越史記全書》記載：「陳末紹慶二年（1371 年）閏三月，占城入寇，……焚毀宮殿，……，賊燒焚宮室，圖籍爲之掃空……」「（明永樂十六年）秋七月，明遣行人夏清、進士夏時來取我國古今事跡志書」；黎貴惇撰《大越通史》中的《藝文志》說道：「陳暠作亂，京城不守，士民爭入禁省，取金帛，文書圖籍委棄滿道。僞莫稍能裒錄，而國家克復京師之辰。諸書籍又毀於火。」；潘輝注撰《歷朝憲章類志》卷四十二《文籍志》也說道：「陳末明人之變，書籍既逸於前。黎初陳暠之亂，文籍又散於後。」越南黎朝洪德年間（1470～1497 年）黃德良所編《摘豔詩集序》云：「雖金石之器、鬼爲之呵、神爲之護，猶散落淪沒。況遺稿薄紙在筴笥之下，經兵火之餘，而能保其無隱乎。」因書籍屢次受兵火之災，所以越南當時文人或從事舉業者在學習上受到一定的限制。正如黃公所言「德良學詩，惟視唐之百家，若李陳之時無所考證其。幾得一聯半句於殘編敗壁者，往往撫卷興歎，竊追咎當時之賢者。烏呼！豈有文獻之邦，建國已數千年，無卷可證，而遠近追誦唐時詩家，豈不憫哉！」〔註4〕

3. 越南統治者的意向和科舉制度的變化。如上所言，越南自李、陳至阮朝，在不同的時期崇尚不同的文體，但整體上自陳朝到阮朝，科舉考試制度明確規定賦體，或用騷選體，或用八韻律體，或用李白體，或用明、清律體。

總之，從越南歷史的角度和現存的資料來講，宋、元、明三代律賦在越南流傳的篇數極少，所造成的影響效果不大。因此本書不選中國宋、元、明三代律賦爲研究對象。

四、研究內容及貢獻

本文鑒於前人研究的經驗和教訓，主要採用的研究方法是：

1. 宏觀分析與個案研究相結合。科舉制度與試賦的關係，有宏觀上的聯

〔註 4〕〔越〕黃德良撰，《摘豔詩集》，漢喃研究院藏本，編號：V.2573。

繫，在整體觀念上有滲透之處，但是這種滲透又是在許多個案的基礎上體現出來的。所以最重要的研究方法是宏觀與個案研究相結合。這樣才能從整體和具體細節的全面角度理清科舉制度、中國賦對越南試賦的影響。

2. 賦學背景的介入研究方法。本文的一個重要的研究視角就是文化背景的介入。賦學與科舉制度的關係主要體現在文化歷史背景對文學觀念的影響上。這種影響比較複雜，有顯性的也有隱性的，只有採用文化歷史背景的介入研究，才能清楚地梳理出科舉制度、中國賦對越南賦學以及試賦影響的理路。

在採用以上研究方法的基礎上，且有了前人篳路籃縷的開拓之功，本文分列專題就中國文化、科舉制度、各種賦體以及中國文史書籍對越南文化、科舉制度及試賦的影響等問題加以論析。

本書共有四章，第一章《總論越南科舉制度與漢文試賦發展及其演變》。分爲兩個部份，第一部份主要述明越南科舉制度的文化背景，亦即越南文化接受中國文化影響的問題。第二部份簡介越南科舉制度發展過程，及其模仿中國科舉的詩賦取士，並間接說明試賦在越南科舉中的地位及其作用。

第二章《中國賦對黎朝以前的漢文賦之影響》。分爲四個部份，前一部份介紹越南早期的詩文面貌。後三個部份，就儒學在越南當時地位的變化、科舉制度的開始、試賦的由來、試賦體制規定的變化、越南科舉制度所借鑒中國科舉制度以及中國詩賦對李、陳、胡三朝的影響等方面進行說明與論證。在這方面的研究中，筆者新發現了關於越南科舉制度以賦作爲考試科目的具體時間。

第三章《中國賦對黎朝漢文賦之影響》。分爲三個部份，分別敘述與說明越南黎朝初期、莫朝、黎朝中興及後期的儒學地位、科舉制度的改善、考賦科目的特點、場屋文體的嬗變、漢文試賦篇目的存亡情況以及中國科舉制度、詩賦等對此三個時期的影響。其中對黎朝《皇黎八韻賦集》的賦題、押韻及其受中國律賦的影響等方面作了較詳細的分析。

第四章《唐、清律賦對阮朝漢文賦之影響》。分爲三個部份，就越南阮朝科舉制度對考賦科目的規定、清代科舉制度與清代律賦對阮朝試賦的影響等問題展開論述並加以說明。其中新發現了清夏思沺所撰《少岩賦草》傳播到越南，對當時越南士子研習律賦的影響。

總之，試賦在越南科舉制度中，不同的歷史時期有不同的地位，但總離

不開接受中國賦體文學的影響。這一特殊的情況，無論是從中越兩國的文化交往、越南的科舉制度、越南文學自身的研究以及中越兩國的比較文學研究方面，都具有十分重要的價值。

第一章 總論越南科舉制度與漢文試賦發展及其演變

第一節 越南科舉試賦的文化背景

　　越南最初的歷史和文化屬於「中國的文化圈」。郭延以先生說：「在環繞中國的鄰邦中，與中國接觸最早，關係最深，彼此歷史文化實同一體的，首推越南」〔註1〕。黎正甫先生在其所著《群縣時代之安南》一書也說：「於秦漢之際臣服於中國，其生活及一切建置悉仿自中國，故可爲中國文化傳播於亞洲南部之代表」〔註2〕。馮承鈞先生在《占婆史》譯序中論中越關係述：「昔之四裔，漫染中國文化之最深者，莫逾越南。」〔註3〕

　　公元前111年，漢武帝平南越國後，交趾被正式納入西漢中央政權管轄範圍，作爲中國郡縣進行統治。西漢時期，儒學已登上正統思想的寶座，統治者又採取一系列措施獎勵經學，儒學的傳播更獲得了空前的有利條件。嶺南地區的一般民眾，漸漸接受了儒家的禮儀教化，也出現了一些熟悉儒家經典的知識分子。西漢末年，王莽篡政，中國陷入動亂的情況，嶺南諸郡閉境自守。到光武中興，交趾牧鄧讓與蒼梧太守杜穆、交趾太守錫光等相率遣使貢獻，悉被光武帝封爲列侯。嶺南經短暫的閉境自守之後，又恢復了與中央王

〔註1〕郭延以撰，《中越一體的歷史關係》，《中越文化論集》（一），臺灣中華文化出版事業事業委員會出版。

〔註2〕黎正甫撰，《群縣時代之安南》，中華書局，1978年版，第169頁。

〔註3〕〔法〕Georges Maspero（馬司帛洛）著，馮承鈞譯，《占婆史》，商務印書館，1933年版，第1頁。

朝的正常關係。

西漢時期，對漢文化傳入嶺南貢獻最大的人當推交阯太守錫光和九眞太守任延。《後漢書・南蠻西南夷列傳》說：「光武中興，錫光爲交阯，任延守九眞。於是教其耕稼，制爲冠履；初設媒娉，始知姻娶；建立學校，導之禮義。」〔註4〕同書也記載：「初，平帝時，漢中錫光爲交阯太守，教導民夷，漸以禮義，化聲侔於延。王莽末，閉境拒守。建武初，遣使貢獻，封鹽水侯。嶺南華風，始於二守焉。」〔註5〕除了中國史書記載外，越南古史對錫光、任延評價也很高。越南史家李崱在其所著的《安南志略》一書中說：「西漢末，錫光治交阯，任延治九眞，建立學校，遵仁依義。」〔註6〕《大越史記全書》也說：「錫光，漢中人，在交阯，教民以禮義。復以任延爲九眞太守。延，宛人。九眞俗以漁獵爲業，不事耕種。延乃教民墾闢，歲歲耕種，百姓充給。貧民無禮聘者，延令長吏以下省俸祿以賑助之，同時娶者二千人。視事四年，召還。九眞人爲之立祠，其生子置名皆曰『任』焉。嶺南文風，始於二守焉。」〔註7〕

東漢末至三國時期，中原戰亂，大批儒士避難交州。交州太守士燮與眾儒士在交阯著書立說，辦學校、興教育，以《四書》、《五經》等儒家經典教授當地人，被越南人尊爲「南交學祖」。

士燮治交垂四十年（187～226），厥功甚偉，尤其在文化上有突出貢獻。越南史家尊之爲「士王」。《大越史記全書》記載：「王寬厚謙虛，人心愛戴，保全越之地，以當三國之強，既明耳智，足稱賢君。」〔註8〕越南史臣吳士連評士燮功績曰：「我國通詩書，習禮樂，爲文獻之邦，自士王始，其功德啓特施於當時，而有以遠及於後代，豈不盛矣哉？」〔註9〕

當時的劉熙在交州著書立說，教授生徒幾百人。其學生許靖、薛綜不僅學識淵博，且分別入仕蜀、吳。虞翻在交州，「講學不倦，門徒常數百人。又

〔註4〕 〔宋〕范曄撰，〔唐〕李賢等注，《後漢書》，卷86，《南蠻西夷列傳》第76，中華書局，1933年版，第2836頁。

〔註5〕 〔宋〕范曄撰，〔唐〕李賢等注，《後漢書》，卷76，《循吏列傳》第66，中華書局1933年版，第2462頁。

〔註6〕 〔越〕黎崱撰，《安南志略》卷7，中華書局，2000年版，第159頁。

〔註7〕 〔越〕吳士連撰，《大越史記全書》外紀・屬西漢紀，卷3，河內社會科學出版社，1998年版，第1頁。

〔註8〕 〔越〕吳士連撰，《大越史記全書》外紀・士王紀，卷3，河內社會科學出版社，1998年版，第3～4頁。

〔註9〕 〔越〕吳士連撰，《大越史記全書》外紀・士王紀，卷3，河內社會科學出版社，1998年版，第3～4頁。

爲《老子》、《論語》、《國語》訓注，皆傳於世」〔註10〕，可見交州文教之盛。其後歷代不乏保境安民，且大力推行教育的能臣武將。南朝劉宋交州刺使杜惠度，「布衣素食，儉約質素。禁淫祠，修學校」〔註11〕。

　　漢字書面語言在交州如此傳播，爲漢文化傳播創奠定了基石。如此的獎勵學術、發展文化以及傳播儒學，兩漢時期嶺南文士儒生漸漸增多，民眾文化素質顯著提高，使交趾成爲當時中國南方的學術文化中心，嶺南地區的文化教育事業獲得長足的進步，爲以後的越南儒學發展奠定了良好基礎。越南社會科學委員會編著的《越南歷史》（第一集）指出：「自東漢以後，特別是公元二世紀末葉，漢族的士大夫到交趾的越來越多。儒教比過去更得到普遍傳播。儒家的經典著作《論語》、《春秋》等書，在封建政權和士大夫開辦的學校裏普遍講授。」〔註12〕

　　到了唐代，中國的封建制度發展到鼎盛，經濟空前繁華，文化高度發展，國力也最爲強大。在此背景下，儒學在嶺南的傳播就發展到了開花結果的收穫季節。嶺南士人崇奉周孔之教，誦《詩》、《書》，興禮樂，出現了許多精通儒家經典的文人學士；儒家的思想觀念、倫理道德滲透到社會各個階層，進入千千萬萬的尋常百姓之家。形成這樣的盛況，首先是由於唐朝歷代皇帝崇儒興學的方針政策定了基調。唐代皇帝太宗李世民對於復興和獎勵儒學更是不遺餘力。太宗「貞觀二年（628 年），停以周公爲先聖，始立孔子廟堂於國學，以宣父爲先聖，顏子爲先師。大徵天下儒士，以爲學官」〔註13〕。他以爲「經籍去聖久遠，文字多訛謬，詔前中書侍郎顏師古考定《五經》，頒於天下，命學者習焉。又以儒學多門，章句繁雜，詔國子祭酒孔穎達與諸儒撰定《五經》義疏，凡一百七十卷，名曰《五經正義》，令天下傳習」〔註14〕，作爲解釋儒家經典的官書。此外，他還大量提拔儒生擔任各級官吏，號召知識分子朝「學而優則仕」的方向努力，重新確認儒學的正統地位，以儒家思想作爲科舉取士的標準，使儒學在全國的傳播進一步擴大，影響進一步加深。

〔註10〕〔晉〕陳壽撰，《三國志》，卷 57，《吳書》第 20，中華書局，1982 年版，第 1321 頁。

〔註11〕〔越〕黎崱撰，《安南志略》，中華書局 1995 年版，第 346 頁。

〔註12〕越南社會科學委員會：《越南歷史》（第 1 集）中譯本，北京人民出版社，1977 年版，第 75 頁。

〔註13〕劉昫撰，《舊唐書》，卷 189，列傳 139，中華書局，1988 年版，第 4941 頁。

〔註14〕劉昫撰，《舊唐書》，卷 189，列傳 139，中華書局，1988 年版，第 4941 頁。

　　同時，唐代的文化政策一貫比較開明，對秦漢以來的各種思想流派都採取了不歧視、不排斥的開明態度，在很大的程度上對文化、文學事業產生了深遠的影響。中國社會科學院文學研究所編寫的《唐詩選》「前言」說：「唐代以詩賦取士為重要內容的科舉制度，是打破世族壟斷政治、為庶族大開仕進之門的新選拔制度，也是促成唐詩繁榮的一個直接因素。」〔註15〕國勢鼎盛，文化璀璨，詩歌進入黃金時代，正如清·王芑孫《讀賦卮言》中說：「詩莫盛於唐，賦亦莫盛於唐。總魏、晉、宋、齊、梁、周、陳、隋八朝之眾軌，啓宋、元、明三代之支流，踵武姬漢，蔚然翔躍，百體爭開，昌其盈矣。」〔註16〕加上門閥統治制度逐步瓦解，而更加公平的人才選拔制度開始形成，這是魏晉以來各朝都不能企及的。以科舉考試從地主階級的各個階層中選拔人才的做法，大大調動了人們學習文化的積極性。

　　而當時越南（安南都護府）「屬十道中之嶺南道」。〔註17〕唐代儒風、詩賦風南傳越南亦無爭論。此外，唐朝的科舉制度也推廣到嶺南地區，調動了安南當地人士學習漢文化及習儒的積極性，促進了漢文化與漢文學在越南的發展。「在我國（越南）儒學還不是很盛行，但在社會上層人物中傳播得比過去更加深入、廣泛。愛州（清化安定）有一戶姓姜的，祖父姜神翊做過舒州刺史，他的兩個孫子姜公輔、姜公復學習都很好，被送到唐朝京都長安學習。」〔註18〕姜公輔，唐德宗時登進士第，為校書郎。後在中原歷任京官、州官。他的《白雲照春海賦》是一篇律賦，描寫白雲春海的景物之美，文筆流暢，詞藻華麗，視野開闊，體物開闊，各盡其妙。「鳥頡頏以迫飛，魚從容以涵泳。莫不各得其適，咸悅乎性。」「色莫尚乎潔白，歲何芳於首春。惟春色也，嘉夫藻麗。惟白雲也，賞以清貞。」融體物與寫志於一體，情景交融，從中可看見作者的志趣與懷抱。姜公輔這篇有關文的賦，具有很高的文學藝術價值，在越南文學史上佔有重要的地位，被稱為「安南千古文宗」。〔註19〕

〔註15〕中國社會科學院文學研究所編，《唐詩選》，人民文學出版社，1978年版，第6頁。

〔註16〕〔清〕王芑孫撰，《讀賦卮言·審體》，（何沛雄編撰，《賦話六種》，三聯書店1982年版，第5頁）

〔註17〕劉昫等撰，《舊唐書》，卷41，《地理志》，中華書局，1988年版，第1749頁。

〔註18〕〔越〕陶維英撰，《越南歷史》第1集，越南社會科學委員會，1971年版，北京人民出版社，第130頁。

〔註19〕〔越〕陶維英撰，《越南歷史》第1集，越南社會科學委員會，1971年版，北京人民出版社，第130頁。

到了公元十世紀中葉，越南脫離中國統治，建立起獨立自主的封建國家。封建主義在剛剛獲得獨立的大地上廣爲推行。爲維護其統治，歷代帝王都意識到，若想江山穩固，長治久安，不僅要有完備的統治制度，更重要的是要有一套倫理學說，作爲維護統治的理論依據和精神支柱。儒家的三綱五常，忠孝節義觀念正好適應了這種需要，因此得到統治者的大力宣揚，廣爲提倡。於是尊孔教爲國教，以儒學爲國學，建『聖廟』，創辦學校，把儒家思想作爲治國安邦的指導思想，使其不斷發展壯大，甚至達到獨尊的地位。在這前後兩千多年的發展過程中，儒家思想不僅體現在國家的政治經濟制度，而且也體現在民族心理素質，也就是說體現在物質文化和精神文化兩方面。

儒家的三綱五常、仁義、孝悌、忠恕等倫理觀念滲透到了越南社會生活的方方面面，成爲越南傳統思想的組成部份，成爲越南民族文化的重要遺產。越南史學家陳重金曾說：「北屬時代長達一千多年……，國人濡染中國文明非常之深。儘管後來擺脫了中國的桎梏，國人仍受中國的影響。這種影響年深日久，已成了自己的國粹。」〔註20〕

黎朝（980～1010）皇帝黎桓仍仿唐朝官制，建立了較爲完備的中央和地方官制。史曰：「以徐穆爲總管（唐官名，事掌軍政。黎仿唐制，置官又兼領民事），知軍民事，賜侯爵，范巨備爲太尉。」〔註21〕黎桓下令全國分爲十道，每道下置州、府、縣、社。所有官員均由黎氏任命。黎桓天福四年（983年）下詔，仿唐建築格式，大建宮殿。「造百寶千歲殿於火雲山，其柱裹以金銀。東建風流殿，西建榮華殿，左建蓬萊殿，右建極樂殿，次構火雲樓，連起長春殿，其側起龍祿殿，蓋以銀瓦。」〔註22〕

胡朝皇帝季犛在《答北人問安南風俗》〔註23〕寫：「欲問安南事，安南風俗惇。衣冠唐制度，禮樂漢群臣。玉甕開新酒，金刀斫細鱗。年年二三月，桃李一般春。」前四句詩很形象地反映了中國文化在越南的廣泛影響。

〔註20〕〔越〕陳重金撰，《越南通史》，越南社會科學委員會編著，1977年版，第55頁。

〔註21〕〔越〕潘清簡等撰，《欽定越史通鑒綱目》，卷1，《黎紀》，漢喃研究院藏版，編號：A.2674。

〔註22〕〔越〕佚名《越史略》，卷1，《黎紀》，中國商務印書館，第19頁。

〔註23〕越南社會科學委員會，文學院主編，《李陳詩文》第3集，河內社會科學出版社，1978年版，第167頁。

據《大越史記全書・紀年目錄・外紀》記載：越南歷史曾經歷從鴻厖氏紀（前 2878～前 256 年），蜀氏紀（前 257～前 208 年），趙氏紀（前 207～前 111 年），屬西漢紀（前 110～39 年），徵女王紀（39～42 年），屬東漢紀（43～186 年），士王紀（187～226 年），屬吳、晉、宋、齊、梁紀（227～540 年），屬隋、唐紀（603～906 年），南北分爭紀（907～938 年）至吳氏紀（939～967 年），其中有三個北屬時期，時間長達 10 多個世紀。我們認為中國文化在歷代官吏傳播文化、儒學的政治政策下，已經給越南古代文化發展奠定了基礎。越南獲得獨立（938 年）之後，雖然與中國在外交方面還保持聯繫，但中國文化已經沒有直接傳播、影響到越南各階層。但越南人民曾經生活在深受中國文化影響的北屬時期，故而中國文化給他們留下了深刻的印象。再加上，越南封建國家的統治階級出於需要，主動地從中國吸取符合自己國情的思想文化，來建立帶有本國特色的文化及治國安邦的政策。正如吳德繼先生在評越南文化時說：「我越南國，千年以來，學漢學，道孔道，漢文既爲國文，孔學即爲國學，雖江山朝代幾經變易，危險變亂多次，而正學不衰；人心、風俗、道德、政治皆由此而出；國家民族，亦由此而固。」〔註 24〕

第二節　越南科考中漢文試賦的發展及其演變

一、越南歷朝科舉制度簡介

越南自 939 年獲得獨立後，吳權奠都古螺。經過吳、丁朝（968～980 年）和前黎朝（980～1009 年），尚處於越南自主封建國家的草創階段，歷時較短。經曲承裕以來戰爭的破壞，原先建立的許多學校已變爲廢墟。此三朝，國家雖已獨立，但政治不穩定、社會動蕩，改朝換代常見。因這三個統治集團治國時間短暫，再加上內戰連綿，戎馬倥傯，所以只注意武備方面，顧不上文教，因此儒學發展無大起色。

李朝（1010～1225）時期，越南封建國家走上了穩定發展的道路，政治、經濟、文化都獲得較大成就，是越南封建社會發展的重要階段。李朝初期，佛教佔有明顯的優勢，支配整個國家的意識形態，成爲社會思想文化的主流。但「佛教從來未能用於駕馭一個國家，制定其對內對外路線政策，確定朝制

〔註 24〕轉引自馬克承：《漢字在越南的傳播和使用》，香港《今日東方》雜誌中文版，1997 年第 1 期。

或社會制度，規定上自宮廷下至村社的尊卑秩序」〔註25〕。因此，在李朝中後期，出於鞏固封建統治、建立統治秩序的需要，李朝在尊崇佛教的同時，逐步提高了儒學的地位，形成儒、佛、道三教並行發展，而以佛教作爲維護封建統治的精神支柱的形勢。李聖宗（1054～1072 年）在位晚年，於 1070 年在京都升龍首次建立文廟。內塑孔子、周公和四配（顏子、曾子、子思、孟子）像，畫七十二賢像，四時享祀。仁宗太寧四年（1075 年）爲了選拔內政和外交人才首次開科取士。這一科始開越南科舉先河，是越南科舉制度的歷史性的轉折點，爲越南今後科舉制度發展打下了基礎。李朝科舉制度處於草創階段，科名、試法未定，開科次數相對較少，共開 7 科，主要集中在仁宗、英宗、高宗三代君主。李仁宗太寧年間（1072～1075）則有選明經、博學及試儒學三場。李英宗大定十三年（1152 年）則有殿試之舉，寶應（1163～1173）則有太學生之試，取人規制頗有綱條。高宗嘉瑞十年（1195）試三教場，賜之出身。

陳朝（1225～1400 年）繼治，科途日闢，共開科 14 次，取士 337 名。陳朝初期，因佛教還未完全退出政治舞臺，加之繼承李朝科舉制度的發展，因而年初仍開試三教科。之後，統治者不斷打擊佛教勢力，提高儒學地位，到陳末年儒學已經取得主導地位，儒士在政治上嶄露頭角。科舉制度在陳朝期間處於完善階段並得到歷代君王的改善。陳太宗建中年間（1225～1231）試太學生，定三甲之名。太宗政平（1235～1250）限士年之例，分三魁之選。元豐（1251～1257）又定京、寨之分。英宗興隆年間（1293～1313）有三魁、黃甲之別。至睿宗隆慶（1372～1377）改太學生爲進士之名，制定試舉人及前年鄉、後年會。文體依元制，順宗（1388～1397）試法改用四場文式：原來的試法：「第一場：暗寫經書；第二場考經義與詩賦；第三場考雜文；第四場考策文。」改爲：「罷暗寫古文法。第一場：用本經義一篇，有破題、接語、小講、原題、大講等五百字以上。第二場：詩一篇，用唐律；賦一篇，用古體，或《騷》或《選》，五百字以上。第三場：《詔》一篇，用漢體；《制》、《表》各一篇，用唐體四六。四場：《策》一篇，用經史時務出題。」〔註26〕以文取士，其法莫善於此，時稱得人較李朝爲獨盛。

〔註25〕　〔越〕阮維馨在《李朝的思想體制》中譯文載暨南大學：《東南亞研究》，1987
　　　　　年第 1～2 期。
〔註26〕　〔越〕高春育撰，《國朝鄉科錄》，漢喃研究院藏本，編號：VHv.635。

胡朝（1400～1407）雖享國日淺，則亦開科取士於〔聖元〕庚辰（1400）、〔開大〕甲申（1404）二科，其試法仿依元制。科舉制度在胡朝時也得到改善，如：1404 年「漢蒼定式舉人，式以今年八月鄉試，中者免徭役。明年八月禮部試，中者免選補；又明年八月會試，中者充太學生。又明年再行鄉試如前年。……試法仿元時三場文字，分爲四場，又有書算場爲五場。」〔註 27〕

後黎朝（初期：1428～1527 年；中興及後期：1533～1788 年）是越南封建社會發展到繁榮並開始走向衰落的時期。初期（1428～1527 年），國家統一，社會比較穩定，經濟得到恢復和發展，科舉取士制度逐漸完善，文化教育也進一步發展；1527 年莫登庸篡位後，越南歷史進入南北朝時期（1527～1592年）和鄭阮紛爭時期（1558～1788 年），雖然長期南北紛爭，戰爭不斷，但亦不乏有識之士，發展教育，振興文風。後黎朝的政治、經濟、文化等都迅速發展，是越南封建社會的全盛時期。後黎諸帝均崇奉儒學，以儒學作爲建國治民的指導思想，作爲制定各種典章制度的理論依據，作爲全國上下共同遵守的金科玉律。儒學在後黎朝達到了它的鼎盛階段，取得了獨尊的地位，成爲支配全社會的正統思想。綜觀整個黎朝，黎朝歷代皇帝執行抑佛重儒的政策，獨尊儒學，佛教逐漸走向衰落，儒學開始佔據了優勢地位。

科舉制度在整個黎朝中達到越南歷史上的鼎盛時期。不論是開科次數，還是取士名額都遠遠超過越南任何一個朝代。據當代越南學者吳德壽主編《越南歷朝科榜》〔註 28〕的統計，黎朝自大寶三年（1442）壬戌科至昭統元年（1787）丁未科，共開進士科 104 科（初期開科 31 科，中興時期從順平六年（1554）至昭統元年（1787）開科 73 科），取進士 1781 名。黎朝科舉，除了進士科之外，還有明經、宏詞、制科等「以待朝野宏博之材、山林隱逸之士，及未仕之淹博者」〔註 29〕；「考士望科，以除內外官職」〔註 30〕；「試東閣科，以授太學校書」〔註 31〕。

黎朝科舉制度盛於黎聖宗在位年間（1460～1497）。「當此之時，賢才森羅，

〔註27〕　〔越〕吳士連撰，《大越史記全書》，第 2 集，卷 8，河內社會科學出版社，1998年版，第 45～46 頁。
〔註28〕　Ngô Đức Thọ chủ biên, Các Nhà Khoa Bảng Việt Nam, Hà Nội: Nhà xuất bản văn học。
〔註29〕　〔越〕高春育撰，《國朝鄉科錄》，漢喃研究院藏本，編號：VHv.635。
〔註30〕　〔越〕黎貴惇撰，《見聞小錄‧科目》，漢喃研究院抄版，編號：VHv.1322。
〔註31〕　〔越〕高春育撰，《國朝鄉科錄》，漢喃研究院藏本，編號：VHv.635。

藹然稱得人之盛矣！迨夫洪德泰象休明，人文歷闡，臨御終二十餘年，設科至
八九次，必先中鄉貢方得入會試，必出身翰林方得充考官。文體則不尚浮虛，
策問則務求實用。……作文只務以渾厚本體，而不過於孤經絕句之難。取士貴
得淹博實才，而不拘於程限尺衡之病，故士生於斯世者，學得以該洽博通，而
不苦於尋摘，才得以奮起上達，而不落於簸揚。天下無遺才，朝廷無濫士。其
選舉之公且明者，又非前此之所可及也。」〔註32〕；到了顯宗時期科考開始出
現衰敗迹象，據高春育《國朝鄉科錄》記載：「景興二年（1741）惟後來，以
兵興費廣，軍用不足，一惑於姦臣杜世佳之言，命士輸錢三貫，停其考核，謂
之通經錢。十八年再舉行之，於時三貫生徒，布滿天下。逐使寶興之典，公爲
眩鬻之場。古來科舉取人不如是之以錢代也。」〔註33〕

　　黎朝洪德年間所制訂的進士科試法和倡導的文體，被稱爲「洪德試法」
和「洪德文體」，爲黎朝歷代統治者所推崇。其試法「仿依元制」〔註34〕：第
一場：《四書》八題（《論》、《孟》各四），士子自擇四題行文。《五經》，每經
三題，士子自擇一題行文。惟春秋二題並爲一題行文；第二場：詔、制、表，
各一題；第三場：詩賦（各一題，可用李白體）；第四場：策一道，以詩書旨
意之異同、歷代政事之得失爲問。

　　科舉制度在整個黎朝期間得到了全面的改進和完善，表現在：（1）制定
鄉試、會試條例，規定參加者的資格。（2）制定三年一比，把科舉考試的時
間固定下來，使之制度化。（3）規定鄉試的入場日期，並對每科來京參加會
試的貢士人數做了明確規定。（4）任命翰林院官員充任鄉試考官。（5）制定
進士資格例：「第一甲第一名，正六品八資；第二名，從六品七資；第三名，
正七品六資，並賜進士及第。第二甲，從七品五資，賜進士出身。第三甲，
正八品四資，賜同進士出身，入翰林院加一級除，監察、御史、知縣以本品
除。」〔註35〕（6）定殿試發榜儀式，立進士碑。

　　莫朝（1527～1592）時期，自登庸明德乙丑（1529）至洪寧壬辰（1592）
共開二十二科，取進士 499 名，其試法則一遵黎朝，三年一大比，雖當國中
有事，尚且設科。

〔註32〕〔越〕高春育撰，《國朝鄉科錄》，漢喃研究院藏本，編號：VHv.635。
〔註33〕同上。
〔註34〕同上。
〔註35〕〔越〕吳士連撰，《大越史記全書》，卷 12，《黎紀》，河內社會科學出版社，
　　　　1998 年版，第 72 頁。

阮朝（1802～1945）歷代皇帝主張「雖人才之難得，亦由選擇之未精。夫十步之內必有芳草，天下之廣豈無異才，得非衡尺所限，常套所拘。雖有淹博之學，富贍之文或未能以自見。」〔註36〕所以科舉制度在阮朝發展得更加嚴密、完備。阮朝從明命3年壬午科（1822）始開會試，至凱定4年己未科（1919），共開38科，取進士284名、副榜268名。

阮世祖嘉隆六年（1807年）始設鄉試，規定六年一科，科考仍按黎朝的四場試法：「第一場，制、義、經五題，傳一題。士人行文專治一經或兼治亦可；第二場，詔、表、制各壹道；第三場，唐律詩一首，八韻體賦一篇；第四場，策問一道。」〔註37〕

明命（1820～1840）年間，科舉制度大有更改。明命六年（1825）始定三年一大比，子午卯酉爲鄉，辰戌丑未爲會。十三年（1832）分南北甲乙兩圍，並改用三場試法，罷四六，其試法：第一場，經義；第二場：詩賦；第三場：策問。此試法延用至嗣德五年壬子科（1852），鄉、會試復用四場試法，逐期出榜，串得三場爲秀才、四場爲舉人。但到嗣德十一年戊午科（1858），鄉試只用三場（罷詩賦），會試仍舊四場。嗣德二十九年丙子科鄉試則制義罷專經，而四六改以詩賦，策道改以題案。

阮朝科舉中第者有明顯的規定：（1）鄉試：中三場者爲生徒，中四場者爲鄉貢。明命九年戊子科（1828）始改鄉貢爲舉人，生徒爲秀才。嗣德三年庚戌，場官閱卷按七項批取：優、優次、平、平次、次、次次、劣。中三場預有優平、大次項爲舉人，小次、次次項爲秀才。嗣德五年壬子科（1852），鄉、會試復用四場試法，逐期出榜，串得三場爲秀才、四場爲舉人。十一年戊午科（1858），經義則暗寫。正文傳注行文則各具。專經兼經、策問改爲經傳史共十道。批閱改爲優、平、次、劣四項，與二次一平爲舉人，三次爲秀才。（2）會試：明命十年己丑科（1829）會試始定「十分以上爲正榜，九分以下爲副榜。」嗣德六年癸丑會試，更議前期中方得入後期，罷串通試法，中四場均得入廷試。廷試改定四分以上賜甲第、二分以下賜副榜。嗣德二十九年丙子科會試通串二場，間或一場有分亦得入第三場，串前或二期有分，亦得入第四場。八分以上正中格；七分以下，與三期十分以上，爲次中格；

〔註36〕〔越〕《欽定大南會典事例》，卷106，《科舉》，漢喃院藏版，編號：A.54/1-3。

〔註37〕〔越〕高春育撰《國朝鄉科錄》，卷1、2，《鄉會試法附》，漢喃院藏版，編號：VHv635/1-4。

均入廷試。三分以上次甲第，二分以下賜副榜。

阮朝科舉制度，除了進士科以外，還設恩科、甲科、宏詞科、雅士科、淹博科等，以恩命視進士爲特優。

因阮朝自嘉隆元年（1802）實施極端的封建專制，制定「不立宰相、不選拔狀元、不立皇后、不封皇族以外之人王爵」的「四不」制度，所以阮朝期間沒有狀元，中第最高者是庭元第一甲進士及第第二名榜眼。

科舉制度傳播到越南之後，從 1075 年始創到 1906 年廢止，前後沿用了 800 多年，對越南古代文學、文化、封建人才培養以及儒學的傳播產生了深遠的影響。科舉取士作爲封建國家選拔和儲備維護其統治的人才的得力工具，使統治階級內部成員經常更新，保持了封建國家機器相對的活力與效率。它對越南封建國家強化中央集權、建立和發展文官政治、擴大統治基礎產生了積極的作用。科舉取士不僅豐富了越南封建國家的政治文化，還大大加快越南封建社會發展的步伐。而科舉制度以儒學爲核心，以「四書」、「五經」爲主要的考試內容，使得儒學與仕途相結合，因此對儒學的傳播與發展起了重要的作用。此外，科舉是讀書人求取功名、步入仕途的唯一「正途」，給予及第者帶來了榮譽、地位和豐厚的物質利益，對調動廣大老百姓參與學習的積極性、促進知識普及產生了重要的作用，使文化普及到民眾中來，爲文學、藝術等發展提供了新的動力。

二、賦在越南科舉中的地位及其作用

（一）賦及試賦的起源

賦在越南科舉中占重要的地位。越南漢文試賦來源於中國科舉試賦，同時也受到其它各體賦的影響。

在中國古代，賦作爲一種獨立的文體，興於戰國，盛於兩漢，經晉唐以來千年衍遞，自成統緒。馬積高《賦史》：「賦是一種不歌而誦的文體，它既不包括具有某種特定社會作用的不歌的詩體如箴、銘、頌等，也不包括具有某種特殊的社會作用的韻文如誄，祭文（有韻者）等（但弔文多是賦），更不包括後起的五七言詩。」〔註38〕

按馬先生的看法，賦的發展大體上可以分爲四個階段〔註39〕：（1）逞辭

〔註38〕馬積高撰，《賦史》，上海古籍出版社，1987 年版，第 6 頁。
〔註39〕馬積高撰，《賦史》，上海古籍出版社，1987 年版，第 8～9 頁。

大賦：這種賦體興起並盛行於兩漢。以司馬相如的《子虛》、《上林》，揚雄的《雨獵》、《河東》，班固的《兩都》、張衡的《二京》為其代表。其特點大都以問答為骨架，鋪陳名物、排比詞藻，好用古文奇字和雙聲疊韻，凡鋪排處多用整齊對稱的韻語，敘述和提頓處則多用散文句。（2）駢賦或俳賦：這種賦孕育於漢，而大盛於魏晉南北朝。其特點為句式比較整齊，多對稱、俳偶，並且漸變為以四、六字句為主。詞采亦多華美，然已少鋪陳名物、堆垛難字的現象，而頗注意於情景的描述。這種賦的語言特色與逞辭大賦的鋪排不無關係，但更多地接受到四言詩和騷賦的影響，又與同時孕育和形成的駢體文相輔相成，相互促進。（3）律賦：律賦是在駢賦的基礎上形成的，正如五、七言律詩是在五、七言古詩的基礎上形成的一樣。因此，自吳訥《文章辯體》以來，多把騷賦、逞辭大賦、駢賦等稱為「古賦」，以與律賦相對。律賦是與唐代進士考試詩賦的制度相聯繫的，它大概形成於唐中宗時，其特點是篇幅短小，開頭就要破題，除基本上通體排偶外，還限定幾個字作為韻腳，後來逐漸定型，至晚唐限用八韻。律賦盛行於唐，延綿及宋，至元因科舉考試不用律賦，其體逐微，然其對八股文頗有影響。至清，律賦一度又多了起來。（4）新文賦：這是伴隨唐代古文運動而產生的一種賦體，因為它的語言基本上同唐宋古文的風格相似，只是大體押韻，成了所謂「押韻之文」，所以過去人們稱之為「文賦」。

關於科舉試賦的歷史，清孫梅《四六叢話序》云：「自唐迄宋，以賦造士，創為律賦。」〔註40〕而據湯稼堂《律賦衡裁・凡例》的概括，取士用賦可分三個階段〔註41〕：

一是唐宋時期科舉試賦制度的確立。唐代考賦兼含「特科」與「常科」，又涉及禮部取士與吏部銓選。據史料記載，特科試賦在常科前，如唐高宗麟德二年王勃試《寒梧棲鳳賦》即是。至於常科之進士科初始考賦年份，眾說紛紜，一般以為高宗永隆二年試雜文兼賦開端〔註42〕，到玄宗開元二年試《旗賦》體制漸備，「始見八字韻腳，所謂『風日雲野，軍國清肅』」〔註43〕。中

〔註40〕 清孫梅撰，《四六叢話・賦三》，卷四，萬有文庫本，商務印書館發行，1937年版，第61頁。
〔註41〕 轉自許結撰，《制度下的賦學視域》，南京大學學報，2006年04期。
〔註42〕 參見王定保：《唐摭言》卷1「試雜文」條；趙翼：《陔餘叢考》卷28「進士」條；徐松：《登科記考》「永隆2年」、「光宅2年」條引錄及按語。
〔註43〕 吳曾撰，《能改齋漫錄》，上海古籍出版社，1979年版，第27頁。

唐考賦，律體爭勝，如明人胡震亨《唐音癸籤》卷二七云：「唐試士初重策，兼重經，後乃觭重詩賦。中葉後……士益競趨名場，殫工韻律。」李調元《賦話》卷一也說：「不試詩賦之時，專攻律賦者少。大曆、貞元之際，風氣漸開。至大和八年，雜文專用詩賦，而專門名家之學樊然競出矣。」宋承唐制，然得才多以進士，故考賦亦盛。觀其科制試文，經義與詩賦之爭激烈，而圍繞這一思想主旨，其考賦制也經歷了多次變遷，即宋初進士科試「詩、賦二題」〔註44〕，中經神宗熙寧間朝廷採取王安石提議罷詩賦，考以經義策論，哲宗元祐間廢新法，分經義、詩賦兩科取士，紹聖再議罷詩賦，高宗建炎二年又詔令「兼用經、賦」〔註45〕。然終宋之世，考賦仍爲主流。而金源一代，承唐舊制，科考律賦之風未輟。

　　二是元、明兩朝考賦制度的變化。元初太宗十年「戊戌選試」時擬「詞賦」一科，體承宋、金「律體」，後停廢，至世祖至元間有「以經義、詞賦兩科取人」〔註46〕（《元史·選舉志》）方案，久議不行。直到元仁宗詔復科舉時，方於漢人、南人三場試中立「詞賦」，而改前朝重聲律之病的律體爲「古賦」，即李調元《賦話》所言「變律爲古」。這也是科舉史上唯一的以楚漢體古賦爲科試內容的時期。與之不同，明朝科舉以八股制藝取士，不復考賦，所以其賦學「復古」又不盡同於元朝。當然，明人作賦也與科舉制度有一定的聯繫。如明代施行翰林院制度，新進士入翰林院爲翰林庶吉士之選，須將平時所作詩賦論記等文章呈禮部〔註47〕。而翰林散館考試，又承元代禮部試法，用以「古賦」。如鄭棠撰《長江天塹賦》自注「翰林賦」；李默之撰《京闈秋試舉人廷見賦》原注「課賦」；沈一貫撰《日方升賦》題注「閣賦」等。至於鄭棠另有《鳳鳴高崗賦》自注「吏部試」，《石城賦》自注「禮部試」，則因《明史·選舉志》及相關登科錄無載，明代吏部銓選與禮部省試考賦情形不詳，但考賦制度似未盡廢。

〔註44〕　參見：《宋會要輯稿·選舉》七之一。又，李燾：《續資治通鑑長編》卷19「太平興國3年」條：「詔自今廣文館及諸州府禮部試進士律賦，並以平側依次用韻。」

〔註45〕　馬端臨撰，《文獻通考》，卷33，選舉5，杭州浙江古籍出版社，1988年版，第299頁。

〔註46〕　〔明〕宋濂撰，《元史》，志四，中華書局，1976年版，第2021頁。

〔註47〕　《明史·選舉志》記翰林庶吉士之選：「令新進士錄平日所作論、策、詩、賦、序、說等文字，限十五篇以上，呈之禮部，送翰林考訂。少年有新作五篇，亦許投試翰林院。」

三是清人自詡「跨唐宋而上」的考賦制度的復興。一方面，清承明制，常科舉人、進士系的鄉試、會試及殿試均不考賦。《清史稿・選舉志一》載：「明則專取《四子書》及《易》、《書》、《詩》、《春秋》、《禮記》五經命題試士，謂之制義。有清一沿明制，二百餘年，雖有以他途進者，終不得與科第出身者相比。」〔註48〕另一方面是清代科制亦多考賦（律體）之處，主要有以下途徑：一曰「博學鴻詞」：此爲制科取人，康熙十八年開制，乾隆元年再行。此科考一賦一詩，康熙十八年律賦題爲《璿璣玉衡賦》，乾隆元年律賦題是《五六天地之中合賦》，二年七月又補試續到者於體仁閣，賦題是《指佞草賦》。終清「鴻詞」雖僅兩開，但影響深遠，如黃爵滋《國朝試律彙海序》稱「國朝試律之盛，遠軼三唐。國家兩舉博學宏詞，……數十年間，風雅蔚興」。二曰「翰林院」考試：此爲進士系內的考試，由於明清嘗以「翰林」爲「儲相」之選，尤爲顯貴，所以得進士功名者爭趨翰林院爲庶吉士。翰林院考試名目亦多，有專爲庶吉士設置的「朝考」，乾隆間始考詩、賦；有庶吉士肄業三年期滿之「散館試」，雍正元年即試以詩、賦、時文、論四題，乾隆元年尚書任蘭枝、侍郎方苞奏請專試一賦一詩，後沿爲式；有翰林官數年一次決定升黜的「大考」，初考論、疏、詩、賦，乾隆後偏重詞章，以一賦一詩爲主。此即蔣攸銛《同館律賦精萃敘》謂「唐以詩賦取士，宋益以帖括，我朝則以帖括試士，而以詩賦課翰林」。三曰「童生」、「生員」系考試：此爲清代科制初級試，儘管鄉、會試不考賦，但作爲培養聲律詞章水平，童生縣試、院試，生員歲、科考嘗有律賦，而地方學政案臨考前出題也有律賦或古賦。正因如此，清代童蒙學館詩、賦訓練也是廣泛而嚴格的。四曰「書院」之學：據乾隆十年禮部定制，書院每月之課以八股文爲主，兼及對偶聲律之學，尤其書院山長多翰林爲之，所以乾、嘉以後書院課生嘗間及律賦。

（二）試賦在越南科舉中的地位及其作用

越南自秦統一中國以後，經隋、唐間，到公元十世紀取得獨立之前，一直是中國的一部份，深受漢文化的影響。漢字在安南北屬時期是傳播漢文化的得力工具，也成爲官方語言，得到了廣泛使用。加上儒學的廣泛傳播，孔孟思想的長期薰陶以及隋唐時期科舉制度也推廣到嶺南廣大地區，使當時嶺南出現了許多學習並熟練地掌握漢語、學習中國詞章、崇率儒學、熟悉儒經

〔註48〕趙爾巽等撰，《清史稿》，卷186，中華書局，1976年版，第3099頁。

的文人學者。「因此，在這一時期內，漢字便成了全國通用文字，寫文章也仿照中國的模式。所有中國文學體裁如詩、賦、經義、文冊等都是越南儒學者所熟悉的體裁。」〔註49〕

即使在 939 年獨立以後至近代，越南封建政權也積極引進、吸收中國的文化成果，這期間一直以中國的文言作為自己的官方語言。獨立後的九百餘年中，越南在建立了系統性的模仿中國的政治制度和禮儀制度的同時，也建立了以儒家思想為主，兼容釋、道二家的意識形態。越南統治者在建立封建中央集權制度的過程中，出於鞏固封建統治、建立統治秩序的需要，採取科舉制度作為選拔和儲備維護其統治的人才的得力工具，使統治階級內部成員經常更新，保持了封建國家機器相對的活力與效率。它對越南封建國家強化中央集權、建立和發展文官政治、擴大統治基礎產生了積極的作用。

而科舉制度以儒學為核心，以「四書」、「五經」、詩賦為主要的考試內容。因古代越南與中國一樣，漢文詩賦文學修養之深淺是衡量一個文人、官員水平高低的重要標準，加上「賦重才學，故非儉腹之士可率爾操觚。崔瑗論張衡『數術窮天地，製作侔造化。瑰辭麗說，奇技偉藝，磊落煥炳，與神合契』；張溥評相如大賦『非徒極博，實發於天材』，皆重賦家之實學與稟賦。這種學識不僅限於漢賦作家，即如韻律謹整的唐宋律賦，亦以馳騁才學為優。沈作喆《寓簡》引宋初進士孫何《論詩賦取士》語：『非學優才高，不能當也。……觀其命句可以觀學殖之淺深；即其構思，可以覘器業之大小。』」〔註50〕〔越〕阮天縱《舊編群賢賦集序》也說：「非胸中素有定見，安能晷援。免文衡過眼空迷也哉。」〔註51〕所以越南歷朝設科取士，斟酌成規，第三場試以詩賦酌取。

賦作為越南科舉考試中的文體，不同時期崇尚不同的文體。陳朝時，賦用《騷》、《選》體。《騷》體賦即中國漢代時的騷體；《選》體賦是指蕭統《文選》中所收錄賦篇的賦體。因蕭統《文選》將所選之賦按題材分為十五小類，依次為：京都、郊祀、耕籍、畋獵、紀行、遊覽、宮殿、江海、物色、鳥獸、志、哀傷、論文、音樂、情，囊括自先秦兩漢至宋梁的三十一家共五十二篇作品，這些所謂《選》體賦實際上包含了古體、俳體和騷體在內的三種賦體。

〔註49〕〔越〕鄧臺梅撰，《越南文學與中國文學密切而悠久的關係》，越南文學研究期刊 1961 年第 7，第 2 頁。

〔註50〕許結撰，《中國賦學歷史與批評》，江蘇教育出版社，2001 年 7 月第 1 版，第7～8 頁。

〔註51〕〔越〕黃萃夫撰，《群賢賦集・舊編序》，漢喃研究院藏版，編號：A.575。

　　黎朝時，鄉試賦用李白體，會試賦用八韻體，有時也用漢代的騷體。根據黎朝學者黎貴惇記載：「李時場文不傳。陳時賦用《騷》、《選》體。本朝洪德中，會試法，賦用八韻律體，有隔句對（鄉試法，賦用李白體），格正雙關，對其體則四平四仄相間，取其格調齊整，遵宋制也。」〔註52〕如「光順三年（1462）四月鄉試第三場試詩賦，詩用唐律，賦用古體、《騷》、《選》」〔註53〕；「洪德三年（1472）三月壬辰科會試規定，第三場試詩賦，詩用唐律，賦用李白體。」〔註54〕「洪德六年（1475）三月乙未科會試第二場作詩賦各一題，詩用唐律，賦用李白體。」〔註55〕

　　阮朝（1802～1945）在科舉考試制度仍按黎朝的四場試法，如嘉隆六年丁卯科「其試法：第一場《制》、《義》、《經》五題，傳一題。士人行文專治一經或兼治亦可；第二場《詔》、《表》、《制》各壹道；第三場，唐律詩一首，八韻體賦一篇；第四場，策問一道。」「明命十五年甲午科：是科始置各場內外科道監察各壹。始定三場試法。第一場，八股制義。士人行文經一、傳一；第二場，詩賦。詩，鄉用七言律，會用五言律。八韻賦用明、清律體；第三場，策問一道。鄉試覆核用《賀》、《表》一題。」〔註56〕，但從整體上來講，詩賦一直是科舉考試的重要內容。

　　科舉制度以詩賦取士不僅反映了統治者對詩賦文學的重視，還「普及了教育，傳統社會中的人們在科舉的激勵下增強了學習的動力、提高道德品行的動力和為國報效的動力。科舉的成功者和失敗者都程度不同地獲得了知識的滋養，在官場上和官場外的各行各業中為社會的進步添著磚，加著瓦，推動著社會管理機制的更新和社會的全面進步」。〔註57〕

　　此外，在政治外交上，越南獨立後仍與中國保持著密切的宗藩關係。在

〔註52〕〔越〕黎貴惇《見聞小錄》，卷2，《體例》，漢喃研究院藏版，編號：VHv.1322。

〔註53〕〔越〕潘清簡等著《欽定越史通鑒綱目》，正編卷19，黎聖宗光順3年，漢喃研究院藏版，編號：A.2674，第1976～1977頁。

〔註54〕〔越〕吳士連撰，《大越史記全書》，本紀卷12，《黎紀》，河內社會科學出版社，1998年版，第72頁。

〔註55〕〔越〕吳士連撰，《大越史記全書》，本紀卷13，《黎紀》，河內社會科學出版社，1998年版，第6頁。

〔註56〕〔越〕高春育撰，《國朝鄉科錄》，卷1、2，《鄉會試法附》，漢喃院藏版，編號：VHv635/1-4。

〔註57〕王日根撰，《中國科舉考試與社會影響》，嶽麓書社，2007年11月第一版，第2頁。

天朝禮儀體制下，中國封建帝國不僅是越南的宗主國，也是越南漢文化的母體。中越邦交往來一般是由科榜出身的使臣來完成，越南使臣的漢文詩賦修養是溝通中越官員交往的潤滑劑，是越南、朝鮮使臣交往的工具，這些使臣成爲越南漢文化水準的象徵。所以，越南歷朝派遣出使中國的使臣一般以儒學、漢文詩賦修養較深的官員充任。〔註58〕如：

前黎丁亥天福八年（987），「宋復遣李覺來至冊寺。帝（黎桓）遣法師名順（915～990）假爲江令迎之。覺甚善文談。時會有兩鵝浮水面中。覺喜，吟云：『鵝鵝兩鵝鵝，迎面向天涯。』法師於把棹次韻示之日：『白毛鋪綠水，紅棹擺青波。』」〔註59〕這首詩顯然是模仿唐代駱賓王《詠鵝》「鵝，鵝，鵝，曲頸向天歌。白毛浮綠水，紅掌撥青波。」詩。

陳朝戊寅興隆十六年（1308），「帝（陳英宗）遣莫挺之使元。……及進朝，適外國進扇。元帝命爲銘，挺之秉筆立就。其詞日：『流金鑠石，天地爲爐，爾於斯時方伊周巨儒；北風其涼，雨雪戴途，爾於斯時方夷齊餓夫。噫！用之則行，捨之則藏。惟我與爾有如是夫。』元人益加歎焉。」〔註60〕

據雅軒居士潘輝溫所編的《科榜標奇》〔註61〕一書，就可考知陳、前黎、莫、後黎各朝都曾以科舉狀元領北史之職，如：

> 阮直，太宗大寶三年壬戌（1442），開進士科，公應舉預禮闈選，廷試賜狀元及第。時公年才二十歲。太和己巳（1449），由南策安撫升侍講，奉往北使。（卷二）

> 梁世榮，聖宗光順癸未（1463），會試合格，廷試賜狀元。……奉往北使，應對敏捷，聲聞兩國，交邦辭命，多所擬撰，明人常以國中有人稱之。（卷二）

> 阮簡清，端慶戊辰（1508，會試合格，廷試領狀元。公時年二十八。官曆翰林侍書，兼東閣大學士。從莫奉使，仕至禮部尚書忠輔伯，贈侯爵。（卷二）

〔註58〕陳文的博士論文《科舉在越南的移植與本土化》，第75頁，暨南大學，2006年6月10日。

〔註59〕〔越〕吳士連撰，《大越史記全書》第2集，卷1，《黎紀》，河內社會科學出版社，1998年版，第18頁。

〔註60〕〔越〕吳士連撰，《大越史記全書》卷6，《陳紀》，河內社會科學出版社，1998年版，第24頁。

〔註61〕〔越〕潘輝溫撰，《科榜標奇》，漢南研究院藏版，編號：A.539。

　　阮登道，熙宗正和癸亥（1683），會試合格，廷對擢狀元。時年
三十三，應制第一，父子兄弟同朝，奉往北使。（卷三）

　　綜上所述，越南科舉中之所以設有賦科目，其原因在於：首先是賦本身
具有觀覽風俗、馳騁才學、頌美國家、陶冶性情等多種作用，因而以之作為
選拔人才的得力工具；其次是越南文化自身的延續性所決定；其三是越南封
建統治者出於政治外交的必然需要。其四是科舉教育的效應。

三、越南科舉試賦在黎朝以前的狀況

　　因越南書籍屢次遭到兵火之災，如：吳士連《大越史記全書》記載：「陳
末紹慶二年（1371）閏三月，占城入寇，……焚毀宮殿，……賊燒焚宮室，
圖籍為之掃空……」「（明永樂十六年）秋七月，明遣行人夏清、進士夏時來
取我國古今事跡志書」；潘輝注撰《歷朝憲章類志》卷四十二《文籍志》：「陳
末明人之變，書籍既逸於前。黎初陳暠之亂，文籍又散於後。」〔註 62〕；黎
貴惇《大越通史‧藝文志》記載：「本朝撥亂興治，阮廌子、潘孚先諸名儒，
相與蒐尋典雅，採括遺文，兵火之餘，十得四五。甥宗敦悅經籍，光順初，
詔求野史，收人家所藏古今傳記，悉令奏進。洪德中。詔求遺書，藏於秘閣。
有以奇秘來獻者，厚加優賞。於是先代之書，往來間出。至陳暠作亂，京城
不守，士民爭入禁省，取金帛，文書圖籍委棄滿道。偽莫稍能褒錄，而國家
克復京師之辰。諸書籍又毀於火。士大夫家所藏，罕有能守。散蕩至此，可
勝惜哉！即李陳二代，三百餘年，詔冊敕令，頌歌篇什，議論章奏，典章條
格，何可繼數，而今並闕逸。天南餘暇一書，載本朝制度、律例、文翰、典
誥，亦如通典會要，而十僅其一二。閱覽博聞之君子，又將所尋繹。如摘醨
詩集，所記諸賢文集行於世者，今僅存其篇名，而實有不可得見者矣！」〔註
63〕越南黎朝洪德年間（1470～1497 年）黃德良所編《摘豔詩集序》云：「雖
金石之器、鬼為之呵、神為之護，猶散落淪沒。況遺稿薄紙在笈笥之下，經
兵火之餘，而能保其無隱乎。」〔註 64〕所以當今考證李、陳、胡三朝科舉中
的試卷受到一定的限制。

　　據現存的文獻記載，李朝時期科舉制度處於草創階段，賦當時尚未成為
科考的獨立科目。

〔註 62〕　〔越〕潘輝注撰，《歷朝憲章類志》，漢喃研究院藏本，編號：A.2445。
〔註 63〕　〔越〕黎貴惇撰，《大越通史》，漢喃研究院藏本，編號：A.1389。
〔註 64〕　〔越〕黃德良撰，《摘豔詩集》，漢喃研究院藏本，編號：VHv.2573。

　　陳朝繼承李朝的科舉制度並加以改進，賦開始成為科考的獨立科目。對於賦在陳朝何時成為獨立科目的問題，當今研究學者普遍認同直到陳英宗興隆十二年（1304）賦才被列為科目。雖有記載陳朝在早期（1247年）就把賦列為科目的文獻，但為數極少，應待考證核實。

　　陳朝考賦體制的規定與中國賦體文學發展有相反的趨向，由八韻體（1304）嬗變成古體、《騷》體或《選》體（1396）。這一改變的原因，在於陳朝末年科舉體制追隨中國元朝的相關規定。

　　關於陳朝考賦試卷，現存者有二。一是阮賢《鴨子辭雞母遊湖賦》，陳太宗天應十六年丁未科（1247）廷試題；另一篇是陶師錫《景星賦》，陳睿宗隆慶三年甲寅科（1374）廷試題。此外，與科舉有關的賦篇有陳英宗興隆十二年（1304）莫挺之《玉井蓮賦》。

　　胡朝取代陳朝之後，科考分為五場，試法也模仿中國元代，但科目有所增加，比越南任何一個朝代都多。科舉制度中仍有試賦，如《大越史記全書》記載1400年胡試太學生「賦題用『靈金藏』。諸生請講題。問：『有故事否？』惟裴應斗以宋朝孫何科『厄言日出』對。故講之。」〔註65〕《靈金藏賦》僅存其篇名，而實有不可得見者。關於胡朝考賦的試卷，當今無法考究。胡朝期間的漢文賦，今尚存者有《葉馬兒賦》二篇。

　　有關越南黎朝以前科舉試賦的詳細情況將在本書第二章予以論述。

四、越南科舉試賦在黎朝、莫朝、阮朝的狀況

　　1428年，黎利在抗明軍十餘年後，終於取得勝利，建立黎朝（1428～1788年），史稱後黎朝。後黎朝是越南封建社會發展到繁榮並開始走向衰落的時期。初期（1428～1527年），國家統一，社會比較穩定，經濟得到恢復和發展，科舉取士制度逐漸完善，文化教育也進一步發展；1527年莫登庸篡位後，越南歷史進入南北朝時期（1527～1592年）和鄭阮紛爭時期（1558～1788年），雖然南北長期紛爭，戰爭不斷，但亦不乏有識之士，發展教育，振興文風。後黎朝的政治、經濟、文化等都迅速發展，是越南封建社會的全盛時期。後黎諸帝均崇奉儒學，以儒學作為建國治民的指導思想，作為制定各種典章制度的理論依據，作為全國上下共同遵守的金科玉律。儒學在後黎朝達到了它

〔註65〕〔越〕吳士連撰，《大越史記全書》，第2集，卷8，河內社會科學出版社，1998年版，第38頁。

的鼎盛階段，取得了獨尊的地位，成爲支配全社會的正統思想。

綜觀整個黎朝，黎朝歷代皇帝執行抑佛重儒的政策，獨尊儒學，佛教逐漸走向衰落，儒學開始佔據了優勢地位。學校教育與科舉制度互動發展，建立起了一套上自國子監，下至府學、縣學、社學、私塾較爲完備的學校教育系統，不僅爲越南封建土朝培養了一批批封建官僚，而且推進了越南文化、文學的繁榮和發展。

在此歷史背景下，黎朝科舉制度得到了全面改進和完善，對科考科目的規定比較詳細。黎朝科考仍按陳朝末年所推行的四場試法，試賦仍然是科考當中的重要科目。

黎太宗、黎仁宗期間考賦定於第三場，但對試賦的規定比較鬆弛，沒有限定用何賦體、押何韻。如黎太宗大寶三年（1442）會試賦題爲《春臺賦》，此科狀元阮直和此科進士阮維則都用八韻賦體來寫，而此科進士陳文徹卻用騷體賦來做。這種科考規定較靈活的現象沿用到黎仁宗（1442～1459）年間。

黎聖宗（1460～1497）其間，科考規定逐步改進，考賦科目規定日益規範化。「光順三年（1462年）四月鄉試第三場試詩賦，詩用唐律，賦用古體、《騷》、《選》」〔註66〕。黎聖宗洪德年間（1470～1497）對進士科制定出「洪德試法」。「洪德試法」是指黎聖宗洪德三年制定的試法，爲黎朝歷代帝王所推崇，並以之爲科考準繩。

據高春育《阮朝鄉科錄》記載：

> 洪德三年（1472）詳定試法。第一場《四書》八題，《論》、《孟》各四，士子自擇四題行文；《五經》，每《經》三題，士子自擇一題行文；惟《春秋》二題，並爲一題行文。第二場《詔》、《制》、《表》，各一題。第三場詩賦，各一題，可用李白體。第四場《策》一道，以詩書旨意之異同、歷代政事之得失爲問〔註67〕

又據黎貴惇《見聞小錄》記載：

> 本朝洪德中，會試法，賦用八韻律體，有隔句對（鄉試法，賦用李白體），格正雙關，對其體則四平四仄相間。〔註68〕

〔註66〕〔越〕潘清簡等撰，《欽定越史通鑒綱目》·正編卷19，漢喃研究院藏版，編號：A.2674，第1976～1977頁。

〔註67〕〔越〕高春育撰，《國朝鄉科錄》，卷1、2，《鄉會試法附》，漢喃院藏版，編號：VHv635/1-4。

〔註68〕〔越〕黎貴惇撰，《見聞小錄》，卷2，《體例》，漢喃研究院抄版，編號：VHv.1322。

　　由上所述，黎朝科舉制度自黎聖宗開始對考賦科目有較詳細的規定。考賦定於第三場。科考賦體規定一般：鄉試用古體、《騷》、《選》。會試用八韻律體，也可用李白體。自黎中興及後期，會試考賦全用八韻律體。

　　關於黎朝考賦的試卷，因屢次遭到兵火之災，所以黎朝初期（1428～1527）考賦試卷今存者僅有六篇，是黎太宗大寶三年（1442）會試御題《春臺賦》三篇和黎仁宗太和六年（1448）會試題《四宣圖賦》三篇。此六篇考賦試卷都被收錄於《群賢賦集》，黃萃夫編，手抄本，364頁，規格：33 x 23 cm。漢喃研究院藏版，編號：A.575

　　黎朝中興及後期（1533～1787）自黎世宗光寶十八年（1595）始「復三年一大比」至黎嘉宗德元元年（1675）的考賦試卷無法考究。自黎熙宗正和四年至昭統元年（1787）的考賦試卷收錄於以下三本：

　　1.《黎朝歷科登龍文選》，另名《歷科登龍文選》，手抄本，945頁，規格：26，5 x 15，5 cm。漢喃研究院藏版，編號：A.1397。此集收錄黎朝從隆德（1733年）至昭統元年（1787年）19科會試中格賦28篇賦。

　　2.《天南歷科會選》，阮廷素編，印刷本，題序於黎景興癸巳年（1773年），130頁，規格：26 x 15 cm。漢喃研究院藏版，編號：A.2735。此集收錄黎朝從正和十五年（1694年）至昭統元年（1787年）31科會試中格的賦52篇。

　　3.《歷科登龍文選》，印刷本1，手抄本1。海陽寧江嘉柳堂鑴於阮朝明命20年（1839年），全集共六卷，1194頁，規格：27，5 x 15，5 cm。漢喃研究院藏版，編號：A.2648/1-6。全集收錄黎朝從正和4年（1683年）至昭統元年（1787年）34科會試中格賦60篇。

　　莫朝（1527～1592）期間，為鼓勵學者和提高儒學地位，莫登庸登基後於1529年開會試科，「其試法恩格一依黎朝典例。是後三年一比，寧以為常。」〔註69〕自莫太祖明德三年（1529）至莫茂洽洪寧壬辰科（1592）共開22科，取士499人，「雖或兵興多事，未嘗廢弛。人才所得，為多用能維持國事。」〔註70〕莫朝的詩賦文學方面也取得一定的成就，但今尚存者極為少數，考賦試卷全無。這種情況若不是干戈兵火所造，也應該是滅莫統治者有意刪廢。

〔註69〕〔越〕潘清簡等撰，《欽定越史通鑑綱目》，第6集，卷27，漢喃研究院藏版，編號：A.2674，第371頁。

〔註70〕〔越〕潘輝注撰，《歷朝憲章類志》，第3集，《科目志》，漢喃研究院藏本，編號：A.2445。

　　阮朝（1802～1945）自阮世祖嘉隆六年（1807）首次開鄉試以後，越南
的科舉制度發展的更加嚴密、完善。阮朝初期科舉考試制度仍按黎朝的四場
試法。明命十六年（1835）鄉試、會試改用三場試法，罷四六。嗣德五年（1852）
鄉試、會試復用四場試法。嗣德十一年（1858）規定鄉試用三場試法（罷詩
賦），會試仍舊四場。嗣德二十九年（1876）又規定鄉試「制義罷專經，而四
六改以詩賦，策道改以題案。」〔註71〕此鄉、會試法一直沿用至阮朝完全廢
除科舉制度的凱定四年（1919）。

　　綜觀整個阮朝的科舉制度，試賦雖在鄉試有時停用，但總是科舉中重要
的科目。阮朝試賦的體制要求，不論鄉試還是會試，都規定用八韻律體。

　　有關越南黎朝、莫朝及阮朝科舉試賦的詳細情況將在本書第三、四章予
以論述。

〔註71〕〔越〕高春育撰，《國朝鄉科錄》，卷 1、2，《鄉會試法附》，漢喃院藏版，編
　　　　號：VHv.635/1-4。

第二章　中國賦對黎朝以前的漢文賦之影響

第一節　越南封建國家早期的詩文面貌

　　越南自 939 年獲得獨立後，吳權奠都古螺。經過吳、丁朝（968～980 年）和前黎朝（980～1009 年），尚處於越南自主封建國家的草創階段，歷時較短。經曲承裕以來戰爭的破壞，原先建立的許多學校已變爲廢墟。此三朝治國時間比較短暫，戎馬倥傯，只集中在武備方面，無暇顧及文教方面，所以儒學發展無大起色。並且當時越南原始公社性質社會制度尚在，還未需要儒家的治國學說和嚴格的道德倫理觀念，故而表現活躍。而以普渡眾生、救苦救難爲宗旨的佛教和道教因與民間信仰較爲接近。此外，佛教和道教都以漢字爲傳播的工具，許多僧人、道士頗精通漢文，因此僧人和道士成爲知識階層的主體，得到朝廷的重用，在封建制度和整個上層建築的建設中發揮了作用。雖儒家在此社會背景當中與釋、道地位相比稍遜，但同爲社會三大主流思想之一，其於社會影響非小。因而丁、前黎兩朝統治者雖頗重視佛教，予以僧人參與國家政治生活、手中握有較大的權力等特權特利，但同時均實行三教並用的方針。據《大越史記全書・本紀・丁紀》記載，丁朝立國不久，即於971 年制定文武僧道階品。「以阮匐爲定因公。劉基爲都護府士師。黎桓爲十道將軍。僧統吳眞流，賜號匡越大師。張麻爲僧錄道士。鄧玄光爲授崇眞威儀。」同書也記載：「丁亥，天福八年（987 年），宋復遣李覺來至冊江等。帝

〔黎桓〕遣法師名順（915～990）假爲江令迎之。」〔註1〕

當時詩歌文學方面也帶有時代的色彩。從現存資料來看，當時詩歌一般以懺詩、偈詩爲主。如：匡越大師吳眞流（933～1011）《始終》「始終無物妙虛空。會得眞如體自同。」；《元火》「木中元有火，元火復還生。若謂木無火，鑽燧何由萌。」僧萬行（？～1018）《寄杜銀》「土木相生艮畔金，爲何謀我蘊靈襟。當時五口秋心絕，直至未來不恨心。」；《示弟子》「身如電影有還無，萬木春榮秋不枯。任運盛衰無怖畏，盛衰如露草頭鋪。」〔註2〕；佚名《懺詩》「杜釋殺丁丁，黎家出聖明。競頭多橫死，道路絕人行。」〔註3〕（這首暗指杜釋殺丁朝兩位皇帝：丁先皇，丁璉）；羅貴禪師《大山》「大山龍頭起，虬尾隱朱明。十八子定成，綿樹顯龍形。兔雞鼠月內，定見日出清。」〔註4〕（這首暗指李氏立帝王之業）

總之，因丁、前黎兩朝的時間較爲短暫，改朝換代經常出現，若知事而實言者容易惹禍，因此以讖言、懺語來表達自己的觀點比較常見，而使用讖言、懺語主要是各位禪師所長。在此歷史背景之下，我們認爲丁、前黎兩朝的文學特性是屬於越南古代文學初期，以懺詩、偈詩爲主的。

第二節　李朝詩文及賦體文學面貌

李朝（1010～1225）時期，越南封建國家走上了穩定發展的道路，政治、經濟、文化都獲得較大成就，是越南封建社會發展的重要階段。李朝在建立與鞏固封建中央集權君主專制制度的同時，在文教方面亦非常注重，倡導、鼓勵士子尊儒並學習漢文的詞章，選拔人才來擁護其制度。

但李朝時期，佛教佔有明顯的優勢，支配整個國家的意識形態，成爲社會思想文化的主流。其原因除了當時僧人通經史、有才智以外，還由於李朝開國皇帝本是萬行禪師的徒弟，在奪取政權的過程中曾得到萬行禪師的支

〔註1〕〔越〕吳士連撰，《大越史記全書》，卷1，《黎紀》，河內社會科學出版社，1998年版，第18頁。
〔註2〕越南社會科學委員會，文學院主編，《李陳詩文》，第一集，河內社會科學出版社，1978年版，第210～218頁。
〔註3〕越南社會科學委員會，文學院主編，《李陳詩文》第1集，河內社會科學出版社，1978年版，第200頁。
〔註4〕越南社會科學委員會，文學院主編，《李陳詩文》第1集，河內社會科學出版社，1978年版，第219頁。

持。故而，他稱帝後，廣度人民為僧，大造佛寺，重用僧官。其後諸帝競相效法，奉佛為國之常典，佛教幾乎等同於國教。當然，道教在當時也受到尊重及鼓勵。越南史家黎文休在其所著的《大越史記》曰：

> 李太祖即帝位，甫及二年，宗廟未建，社稷未立。先於天德府
> 創立八寺，又重修諸路寺觀，而度京師千餘人為僧……百姓大半為
> 僧，國內到處皆寺。〔註5〕

因而，李朝詩文面貌與越南建國初期的文化發展相一致。李朝文學帶有濃厚的宗教色彩，在內容方面絕大多數跟佛教有關，形式上有些詩較完整，為四句五言或七言。

關於李朝詩文，我們以《李陳詩文》〔註6〕第一集為依據，結合現存李朝文獻統計出李朝共有 66 位作者，其中 9 位佚名，35 位禪師。詩文方面有：7篇詔，9 篇碑銘，38 首偈，24 首詩，24 篇雜文。這些作品，除了詔和一些雜文以外，內容基本上都與佛教、佛學有關。但我們仍可找到有關社會生活、民族命運等內容的作品，如萬行法順的《答國王國祚之問》：「國祚如藤洛，南天里太平。無為居殿閣，處處息刀兵。」〔註7〕；圓照禪師的《參徒顯決》「苦木逢春花覺發，風推千里馥神香。」或「籬下重陽菊，枝頭暖日鶯。」或「苑中花爛漫，岸上草離披」〔註8〕；滿覺禪師的《告疾示眾》「春去百花落，春到百花開。事逐眼前過，老從頭上來。莫謂春殘花落盡，停前昨夜一枝梅。」〔註9〕這些作品內容不管是反映宗教生活、社會面貌、民族命運還是人生的情感，但都有一個共同的特點是用漢字來書寫的。漢字本來是儒教傳播的得力工具，因而或多或少影響到當時社會的高層階級及普通老百姓。

此外，李朝統治者從政治生活中認識到，佛、道理論雖然高超，但往往不能解決鞏固和發展封建專制制度的實際問題。〔越〕阮維馨在《李朝的思想

〔註 5〕〔越〕吳士連撰，《大越史記全書》本紀，卷 2，《李紀》，河內社會科學出版社，1998 年版，第 3 頁。

〔註 6〕越南社會科學委員會，文學院主編，《李陳詩文》，第 1 集，河內社會科學出版社，1978 年版。

〔註 7〕越南社會科學委員會，文學院主編，《李陳詩文》，第 1 集，河內社會科學出版社，1978 年版，第 204 頁。

〔註 8〕越南社會科學委員會，文學院主編，《李陳詩文》，第 1 集，河內社會科學出版社，1978 年版，第 267 頁。

〔註 9〕越南社會科學委員會，文學院主編，《李陳詩文》，第 1 集，河內社會科學出版社，1978 年版，第 298 頁。

體制》寫道「站在歷史實際的角度看，佛教從來未能用於駕馭一個國家，制定其對內對外路線政策，確定朝制或社會制度，規定上自宮廷下制村社的尊卑秩序」〔註10〕。而儒家學說對維護皇權更爲切實有效；奉行積極用世精神的儒士，比佛僧和道士更符合封建人才的標準；任命他們爲各級官吏，更有利於鞏固國家政權，推行各項典章制度。因此，出於鞏固封建統治、建立統治秩序的需要，李朝在尊崇奉事佛教的同時，也逐步提高了儒學的地位，鼓勵發展和傳播儒學。他們積極興辦學校，推行科舉，越來越重視使用儒生。李聖宗（1054～1072 年）在位晚年，於 1070 年在京都升龍首次建立文廟。內塑孔於、周公和四配（顏子、曾子、子思、孟子）像，畫七十二賢像，四時享祀。仁宗太寧四年（1075 年）爲了選拔內政和外交人才首次開科取士。這一科始開越南科舉先河，是越南科舉制度的歷史性的轉折點，爲越南今後科舉制度發展打下了基礎。

　　李朝科舉制度處於草創階段，科名、試法未定，開科次數相對較少，主要集中在仁宗、英宗、高宗三代君主。武欽璘《古今科試通考》記載「我國考試，始於李仁宗，然或試儒學士人，或試吏員僧道，詩書文藝、書算刑律、簿頭三教之類，試法不一，科名亦未之聞。」〔註11〕整個李朝共舉行 7 次科舉，主要集中在仁宗、英宗、高宗三代君主：

　　　　李仁宗太寧四年（1075），詔選明經博學及試儒學三場，黎文盛中選，進侍帝學。〔註12〕

　　　　李仁宗廣祐二年（1086）八月，試天下有文學者，充翰林院官。〔註13〕

　　　　李英宗大定十三年（1152）十月，舉天下之士親試於殿庭。〔註14〕

　　　　李英宗政隆寶應三年（1165）八月，試太學生。〔註15〕

〔註10〕〔越〕阮維馨在《李朝的思想體制》中譯文載暨南大學：《東南亞研究》，1987年第 1～2 期。

〔註11〕〔越〕武欽璘撰，《古今科試通考》，卷 2，阮·嗣德 26 年癸酉夏恭鐫，漢喃研究院藏版，編號：A.1297，第 8 頁。

〔註12〕〔越〕吳士連撰，《大越史記全書》，卷 3，《李紀》，河內社會科學出版社，1998年版，第 7 頁。

〔註13〕〔越〕吳士連撰，《大越史記全書》，卷 3，《李紀》，河內社會科學出版社，1998年版，第 11 頁。

〔註14〕〔越〕阮文桃撰，《皇越科舉鏡》，漢喃研究院藏手抄本，編號：VHv.1277，第 15 頁。

　　　李高宗貞符十年（1185）春，正月，試天下士人，自十五歲能
　通詩書者，侍學御筵。取裴國愊、鄧嚴等三十人，其餘並留學。

　　　李高宗天資嘉瑞八年（1193），試天下士人，入侍御學。〔註16〕

　　　李高宗天資嘉瑞十年（1195），試三教，賜出身。〔註17〕

　　由上述文獻記載，筆者認爲李朝科舉制度當中科目主要以「詩書文藝」、「書算刑律」爲科考內容，其目的爲選出「有文學者」、「通詩書者」，而「賦」尚未成爲獨立的科目。

　　雖然在現存的文獻中，並沒有發現李朝時與漢文試賦有關的資料，但我們仍可從相關的歷史記錄中考證出當時確實存在賦。如：《越史略》記載：1043年，李太宗「幸武寧州松山寺，見其頹殿中有石住敧壓，上慨然有重修之意，石柱忽然復正。因命儒臣作賦，以紀其異。」〔註18〕

　　此外，李朝開科取士使儒學與仕途相結合，對廣大士人是極大的鼓勵，此舉提高了當時老百姓對學儒的積極性。導致當時社會形成儒、佛、道三教並行發展。1195年舉行三教考試已反映了當時三教並用的方針。但終李之世，科舉制度尚處於初步推行階段，科舉考試還不能正常運轉，按期舉行。儒士階層人數也比較少，儒學在整個社會生活中還沒有像佛教一樣佔據主導地位，成爲維護封建統治的精神支柱的形勢。

　　綜上所述，「李朝是佛教最興盛的時期，在文學上僧侶的作用反映了他們社會的地位。這一時期雖然儒教仍然在發揮影響作用，但佛教的影響顯然更大，佔據主導地位。」〔註19〕佛教佔有明顯的優勢，支配整個國家的意識形態，成爲社會思想文化的主流。李朝文學一般是以禪宗文學爲主的。「初期尚不失清逸樸拙之風，中期後轉求工整絢麗、殆受唐風薰染，散文則樸實無華，古風猶在。李朝的高僧儒士實是漢文學的奠基者，代表人物有萬行禪師、滿覺禪師、寶鑒禪師、惠生僧統。萬行『該貫三學，發語成讖』；滿覺『博聞強

〔註15〕〔越〕武楣等編，阮侃校《鼎鍥大越歷朝登科錄》，卷1，黎景興40年刻本，第4頁。

〔註16〕〔越〕吳士連撰，《大越史記全書》，卷3，《李紀》，河內社會科學出版社，1998年版，第11頁。

〔註17〕〔越〕潘輝注撰，《歷朝憲章類志》，卷26，《科目志》，漢喃研究院藏本，編號：A.2445，第4頁。

〔註18〕〔越〕佚名《越史略》卷2，叢書集成初編，中國商務印書館，第31頁。

〔註19〕〔越〕丁嘉慶主編，《越南文學（10～18世紀前半葉）》，教育出版社，2002年版，第48頁。

記，學通儒釋』；寶鑒『恬澹簡潔、幼習儒業，詩書禮易、無所不究』；惠生『辯若懸河，尤善詞』。他們既精通佛理，又深諳儒學」〔註20〕。他們的詩文在李朝文學中有一定的地位，其內容常與佛教哲理有著密切的聯繫，爲李朝的漢文文學作出了不可磨滅的貢獻。李朝時期科舉考試中雖未見採用賦體，但賦作爲一種文學體裁，已被當時的儒臣所掌握，並寫出有關的作品。總而言之，李朝詩文雖有時代的限制，但已給越南古代文學的發展奠定了基礎，爲其日後的發展起了重要作用。

第三節　陳、胡朝社會背景，科舉制度及試賦

一、陳、胡朝的社會背景：儒教地位明顯上升

陳朝（1225～1400 年）取代李朝之後，佛教雖仍頗爲盛行，皇帝、貴族晚年常皈依佛門，但已不再佔據著主導的地位。佛教漸漸受到排佛重儒的思想影響，如：張漢超（？～1354）在《開嚴寺碑記》中寫道「乃其徒之狡獪者，殊失苦空本意，務占名園佳境，以金碧其居，龍象其眾。當世流俗豪右輩又從而響應，故凡天下奧區名土，寺居其半。緇黃飯之，匪耕而食，匪織而衣。匹夫匹婦，往往離家室，去鄉里，隨風而靡。噫！去聖愈遠。道之不明，任師相者，既無周召以首風化，州閭鄉黨，又無庠序以申孝悌之義。斯人安得不皇皇顧而之他，亦勢使然也。」他主張重教興學，傳授堯舜孔孟之道。說：「方今聖朝欲暢皇風以救頹俗，異端在可黜，正道當復行。爲士大夫者非堯舜之道不陳前，非孔孟之道不著述。」〔註21〕這樣使儒教漸漸登上了正統的地位。

此外，李朝末年尚處在萌芽發展、地位較低的社會階層——儒生——到陳朝得到了發展。他們一般來自地主、庶民，而且還出現了來自農民、匠工階級的趨勢。〔陳〕陳元旦（1325～1390 年）在《題觀滷簿詩集後》寫道：

中興文運邁軒義，兆姓謳歌樂盛時。鬥將從臣皆識字，吏員匠民亦能詩。〔註22〕

〔註20〕陳玉龍撰，《漢文化史綱》，北京大學出版社，2000 年版，第 387 頁。

〔註21〕越南社會科學委員會，文學院主編，《李陳詩文》第 2 集，河內社會科學出版社，1978 年版，第 746 頁。

〔註22〕越南社會科學委員會，文學院主編，《李陳詩文》第 3 集，河內社會科學出版社，1978 年版，第 196 頁。

　　說明當時社會識漢字、懂詩文的人是很普遍的，這些「吏員匠民」成爲創作文學作品的重要力量。他們的出現以庶族地主興起，並成爲國家的依靠力量爲背景，儒學逐漸成爲居於統治地位的思想，科舉制也因此成爲可能。由於儒學能夠「安邦濟世」，儒生們具有統治的見識，在越南走向封建集權的國家機構中就一天比一天受到重視。

　　因儒生階層在當時社會越來越得到重視，加之統治階級也注重文教方面，如陳太宗元豐三年（1253 年）「六月立國學院，塑孔子、周公、亞聖，畫七十二賢像奉事。……九月詔天下儒生，請國子院講四書六經。」〔註23〕陳順宗皇帝丁丑年（1397 年）「五月，詔置諸路學官，給田有差。詔曰：古者國有學，黨有序，遂有庠，所以明教化，敦風俗也。朕甚慕焉。今國學之制已備，而州縣尚缺，其何以廣化民之道哉？其令山南、京北、海東諸路府州，各置學官教授一員。賜田有差：大府州十五畝；中十二畝；小十畝，以供本學之用。路官、督學官教訓生徒，使成才藝。每歲季則選秀者貢於朝。朕將親試而擢之焉。」〔註24〕再加上，陳朝末時，統治者不斷削弱佛教勢力，如陳順宗光泰九年（1396 年）正月，「詔沙汰僧道，年未及五十以上者，勒還本俗。又試有通經教者，授堂頭首、知宮、知觀、知寺，餘爲修人、侍者。」〔註25〕使佛教在越南主導政治的特權中成爲明日黃花。

　　與此同時，統治者設置國學院，專門講習儒學，太學生考試以儒家經典爲考試內容，還選拔儒學人士充任相關職務。科舉制度使官途向庶族階層開放，中舉者「名題玉闕懸金榜，馬躍花衢拂錦衣。」〔註26〕，能充任高級官員如中書令、翰林學士等職。陳聖宗紹隆十年（1267 年）四月，「選用儒生能文者，充館閣省院。時鄧繼爲翰林院學士，杜國佐爲中書省中書令。」〔註27〕；陳明宗大慶元年（1314 年）十月，「試太學生，賜爵簿書令，命局正阮柄教習，

〔註23〕　〔越〕吳士連撰，《大越史記全書》，卷 5，《陳紀》，河內社會科學出版社，1998年版，第 19 頁。

〔註24〕　〔越〕潘清簡等撰，《欽定越史通鑑綱目》正編卷 4，漢喃研究院藏版，編號：A.2674，第 51 頁。

〔註25〕　〔越〕吳士連撰，《大越史記全書》，卷 8，《陳紀》，河內社會科學出版社，1998年版，第 26 頁。

〔註26〕　越南社會科學委員會，文學院主編，《李陳詩文》第 3 集，陳元旦《賜進士》，河內社會科學出版社，1978 年版，第 205 頁。

〔註27〕　〔越〕吳士連撰，《大越史記全書》，卷 5，《陳紀》，河內社會科學出版社，1998年版，第 31 頁。

以爲他日之用。」〔註28〕這些待遇對庶族階層無疑是極大的刺激，他們憑著自己的勤奮和吃苦耐勞皓首窮經，甚至「頭懸梁，錐刺股」，鑿壁偷光，抱定「書中自有黃金屋」、「書中自有千鍾粟」、「書中自有顏如玉」的信念，增強了他們學習儒家經典的動力。

談到佛教與儒教地位在陳朝的變化，我們通過陳朝前期和末期的兩段文獻來看，前期的黎適還在《北江沛村紹福寺碑記》中慨歎佛教的盛行：

> 余少讀書，志於古今，粗亦明聖人之道，以化斯民，而卒未能信於一鄉，常遊覽山川，足跡半天下，求所謂學宮文廟，未嘗一見。〔註29〕

後期的范汝翼在《題新學館》詩中吟唱道：

> 文軌方今四海同，家家教子事儒宮。書樓縹渺淩晴霧，講席清高占午風。〔註30〕

前者慨歎佛教之盛，後者吟唱儒家之興，一消一長，反映了世態的變幻。越南封建統治者終於重新發現「世故無窮雲雨變，綱常萬古月星懸」〔註31〕。

陳朝末期陳藝宗去世後外戚權臣胡季犛日益跋扈，廢廢帝，1397 年強迫陳順宗遷都至清化的新都西都。1400 年廢少帝自立，恢復胡姓，國號大虞，年號聖元。同年 12 月禪位於其子胡漢蒼，自號太上皇，仍掌大權，這就是越南歷史上的胡朝。1406 年，中國明朝以恢復陳氏政權爲由，派遣張輔率軍進入越南。次年擒獲胡季犛、胡漢蒼父子，胡朝滅亡。胡朝（1400～1407）雖享國年淺，然而仍像前代一樣注重儒學與文教方面。

綜上所述，儒教在陳、胡朝期間逐漸取得主導的地位，儒士階層人數大增，在國家社會中顯示出了重要的地位。朝廷中僧官人數減少，地位下降。相反，儒臣在官員隊伍中的比例日益擴大，其政治地位也不斷升高。

二、陳、胡朝的科舉制度及其特色

科舉取士制度在陳朝得到了大力的發展，陳朝共開科 14 次，取士 337 名。

〔註28〕〔越〕吳士連撰，《大越史記全書》，卷 6，《陳紀》，河內社會科學出版社，1998年版，第 31 頁。

〔註29〕越南社會科學委員會，文學院主編，《李陳詩文》第 3 集，河內社會科學出版社，1978 年版，第 144 頁。

〔註30〕越南社會科學委員會，文學院主編，《李陳詩文》第 3 集，河內社會科學出版社，1978 年版，第 540 頁。

〔註31〕越南社會科學委員會，文學院主編，《李陳詩文》第 3 集，河內社會科學出版社，1978 年版，范汝翼《和阮運同遣悶詩韻・其一》，第 581 頁。

陳朝科舉制的發展不僅僅是開科次數和取士人數的增加，更在於陳朝歷代君
主逐步完善了越南的科舉制度。

　　據《歷代科舉法備考》記載：

　　　　陳朝建中三年（1227）試三教子。八年，試太學生，賜三甲有
　　差。天應政平五年（1236），選儒生中科者入侍。十五年（1246），
　　定大比取士，以七年爲準。十六年，大比，賜狀元、榜眼、探花即
　　及太學生出身有差，於是始有三魁之選。〔註32〕

　　武欽璘《古今科試通考‧卷之二》也記載：

　　　　至陳太宗始有甲乙之分、三魁之選，而科名始著焉。然自狀元、
　　榜眼、探花、黃甲之外，凡中格者皆謂之太學生。其間甲第出身，
　　雖已有差，而進士之名至睿宗時始見。（前云試太學生，後云試進士
　　太學生優等爲三魁、黃甲，餘皆謂之太學生，即此推之，則太學生
　　即進士也。）〔註33〕

　　高春育《國朝鄉科錄》記載：

　　　　陳家繼治，科途日闢。〔太宗〕建中（1225～1237）初試太學生，
　　定三甲之名。政平限士年之例，分三魁之選。京寨之分，則始於元
　　豐（1251～1258）。三魁、黃甲之別則始於〔英宗〕興隆（1293～1314）。
　　至此則科名始著、試法始詳，而進士之名，至〔睿宗〕隆慶（1372
　　～1377）時始見。與夫試舉人及前年鄉後年會。……然，三教之試，
　　國初尚存襲李，君子不能無憾焉！」〔註34〕

　　由上述文獻記載中，我們可以看出陳朝初期的科舉制度還處於草創階
段，仿襲李朝試三教。自陳太宗政平十五年（1246）起，朝廷規定每七年舉
行一次科舉考試。陳朝太宗、聖宗期間，科舉考試始分二甲。中第者除了第
一甲狀元、榜眼、探花的名稱外，其餘都屬於第二甲，並稱之爲太學生。陳
英宗期間定第二甲第一名爲黃甲。陳睿宗期間（1372～1377）太學生之名均
改爲進士。

　　京、寨狀元爲陳朝科舉制度中的特色。陳朝試太學生和進士科，雖然仿

〔註32〕〔越〕《歷代科舉法備考》，阮‧嗣德2年閏4月鐫成，漢喃研究院藏版，編
　　　　號：A.2980，第39頁。

〔註33〕〔越〕武欽璘撰，《古今科試通考》，卷2，阮‧嗣德26年癸酉夏恭鐫，漢喃
　　　　研究院藏版，編號：A.1297。

〔註34〕〔越〕高春育撰，《國朝鄉科錄》，漢喃研究院藏本，編號：VHv.635。

照中國的進士科之例設狀元、榜眼、探花三魁，但也曾分取京寨狀元，即京師地區取 1 名狀元，稱京狀元，清化、乂安〔註35〕等地區取 1 名狀元，稱寨狀元。陳朝分取京寨狀元只實行了兩科，陳太宗元豐六年（1256 年）二月始設京、寨狀元，是科賜京狀元陳國扻，寨狀元張燦。「國初舉人，未有京寨，中魁者賜狀元。至是，分清化、乂安爲寨，故有京寨之別。」〔註 36〕第二次取京寨狀元是陳聖宗紹隆九年（1266 年）「三月考試，賜京狀元陳固，寨狀元白遼。」〔註37〕到陳聖宗寶符三年（1275 年）二月進士科考試，又將京寨狀元合併爲一，只取一名狀元。』〔註 38〕此後，在越南科舉史上再沒有京寨狀元之分，每科進士科只賜 1 名狀元。

　　陳朝科舉制度一般以試太學生和進士科爲主。考試對象主要是「三館屬官、太學生、侍臣學生、相府學生及有爵者。」〔註39〕進士科試法仿元制，用四場文體：第一場暗寫經書；第二場考經義與詩賦；第三場考雜文；第四場考策文。如陳英宗興隆十二年（1304 年）三月試天下士人，「其試法以醫國篇及穆天子傳，暗寫汰冗；次，經疑經義，詩用古體長篇，以才難射雉爲律，賦用八韻體；三場詔、制、表；四場策對。」〔註 40〕試太學生考試內容爲四書五經和古文、詩賦之類。如陳裕宗紹豐五年（1345 年）三月試太學生，「試法用暗寫古文，經義，詩賦。」〔註 41〕到陳朝後期，更定進士科試法。陳順宗光泰九年（1396 年）四月規定進士科考試內容是：「用四場文體，罷暗寫古文法。第一場用本經義一篇，有破題、接語、小講、原題、大講、繳結，五

〔註35〕清化、乂安，在李時曾稱寨，天成 2 年（1029 年）改爲府。陳太宗元豐 6 年（1256 年）復改清化、乂安爲寨。（參見〔越〕陶維英著、鍾民岩譯《越南歷代疆域》，北京：商務印書館，1973 年，第 245 頁、第 249 頁）

〔註36〕〔越〕阮文桃撰，《皇越科舉鏡》，漢喃研究院藏手抄本，編號：VHv.1277，第 17 頁。

〔註37〕〔越〕吳士連撰，《大越史記全書》，卷 5，《陳紀》，河內社會科學出版社，1998 年版，第 30 頁。

〔註38〕〔越〕吳士連撰，《大越史記全書》，卷 5，《陳紀》，河內社會科學出版社，1998 年版，第 34 頁。

〔註39〕〔越〕吳士連撰，《大越史記全書》，卷 7，《陳紀》，河內社會科學出版社，1998 年版，第 41 頁。

〔註40〕〔越〕《歷代科舉法備考》，阮・嗣德 2 年閏 4 月鐫成，漢喃研究院藏版，編號：A.2980，第 39 頁。

〔註41〕〔越〕吳士連撰，《大越史記全書》，卷 7，《陳紀》，河內社會科學出版社，1998 年版，第 45 頁。

百字以上。第二場，詩賦各一篇，詩用唐律，賦用古體、或《騷》、或《選》，亦五百字以上。第三場，《詔》、《制》、《表》各一篇，《詔》用漢體，《制》、《表》用唐體四六。第四場，《策》一篇，用經史世務出題，一千字以上。以前年鄉試，次年會試，中者御試策一篇，定其第。」〔註42〕

胡朝（1400～1407）雖享國日淺，亦開科取士於〔聖元〕庚辰（1400）、〔開大〕甲申（1404）二科，其試法仿依元制。科舉制度在胡朝時也得到改善，1404 年「漢蒼定式舉人，式以今年八月鄉試，中者免徭役。明年八月禮部試，中者免選補；又明年八月會試，中者充太學生。又明年再行鄉試如前年。……試法仿元時三場文字，分為四場，又有書算場為五場。」〔註43〕開設五場考試，列書算為科舉科目是胡朝科舉制度的特徵，也是越南整個封建科舉制度中唯一有此規定一個朝代。

由上述文獻記載，可見科舉在陳、胡朝時已經進入規範化過程，開科年期、考試內容及賜予中試人、中第名稱等都有明顯的規定。而科考的基本規定，無論是開科的年期、考試的科目，還是中試者的名稱，考試的內容等都明顯來自於中國科舉考試制度的影響。這些科舉制度的制訂和實施，一方面適應越南封建社會的進步和發展，另一方面也間接促進廣大老百姓學習漢語以及中國文學的熱情。

三、「以賦取士」始於陳朝科舉

如上所述，李朝科舉制度處於草創階段，開科年限未定，試法不一，「賦」在李朝科舉當中尚未成為獨立的科目。

到了陳朝，儒教地位日益上升，科舉制度也已邁進了規範化的路程。科舉制度從無定期開科的李朝到陳朝時已定下七年一大比；科考內容自李朝試以「詩書文藝、書算刑律、簿頭三教之類」〔註44〕到陳朝開始標準化，進士科考規定更詳細、更顯明。陳朝的進士科試法模仿中國元代制度，考以四場文體：第一場暗寫經書；第二場考經義與詩賦；第三場考雜文；第四場考策文。

〔註42〕〔越〕潘清簡等撰，《欽定越史通鑑綱目》正編卷 10，漢喃研究院藏版，編號：A.2674，第 25 頁。

〔註43〕〔越〕吳士連撰，《大越史記全書》，第 2 集，卷 8，河內社會科學出版社，1998年版，第 45～46 頁。

〔註44〕〔越〕武欽璘撰，《古今科試通考》，卷 2，阮・嗣德 26 年癸酉夏恭鐫，漢喃研究院藏版，編號：A.1297，第 8 頁。

從尚存的文獻記載，如《歷代科舉法備考》記載：

> 陳英宗興隆十二年（1304）三月試天下士人，其試法以《醫國篇》及《穆天子傳》，暗寫汰冗；次，經疑經義，詩用古體長篇，以「才難射雉」爲律，賦用八韻體；三場《詔》、《制》、《表》；四場《策》對。〔註45〕

再如《大越史記全書》記載：

> 興隆甲辰科（1304），其試法，先以《醫國篇》、《穆天子傳》，暗寫汰冗；次則經疑經義並詩題用「王度寬猛」，詩律用「才難射雉」，賦題用「帝德好生洽於民心」八韻體；三場《制》、《詔》、《表》；四場《對策》。〔註46〕

根據上述兩則文獻記載，我們得知陳朝英宗興隆十二年（1304）就有進士科第二場考賦的規定，也就是說陳朝科舉制度自1304年就以賦作爲獨立的科目。這一觀點得到越南研究學者的普遍認同，但最近越南學者在陳朝狀元阮賢〔註47〕家祠找到一篇《鴨子辭雞母遊湖賦》，相傳此賦乃阮公奪魁之試卷，但未找到其它相關的證據。經筆者發現，此篇賦還被選錄於《皇黎八韻賦》一集，而且賦題下還明確注釋「陳太宗天應政平十六年丁未科（1247）廷試題」〔註48〕。這一發現，爲陳太宗天應政平丁未科（1247）即以賦試爲獨立科目，增添了一個新的證據，而越南科考試賦的開科時間也由1304年提前到1247年。這應該是有關越南科舉制度研究的一個重要發現。

四、陳朝試賦的體制規定及其嬗變

賦成爲陳朝科舉當中一個獨立的科目，自然而然就產生對其相關的規定。據黎貴惇《見聞小錄·科舉》記載，自陳英宗興隆十二年（1304年）之前的試法無法考究。

> 甲辰科（1304），是科史載試法，先令寫《醫國篇》與《穆天子傳》；次，卷經義與「王度寬猛」詩、用古體。「才難射雉」詩、用

〔註45〕 〔越〕《歷代科舉法備考》，阮·嗣德2年閏4月鐫成，漢喃研究院藏版，編號：A.2980，第39頁。

〔註46〕 〔越〕吳士連撰，《大越史記全書》，卷6，河內社會科學出版社，1998年版，第19頁。

〔註47〕 阮賢，1235～1255年，南定省南直縣南勝社楊阿村人，陳太宗政平16年丁未科狀元。

〔註48〕 〔越〕《皇黎八韻賦》，漢喃研究院手抄本，編號：VHv.467，第262頁。

律體。「帝德好生洽於民心」賦，用八韻體；第三場用《詔》、《制》、
《表》三道；第四場《策》問一道。不知前此諸科試法如何？〔註49〕

　　據黎氏上文記載，我們知道陳朝科舉制度自1304年開始有以八韻體考賦
的規定。其實，筆者從《皇黎八韻賦》〔註50〕一集中，發現狀元阮賢（1235
～1255年）在陳太宗天應十六年丁未科（1247年）所作《鴨子辭雞母遊湖賦》
的試卷就是按八韻體來寫，賦全文如下：

　　　　燕非堂呴，鳥不林啼。玩水有毛衣之鴨，得天同羽族之雞。子
辭母遊湖，清派碧波還有意；狀類鷗立海，翠衿紅掌淨無泥。

　　　　厥初洪造胚胎，春禽孿尾。卵原從冷鴨生來，果常荷煖雞託以。
三旬殼既坼，全資育物之坤；一日母寧辭，聊作遊湖之子。

　　　　見其稟初未斷，分外何求。近謝負蛉之贏螺，遙隨同氣之鳩鳧。
浪梯踏水飛辰，遠浦平灘渾自宿；沙毯向陽眠處，和風暖日任情遊。
夏底魯無彈弋，樂中自有江湖。

　　　　其或水面毢毢，花毛洗滌。掉朝移蓼渚之紅，船暮泊蘋洲之白。
夜淶四鼓，聲混聞李將之池；日掛千金，頸肯鬪陸生之澤。

　　　　亦或亂攢青草，衝破綠萍。避魚舟而隨鷺畔，遊鳧渚而洽鶴汀。
相逐相呼，開開應河鳩夫婦；爰飛爰止，兩兩群沙雁弟兄。即是辭
遊之物，莫非玩適之情。

　　　　乃知子辭母於理則無，鴨辭雞何爲而有。益鷹隼之情已斷，遨
遊遽起狐心；故雞鷟之食不爭，迢遞寧辭雞母。其爲物乃一禽，豈
以人不如鳥。

　　　　皆有乃生之日，託降之時。居則有煖衣飽食，人安能遠走高飛。
穀似義亦一點明，負何爲而忍；草將心難三春報，責鳥得而辭。若
此屬類奚足算，足不同禽者幾希。

　　　　噫！鴨辭雞在理固然，人事親不敬則雜。苟所求孝子未能，何
以別乎禽相狎。況子之於母在不遠遊，遊必有方；而人之異禽居必
以禮，禮無不答。靈於物而爲人者，固當以德而報其德；事親則敬
其親，鳥足論辭雞之鴨。」

〔註49〕　〔越〕黎貴惇撰，《見聞小錄・科舉》，漢喃研究院藏版，編號：VHv.1322。
〔註50〕　〔越〕《皇黎八韻賦》，漢喃研究院手抄本，編號：VHv. 311。

（字外加框無塗色表平聲；字外加框並塗色表仄聲。下同。）

全賦通過描寫鴨子辭雞母之情景來談人孝順父母之事。值得注意的是此賦從形式上來講，全賦由八段所構成，每段由四字句、雙關句、隔對句、鶴膝句等句式組成。押韻方面以四平四仄相間，每段押一部韻，每韻部有三至四韻字。賦句中很自然地運用中國典故以及唐代著名詩人詩意，如：「況子之於母在不遠遊，遊必有方；而人之異禽居必以禮，禮無不答。」賦句使用《論語・里仁》：「子曰：『父母在，不遠遊，遊必有方。』」〔註51〕或「草將心難三春報」賦句借用於〔唐〕孟郊《遊子吟》：「慈母手中線，遊子身上衣。臨行密密縫，意恐遲遲歸。誰言寸草心，報得三春暉。」這些特點完全合乎八韻律體賦的規制。因此，筆者認為陳朝科舉規定用八韻體考賦最少可追溯到陳太宗天應政平十六年（1247）。

陳朝初期科舉考賦用的「八韻體」來自於中國的律賦，指有一定格律的賦體。其「音律諧協、對偶精切為工」〔註52〕，於音律、押韻都有嚴格規定，為唐宋以來科舉考試所採用。〔宋〕陳鵠《耆舊續聞》卷四：「四聲分韻，始於沈約。至唐以來，乃以聲律取士，則今之律賦是也」〔註53〕。〔清〕姚華《論文後編・目錄中》：「今賦試於所司，亦曰律賦。時必定限，作有程序，句常隔對，篇率八段，韻分於官，依韻為次，使肆者不得逞，而謹者亦可及。自唐迄清，幾一千年」〔註54〕。

此規定幾乎被陳朝明宗之後幾代君王沿用，如陳裕宗紹豐五年（1345年）三月試太學生時「試法用暗寫古文，經義，詩賦」。〔註55〕但在陳朝晚期試賦用八韻體的規定再也不出現了。陳睿宗隆慶三年甲寅科（1374年）試法雖今存文獻尚未記載，但筆者從《群賢賦集》中找到當年狀元陶師錫〔註56〕在廷試寫的《景星賦》，全文如下：

奮乾綱兮握樞，煥明星兮燭幽。仁恩湛兮旁浹，品彙粲兮昭蘇。

德既茂於無私，天乃錫乎應符。此景星之異瑞，所以間代而僅見，

〔註51〕楊伯峻譯注，《論語譯注》，中華書局，2006年版，第43頁。

〔註52〕徐師曾撰，《文體明辨》，人民文學出版社，1998年版。

〔註53〕陳鵠撰，《耆舊續聞》，卷4，文淵閣《四庫全書》影印本。

〔註54〕姚華撰，《論文後編》，《弗堂類稿》本，1930年上海中華書局聚珍仿宋版。

〔註55〕〔越〕吳士連撰，《大越史記全書》，卷7，《陳紀》，河內社會科學出版社，1998年版，第45頁。

〔註56〕陶師錫，生卒年未詳，山南西鎮古禮人。陳睿宗隆慶三年甲寅科（1374年）狀元。

有以彰隆平之休者乎！

　　觀其光輝絢爛，文采英華。耿素魄之孤明，蘸銀河之澄碧。接帝垣而昭晰，映黃道而的皪。影動析木之濱，光浮附路之側。周伯煌煌，揚彩而傍燭；含譽煜煜，分輝而交射。褒色正而芒寒，日德星之格澤。當堯之時，天下光宅。騰耀於天，晶熒炟赫。何漢唐之末造，屢瞑瞑而昏蝕！際休明之盛時，復昭著乎今日。宜其為眾人之所快睹，而足驗天象之昭格。

　　惟符瑞之特異，兆宇內之隆平。陰陽以和，天地以寧，風雨以時，百穀用成。狼煙息於三陲，仁風翔乎八紘。禮樂昭著，法度修明。人恬物熙，政簡刑清。沸萬國之謳歌，溢四海之頌聲。誠足以表我國之盛治，薦一人之嘉禎。

　　然嘗察之：天人一理，感通不忒。徵不於天而於人，符不在祥而在德。

　　故天之瑞舜，不在七政之齊，而在敕天之時機；天之錫禹，不在洛書之齊，而在六府之孔修。

　　矧今：道闡羲軒，治軼唐虞。峻德克明，群工承休。騎箕尾者，媲商家之賢；應昴宿者，陋漢世之儔。則所以整頓乾坤，底定寰區。致景星之效祥，實合躔而應圖。莫非我聖皇參贊之妙用，有以開億萬載之宏謨。

　　謹拜手稽首獻句曰：瞻彼瑞彩，燁揚明兮。太平之符，亦孔貞兮。於維聖皇，在德不在星兮！」

全賦通篇對仗，如「影動析木之濱，光浮附路之側。周伯煌煌，揚彩而傍燭；含譽煜煜，分輝而交射。褒色正而芒寒，日德星之格澤。」賦文鍊詞熔典，像「騎箕尾者，媲商家之賢；應昴宿者，陋漢世之儔。」化用《莊子・大宗師》「傅說得之，以相武丁，奄有天下，乘東維，騎箕尾，而比於列星。」〔註57〕和《初學記》卷一引《春秋佐助期》「漢相蕭何，長七尺八寸，昴星精。」來歌頌當時王朝盛治，因而有德才比得上中國歷史上著名的臣子傅悅和蕭何來輔助。賦中也講究一定聲律，但較之唐代律賦，則四六未嚴，句式靈活，如「此景星之異瑞，所以間代而僅見，有以彰隆平之休者乎！」賦中多用虛

〔註57〕曹礎基，《莊子淺注》，中華書局，1985年版。

詞，如「瞻彼瑞彩，燁揚明兮。太平之符，亦孔貞兮。於維聖皇，在德不在
星兮」。此賦明顯按駢賦體制來寫的。

到陳朝後期順宗光泰九年（1396 年）四月，更定進士科試法，重新規定
進士科考試內容。《欽定越史通鑑綱目》記載：

> 用四場文體，罷暗寫古文法。第一場用本經義一篇，有破題、
> 接語、小講、原題、大講、繳結，五百字以上。第二場，詩、賦各
> 一篇，詩用唐律，賦用古體、或《騷》、或《選》，亦五百字以上。
> 第三場，《詔》、《制》、《表》各一篇，《詔》用漢體，《制》、《表》用
> 唐體四六。第四場，第一篇，用經史世務出題，一千字以上。以前
> 年鄉試，次年會試，中者御試策一篇，定其第。〔註58〕

由上文獻所述，陳朝末年對試賦的要求從八韻體改爲「古體、或《騷》、
或《選》」等三種體制，並明確規定賦中字數在五百字以上。

這一改變的原因，在於陳朝末年科舉體制追隨中國元朝的相關規定。據
高春育《國朝鄉科錄》記載「試舉人及前年鄉、後年會，文體依元制，用四
場文式，則又至順宗時始見。」〔註 59〕而元代考試文體，特別是賦體跟元延
祐（1314 年）復科後考賦「變律爲古」的政策有著密切的關係。元仁宗皇慶
二年（1313）十一月告天下重開科舉的詔書，曰：

> 考試程序：蒙古、色目人，第一場經問五條，《大學》、《論語》、
> 《孟子》、《中庸》內設問，用朱氏章句集注。其義理精明，文辭典雅
> 者爲中選。第二場策問一道，以時務出題，限五百字以上。漢人、南
> 人，第一場明經、經疑二問，《大學》、《論語》、《孟子》、《中庸》內
> 出題，並用朱氏章句集注，復以己意結之，限三百字以上；經義一道，
> 各治一經，《詩》以朱氏爲主，《尚書》以蔡氏爲主，《周易》以程氏、
> 朱氏爲主，以上三經，兼用古注疏，《春秋》許用《三傳》及胡氏《傳》，
> 《禮記》用古注疏，限五百字以上，不拘格律。第二場古賦詔誥章表
> 內科一道，古賦詔誥用古體，章表四六，參用古體。第三場策一道，
> 經史、時務內出題，不矜浮藻，惟務直述，限一千字以上成。〔註60〕

〔註58〕〔越〕潘清簡等撰，《欽定越史通鑑綱目》正編卷 11，漢喃研究院藏版，編號：
A.2674，第 47 頁。
〔註59〕〔越〕高春育撰，《國朝鄉科錄》，漢喃研究院藏本，編號：VHv.635。
〔註60〕〔明〕宋濂等撰，《元史》卷 81《選舉志》一，第 2018 頁。

由上條文獻記載，可窺出元代科考「兼用古注疏」、「參用古體」的總體規定，加之考賦「以古爲名，故求今科文於古者，蓋無出於賦矣。」〔註61〕導致元代辭賦向「崇雅黜浮、變律爲古」〔註62〕傾斜。而越南陳朝當時對科考文體的規定是「文體依元制」，因此試賦的規定也要改成「賦用古體、或《騷》、或《選》」。

陳朝科舉中所規定的古體、《騷》、《選》等三種賦體都來源於中國。

所謂古體賦，即古賦，是指賦體的一類。雖然學界對此並無十分一致的分界，但一般而言，是指唐律賦前、除《騷》體賦之外的一種賦體。

所謂騷體賦，是漢賦中的一類，兼有楚辭和賦的特點，由楚辭直接演變而來。

所謂《選》體賦，是指蕭統《文選》中所收錄賦篇的賦體。因蕭統《文選》將所選之賦按題材分爲十五小類，依次爲：京都、郊祀、耕籍、畋獵、紀行、遊覽、宮殿、江海、物色、鳥獸、志、哀傷、論文、音樂、情，囊括自先秦兩漢至宋梁的三十一家共五十二篇作品，這些所謂《選》體賦實際上包含了古體、俳體和騷體在內的三種賦體。

綜上所述，陳朝（1225～1400 年）科舉制度對試賦的規定及要求的體制是從八韻體開始，之後嬗變爲駢體，到陳朝末年就規定使用古體、《騷》體或《選》體。這種對試賦的規定是中國賦體文學發展的逆向路徑，值得注意。

第四節　中國詩賦對陳、胡二朝賦的影響

一、陳、胡二朝漢文賦的現存情況及其特點

（一）陳胡二朝漢文賦篇的現存情況

由於越南古代漢文獻「內閣無中秘之藏，左史闕藝文之志，遂使歷朝典故同妄子虛，求古者所以浩歎而稱惜也。嗟夫歷代之書，既經散逸，亡者以難搜尋，存者又多舛謬。」〔註63〕，加之「幾閱桑滄，屢遭兵焚。陳末明人之變，書籍既逸於前。」正如潘輝注在其所著的《歷朝憲章類志》中寫道：「李、

〔註61〕 楊維楨撰，《麗則遺音序》，文淵閣四書本《麗則遺音》。
〔註62〕 祝堯撰，《古賦辯體》，卷7，《唐題序》，文淵閣四書本。
〔註63〕 〔越〕潘輝注撰，《歷朝憲章類志》，卷42，《文籍志》，漢喃研究院藏本，編號：A.2445，第6頁。

陳繼治，文物開明，參定有典憲條律之書，御製有詔敕歌詩之體，治平奕世，文雅彬彬，況乎儒士代生，詞章林立。見諸著書，日已漸繁，非經劫火而摧殘，必有汗牛以竟棟也。」〔註64〕故而「李、陳二代三百餘年，詔冊敕令，頌歌篇什，議論章奏，典章條格，何可縷數。而今並闕逸，天南餘暇一書。載本朝制度律例文翰典誥，亦如通典會要，而什僅其一二。」〔註65〕因此，陳朝的漢文賦包括科舉試賦在內的現存文獻是極少的。

今筆者以《李陳詩文》〔註66〕第二、三集為依據，結合陳朝現存文獻統計出此期共有87位作者，其中兩集分別收錄36位作者的363篇詩文和51位作者的415篇詩文。主要收錄陳朝歷代帝王及當時文章名世的作家之作品，包括詔、檄文、碑銘、偈、詩、賦、雜文等文學體裁。內容方面有的反映宗教生活、社會面貌，有的談及民族命運或者人生的情感，並寫得相當漂亮。范廷琥《雨中隨筆》對李、陳二朝的詩文評曰：

> 余嘗考我國文獻，李、陳古奧蒼勁，彷彿漢人。如太祖《都龍編詔》，太宗《聲罪王安石檄文》，仁宗《遺詔》之類是也。陳文稍遜於李，然典雅葩豔，議論鋪敘，各擅所長。視之漢唐諸名家之文，多得其形似，間有三數篇，雖雜諸漢唐集中不能辨也。〔註67〕

關於陳、胡二朝漢文賦，根據〔黎〕黃萃夫（1414～？）所撰的《群賢賦集》及尚存文獻記載，今存者有《湯盤賦》、《董狐筆賦》、《黃鐘為萬世根本賦》（不知作者），與阮汝弼《觀周樂賦》、陳公瑾《磻溪釣璜賦》、史希顏《斬蛇劍賦》、阮法《勤政樓賦》、范鏡溪《千秋金鑑賦》、莫挺之《玉井蓮賦》、張漢超《白藤江賦》、阮伯聰《天興鎮賦》、陶師錫《景星賦》、阮飛卿、段春雷《葉馬兒賦》、阮賢《鴨子辭雞母遊湖賦》、阮伯靖《直解指南藥性賦》等共十六篇。

此十六篇賦都由陳朝（1225～1400年）文人所作，但其中兩篇《葉馬兒賦》是在胡朝（1400～1407年）期間寫的。據黎貴惇撰《見聞小錄》轉《群

〔註64〕〔越〕潘輝注撰，《歷朝憲章類志》，卷42，《文籍志》，漢喃研究院藏本，編號：A.2445，第6頁。

〔註65〕〔越〕黎貴惇撰，《皇越通史》，卷4，《藝文志序》，漢喃研究院藏版，編號：A.1389，第243頁。

〔註66〕越南社會科學委員會，文學院主編，《李陳詩文》第2、3集，河內社會科學出版社，1978年版。

〔註67〕〔越〕范廷琥撰，《雨中隨筆》，卷上，《文體》，漢喃研究院藏版，編號：A.1297，第147頁。

賢賦集》注釋：「胡季犛在清化建立西都以後，有人奉贈一隻用葉子編的蟲，形狀像馬。胡廷以爲是吉祥之兆，遂命名爲《葉馬兒》，並以之爲題讓名士們獻賦祝頌。當時寫《葉馬兒賦》者可能很多，但目前只找到兩篇。一是陳廢帝時太學生段春雷所作，一是阮飛卿所寫。」〔註68〕

綜上所述，因歷史原因，陳、胡二朝的漢文賦當今尚存者共有十六篇。這個數字與歷史長達近兩百年、文化燦爛、文學較爲發展的陳朝相比實在太少，讓學界爲之感到遺憾。

（二）陳、胡二朝漢文賦的特點

根據尚存的文獻記載，經筆者考證與分析，陳、胡二朝尚存十六篇漢文賦，除了阮伯靖《直解指南藥性賦》跟醫學有關以外，其餘十五篇賦的賦題都跟越南和中國文史典故有關。如莫挺之《玉井蓮賦》出自韓愈詩；范鏡溪《千秋鑑賦》出自《新唐書・張九齡傳》；阮法《勤政樓賦》中使用很多唐代地名，如勤政樓、華萼樓、興慶樓或南內樓的別稱、連昌宮望仙樓、興慶樓沉香亭等；陶師錫《景星賦》中使用《文子・精誠》、漢王充《論衡・是應》、《晉書・天文志》等書里典故；阮伯聰《觀周樂賦》出自《左傳》襄公二十九年季札觀周樂；陳公瑾《磻溪釣璜賦》典出《尙書・大傳》卷一；史希顏《斬蛇劍賦》典自《史記・高祖本紀》；佚名《董狐筆賦》出自《左傳・宣公二年》；佚名《湯盤賦》出自《禮記・大學》；張漢超《白藤江賦》、阮伯聰《天興鎮賦》以及阮飛卿和段春雷《葉馬兒賦》等賦篇賦題都跟越南歷史事件有關。這不僅說明賦體文學到越南陳朝已經很興盛了，而且越南當時的文人、儒士對賦的各種體制、中國的詞章、典故是很熟練的。

從體制上看，今存的十六篇賦都按照中國賦的各種體制來抒寫，有的是流水問答賦體，如莫挺之的《玉井蓮賦》；有的是流水間楚辭賦體，如張漢超《白藤江賦》；有的是文賦體，如段春雷《葉馬兒賦》；有的是俳賦，如阮飛卿《葉馬兒賦》；有的是駢賦，如阮伯聰《天興鎮賦》，陶師錫《景星賦》；有的是楚辭賦體，如佚名《董狐筆賦》；有的是八韻體，如阮賢《鴨子辭雞母遊湖賦》、阮伯靖《直解指南藥性賦》等。

關於十六篇賦的段數、字數及其用韻情況，筆者對其做以下的統計：

〔註68〕〔越〕黃萃夫撰，《群賢賦集》，漢喃研究院藏版，編號：A.575。

次　序	作　者	賦篇名	賦　體	段　數	韻　腳	字　數
1	佚名	董狐筆賦	騷體	4	4	706
2	史希顏	斬蛇劍賦	騷體	6	6	466
3	段春雷	葉馬兒賦	文賦	6	6	500
4	阮飛卿	葉馬兒賦	俳賦	6	6	685
5	佚名	湯盤賦	騷體	6	7	656
6	莫挺之	玉井蓮賦	問答體	6	7	413
7	阮汝弼	觀周樂賦	俳體	7	5	385
8	陳公瑾	磻溪釣璜賦	騷體	7	6	532
9	陶師錫	景星賦	駢賦	7	7	447
10	阮法	勤政樓賦	八韻體	8	6	686
11	阮伯聰	天興鎮賦	駢賦	8	7	512
12	范鏡溪	千秋金鑒賦	八韻體	8	7	422
13	佚名	黃鐘爲萬事根本賦	八韻體	8	7	528
14	張漢超	白藤江賦	問答體	8	8	434
15	阮賢	鴨子辭雞母遊湖賦	八韻體	8	8	457
16	阮伯靖	直解指南藥性賦	八韻體	8	8	713

根據以上表中來統計，賦篇段數分別爲：4 段（1/16）；6 段（5/16）；7 段（3/16）；8 段（7/16），占的比例分別爲：6.25%；31.25%；18.75%；43.75%。一般賦篇的段數與韻腳數相對均勻。賦的每一段押一韻部，韻部裏有若干韻字，押韻方式常以平仄相間爲準，但也有破格情況。下以阮汝弼《觀周樂賦》爲例：

　　姬轍東遷，伯焰烘 天 。文武之禮樂未墜，周公之苗裔猶 傳 。偉延陵之雅識，回往使而請觀；恍洋洋而盈耳，笑俗調兮難 攀 。

　　想其公堂邃密，群官肅 雍 。乃陳樂器，乃命樂 工 。吹笛鼓瑟，擊石撞鍾。門三夏以疊奏，諧五音而相 通 。發正聲兮嘹喨，散清響兮沖融。導太古中和之氣，洗衰世悽惋之 風 。念遺音兮杳杳，鼓餘韻兮颿 颿 。

　　是以觀蕭韶之舞，而可知舜德之 隆 。聞關雎之亂，則思周南之化；聽桓賷之始，則念牧野之功。皆審樂以知政，懷古道於鴻 蒙 。回視當辰之桑濮，益增唾啞而悲 恫 。追先王兮耿耿，慨欲逝兮焉 從 。

嗟夫世至春秋，大雅亡 矣 。彼列國之名卿，並見奔馳於名 利 。
八佾雍徹，既萌僭竊之心；詔夏護武，豈入俗人之 耳 。紛鄭衛之是
耽，慕雅樂兮能幾。桌自拔於人群，乃獨聞於季 子 。

是知以德觀樂，唯賢者然後能之；外樂求德，彼俗流安能識 此 。
料季子之心，恨不親見於當年；而季子之歎，益深有望於 來 世 。

方今辰登聖哲，運屬休 明 。功成治定，製作斯 興 。放淫哇而存
雅樂，諧遮尹而格百 靈 。鳳儀獸舞，馬負龜 呈 。雖覆載之盛德，亦
古今之並稱。

小臣何幸，獲親觀於今日，豈但如季子，徒念具遺 聲 也哉。

從此賦的段數及押韻情況來看，賦中第二、三段的韻腳字是「雍、工、
鍾、通、融、風、渢、隆、功、蒙、恫、從」，其中「雍、鍾、從」屬平聲「鍾」
韻，其餘的韻腳字屬平聲「東」韻。按廣韻「鍾、東」兩韻相押，所以此二
段押一韻。第六、七段的韻腳字是「明、興、靈、呈、稱、聲」等韻字，其
中「明」屬平聲「庚」韻，「興、稱」屬平聲「蒸」韻，「靈」屬平聲「青」
韻，「呈、聲」屬平聲「清」韻。按廣韻「庚、蒸、青、清」四韻相押，所以
此二段也同押一韻。因此這篇賦文雖段數為七，但其押的韻只有五。

此外，平仄相間押韻的規律未見於此賦中。我們不難看出來，第一、二、
三、六、七等五段押平聲韻，第四、五段押仄聲韻。這種不按平仄相間押韻
的情況在陳朝尚存的十六篇賦中出現不止一次，像阮法《勤政樓賦》中兩段
賦文：

惜乎，鮮克有終，徒有其 始 。無逸之圖，換以山川；欲心一前，
窮奢極 侈 。九齡讒而楊李進，韓休老而姚宋 死 。登連昌之望仙兮，
眩玉環之珠翠；倚沉香之干欄兮，扶海棠之睡 起 。霓裳羽衣，明眸
皓 齒 。胡雛錦繡之遊，偏觀禁內；寧王玉笛之聲，偷傳城 市 。包藏
禍心，鴆毒甘 美 。如厝火於積薪，謂國家之可 恃 。

及乎漁陽帥臣，鼓鼙動 地 。匹馬南巡，胡塵四起。付廟社於劫
灰，訪橋名於萬里。賴天道之好還，有靈武之聖 子 。脩屯戍之櫓樓，
築麗譙之百雉；候朔望之驚塵，警士卒之惰 弛 。萬里來歸，錦江玉
壘；御樓勞軍，加黃脫 紫 。南內淒涼，已無力 士 。夜雷梧桐，春風
桃 李 。回顧初心，赧然愧 恥 。

此兩段賦文處於阮法《勤政樓賦》的第五、六段。第五段的韻腳是「始」、「侈」、「死」、「起」、「齒」、「市」、「美」、「恃」等韻字。第六段的韻腳是「地」、「起」、「里」、「子」、「弛」、「紫」、「士」、「李」等韻字。此兩段的韻字都屬「止」韻部，押仄聲韻。

又范鏡溪《千秋鑑賦》中兩段：

　　　　於是運應千秋，辰當令 節 。猗歟休哉，其意若 曰 ： 岭嶼龜鶴，
豈足爲祝聖之符：誕謾神仙，胡可語長生之 訣 。

　　　　是鑑也，至精至明，既融既 徹 。道德廣乎規模，禮義堅乎金 鐵 。
凜其氣兮水霜，炳其文兮日 月 。照之昏者可使明，磨之愚者可使 哲 。
因載寫以載呈，用爰明而爰 潔 。非獨歸美於吾君，而可以爲萬世之
軌 轍 。

此兩段賦文屬《千秋鑑賦》的第二和第三段，其韻腳字「節」、「曰」、「訣」、「徹」、「鐵」、「月」、「哲」、「潔」、「轍」都屬「月」、「屑」兩韻部，入聲字。這明顯是同押仄聲韻的。

此外，陳朝的漢文賦中音樂節奏比較濃厚，在十六篇中有佚名《湯盤賦》、張漢超《白藤江賦》、莫挺之《玉井蓮賦》、陳公瑾《磻溪釣璜賦》、史希顏《斬蛇劍賦》、阮伯聰《天興鎮賦》等六篇賦中帶有歌詞，仿照中國賦的一般體制，歌詞放在賦結尾部份，前邊通常有「歌曰」兩字，如：

陳公瑾《磻溪釣璜賦》：「歌曰：磻溪之水，清而漣漪！釣璜之事，今其已非，太公芳型兮，千古如斯。」

阮伯聰《天興鎮賦》：「歌曰：壯哉天興，爲南方衷極兮。啓我皇圖，垂千億兮，於維藝皇，不恃險而恃德兮。」

張漢超《白藤江賦》：「歌曰：二聖兮並明，就此江兮洗甲兵。胡塵不敢動兮，千古昇平。」

史希顏《斬蛇劍賦》：「歌曰：劍乎！劍乎！不祥之器！聖人不得已而用之，誠非所貴。猗歟聖朝，崇文盛世。天下一統兮，安然無事。縱有是劍兮，將焉用彼。」

佚名《湯盤賦》：「歌曰：湯盤兮赫曦，象日兮圓規。群生兮潤澤，聖敬兮日躋。盤銘兮九字，千古兮不隳。人欲兮淨盡，聖德兮光輝。嗟予生兮日誦，庶予學兮緝熙。期萬宇兮玉燭，仰吾道兮重熙。」

惟有莫挺之《玉井蓮賦》的歌詞部份放在賦中間：

　　　客曰：「異哉！豈所謂藕如船兮花十丈，冷比霜兮甘比蜜者耶！昔聞其名，今得其寔」。

　　　道士欣然，乃袖中出。客一見之，中心欝欝。乃拂十樣之牋，沚五色之筆，以而歌曰：「架水晶兮爲宮，鑿琉璃兮爲戶。碎玻瓈兮爲泥，灑明珠兮爲露。香馥欝兮層霄，帝聞風兮女慕。桂子冷兮無香，素娥紛兮女妒。採瑤草兮芳洲，望美人兮湘浦。寒何爲兮中流，盍將返兮故宇。豈護洛兮無容，歎嬋娟兮多誤。苟予柄之不阿，果何傷兮風雨。恐芳紅兮搖落，美人來兮歲暮。」

　　　道士聞而歎曰：「子何爲哀且怨也，獨不見鳳凰池上之紫薇，白玉堂前之紅藥！夐地位之清高，藹聲名之昭灼。彼皆見貴於聖明之朝，子獨何之乎騷人之國！」

　　　於是有感其言，起敬起慕，哦誠齋亭上之詩，賡昌黎峰頭之句。

　　　叫閶闔以披心，敬獻玉井蓮之賦。

　　此段歌詞布置在全賦的第四段，歌詞開頭「架水晶兮爲宮，鑿琉璃兮爲戶。」化用〔宋〕楊萬里《玉井亭觀荷》「藥仙初出波，照日稚猶怯。密排碧羅蓋，低護紅玉頰。館之水精宮，環以琉璃堞。」的詩意，委婉說自己像剛剛出波、怕太陽照射的蓮花應得到保護。歌詞末尾「豈護洛兮無容，歎嬋娟兮多誤。苟予柄之不阿，果何傷兮風雨。恐芳紅兮搖落，美人來兮歲暮。」借用《莊子・逍遙遊》：「今子有五石之瓠，何不慮以爲大樽而浮乎江湖，而憂其瓠落無所容？則夫子猶有蓬之心也夫！」〔註69〕的典故，用「嬋娟」、「美人」的形象暗說自己是有才德，但生不逢時的人。

　　歌詞部份在賦中不僅使朗讀時更加音樂的節奏，而且還能通過此手法委婉地表述自己的意見或歌功頌德，同時也表現出作者卓越的文才。

　　此外，從今存的賦篇內容來看，陳朝詩文首先體現了越南民族在建設國家事業當中的仁道主義與樂觀精神，熱愛祖國的雄偉、美麗的風景和豐富的自然資源。如張漢超《白藤江賦》「涉大灘口，溯東潮頭。抵白藤江，是泛是浮。接鯨波之無際，醮鷁尾之相繆。水天一色，風景三秋。渚荻岸蘆，瑟瑟腴腴。」描寫白藤江的壯觀景象，境界也略仿蘇東坡《前赤壁賦》，有宏大氣魄和明快的音樂節奏。

〔註69〕曹礎基，《莊子淺注》，中華書局，1990 年版，第 12 頁。

阮伯聰《天興鎮賦》「瀑而懸霜，龍堤倚空。傘圓撐空而鎮北，沱江漱玉以流東。此天地設險，以壯南極坤維之勢；而藝皇駐蹕，以開萬世中興之功。觀其聯絡牢關，控抱雲徼，襟帶百蠻，喉咽六詔。巉岏嶻崒，萬山環擁而青來；蕩瀁汪洋，眾水奔騰而白遠。捍諸夷之限藩，據上流之津要。爾乃，梗枏栝柏，杞梓豫樟。菽麥旆旆兮堆障，桑麻毿毿兮成行。羽毛齒革兮，波及於鄰界。金銀珠玉兮，衍溢於邊疆。槎浮索引，鳥道兔逃。輦琛獻贄，俯仰觀光。誠為國家之外府，而萬寶之所珍藏。」很形象地描寫越南天興鎮的地理位置，使用絕妙的詞語鋪陳其地具有用武的險要地勢和經商繁榮的地利因素及其豐富的自然資源。

其次，體現了越南民族的人道主義與熱愛和平的精神，如史希顏《斬蛇劍賦》「劍乎！劍乎！不祥之器，聖人不得已而用之。誠非所貴，猗歟聖朝，崇文盛世。天下一統兮，安然無事。縱有是劍兮，將焉彼用。」；張漢超《白藤江賦》「雖然，自有宇宙，固有江山。信天塹之設險，賴人傑以尊安……胡塵不敢動兮，千古昇平，信知不在關河之險兮，惟在懿德之莫京。」；阮伯聰《天興鎮賦》「壯哉天興，為南方衷極兮。啟我皇圖，垂千億兮，於維藝皇，不恃險而恃德兮。」；陶師錫《景星賦》：「天人一理，感通不忒。微不於天而於人，符不在祥而在德。故天之瑞舜，不在七政之齊，而在六府之孔修……瞻彼瑞彩，燁揚明兮。太平之符，亦孔貞兮。於維聖皇，在德不在景兮。」等的賦文都提出重德的觀點。不管是靈氣之劍還是地勢險阻的白藤江、天興鎮，都不如以德治國、處事。祥肇、瑞景也是應德而出現的。

除此之外，陳朝詩文還體現君子文士修、齊、治、平的理想。在《群賢賦集》中的 13 篇漢文賦無不以儒家正統觀點作為立論之基，如：范鏡溪《千秋鑑賦》中談唐張九齡作的「千秋金鑑」來勸勉唐皇帝：「道德廣乎規模，禮義堅乎金鐵。凜其氣兮水霜，炳其文兮日月。照之昏者可使明，磨之愚者可使哲。」賦中提出為了修養道德、磨煉才能，士君子要以古人之成敗為鑑：「鑑於先王，則有祖宗之成憲；鑑於往事，則有嗜文之光輝。以治亂為鑑者，孰美孰惡；以得失為鑑者，孰妍孰媸。此愚臣所以稽首而獻千秋鑑者，期天子具鑑於茲。」

綜上所述，陳、胡二朝的漢文賦，雖現存的篇數屬於少數 16 篇，但從賦體的角度來講，體裁比較豐富，包括騷體、問答體、駢體、八韻體等。從內容的角度來講，這些賦文的題材也相當廣闊，包括詠物、景象、山川、花卉等。這些賦篇對越南陳朝以後的賦體文學的發展有著不可磨滅的貢獻。

二、中國詩賦對陳、胡二朝賦的影響

（一）中國詩賦對陳、胡二朝試賦的影響

賦本是中國古典文學中一種特殊的文體，帶有「鋪采攡文，體物寫志」〔註70〕之能，「最能體現漢語的特點，顯示漢語在藝術表現上的獨特優點，同時，也能充分體現出漢字在藝術表現上的特點」〔註71〕。這種體裁傳到越南之後，越南的騷人墨客、從事科舉之徒，除了體裁形式上的模仿，內容方面也盡可能借鑒中國古代著名賦家賦句、運用中國辭章、典故。他們不僅在文學形式上，在內容和審美趣味等方面，也以中國古代文學作爲學習的對象和創作的依據，使得越南古典文學一直保持著與中國文學的密切交流。

越南陳朝取代李朝之後，在文化方面仍以漢字爲官方語言，在科舉方面開始採用詩賦爲科考的獨立科目。陳朝對考賦科目的規定隨著時間的變遷、科舉制度的更改有不同的制定。如本書第二章第三節第四部份所講，陳朝開科首先以八韻賦體來考，到陳末年時考賦科目規定改爲古體、騷體或《選》體。

因文獻屢次遭到兵火之災，所以關於記載陳朝考賦試題和試卷的文獻大多數都被遺失。從現存的文獻記載來看，陳朝最早對考賦科目規定於陳英宗興隆十二年（1304），制定用八韻賦體來考試。

> 興隆甲辰科（1304），其試法，先以《醫國篇》、《穆天子傳》，暗寫汰冗；次則經疑經義並詩題用「王度寬猛」，詩律用「才難射雉」，賦題用「帝德好生洽於民心」八韻體；三場《制》、《詔》、《表》；四場《對策》。〔註72〕

賦題「帝德好生，洽於民心」出自中國《尚書・大禹謨》：「與其殺不辜，寧失不經。好生之德，洽於民心。」〔註73〕

可惜，當年的考賦試卷被遺失，只有此科狀元莫挺之〔註74〕的《玉井蓮賦》存世。雖《玉井蓮賦》不是此科試卷，但「此賦乃公爭魁辰〔時〕也，辰〔時〕

〔註70〕劉勰撰，范文瀾注，《文心雕龍注》，卷2，《詮賦》，人民文學出版社，2001年版，第134頁。

〔註71〕韓高年撰，《詩賦文體源流新探》，巴蜀書社，2004年8月第1版，第2頁。

〔註72〕〔越〕吳士連撰，《大越史記全書》本紀，卷6，河內社會科學出版社，1998年版，第19頁。

〔註73〕李民、王健撰，《尚書譯注》，上海古籍出版社，2000年版，第30頁。

〔註74〕莫挺之（1272～1346），字節夫，海陽隴洞人。陳英宗興隆12年甲辰科（1304）狀元。

帝以公資質賤陋，不欲與公狀元」〔註75〕，顯示了比較特殊的情況。皇帝召見以賜第，他雖考試分數第一，但相貌稍遜於人，皇帝有些不悅，不想授其狀元。他隨即寫出此賦，表現出卓越的文才並表達自己的高潔無比，同時爭得魁元。雖在極短的時間內完成，但賦文頗爲漂亮，押韻工整、用典得體。賦以客主問答體展開，使用頗多中國史書的典故及化用與「蓮花」有關的中國名人詩句。如：

> 客有隱几高齋，夏日正午。臨碧水之清池，詠芙蓉之樂府。問之何來，曰：從華山。乃授之幾，乃使之坐。破東陵之瓜，薦瑤池之果，載言之琅，載笑之瑳。

賦開頭化用《史記·蕭相國世家》：「召平者，故秦東陵侯。秦破，爲布衣，貧，種瓜於長安城東，瓜美，故世俗謂之『東陵瓜』，從召平以爲名也。」〔註76〕和《詩·衛風》：「巧笑之瑳，佩玉之儺。」〔註77〕的詩意。

接下來數句仍然是化用中國古代典故：

> 子非愛蓮之君子歟！我有異種，藏之袖間。非桃李之塵俗，非梅竹之孤寒。非僧房之枸杞，非洛土之牡丹。非陶令東籬之菊，非靈均九畹之蘭。乃太華峰頭玉井之蓮。

短短幾十字，相繼化用了如下中國古代詩人的詩句：1、〔唐〕劉禹錫《楚州開元寺北院枸杞臨井茂盛可觀群賢賦詩因以繼和》：「僧房藥樹依寒井，井有香泉樹有靈。翠黛葉生籠石甃，殷紅子熟照銅瓶。枝繁本是僊人杖，根老能新瑞犬形。上品功能甘露味，還知一勺可延齡。」〔註78〕2、〔宋〕歐陽修《洛陽牡丹記》「洛陽地脈花最宜，牡丹尤爲天下奇……而出洛陽者，今爲天下第一。」〔註79〕3、晉·陶淵明《飲酒》：「採菊東籬下，悠然見南山。」4、屈原《離騷》：「余既茲蘭之九畹兮，又樹蕙之百畝；畦留夷與揭車兮，雜杜衡與芳芷。」5、唐韓愈《古意》：「太華峰頭玉井蓮，開花十丈藕如船，冷比雪霜甘比蜜，一片入口沉屙痊。我欲求之不憚遠，青壁無路難夤緣。安得長梯上摘實，下種七澤根株連。」〔註80〕等五位中國著名詩人的詩文句意。

賦中間一段也可見出類似情況：

〔註75〕〔越〕黃萃夫撰，《群賢賦集》，漢喃研究院藏版，編號：A.575。
〔註76〕司馬遷撰，《史記》，中華書局，1998年版；《漢書》卷22，第221頁。
〔註77〕袁梅譯注，《詩經譯注》，齊魯書社，1980年版，第213頁。
〔註78〕《全唐詩》卷360，中華書局，1979年版，第4061頁。
〔註79〕《歐陽文忠公集》居士集，卷第2，文淵閣四庫全書本，第12頁。
〔註80〕《校編全唐詩》，湖北人民出版社，2001年版，第785頁。

歌曰：架水晶兮爲宮，鑿琉璃兮爲戶。碎玻璨兮爲泥，灑明珠
兮爲露。香馥鬱兮層霄，帝聞風兮女慕。桂子冷兮無香，素娥紛兮
女妒。採瑤草兮芳洲，望美人兮湘浦。寒何爲兮中流，盍將返兮故
宇。豈護洛兮無容，歎嬋娟兮多誤。苟予柄之不阿，果何傷兮風雨。
恐芳紅兮搖落，美人來兮歲暮。

也是借用中國宋代詩人楊萬里的《玉井亭觀荷》：「藕仙初出波，照日稚
猶怯。密排碧羅蓋，低護紅玉頰。館之水精宮，環以琉璃堞。」〔註81〕和張
耒《對蓮花戲寄晁應之》：「平池碧玉秋波瑩，綠雲擁扇青搖柄。水宮仙子鬥
新妝，輕步凌波踏明鏡。」〔註82〕的詩句，委婉說自己像剛剛出波、怕太陽
照射的蓮花應得到保護。

再看歌詞末尾：

豈護洛兮無容，歎嬋娟兮多誤。苟予柄之不阿，果何傷兮風雨。
恐芳紅兮搖落，美人來兮歲暮。

借用《莊子‧逍遙遊》：「今子有五石之瓠，何不慮以爲大樽而浮乎江湖，
而憂其瓠落無所容？則夫子猶有蓬之心也夫！」〔註83〕的典故，用「嬋娟」、
「美人」的形象暗說自己是有才德，但生不逢時的人。

賦結尾以「道士聞而歎曰：『子何爲哀且怨也，獨不見鳳凰池上之紫薇，
白玉堂前之紅藥！夐地位之清高，藹聲名之昭灼。彼皆見貴於聖明之朝，子
獨何之乎騷人之國！』於是有感其言，起敬起慕，哦誠齋亭上之詩，賡昌黎
峰頭之句。叫閶闔以披心，敬獻玉井蓮之賦。」作者以「騷人」自比，暗寓
不得之志。並提及「鳳凰池」、「白玉堂」等中國詩文常用之地名及楊萬里、
韓愈等著名詩人，顯示出中國詩賦的影響。

按莫挺之歷仕英宗（1293～1314）、明宗（1314～1329）、憲宗（1329～1341）
三代君主，官至大僚班左僕射（宰相）應驗於賦中「鳳凰池上之紫薇」之句，
因唐開元元年改中書省爲紫微省，中書舍人爲紫微舍人。唐李嘉祐《和張舍人
中書宿直》：「漢主留才子，春城直紫微。」宋黃庭堅《次韻曾子開舍人遊籍田
載荷花歸》：「紫微樂暇日，披襟詠風漣。」而唐代宰相稱同中書門下平章事，

〔註81〕〔宋〕楊萬里撰，《誠齋集》，卷25，上海商務印書館，〔19～？〕年版，第
238頁。
〔註82〕〔宋〕張耒撰，《柯山集》，卷10，文淵閣四庫全書本。
〔註83〕曹礎基撰，《莊子淺注》，中華書局，1990年版，第12頁。

故多以「鳳凰池」指宰相職位。如唐劉禹錫《湖南觀察使故相國袁公輓歌》:「五驅龍虎節,一入鳳凰池。」在在說明了莫氏對中國政治、文化及文學的嫻熟。

陳朝的另一篇考賦試卷是陳睿宗隆慶三年甲寅科(1374)廷試題「景星賦」,由此科狀元陶師錫所寫。此篇賦收錄於黃萃夫《群賢賦集》。此賦題出自中國《文子‧精誠》:「故精誠內形氣動於天,景星見,黃龍下,鳳凰至,醴泉出,嘉穀生,河不滿溢,海不波湧。」〔註84〕漢王充《論衡‧是應》:「古質不能推步五星,不知歲星、太白何如狀,見大星則謂景星矣。」《晉書‧天文志中》:「瑞星,一曰景星。」〔註85〕等古代典籍。

此賦是按中國駢體賦來寫,全賦共有七段,使用 447 字,押 7 韻平仄相間。賦多用駢偶對句,鍊詞熔典,字字拴題,句句與景星連在一起。如:

> 觀其光輝絢爛,文采英華。耿素魄之孤明,蘸銀河之澄碧。接帝垣而昭晰,映黃道而的皪。影動析木之濱,光浮附路之側。周伯煌煌,揚彩而傍燭;含譽煜煜,分輝而交射。褱色正而芒寒,曰德星之格澤。

賦文中連點「帝垣」、「析木」、「附路」、「周伯」、「含譽」、「瑞星」、「德星」、「格澤」、「箕」、「尾」、「昴」等中國古代的星名,借用中國有關記載星宿特徵的史書,如《史記‧天官書》「天精而見景星,景星者,德星也。其狀無常,常出於有道之國。」〔註86〕又《晉書‧天文志中》「瑞星:二曰周伯星。黃色煌煌然,所見之國大昌。」〔註87〕來說明瑞星輝映、盛業日新的意思。

此外,賦中使用頗多中國與景星有關的史書來歌頌陳朝的太平盛治,如:

> 峻德克明,群工承休。騎箕尾者,媲商家之賢;應昴宿者,陋漢世之儔。

化用《莊子‧大宗師》「傅說得之,以相武丁,奄有天下,乘東維、騎箕尾而比於列星。」〔註88〕和《初學記》卷一引《春秋佐助期》「漢相蕭何,長七尺八寸,昴星精。」〔註89〕來歌頌當時王朝盛治,因而有德才比得上中國歷史上著名的臣子傅悅和蕭何來輔助。

〔註84〕王利器撰,《文子疏義》,中華書局,2000 年版,第 62 至 63 頁。
〔註85〕〔唐〕房玄齡等撰,《晉書》,中華書局,1974 年版,第 323 頁。
〔註86〕司馬遷撰,《史記》,卷 27,中華書局,1982 年版,第 1336 頁。
〔註87〕〔唐〕房玄齡等撰,《晉書》,中華書局,1974 年版,第 323 頁。
〔註88〕曹礎基,《莊子淺注》,中華書局,1990 年版,第 96 頁。
〔註89〕〔唐〕徐堅等輯,《初學記》,京華出版社,2000 年 5 月。

除了上述兩篇試賦卷以外，還有《鴨子辭雞母遊湖賦》。此賦被選錄於《皇黎八韻賦》一集，而且賦題下還明確注釋「陳太宗天應政平十六年丁未科（1247）廷試題」〔註90〕。此賦按中國律體賦來做，全賦共八段，每段押一個韻部，韻部中有若干韻字，押韻方式以四平四仄相押。全賦通過描寫鴨子辭別雞母的情景來談為人孝順父母之事。賦作文筆流暢，詞藻華麗，體現作者的出眾文才及廣闊的視野。

陳朝除了上述現存的試賦卷以外，其它十一科的試卷就無法考究。據現存的文獻記載，陳朝末年考賦是按中國元代的規定，制定場屋賦體是古體、騷體或《選》體。

胡朝取代陳朝之後，試法也模仿中國元代，雖科目有所增加，科考分為五場，但科舉制度中仍有試賦，據《大越史記全書》記載 1400 年「胡試太學生「賦題用『靈金藏』。諸生請講題。問：『有故事否？』惟裴應斗以宋朝孫何科『巵言日出』對。故講之。」〔註91〕其典出自〔東晉〕王嘉《拾遺記》卷五：

> 工人即持劍授上皇。上皇以賜高祖，高祖長佩於身，以殲三猾。
>
> 及天下已定，呂后藏於寶庫。庫中守藏者見白氣如雲，出於戶外。狀
>
> 如龍蛇，呂后改庫名曰『靈金藏』。及諸呂擅權，白氣亦滅。〔註92〕

文中所提中國宋朝「巵言日出」賦題出自《莊子‧寓言》：「寓言十九，重言十七，巵言日出，和以天倪。」〔註93〕

吳曾《能改齋漫錄》卷一「試詩賦題示出處」條記載：「本朝進士詩賦題，元不具出處。因淳化三年殿試《巵言日出賦》，獨路振知所出，遂中第三人。是年，孫何第一人，朱臺符第二人，亦不能知，止取其文耳。自後所試進士詩賦題皆明示出處。」〔註94〕

可惜，胡朝的試卷像陳朝的一樣遭到兵火之災，所以《靈金藏賦》僅存其篇名，而其試卷實有不可得見者。但通過胡朝出的賦題，我們也可窺出當時場屋規定的賦體、出賦題與舉子的答卷是跟中國文史典故有著密切的關係。

〔註90〕〔越〕《皇黎八韻賦》，漢喃研究院手抄本，編號：VHv.467，第 262 頁。

〔註91〕〔越〕吳士連撰，《大越史記全書》，第 2 集，卷 8，河內社會科學出版社，1998年版，第 38 頁。

〔註92〕〔晉〕王嘉撰，〔梁〕蕭綺錄，《拾遺記》，中華書局，1989 年版，第 134 至135 頁。

〔註93〕曹礎基，《莊子淺注》，中華書局，1990 年版，第 420 頁。

〔註94〕吳曾撰，《能改齋漫錄》，卷 1，上海古籍出版社，1979 年版，第 12 頁。

綜上所述，陳、胡二朝的試賦，不管是場屋規定的賦體、朝廷科考出的賦題，還是舉子答卷中使用的文史典故，都是受中國典籍、名著以及中國詩人的影響。

（二）中國詩賦對陳、胡二朝賦的影響

因陳、胡二朝都重視儒教及教學工作，同時科舉制度在此二朝都得到改進與完善，考賦科目總是科考中的重要環節，因此當時舉子頗努力研習典章，促進了陳、胡朝漢文學蓬勃的發展並取得一定的成就。詩歌、散文、韻文、駢文等作品及相關著作較多，如陳太宗《課虛錄》、《禪宗指南》，陳聖宗《聖宗詩集》，陳國俊《檄將士文》，李文休的《大越史記》，佚名《越史略》，李繼川《禪苑集英》、《越甸幽靈》，胡宗鷟《越史綱目》、《越南世志》、《賦學指南》，朱安《四書說約》，胡季犛《明道》，胡元澄《南翁夢錄》等。

在內容上，十六篇尚存的賦篇，除了阮伯靖《直解指南藥性賦》跟醫學有關以外，其餘十五篇賦都與文學有關。經過比對研究，我們發現這些賦題、內容多取材於《詩經》、《易》、《書》、《左傳》、《禮記》、《尚書》、《呂氏春秋》、《莊子》、《列子》、《淮南子》、《韓非子》、《論衡》、《史記》、《漢書》、《後漢書》、《晉書》、《文選》、《南史》、《吳越春秋》、《越絕書》、《高僧傳》、《資治通鑒》、《太平御覽》、《禮含文嘉》、《列仙傳》等中國古代文史經典，以及中國古代一些名作中的美辭佳句。如屈原《離騷》；〔漢〕賈誼《鵩鳥賦》，司馬相如《子虛賦》，劉向《戰國策》，揚雄《法言·吾子》，陳琳《答東阿王箋》；〔晉〕陶淵明《飲酒》，王嘉《拾遺記》；〔唐〕李白《明堂賦》、《上皇西巡南京歌十首》，王維《和賈舍人早朝大明宮之作》，韓愈《古意》、《送溫處士赴河陽軍序》、《爲人求薦書》，白居易《長恨歌》，劉禹錫《楚州開元寺北院，枸杞臨井，茂盛可觀，群賢賦詩，因以繼和》，陳羽《贈人》，宋樂史《楊太眞外傳》；〔宋〕歐陽修《集古錄跋尾》、《洛陽牡丹記》；蘇軾《次韻楊褒早春》、《前赤壁賦》，張耒《對蓮花戲寄晁應之》等。

下面對相關賦作援引自中國古籍典故的情形進行一些比對分析。

1. 陳公瑾〔註95〕的《磻溪釣璜賦》，賦句有取材於《詩經》的。如：

　　忽霜鬢之老叟，撐葦航而遙渡。

來自於《詩經·衛風·河廣》「誰謂河廣？一葦杭之。」〔註96〕

〔註95〕陳公瑾，生卒年未詳，海清鎮新興府東潮縣致知社福多人。

再如：

> 客趨而問之，叟曰：子不聞太公之釣璜者乎，當其唐燄方熾，
> 商室如煅，百川沸騰，**周道如砥**，公避亂而去，爰於茲兮戾止。託
> 以釣而隱隱，羌高尚其心志。時其晴空激灩，別浦參差，寒波練若，
> 溪水漣漪，**裹竹竿之籊籊**，散香餌菲菲。**或鱧或鯉**，遊揚乎荇藻之
> 上。**或鱣或鮪**，洋圍乎沼之湄。任彼所適，匪我是期。

等賦句化用《詩經・小雅・大東》：「周道如砥，其直如矢」〔註97〕、《詩
經・衛風・竹竿》：「籊籊竹竿，以釣於淇。」〔註98〕和《詩經・周頌・潛》：
「猗與漆沮，潛有多魚。有鱣有鮪，鰷鱨鰋鯉。」

又如：

> 至若西伯出獵於彼之疆，識其賢哲，同載以裝推尚父以命名。
> **求示我於周行**。唯涼彼之武臣，曰我周之是當。

賦句中襲用《詩經・小雅・鹿鳴》：「人之好我，示我周行。」〔註99〕
這些賦句很巧妙的化用《詩經》的詩句，使得賦意更具想像力。

2. 史希顏〔註100〕的《斬蛇劍賦》喜用中國史書來潤色自己的文章，如：

> 後車兮鮑臭，長城兮血腥。龍興兮沛邑，鹿走兮咸京。**拔青萍**
> **之鋙刃，誅白帝之陰精**。掃風於塵六合，廓宇宙而一清。斯為漢家
> 之神器，而斬蛇之所以得名也。

此賦聯源於《史記・秦始皇本紀》：「始皇崩於沙丘平臺。……棺載輼涼
車中，……抵九原。會暑，上輼車臭，乃詔從官令車載一石鮑魚，以亂其臭。」
〔註101〕和漢・陳琳《答東阿王箋》：「君侯體高世之才，秉青萍干將之器，拂
鍾無聲，應機立斷。」〔註102〕

再如：

> 然嘗聞之，凡物之寶，因人而珍。彼**干將之靈，莫邪之神**。不
> 際英明之主，神武之君。則徒埋精於豐獄，韞採於龍津。

〔註96〕袁梅譯注，《詩經譯注》，齊魯書社，1980年版，第216頁。
〔註97〕袁梅譯注，《詩經譯注》，齊魯書社，1980年版，第188頁。
〔註98〕袁梅譯注，《詩經譯注》，齊魯書社，1980年版，第213頁。
〔註99〕袁梅譯注，《詩經譯注》，齊魯書社，1980年版，第2頁。
〔註100〕史希顏生卒年未詳，愛州非祿人。陳睿宗（1373～1379）年間，官至行遣。
〔註101〕司馬遷撰，《史記》，卷6，中華書局，1982年版，第264頁。
〔註102〕蕭統撰，李善注，《文選》卷40，嶽麓書社，2002年版，第1250頁。

此賦句使用《吳越春秋・闔閭內傳》:「請干將作名劍二枝。干將者,吳人也;莫邪,干將之妻也。干將作劍,金鐵之精不流,於是干將夫妻,乃斷髮剪爪,投於爐中,金鐵乃濡,遂以成劍,陽曰干將,陰曰莫邪。」和《晉書・張華傳》:「雷煥掘豐城吳獄得二劍,一與張華,一自佩。華誅,劍遂失,煥卒,子華佩父劍過延平津,忽於腰間躍出墮水。入水求之,見兩龍在水。」〔註103〕的典故。

又如:

> 萃坤六之貞,具乾九之剛。工之以造化,煆之以陰陽。秋水湛兮鐔鍔,水霜凜兮鋒鋩。晝佩兮日失色,夜匣兮月吐光。彗星爲之退舍,妖魅爲之伏藏。白璧明珠,未足據其價。吳鈎、巨闕,安得與之當。

取資於《越絕書・外傳記寶劍》:「歐冶子乃因天之精神,悉其伎巧,造爲大刑三,小刑二:一曰湛盧,二曰純鈎,三曰勝邪,四曰魚腸,五曰巨闕。吳王闔廬之時,得其勝邪、魚腸、湛盧。」

3. 阮法的《勤政樓賦》,如果說史希顏的《斬蛇劍賦》專從史書取材,《勤政樓賦》則專從中國的詩文中借鑒並化用各名人詩文於自己的賦句中,如:

> 玉漏聲殘,雞人報曙。雉尾科開,雲裘進御。清蹕一聲,千官影附。瀹天香兮馥鬱,淡羽葆兮容與。

賦句取材於王維《和賈舍人早朝大明宮之作》「絳幘雞人送曉籌,尙衣方進翠雲裘。九天閶闔開宮殿,萬國衣冠拜冕旒。日色才臨仙掌動,香煙欲傍袞龍浮。朝罷須裁五色詔,佩聲歸向鳳池頭。」的詩意和司馬相如《子虛賦》「於是楚王乃弭節徘徊,翱翔容與。」〔註104〕的賦文。

又如:

> 霓裳羽衣,明眸皓齒。……夜雷梧桐,春風桃李。回顧初心,赧然愧恥。

顯然化用白居易《長恨歌》:「漁陽鼙鼓動地來,驚破霓裳羽衣曲。……春風桃李花開日,秋雨梧桐葉落時。」〔註105〕的詩意化用開來的。

此外,賦中也使用中國史書的典故,如:

〔註103〕〔唐〕房玄齡《晉書》,卷36,《列傳》第6,中華書局,1974年版,第1075至1076頁。

〔註104〕李方晨等選注,《歷代辭賦選》,湖南人民出版社,1984年版,第124頁。

〔註105〕繆鉞等主編,《唐詩精華》,巴蜀書社,1995年版,第652至653頁。

　　胡雛錦繡之遊，偏觀禁內。……寧王玉笛之聲，偷傳城市。包藏禍心，鴆毒甘美。如厝火於積薪，謂國家之可恃。及乎漁陽帥臣，鼓鼙動地。匹馬南巡，胡塵四起。付廟社於劫滅，訪橋名於萬里。

　　賦聯雖短短幾十字內，但多次取材於中國古代的史書。如（1）司馬光《資治通鑒》：「〔安〕祿山生日，上及貴妃賜衣服、寶器、酒饌甚厚。後三日，召祿山入禁中，貴妃以錦繡為大襁褓，裹祿山，使宮人以彩輿昇之。」〔註106〕（2）宋樂史《楊太眞外傳》：「妃子無何，竊寧王紫玉笛吹。故詩人張祜詩云：『梨花深院無人見，閑把寧王玉笛吹』。因此又忤旨放出」。〔註107〕（3）《寰宇記》：「本名七星橋。昔費聘吳，武侯送之至此，曰：『萬里之行，始於此矣』。橋因以名。唐玄宗狩蜀過此，問橋名，左右對以萬里。帝歎曰：『開元末，僧一行謂更二十年，國有難，朕當遠遊萬里之外，此是也』。遂駐蹕成都。」〔註108〕等三種史書。

　　4. 佚名的《湯盤賦》。通過此篇賦文，我們能看到當時的文人借鑒並化用中國著名的史書及詩作，如：

　　　　猗歟成湯，濂哲溫良。仁風馭沓兮九有，義武顯赫兮四方。乃仗大順，革夏爲商。參天地以立極，正萬國之紀綱。掃氛埃於絕域，陶元氣於遐荒。

　　此聯顯然化用李白《明堂賦》：「武義烜赫於有截，仁聲馭乎無疆。」〔註109〕的賦句。

　　再如：

　　　　是盤也，形模堅樸，器量恢洪。圓規象日，受夫含空。湛湛乎波光之蕩漾，淵源乎水色之玲瓏。浡廉泉而坐太澤，奴承露而稚金銅。

　　援典自《文選》李善注引《三輔故事》曰：「武帝作銅露盤，承天露，和玉屑飲之，欲以求仙。」〔註110〕和司馬光《資治通鑒》：「春（指漢武帝元鼎二年，

〔註106〕司馬光編著，《資治通鑒》卷216，唐紀32，中華書局，2007年版，第2662頁。

〔註107〕宋樂史撰，《楊太眞外傳》卷上，明顧氏文房小說本，第3頁。

〔註108〕顧祖禹輯著，《讀史方輿紀要》卷67，中華書局，1955年版，第2864至2865頁。

〔註109〕瞿蛻園等校注，《李白集校注》，上海古籍出版社，1980年版，第32頁。

〔註110〕蕭統撰，李善注，《文選》，卷2，嶽麓書社，2002年版，第48頁。

即前 115 年）起柏梁臺。作承露盤，高二十丈，大七圍，以銅爲之。上有仙人掌，以承露，和玉屑飲之，云可以長生。宮室之修，自此日盛。」〔註111〕

有的取材於《詩經》，如：

> 想其**長沐則休祥長髮**，日浴則聖敬日躋。凜凜乎若臨淵之恐墜，冷冷乎若啓沃之已垂。

此段賦文明顯化用《詩經·商頌·長發》：「濬哲維商，長髮其祥。」〔註112〕的詩句。

此外，賦中間除了化用《詩經》的詩意以外，還取材於中國著名的散文，如：

> 道不自見，以器而見。器不自壽，以銘而壽。**岐陽之鼓十**，大禹之鼎九，彼至寶之尚湮。況銘盤而不朽，**苟日新**之無聞，信於爾乎何有。此予生之長勤，企前修而已後。

典出歐陽修《集古錄跋尾》中的《石鼓文》：「石鼓文初不見稱於前世，至唐人始盛稱之，而章應物以爲周文王之鼓，至宣王刻詩爾，韓退之直以爲宣王之鼓。在今鳳翔孔子廟中，鼓有十，先時散棄於野，鄭餘慶置於廟，而亡其一。」〔註113〕和《禮記》：「苟日新，日日新，又日新。」〔註114〕中的文辭。

5. 張漢超（？～1354），字升甫，是陳朝一位名儒，著名的作家。他曾爲興道王的墨客，參加當時的抗元鬥爭。陳英宗時，他爲翰林學士。陳裕宗時爲參知正事。張漢超受到陳朝幾代皇帝厚遇，他去世後，陳藝宗將其供奉在文廟。張漢超在《全越詩錄》、《皇越文選》和《群貸賦集》留有一些詩歌、碑文和賦等。他文學上的最高成就體現在賦和文章上。張漢超的《白藤江賦》用客主問答賦體，以縱橫恣肆的筆鋒，推繪了發生在白藤江上越南歷史上幾次有名的抵禦外敵的戰役，追憶、歌頌了越南的民族英雄。

《白藤江賦》是一篇韻賦，對仗講究，語言凝練。它撫今追昔，縱橫馳騁，「朝嘎舷兮沅湘，暮幽探兮禹穴。九江五湖，三吳百粵。人跡所至，靡不經閱。胸吞雲夢者數百，而四方壯志猶闕如也。」借鑒司馬相如《子虛賦》：

〔註111〕司馬光撰，《資治通鑒》，卷第 20，漢紀 12，中華書局，2007 年版，第 228 頁。

〔註112〕袁梅譯注，《詩經譯注》，齊魯書社，1980 年版，第 642 頁。

〔註113〕陳思撰，《寶刻叢編》，卷 1，商務印書館，第 1 頁。

〔註114〕陳澔注，王文錦譯解，《禮記》，中華書局，2001 年版，第 898 頁。

「吞若雲夢者八九於其胸中，曾不蒂芥。」〔註115〕又引用歷史上的赤壁、合肥之戰等來比喻白藤江之戰的波瀾壯闊、氣勢磅礴。黎朝學者陳文徽在評張漢超《白藤江賦》批曰：「語意圓轉，如長江一派，罔有洄狀。」〔註116〕

按越南當今學者范俊武的意見，張漢超的《白藤江賦》在賦體行文、押韻及內容等方面借鑒了蘇軾的《前赤壁賦》。同樣使用客主問答賦體，所以在押韻方面也有共同點，如蘇軾《前赤壁賦》：

> 客曰：「月明星稀，烏鵲南飛，此非曹孟德之詩乎？西望夏口，東望武昌。山川相繆，鬱乎蒼蒼；此非孟德之困於周郎者乎？方其破荊州，下江陵，順流而東也，舳艫千里，旌旗蔽空，釃酒臨江，橫槊賦詩；固一世之雄也，而今安在哉？況吾與子，漁樵於江渚之上，侶魚蝦而友麋鹿，駕一葉之扁舟，舉匏樽以相屬；寄蜉蝣與天地，渺滄海之一粟。哀吾生之須臾，羨長江之無窮；挾飛仙以遨遊，抱明月而長終；知不可乎驟得，託遺響於悲風。

與張漢超《白藤江賦》：

> 掛汗漫之風帆，拾浩蕩之海月。朝嘎舷兮沅湘，暮幽探兮禹穴。九江五湖，三吳百粵。人跡所至，靡不經閱。胸吞雲夢者數百，而四方壯志猶闊如也。

張漢超與蘇軾賦中，「客」的話語都是「主」議論的基礎。在《白藤江賦》中，主與客的思想感情相接近，因而「客」接著跟「主」歌（「客從而賡歌曰」）。在蘇軾賦中，主客之和體現在很多細節。主「扣舷而歌」，客以「吹洞蕭倚歌而和之」。主客面對心談，之後「相與枕藉乎舟中，不知東方之既白。」在章法上有相近處。

蘇軾賦中的歌詞「『桂棹兮蘭槳，擊空明兮溯流光。渺渺兮於懷，望美人兮天一方。』客有吹洞蕭者，倚歌而和之，其聲鳴鳴然：如怨如慕，如泣如訴；餘音嫋嫋，不絕如縷；舞幽壑之潛蛟，泣孤舟之嫠婦。」與張漢超「歌曰：大江兮滾滾，洪濤巨浪兮朝宗無盡。仁人兮聞名，匪人兮俱泯。客從而賡歌曰：二聖兮並明，就此江兮洗甲兵。胡塵不敢動兮，千古昇平。信知：不在關河之險兮，惟在懿德之莫京。」歌詞基本上都用四六文體。蘇軾賦中的歌詞表示渴望見到知音者，而張氏的歌詞是總結歷史的教訓。從張、蘇賦

〔註115〕李方晨等選注，《歷代辭賦選》，湖南人民出版社，1984年版，第126頁。
〔註116〕〔越〕黃萃夫撰，《群賢賦集》，漢喃研究院藏版，編號：A.575。

文相比來看，我們可窺出陳朝賦體文學很發達，很多賦篇整暢條達，正如黎朝學者黎貴惇《見聞小錄‧卷四‧篇章》對陳朝漢文賦評曰：「陳朝賦多奇偉流麗，韻致調格，殆類有宋。」〔註117〕

6. 段春雷和阮飛卿的《葉馬兒賦》

段春雷，生卒年未詳，海陽新福巴魯人。陳廢帝昌符八年甲子科（1384）太學生。阮飛卿，原名阮應龍，號藥溪。生卒年約 1355～1428。山南上鎮國威府上福縣藥溪社人。陳睿宗隆慶三年甲寅科（1374）太學生。陳朝不仕。胡朝頗得重用，自改名為阮飛卿。此二人先是陳朝的文人，受陳朝的文學薰陶。陳滅後，再仕胡朝。當時創作的詩賦頗多，可遺賦篇今存者僅留《葉馬兒》各一篇。

段春雷《葉馬兒賦》使用文賦的體裁來撰寫，賦開頭先對葉馬兒進行描述：

> 維大鈞之播物，賦麼鉅之萬殊。彼蠕蝡與薈蕞，紛動植之難俱。荷葉上之馬兒，因假合而成軀。覆葉而背兮，文有倫而有脊；仰葉而腹兮，綠非槁而非枯。兩角圭尖，似剪桐而為戲；四蹄霜薄，類刻楮而成模。具體而微，巉首昂而臆廣；寓形莫辨，混技綴而英敷。蔽蒂視之而不見，肖翹乍有而乍無。謂為抱葉之蟬，而嘒鳴之匪匹；譬則化莊之蝶，又腹育而非徒。豈蕉鹿之荒說，曷茅虀之厚誣。認天降葉身之瑞蟲，而其狀有類乎龍駒也。

然後直逼主題：「嗟夫！人之有常，辰登至治。既保合於太和，宜諸福之畢至。天降斯蟲，豈無深意？馬如厥狀，示君子之德輿；葉作其身，見蒼生之大庇。且馬者龍也，符開行地之無疆；葉者茂也，兆葉本支之百世。矧斯蟲也，產於金甌之上，曜於洞天之地。適當靈臺經始之初，出應洛邑宅中之際。微物遭逢，億年關係。」

阮飛卿《葉馬兒賦》是以俳賦體來撰寫，對葉馬兒的描繪，如若說段氏賦偏於繪其形，阮氏賦則重於寫其神。且看：

> 蒽茜彩浮，擁奇秀擢。背豎脊兮互連，腹橫文兮隱約。彼角彼蹄，孰剪孰削？遐想像於鴻蒙，宛龍馬之相若。跡雖傍於林泉，志寔馳於寥廓。憩縱嶺之月明，晞扶桑之曉濯。風搖枝影，驚玉勒之

〔註117〕〔越〕黎貴惇撰，《見聞小錄》，卷 4，《篇章》，漢喃研究院抄版，編號：VHv.1322，第 24 頁。

將揮；霞轉樹腰，恍金罍之初絡。適遇園丁，如逢伯樂。轉眄分青
林之側，羅置乎綺席之前。歡承諾一，價重金千……」

此外，阮氏賦更注重「言志」，在對葉馬兒進行繪形寫神之後，阮飛卿以
濃墨「言志」：

> 仰惟聖智所能，而非眾人之所可設也。竊義反覆天心，紬澤人事。
> 與其生樹上之蟲，孰若產人中後逸之才，高遇之士？與其詠馬兒之
> 詩，孰若講魯頌有邁之章，究魯論德驥之旨？然而物之產靈異者，猶
> 且愛之，況賢於物而最異者乎！願充愛物之心，而為愛賢之心；推待
> 物之志，而為待賢之志。觀樹葉則思械樸作人之方，菁莪育才之義；
> 玩馬兒則念騶虞麟趾之仁，關雎鵲巢之美。材館之下，駿可市而金可
> 捐；賓幕之間，溫可招而石可致。使廊廟臻肖眾之求，山河奮臥龍之
> 起。若如是則，鋪張宏休，歌詠聖德，顧不光大而燁韡者邪？

全賦通篇或以四字相對、或以六字相對的句式對仗。在押韻方面也講究
一定的聲律。

因同題賦筆，雖以不同的賦體來作，但段、阮二位在用典方面仍有很多共同
點，如段氏賦中：「飄梧桐而飛去，冀北群空。磨楊柳而相依，華陽息捷。」與
阮氏賦中：「材館之下，駿可市而金可損；賓幕之間，溫可招而石可至。」都取
材於唐韓愈《送溫處士赴河陽軍序》中的文辭。段氏化用「伯樂一過冀北之野，
而馬群遂空。」於自己的賦篇，而阮氏典自「洛之北涯曰石生，其南涯曰溫生。
大夫烏公，以鈇鉞鎮河陽之三月，以石生為才，以禮為羅，羅而致之幕下。未數
月也，以溫生為才，於是以石生為媒，以禮為羅，又羅而致之幕下。」〔註118〕

又如段氏「兩角圭尖，似剪桐而為戲；四蹄霜薄，類刻楮而成模。」與阮
氏「其紀述也，唐叔得嘉禾之書；其賞玩也，成王無剪桐之戲。苟非造物之妙，
化工之至，安能至是乎。……殫刻楮之賤工，效雕蟲之末技。記微物以舒懷，
獻得賢為上瑞。」都化用《呂氏春秋‧重言》：「成王與唐叔虞燕居，援梧葉以
為珪，而授唐叔虞曰：『余以此封女。』叔虞喜，以告周公。周公以請曰：『天
子其封虞邪？』成王曰：『余一人與虞戲也。』周公對曰：『臣聞之，天子無戲
言。天子言則史書之，工誦之，士稱之。』於是遂封叔虞於晉。」〔註119〕和

〔註118〕《朱文公校韓昌黎先生集》，卷21，第278頁，文淵閣四庫全書本。
〔註119〕呂不韋著，高誘注《呂氏春秋》，卷18，《審應覽》第6，上海古籍出版社，
　　　　1996年版，第149頁。

《韓非子‧喻老》：「宋人有為其君以象為楮葉者，三年而成。豐殺莖柯，毫芒繁澤，亂之楮葉之中而不可別也。」的典故。

此外，兩篇賦還間用《詩經》的詩意及其它中國經典書籍，如段氏「蔽蒂視之而不見，肖翹乍有而乍無。謂為抱葉之蟬，而嘒鳴之匪匹；譬則化莊之蝶，又腹育而非徒。豈蕉鹿之荒說，曷茅麕之厚誣。認天降葉身之瑞蟲，而其狀有類乎龍駒也。」用《莊子‧胠篋》：「惴耎之蟲，肖翹之物，莫不失其性。」〔註120〕、《詩‧小雅‧小弁》：「菀彼柳斯，鳴蜩嘒嘒。」〔註121〕、《莊子‧內篇‧齊物論第二》「昔者莊周夢為胡蝶，栩栩然胡蝶也。自喻適志與！不知周也。俄然覺，則蘧蘧然周也。不知周之夢為胡蝶與？胡蝶之夢為周與？周與胡蝶則必有分矣。此之謂物化。」〔註122〕、《列子‧周穆王》：「鄭人有薪於野者，遇駭鹿，禦而擊之，斃之。恐人見之也，遽而藏諸隍中，覆之以蕉，不勝其喜。俄而遺其所藏之處，遂以為夢焉。」和《詩經‧召南‧野有死麕》：「野有死麕，白茅包之。」〔註123〕等詩句。

阮氏「願充愛物之心，而為愛賢之心；推待物之志，而為待賢之志。觀樹葉則思棫樸作人之方，菁莪育才之義。玩馬兒則念騶虞、麟趾之仁，關雎、鵲巢之美。」此一賦聯就取材於《詩經‧大雅‧棫樸》：「芃芃棫樸，薪之槱之。濟濟辟王，左右趣之。……追琢其章，金玉其相。勉勉我王，綱紀四方。」〔註124〕、《詩經‧小雅‧菁菁者莪》：「菁菁者莪，在彼中阿，既見君子，樂且有儀。菁菁者莪，在彼中沚，既見君子，我心則喜。菁菁者莪，在彼中陵，既見君子，錫我百朋。泛泛楊舟，載沉載浮，既見君子，我心則休。」〔註125〕以及《詩經‧毛詩序》：「然則《關雎》《麟趾》之化，王者之風，故繫之周公。南，言化自北而南也。《鵲巢》《騶虞》之德，諸侯之風也，先王之所以教，故繫之召公。《周南》《召南》，正始之道，王化之基。」〔註126〕

此外，兩篇賦還化用了中國著名史書中的典故，如段氏「一顧而價增百倍，親指而如著先鞭。」典自《晉書‧劉琨傳》：「與范陽祖逖為友。聞逖被

〔註120〕曹礎基，《莊子淺注》，中華書局，1990年版，第141頁。
〔註121〕袁梅譯注，《詩經譯注》，齊魯書社，1980年版，第160頁。
〔註122〕曹礎基，《莊子淺注》，中華書局，1990年版，第41頁。
〔註123〕袁梅譯注，《詩經譯注》，齊魯書社，1980年版，第119頁。
〔註124〕袁梅譯注，《詩經譯注》，齊魯書社，1980年版，第332頁。
〔註125〕袁梅譯注，《詩經譯注》，齊魯書社，1980年版，第55至56頁。
〔註126〕〔明〕郝敬撰《毛詩序說》卷1，《國風》，明山草堂集內編本，第2頁。

用，與親故書曰：『吾枕戈待旦，志梟逆虜，常恐祖生先吾著鞭。』」〔註127〕
阮氏「使郎廟臻肖像之求，山河奮臥龍之起。夫如是則，鋪張宏休，歌詠聖
德，顧不光大而燁曄者耶？」典自《後漢書・隱逸列傳・嚴光》：「嚴光字子
陵，一名遵，會稽餘姚人也。少有高名，與光武同遊學。及光武即位，乃變
名姓，隱身不見。帝思其賢，乃令以物色訪之。」〔註128〕

　　除了當時文人在科考和肄習中創作的漢文賦以外，陳、胡期間的獻賦風
氣也很普遍，士人們大多通過獻賦來顯露自己的才華或對帝王歌功頌德。關
於獻賦，從中國文學的歷史發展看，「獻賦始於漢。宋玉諸賦，頗稱楚王，然
由意撰，羌非實事。漢賦，孝成之世，奏御者千有餘篇，然非自由獻，蓋其
時猶有輶軒之使。……自魏以來，君臣之際，多云同作，或命某作，或被詔
作，未有給劄程試之事。」〔註129〕越南陳、胡期間，類似情況甚多。據黎貴
惇撰《見聞小錄》轉《群賢賦集》注釋：「胡季犛在清化建立西都以後，有人
奉贈一隻用葉子編的蟲，形狀像馬。胡廷以為是吉祥之兆，遂命名為《葉馬
兒》，並以之為題讓名士們獻賦祝頌。當時寫《葉馬兒賦》者可能很多，但目
前只找到兩篇。一是陳廢帝時太學生段春雷所作，一是阮飛卿所寫。」〔註130〕

　　段春雷的《葉馬兒賦》以文賦的體制鋪陳葉馬兒的形態，讚歎天工之巧
妙，推知賢相的功德：「竊觀夫化工肖形之妙，而知夫賢相造化之大全。」賦
末聯點出獻賦的至誠心態：「駑材何幸，覿斯休美。感朽木之再生，何識道之
不鄙。叨鳳池金馬之榮，造閬苑蓬壺之秘。顧雕蟲刻篆之匪工，賦得賢為上
瑞。」這裡的「賢」暗喻胡季犛。獻賦是為了歌功頌德。所以，這樣的結尾
是很合適的。

　　阮飛卿的《葉馬兒賦》屬於俳賦。賦末仍如段氏賦，歸德於胡季犛：「記
微物以舒懷，獻得賢為上瑞」，並指明寫此賦是「荷命題之盛意」，為獻賦而
作。

　　綜上所述，通過陳、胡朝尚存的賦，不論是賦題的出處，作者使用的賦

〔註127〕〔唐〕房玄齡《晉書》，卷62，《列傳》第32，中華書局，1974年版，第1690
　　　　頁。
〔註128〕范曄撰，〔唐〕李賢等注，《後漢書》，卷83，《逸民列傳》第73，中華書局，
　　　　1982年版，第2763頁。
〔註129〕何沛雄撰，《賦話六種》（王芑孫撰，《讀賦卮言・獻賦》），香港生活讀書新知
　　　　三聯書店，1982年版，第13頁。
〔註130〕〔越〕黃萃夫撰，《群賢賦集》，漢喃研究院藏版，編號：A.575。

體還是賦文內容上使用的文史典故，都源於中國的典章。此也說明陳、胡二朝的文人對中國的政治、文化及文學比較嫻熟，同時亦能看到中國詩賦對越南古代文學的影響。

小　結

　　李、陳時期儒學的發展和科舉制度的開創，已發展成為統治者選拔高層文官隊伍的最主要工具。通過科舉考試，陳朝選拔了一大批文學儒士，到十四世紀中後期，「朝士如陳時見、段汝諧、杜天覷、莫挺之、阮俞、范邁、范遇、阮忠彥、黎括、范師孟、黎維、張漢超、黎居仁輩相繼登朝，人才彬彬矣。」〔註131〕儒學逐漸占居主導地位，儒士不斷登上政治舞臺，並發揮著越來越大的作用。選用儒教為正統思想、採用科舉制度為選拔官員的得力工具，顯示受中國治國經驗的影響。

　　此三朝的科舉制度雖處在草創時期，但我們仍然看到科考的基本規定，無論是開科年期、考試的科目、中試者的名稱以及考試的內容等方面都明顯來自於中國科舉考試制度的影響。此三朝在實施科考過程當中作了一些調整與完善，以便適應越南封建社會的進步和發展。

　　關於李、陳、胡三朝的試賦情況，因戰亂連綿，加上文獻保存工作做得不好，所以有關記載李朝科舉制度採用賦作為獨立科目亦未見得者，但通過極少的文獻記載還能窺出當時的儒臣所掌握並寫有關的作品。

　　試賦作為科考中的獨立科目始見於陳朝，經筆者發現陳朝自陳太宗天應政平十六年丁未科（1247 年）即以賦試為獨立科目。陳朝科考對試賦的規定由八韻體改成古體、《騷》體或《選》體，是中國賦體文學發展的逆向途徑，但其原因在於受中國元代科舉制度及元代考試的文體的影響。

　　胡朝繼治，科舉依元制，也選用試賦為考試科目。因歷史的原因，胡朝的試賦卷全無，尚存者僅有 1400 年試太學生的賦題。通過史書記載，亦窺出胡朝文人對中國典章故事有相當清晰的瞭解。

　　陳、胡朝傳世的漢文賦篇雖數量不多，但學者評價較高，如黎朝學者陳文徽在《群賢賦集》中評《湯盤賦》議論正當；評《觀周樂賦》造語既精、

〔註131〕〔越〕吳士連撰，《大越史記全書‧‧陳紀》，河內社會科學出版社，1998 年版。

賦有音節；評《玉井蓮賦》賦清騷、有調格；評《白藤江賦》語意圓轉，如
長江一派罔有洄狀；評《景星賦》瑩潔無疵……等。又黎朝學者黎貴惇在《見
聞小錄・卷四・篇章》記載：「本國李、陳二代，正當上國宋元間，風氣淳和，
人才英偉，文章氣格不異中州。簡便傳記脫略靡詳。僕收拾金石遺文得數十
篇。李時之文，騈偶絢麗，尚類唐體。迨陳時則整暢條達，已似宋人口氣矣。」
〔註132〕可以窺出漢文賦體文學在此歷史文化背景下，在接受中國詩賦影響的
同時，已經蓬勃發展並取得了很大的成就。三朝現存的詩賦具有很高的價值，
並對後世越南文學的發展產生了深遠的影響。

〔註132〕〔越〕黎貴惇撰，《見聞小錄》，卷 4，《篇章》，漢喃研究院藏版，編號：
　　　　　VHv.1322。

第三章　中國賦對黎朝漢文賦之影響

第一節　中國賦在後黎朝初期對越南漢文試賦的影響

一、後黎朝初期的儒學地位、學制及科舉制度

　　後黎朝初期（1428～1527 年）諸帝出於鞏固而穩定封建國家秩序的目的，迫切需要建立一個更加統一、集中、高效的中央政權。而儒學以綱常名教爲核心的一整套理論學說，正好適應了越南當時的需要，因而得以勃然振興。這一時期的越南儒學，主要接受的是宋明理學。理學富於思辯性，體系嚴整，論證細密，將封建社會的倫理綱常，提到哲學本體論的高度來認識，是強化封建專制制度最有力的武器，因而受到黎朝統治者的歡迎。黎太祖剛立國，就開設學校，選拔學生入國子監學習，以育人才。史書記載：太祖順天元年（1428 年）「帝初立國留意作人，內設國子監，選官員子孫及凡民俊秀充焉；外設路學選民間良家子弟充路校生，立師儒教訓之。」〔註1〕

　　後來的幾位帝王黎太宗、黎聖宗、黎憲宗承太祖事業，爲振興儒學作出不少的努力。黎太宗在 1435 年命少保黎國興以先師祭祀孔子。以後奉爲制度，定期進行祭祀活動。史載：「命官釋奠於先師孔子，以丁日命黎國興釋奠於文廟，歲以爲常。」〔註2〕。黎聖宗時，繼續擴大國子監的規模。黎聖宗洪德年

〔註 1〕潘清簡等撰，《欽定越史通鑒綱目》第 4 集，正編卷 15，漢喃研究院藏版，編號：A.2674，第 315 頁。
〔註 2〕潘清簡等撰，《欽定越史通鑒綱目》第 4 集，正編卷 16，漢喃研究院藏版，編號：A.2674，第 426 頁。

間（1470～1497）對國子監、太學進行了大規模的修繕和擴建。洪德十四年
（1483）正月「作文廟大成殿、東西房、更服殿、書板庫、祭器庫、明倫東
西堂。」〔註3〕根據《欽定越史通鑒綱目》記載「十四年春正月修太學。國初
太學因學陳之舊規制猶多闕焉。至是帝命修廣之。太學之前建文廟大成殿，
以祀先聖。東西廡分祀先賢、先儒。更服殿，以爲宿謁之所。祭器庫廚房各
一。後建太學門、明倫堂。東西講堂以講肄諸生，又增置秘書庫以藏書板。
東西三舍生房屋各三連，每連二十五間以宿諸生。東西碑室各一，以陳列黎
朝各科進士題名碑。」〔註4〕以後黎襄翼帝雖僅在位 8 年（1509 一 1516）立
志「恢太祖立極之圖，弘聖宗覷文之治」。初設講筵，留心典籍，又重修國子
監。洪順三年（1511）十一月，「命阮文郎重修國子監崇儒殿及兩房、明倫六
堂、廚房、庫房，並新構東西碑室，左右每間置一碑。」〔註5〕除京師之外，
各地亦普遍建有文廟。

　　與此同時，後黎諸帝極力排斥異端，加以限制和打擊佛教、道教，只允
許它們在有限的範圍內生存和發展。如：黎聖宗在 1460 年「敕天下卜筮道釋
之人·毋得與官人關通」〔註6〕，限制左道人員與官府來往。1461 年，朝廷又
下令禁止地方豪強和官僚貴族建設新寺觀，不得隨便鑄造銅鐘。並下令地方
官吏，嚴格禁止巫覡活動。僧人違犯戒律、如喝酒吃肉之類，就要還俗或充
軍。

　　統治者提倡、宣傳弘揚儒教，使黎朝時的學制得到全面改善和發展。黎
朝的學制仍沿襲李陳時期的制度，但比之更加開明，建立起更完備的教育體
系，培養出大批儒士和官吏。黎朝人吳時任曰：「本朝教法，有鄉學，有國學，
有學條，有學規。」〔註7〕京師中央一級的學校有國子監、太學、崇文館、昭
文館和秀林局等。崇文館、昭文館和秀林局是培養貴族子弟的場所，國子監
則作爲全國的最高學府，教育貴族子弟和民間俊秀者，爲科舉考試和官僚隊

〔註 3〕《黎皇朝類編》漢喃研究院藏手抄本，編號：A.325。

〔註 4〕潘清簡等撰，《欽定越史通鑒綱目》第 6 集，正編卷 23，漢喃研究院藏版，編號：
　　　　A.2674，第 76～77 頁。

〔註 5〕〔越〕吳士連撰，《大越史記全書》本紀，卷 15，河內社會科學出版社，1998 年
　　　　版，第 17 頁。

〔註 6〕〔越〕潘清簡等撰，《欽定越史通鑒綱目》第五集，正編卷 19，漢喃研究院藏版，
　　　　編號：A.2674，第 147 頁。

〔註 7〕〔越〕吳時任，《教議》，《時任選集》（第三集），越南國學研究中心和文化出版社，
　　　　第 17 頁。

伍積儲後備力量。各府、州、縣也建立了學校。此外，各地還有不少鄉學、社學和私塾。

因「人才由學校而出，歷代得人，皆以教養有素。今國子監當設兼官，以重其職，審擇祭酒、司業及五經教授、學政，日常講習，使人才有所成就，以資國家之用。」〔註8〕，所以黎朝比較重視國子監學官的選拔，以德才兼備的人當任國子監學官。〔越〕潘輝注《歷朝憲章・官志》「國子監前黎置祭酒、司業、直講、博士、教授。祭酒必有重臣兼領，後又加五經。」〔註9〕除此，還經常對監官、教官進行考核。黎太宗紹平二年（1435）九月，由於「各教官多不稱職，或互相短辱，事聞於朝」，令試國子監、各路教官及有學軍民於雲集堂，陶汰不稱職的監官和教官，以合格的軍民充其闕，當時阮日宣、阮子晉等中選。〔註10〕

關於黎朝當時的國子監，根據陳文《越南黎朝時期的國子監教育》〔註11〕的分析，充當國子監監生有詳細的規定：（1）六七品以上的官員子弟入監讀書，官員子弟鄉試中場者。（2）通過考試選拔天下才學之生徒。（3）各府、路學之生徒中鄉貢者，軍民子弟會試中三場者。

此外，國子監還實行三舍生法來鼓勵監生努力學習。洪德十四年（1483）黎聖宗從御史臺副都御史郭有嚴所奏，定國子監三舍生逐年會試中場銓用例。國子監監生會試中三場者充上舍生，中二場者充中舍生，中一場者充下舍生。每舍一百名，三舍共三百名。國子監三舍生的待遇相當優厚，三舍生是公費學生。洪德十四年，建構的東西三舍生房屋各三連，每連二十五間，三連共七十五間，以宿三舍生徒。三舍生每人每月給廩錢九陌。洪德十四年規定，三舍生的月廩隨等酌給，上舍生增足一貫，中舍生仍給九陌，下舍生減為八陌。〔註12〕黎貴惇《見聞小錄》載「洪德中定制，官員子孫，會試中三場，充上舍生，給錢人一貫；中二場充中舍生，人九陌；中一場，充下舍生，人八陌。每舍一百名。」〔註13〕

〔註8〕〔越〕潘清簡等撰，《欽定越史通鑑綱目》第7集，正編卷34，漢喃研究院藏版，編號：A.2674，第350頁。

〔註9〕〔越〕潘輝注撰，《歷朝憲章類志》，漢喃研究院藏本，編號：A.2445。

〔註10〕〔越〕陳文為撰，《歷史纂要》，漢喃研究院手抄本，編號：A.1452/1，第10頁。

〔註11〕陳文撰，《越南黎朝時期的國子監教育》，南陽問題研究，2006年第1期。

〔註12〕〔越〕潘清簡等撰，《欽定越史通鑑綱目》第6集，正編卷23，漢喃研究院藏版，編號：A.2674，第78頁。

〔註13〕〔越〕黎貴惇撰，《見聞小錄》，漢喃研究院藏版，編號：VHv.1322。

　　國子監三舍生在仕途上也得到一定的優惠待遇。在後黎朝初期，封建政權機構對監生的錄用一般由國子監保舉，吏部銓除，上、中、下三舍生並同，沒有差別。洪德十五年（1484），國子監改為按分來銓授，上舍生三分，中舍生二分，下舍生一分，「至除用時，吏部及國子監官照缺保舉，授知縣、訓導、伴讀、長史等職。上舍生三分，中舍生二分，下舍生一分，此待世家，優於白屋。」〔註14〕自此三舍生中場多少、優劣前後，分等級來銓除，天下「人才咸知激勸」。〔註15〕

　　後黎朝還注重印行儒家經典，大量翻刻儒經。官方正式出版儒書，始於黎太宗紹平二年（1435 年）刊刻的《四書大全》板。黎聖宗光順八年（1467年），詔諭重刻《五經》官板，頒給國子監，供監生學習：「初置五經博士。辰監生專治詩書者多，習禮記周易春秋者少，故置五經博士專治一經以授諸生。」同年「夏四月頒五經印本於國子監。」據黎朝學者黎貴惇記載，聖宗洪德年間（1470～1497 年），朝廷遞年頒官書於各府，「如：《四書》、《五經》、《登科錄》、《會試錄》、《玉堂文範》、《文獻通考》、《文選》、《綱目》及諸醫術」〔註16〕，「學官以此教習，科舉以此取士」〔註17〕。聖宗還詔求遺書，藏諸秘閣，先代之書，往往間出。光順、洪德（1460 — 1497 年）時期是後黎的黃金時代。當時因書板眾多，特於文廟造庫貯藏。此後印書業獲長足發展，到 18 世紀，似乎可以自給。黎純宗龍德三年（1734 年）春正月頒《五經大全》於各處學官。先是派遺官員校閱《五經》北板刊刻，書成頒佈，令學者傳授，不得購買北書。又今阮儆、范謙益等人分刻《四書》、諸史、詩林、字彙諸本刊行。

　　後黎朝不管是全國最高學府——國子監——還是社學、鄉學以及私塾在教學內容方面，都以儒學經典和漢文詩賦為各級學校教育的主要教材，圍繞儒學的修身、齊家、治國、平天下的目的而展開。國子監作為全國的最高學府，教學內容也引領各地方學校。國子監教育與科舉考試有著密切的關係，

〔註14〕〔越〕吳士連撰，《大越史記全書》本紀卷 13，河內社會科學出版社，1998年版， 第 40 頁。

〔註15〕〔越〕吳士連撰，《大越史記全書》本紀卷 13，河內社會科學出版社，1998年版， 第 40 頁。

〔註16〕〔越〕吳士連撰，《大越史記全書》，第 3 集，河內社會科學出版社，1998 年版，第 577 頁。

〔註17〕〔越〕黎貴惇撰，《見聞小錄·科目》，漢喃研究院藏版，編號：VHv.1322。

教學內容和考試形式以科舉考試爲準繩。如：黎朝景興四十年（1779 年），命國子監官與提督學政官，「嗣後學習士人，其《四書》、《五經》，務在熟讀精思，講究義理。其《通鑑綱目》與國史，須究歷代人物賢否，政事因革，世運興衰，古今得失，融會貫通，俾知監戒，以經世務。係逐日講讀，隨處剖折義理，訓誨諸生，非止耽玩文辭，務得諸心身，以措事業。其命題當用貫通經傳大旨，評論古今事宜，人物賢否，爲治體統，政事得失，與當今爲政先後緩急，不須抉摘細碎。其行文務渾淳易平，義理顯白。其文辭浮華駢偶，一切黜去。其鄉會廷試，亦仿此例，以得實才資國用。」〔註18〕

　　這樣使教學與科舉統爲一致，對黎朝儒學的繁榮與科舉制度的完善奠定了基礎。黎朝時期科舉制度受到諸帝的高度重視，雖沿襲李、陳時期的試三教、試吏員以書算和進士科考試，但是隨著儒學地位的上升，佛教道教在越南勢力的削弱，試三教退出了越南歷史舞臺。科舉制度在黎朝諸帝的推動和倡導，日益趨於正規化和經常化，已建立了一套較爲完善的科舉取士制度。明經科、進士科、東閣科、制科、士望科等科目相繼舉行，其中進士科是朝廷選拔文官隊伍的主要渠道，各級學校教育以科舉考試爲依歸。黎朝進士科，分鄉試、會試和殿試三級考試。鄉試和會試分四場考：第一場經義，第二場制、詔、表等雜文，第三場詩賦，第四場策文。殿試考對策，以經史同異之旨、將帥韜鈐之蘊、歷代政事之得失以及世務機宜、治國安邦、選拔人才、君臣之道等內容爲問。

　　早在 1426 年，當黎利還在率領部隊與明軍作戰的時候，就開特科取士，「御菩提宮，即命試文學之士，以『諭東關城榜文』爲題」〔註19〕，選拔二十四人擔任各路安撫使和各部員外郎。

　　　　十二月二十日，置各路安撫使，以陶公僎、阮翼等二十四人爲之，置六部員外郎，以阮公偉等六人爲之。〔註20〕

　　　　黎朝成立以後，黎太祖於順天四年就開科取士（1431 年）：

　　　　開宏詞科。帝御菩提行宮試之。阮天錫等中選充御前學生。〔註21〕

〔註18〕《皇黎朝紀》，漢喃研究院藏手抄本，編號：A.14，第 96 頁。

〔註19〕〔越〕黎貴惇撰，《見聞小錄·科目》，漢喃研究院藏版，編號：VHv.1322。

〔註20〕〔越〕吳士連撰，《大越史記全書》，卷 10，《黎紀》，河內社會科學出版社，1998 年版，第 26 頁。

〔註21〕〔越〕潘清簡等撰，《欽定越史通鑑綱目》第 4 集，正編卷 15，漢喃研究院藏版，編號：A.2674，第 367 頁。

黎太宗紹平元年（1434 年）：

八月議置進士科。詔曰：得人之效取士爲先，取士之方科目爲首。太祖立國首興學校，祠孔子以太牢，其崇重至矣，而進士一科未遑開設。朕纂承先志，思得賢才之士以副側席之求。其定爲科場條例以紹平五年（1438 年）各道鄉試；六年會試都省堂。自後三年一比，永爲例。中選者並賜進士出身。試法：第一場《經義》一道，《四書》義各一道，並限三百字以上；第二場《詔》、《制》、《表》；第三場詩賦；第四場《策》一道，一千字以上。〔註22〕

黎太宗大寶三年（1442 年）

三月會試天下士人，賜阮直、阮如堵、梁如鵠三人進士及第，陳文徽等七人進士出身，仍命制文題名豎碑，進士碑記自此始。〔註23〕

黎聖宗光順三年（1462 年）四月，定保結鄉試例。

凡士人不均軍民諸色，以今年八月上旬向本道報名候鄉試。中者，送名禮儀院，至明年正月中旬會試。可本管及本社保結。其人實有德行者方可須簿。其不孝、不睦、亂倫、教唆者雖有學問並不許入。……其試法：先暗寫汰冗一科；第一場《四書》、《經義》（共五道）；第二場《制》、《詔》、《表》（用古體四六）；第三場詩用唐律，賦用古體、《騷》、《選》同（以三百字以上）；第四場《策》一道，問經史、時務（出題限一千字以外）。〔註24〕

洪德三年（壬辰），設定試法：

第一場《四書》八題（《論》、《孟》各四），士子自擇四題行文。《五經》，每《經》三題，士子自擇一題行文。惟《春秋》二題並爲一題行文；第二場《詔》、《制》、《表》，各一題；第三場詩賦（各一題，可用李白體）；第四場《策》一道（以詩書旨意之異同、歷代政

〔註22〕〔越〕潘清簡等撰，《欽定越史通鑒綱目》第 4 集，正編卷 16，漢喃研究院藏版，編號：A.2674，第 408 頁。

〔註23〕〔越〕吳士連撰，《大越史記全書》，卷 11，《黎紀》，河內社會科學出版社，1998 年版，第 54 頁。

〔註24〕〔越〕吳士連撰，《大越史記全書》，卷 12，《黎紀》，河內社會科學出版社，1998 年版，第 10 頁。

事之得失爲問）。〔註25〕

黎聖宗光順四年（1463年）：初定三年一大比。舊制會試或五年六年一試，未有定，至是議定以丑辰未戌三年一大比。

根據越南當代學者吳德壽主編《越南歷朝科榜》〔註26〕的統計，黎朝初期共開科31科。太祖順天年間（1428～1433年）開4科；太宗紹平年間（1433～1442年）開2科；仁宗太和、延寧年間（1442～1459年）開3科。總計取士之科凡九，然皆出自特置，科限未定，員數未詳。黎聖宗光順、洪德年間（1460～1497年）科舉處於巔峰狀態，共開科12次，取士人數大於511人。越南著名史學家潘輝注《歷朝憲章類志》卷二十六評曰：「歷朝科舉之盛，迨於洪德至矣。其取人之廣，選人之公，尤非後世所及。」〔註27〕從憲宗景統年間（1498～1504年）歷經肅宗、威穆帝（1505～1508）、翼帝（1509～1516）、昭宗（1616～1522）至恭宗統元年間（1522～1527年），每代開2科，共開科10次。

科舉制度在後黎朝初期間得到了全面的改進和完善，表現在：（1）制定鄉試、會試條例，規定參加者的資格。（2）制定三年一比，把科舉考試的時間固定下來，使之制度化。（3）規定鄉試的入場日期，並對每科來京參加會試的貢士人數做了明確規定。（4）任命翰林院官員充任鄉試考官。（5）制定進士資格例：「第一甲第一名，正六品八資；第二名，從六品七資；第三名，正七品六資，並賜進士及第。第二甲，從七品五資，賜進士出身。第三甲，正八品四資，賜同進士出身，入翰林院加一級除，監察、御史、知縣以本品除。」〔註28〕（6）定殿試發榜儀式，立進士碑。

二、後黎朝初期的試賦特點及其嬗變

（一）黎聖宗前期對考賦科目的規定及其特點

如上所述，儒學在後黎朝時期登上了獨尊的地位，成爲支配全社會的正統思想。與此同時，科舉制度在此期間也得到了全面改進和完善。再加上，

〔註25〕〔越〕高春育撰，《國朝鄉科錄》，漢喃研究院藏本，編號：VHv.635。

〔註26〕Ngô Đức Thọ chủ biên, Các Nhà Khoa Bảng Việt Nam, Hà Nội: Nhà xuất bản văn học。

〔註27〕〔越〕潘輝注撰，《歷朝憲章類志》卷26，漢喃研究院藏本，編號：A.2445。

〔註28〕〔越〕吳士連撰，《大越史記全書》，卷12，《黎紀》，河內社會科學出版社，1998年版，第72頁。

後黎諸帝非常注重儒學及儒學教學工作，如黎太祖順天元年（1428）

> 詔天下建學育才，內有國子監，外有各府學。〔皇〕上親選官員
> 子孫與凡民俊秀，充入侍、近侍、御前各局學生及國子監監生。又
> 令有司廣選民間良家子弟充各府生徒。立師儒以教訓之。〔註29〕

黎朝統治者也像李、陳、胡三朝一樣，通過科舉制度選拔人才來擁護其
政權，所以他們非常注重篩選工作，如覃文禮《進士題名碑記》曰：

> 人材之於國家，其所關者大矣。粵自唐虞、三代至漢、唐、宋
> 庠序學校之制立而人材有所成。實行科目之法行而人材有所用。雖
> 其治效純駁不同。然，未嘗不以得人為先務也。〔註30〕

因此，後黎朝自建國前期之後，通過很多途徑來選拔人材。後黎朝科舉
制度除了進士科以外，還設明經、真儒、正直、宏詞、東閣、制舉等科。如：

> 黎太祖順天二年（1429年）詔諸路軍人及山林隱逸之士與內外
> 官自四品以下，有通經史文者悉諸堂應試。是年試明經科。御題：「真
> 儒正直詩，天下勤王賦」〔註31〕。

> 辛亥年（1431）有試真儒、正直科。二科之試，或以明經、或
> 以論賦、或以策題，各隨其才。〔註32〕

後黎朝太祖期間（1428～1433）雖有設科取士，但仍未定成制度。鄉試、
會試尚未舉行、定例。中舉者立即擢用，但「尚未賜進士」。到了太宗期間（1434
～1442），科舉制度逐步得到完善。

> 太宗紹平元年，甲寅（1434），定制六年大比，以前年各道鄉試，
> 次年省堂會試，中者並賜進士出身，及定科場條目：第一場經義一
> 道，四書各一道，並限三百字以上。第二場《制》、《詔》、《表》。第
> 三場詩賦。第四場策一道，一千字以上。因循未行，至大寶三年壬
> 戌（1442）始開科。

由上文所引，黎朝自太宗紹平元年（1434）開始對科舉制度有比較詳細
的規定。朝廷定例每六年開一次科，前年鄉試，次年會試，並賜給會試中舉
者進士出身之名。但此規定拖延至太宗大寶三年（1442）才實行。之後，以

〔註29〕〔越〕黎貴惇撰，《見聞小錄·科目》，漢喃研究院藏版，編號：VHv.1322。
〔註30〕〔越〕吳士連撰，《大越史記全書》，第3集，河內社會科學出版社，1998年
　　　版，第398頁。
〔註31〕〔越〕高春育撰，《國朝鄉科錄》，漢喃研究院藏本，編號：VHv.635。
〔註32〕〔越〕黎貴惇撰，《見聞小錄·科目》，漢喃研究院藏版，編號：VHv.1322。

此六年試法沿用至黎仁宗期間（1443～1459）。直到黎聖宗光順七年（1466）
才得到更改，「定爲三年一科。子、午、卯、酉鄉試，辰、戌、丑、未會試。
以是年爲始。」〔註33〕

　　從太祖、太宗、仁宗三代君王期間的科舉制度中，我們可窺出考賦總是
科舉制度中不可缺少的科目，甚至成爲科考中決定取捨的關鍵，對舉子中科
及第非常重要，還對舉子將來的仕途有重大的意義。正如越南阮朝文學家范
廷琥在其編的《群書參考》中載：

　　　　（黎）會試四場文策之外，重在第三場詩賦。蓋詩賦中試，方
　　得入對四場以取大科。使其未中大科，而預中四場，一科謂之一中，
　　諸貢士應吏部之選，多中者在先，少中者在後，無中者只可以年授
　　課職。不過銓爲無任之官，甚至營求潛邸家臣，或戰場軍功，求銓
　　實任，雖僥倖得官，而文職軍功，多爲士類所薄。當辰學者既中鄉
　　科，始習四六詩賦，而尤以賦爲難。或曰進士天榜也。就使未有天
　　命，而三場累中，亦可以肥妻蔭子，故以詩賦爲重。〔註34〕

　　考賦既然成了科舉制度中的重要科目，對其有詳細的規定是理所當然
的。因有關此三代對考賦規定的文獻多數遺失，所以筆者通過越南最早收集
考賦試卷的、由黎朝初期黃萃夫編輯的《群賢賦集》〔註35〕中所搜錄黎太宗
大寶三年（1442）《春臺賦》三篇會試卷和黎仁宗太和六年（1448）《四宣圖
賦》三篇會試卷，來看當時科舉制度對考賦科目規定的賦體、字數、押韻及
其若干問題。

　　首先，我們看黎太宗大寶三年（1442）壬辰科狀元阮直的《春臺賦》，全
賦如下：

　　　　　　繫聖人之立極，播和氣於兩[儀]。藹當時之蒸庶，圍春臺之熙[熙]。

　　　　是臺也，匪營匪構，無址無[臺]。萬杵何施，不勞版築；百金奚
　　用，曷費財[貲]。惟禮惟義，可以爰謀爰契；惟德惟化，可以經之營[之]。
　　豈庶民之子來，安百堵之可[期]。不高其高，而上摩乎霄漢；不大其
　　大，而下薄乎海[涯]。

〔註33〕　〔越〕黎貴惇撰，《見聞小錄・科目》，漢喃研究院藏版，編號：VHv.1322。
〔註34〕　〔越〕范廷琥撰，《群書參考・賦有三難》，明命壬辰仲秋月朔新錄（1832年），
　　　　　第162頁。
〔註35〕　〔越〕黃萃夫撰，《群賢賦集》，漢喃研究院藏版，編號：A.575。

姑蘇章華，甚於土苴；黃金戲馬，不啻毫釐。不以冬夏而有異，不以歲久而有墜。既非雲臺之望雲物，又非靈臺之驗天長。民囿其間，安康皥熙。物生於此，煦嫗融怡。耕田鑿井，飽食煖衣。耆頤耇老，而無天無閼；出作入息，而不識不知。

惟茲臺之顯晦，觀世道之盛衰。揆羲農於往古，想太樸之淳質。懿茲臺於此時，極蟠際而為一。

暨勳華之在御，偉於變於長雍。諒茲臺之為臺，與天地而始終。下迨禹湯，民阜物康。泰和之盛，文王武王。猗歟茲臺，豈不昭彰。

陋哉季世，民物紛挐。何茲臺之敗壞，動後任之咨嗟。

千載寥寥，邈乎無聞。否極泰來，天運環循。我高皇帝，為天下君。人風普扇，六合和薰。建丕基於不拔，藹和氣於八垠。於變時雍，撫皥皥熙熙之俗；陶成庶彙，施生生化化之仁。培築乎不臺之臺，薰蒸乎不春之春。大庭其世，葛天其民。玉燭爛兮四時，景星燦兮三辰。開太平之丕業，以垂裕於後人。

方今聖皇，撫臨萬邦。鼓薰風以圖治，迎化日之舒長。固皇圖於億載，開壽域於八荒。休徵五氣，祥應三光。萬民富庶，五穀豐穰。家稷契人阜〔皋〕夔，世唐虞俗成康。則春臺之在天地，孰與今日北方也哉。

從形式上來講，阮直的《春臺賦》共有八段，使用 482 字。賦句式以四六駢偶為多，以雙關句為主，間有隔句相對。賦中先引吳王夫差的姑蘇臺、燕昭王的黃金臺、雲臺、靈臺等奢侈、於民無用之臺，後歌頌黎朝皇帝聖明為民建一個「民囿其間，安康皥熙。物生於此，煦嫗融怡。耕田鑿井，飽食煖衣。耆頤耇老，而無天無閼；出作入息，而不識不知。」的春臺。賦文流暢，歸美黎朝佳，如「建丕基於不拔，藹和氣於八垠。於變時雍，撫皥皥熙熙之俗；陶成庶彙，施生生化化之仁。培築乎不臺之臺，薰蒸乎不春之春。大庭其世，葛天其民。玉燭爛兮四時，景星燦兮三辰。」從押韻情況來看，賦中每段押一部韻，每部韻有若干幾個韻字，但不按四平四仄相押。總而言之，阮直的《春臺賦》是按八韻體來做的。

我們再從此科榜眼阮維則的《春臺賦》來看，全文如下：

泰和氤氳，塊北無垠。乾坤清兮瑩玉，宇宙鬱兮陽春。緊太平

之氣象，羌獨難於名言；揭春臺以爲喻，善形容於云云。

　　是臺也，積累有由，經營莫測。高大難倣其規模，延袤不知其南北。妙化工之自然，羌不費於民力。與天地同大分不能階，載物無疆分非有躋。風雨不能飄搖，工師難於繩墨。同蕩蕩之堯天，並巍巍之舜德。綿萬祀以貞固，與乾坤而周極。顧諟其間，萬物並育。洪纖高下，飛潛動植。安其所而不侵亂，遂其生而不夭關。皞皞熙熙，皆樂其樂。鼓舞乎泰和之天，優游乎仁壽之域。蓋盛德於春融，熙皇仁於化日。普天率土，咸被其澤；融融洩洩，出作入息。誠有似乎登臺，諒不知而不識。究其所由，本乎君德。致中和於兩間，爲生民而造福。

　　想其時當上古，淳風未漓。乃繼天而出治，妙變理之花機。裁成天地之道，輔相天地之宜。德洽仁浹，人恬物熙。想春臺於此時，羌蕩蕩而巍巍。

　　至若唐虞之時，萬邦作人。黎民恰好生之德，四方形風動之美。於變時雍，品物咸遂。夏禹致咸若之效，有商臻嘉靖之治。彼萬民之咸和，由文王之德致。想春臺於此時，並覆載於天地。陶海宇於玉燭，蓋一團之和氣。暨夫與民休息，海內富庶；米斗三錢，外戶不閉。詎雖底於小康，奈未臻於極治。想春臺於此時，安能生民之庇。

　　寥寥千載，治道無聞。諒天意之有在，羌有待夫聖君。猗歟休哉，高皇馭宇，一視同仁。培王業於不拔，與萬物以爲春。大蔭堯天之庇，日躋湯德之新。天地覆載，血氣尊親。行仁義以致太平，開壽域以圉生民。

　　欽惟皇上，繼志述事。肯構肯堂，陶成庶彙。扇萬國之仁風，致中和於兩際。凡有形於兩間，皆鼓舞乎和氣。生者安其生，遂者樂其遂。四時一春，乾坤光霽。誠眞元泰和之會，僅見於今日，而春臺之事，獲掩於前世者也。

　　從形式上來看，阮維則《春臺賦》共有六段，使用 584 字。賦句式以四六駢偶爲多，以雙關句爲主，少有隔句相對。關於押韻方面，賦中每一段押一部韻，平仄相間。每一部韻中有若干韻字，基本上按照相同部韻來押韻，

但也出破格情況，如賦的第四段第一句的韻腳是「人」字，與同段各韻腳「美」、「遂」、「治」、「致」、「地」、「氣」、「閉」、「庇」等韻字是完全不符合的。此外，押韻時也犯在同一賦段中重複使用一個韻字的毛病，如第二段和第四段中「德」、「治」兩個韻字被重複使用。雖在押韻方面犯些小毛病，總的來說，阮維則《春臺賦》也是按駢體來撰寫的。

我們再看此科進士陳文徽的試賦答卷，全文如下：

洞子觀於六合兮，藹元氣之渾淪。睹太平之氣象兮，妙帝德之難論。欣民心之得所兮，羌莫究其名言。獨揭之曰春臺兮，慶萬物之春溫。

念茲臺之為臺兮，孰能摹其形跡。經營不費於子來兮，締構何勞於民力。圍四海於無外兮，洞入羌荒其何隔。無階階之斥降兮，何戶牖之出入。大不知其幾千里兮，溫其如四時之玉燭。

培之以一元之氣兮，築之以聖人之德。融融而氣如春，蕩蕩而民莫識。咸樂育於其間兮，羌出作而入息。耕田鑿井以生其生兮，仰事俯育以職其職。萬物各得其所兮，遂飛潛與動植。

謂帝力何有於我兮，亶熙熙乎春色。此春臺之躋民兮，樂如在於衽席。嗟民物之如斯兮，寔太平之聖治。推所由之何從兮，乃聖德之所致也。諒聖德之不愆兮，則茲臺之無毀也。惟聖德之無陂兮，則茲臺之不圮也。妙此德之運用兮，培茲臺之丕址也。

歷上古而觀之兮，求聖治於虞唐。民於變而時雍兮，措世道於平康。四方風動於德化兮，萬國鼓舞乎康莊。想春臺於斯時兮，羌蕩蕩乎入荒。

及三代之治平兮，罄萬國之咸寧。群黎徧於爾德兮，田野溢乎頌聲。想春臺於斯時兮，圍一氣於八玄。

噫！千載之寥寥兮，求盛治兮莫睹。幸當今之聖神兮，作萬邦之民主。玉燭調於斯時兮，陽春郁兮萬宇。變國俗於大猷兮，陶斯民於太古。闡壽域之宏開兮，布德化於率土。登民物於春臺兮，與唐虞而共伍。

嗟予生之何幸兮，欣樂育於斯時。瞻玉堂於天上兮，叫閶闔而呈詞。願帝德之有常兮，畏天威而保之。培茲臺於有永兮，登斯世

於雍熙。則春臺豈止爲太平之氣象兮，而旁圍四海於一和氣之怡融也。

此賦從形式上來講共有八段，使用 536 字，賦中句式不整齊，但間有對仗。賦裏多用「兮」字，明顯按騷體來寫。

我們再看黎朝初期第二次會試賦卷。此科開於黎仁宗太和六年（1448年），會試賦題爲《四宣圖賦》。據黃萃夫《群賢賦集》收錄當年的賦試卷有三。一爲此科進士阮伯驥所作的《四宣圖賦》，全文如下：

予幼有志於好學兮，紛左圖而右書。撫四宣之名畫兮，顧予心之何如。企四賢之遐蹋兮，曰高山之仰止。進退皆得其宜兮，邈高風其誰繼。

方夏王之滅德兮，寔附勢而簡賢。偉元聖之高蹈兮，若將陷於深淵。乃退耕於莘野兮，誠有樂於堯舜。湯三聘而後至兮，佐商家之啓運。自高宗之中興兮，惟恭默之思賢。說築傅岩之野兮，若將終焉。

俾以形曰維肖兮，爰置於左右。施啓沃之良圖兮，作大旱之霖雨。迨商受之無道兮，務焚炙于忠良。太公避於海濱兮，惟晦跡而韜光。引清風之一絲兮，久忘情於圭組；及後車之一載兮，卒蹈屬而耆武。

厥後三國之鼎立兮，各雄據於一方。偉孔明之人傑兮，獨高臥南陽。勤先主之三顧兮，乃幡然而自起。遂見許以馳驅兮，輔兩朝而開濟。

觀諸賢之事業兮，互萬古而流芳。宜右車之名筆兮，施粉繪以鋪張。

想斯圖之初作兮，諒解衣而盤礡。運神思於筆端兮，五彩彰而布錯。春疇漠漠兮，雨一犁；秋水澄澄兮，釣一絲。數間茅屋兮，某丘某壑；一枕清風兮，誰是誰非。覽一時之姿態兮，若神奇之變幻。遡名義之何從兮，抑亦先隱而後見。

嗟予生之太晚兮，竊有慕於風光。撫斯圖而太息兮，耿予心之不忘。尚論斯人之出處兮，一道義而不苟也。既非徇祿以貪榮兮，又非迷邦而懷寶也。輔商周之太平兮，紹漢統之垂亡。非有過人之

才兮，曷建非常之功。彼居北山而邀高價兮，徒取怨於猿鶴。以終南爲捷徑兮，未聞粉飾乎治道。

倘有圖於斯圖兮，豈不侈於斯人。寥寥千載兮，運幸際於右文。旁求俊義兮，弓旌玉帛；左右臣鄰兮，以引以翼。莘野傅岩兮，豈非其人；渭水南陽兮，豈非其儔。徵臣今日親見之兮，願叫閶闔以敬獻斯圖者也。

從形式上來看，全賦共有八段，使用 563 字，賦中多使用「兮」字，句式比較隨意，間有對仗。賦聯中平仄押韻隨意，如「予幼有志於好學兮，紛左圖而右書。撫四宣之名畫兮，顧予心之何如。企四賢之遐躅兮，曰高山之仰止。進退皆得其宜兮，邈高風其誰繼。」前兩句韻腳字「書」、「如」，屬押平聲，後兩句韻腳字「止」、「繼」，屬押仄聲。從賦體制角度來講，此賦也按騷體來做。

第二篇《四宣圖賦》是由編輯《群賢賦集》的作者黃萃夫寫的，全文如下：

觀聖賢之出處，信易地之皆 然。雖所遇之不一，事皆出於與 權。撫義之之畫譜，予有取於四 宣。

思昔時曷喪，有夏肆 虐。美矣值鰭，天民先 覺。終於畎畝，囂囂自 樂。惟時天乙，先民是 若。厚禮卑辭，幡然而 作。堯舜君民之自任，佐湯以寬而代 瘧。

傅岩板築，竟不求 伸。高宗思道，恭默在 身。夢帝良弼，賚予云云。置諸左右，師爲後 臣。王室如毀，釣於渭 濱。帝王之師，抱負經 綸。鷹揚變伐，韜鈐若 神。涼彼武王，過劉勝 殷。炎火不爐，孔明一 人。三聘而起，如尹在 莘。許以馳驅，魚水逢 辰。奈王師之不作，煥事業之如 新。

嗚呼噫嘻！才何地而不生，用何代而不 施。俯仰千古，愛莫助 之。清風穆穆，時起我 儀。不待文王而後興，乃必豪傑而可 知。人臣無不可輔之主，天下無不可爲之 時。

四人不同，所同者道；處事雖異，所以者 機。慨漢祚之不作，懲予心而增 邿。成功者天，斯人庶 幾。三代而下，捨此其 誰。今來古往，念茲在 茲。今時何時，意氣相 期。

覽四宣以興懷，深有望於聖[治]。蓋將有大有爲之君而可爲，必有可不可召之臣之後[至]。孰不樂堯舜之樂，志伊尹之志。攄咸有之一德，佐肇修之人[紀]。説命三篇，進戒極至；三略六韜，至精至[備]。子牙何人，有爲若[是]。

誦出師之二表，感言出而隨[淚]。爲伊爲傅，同歸一揆；曰呂曰明，若合符[契]。何須釣空耕閒，高臥遯[世]。

聖賢我師，夙興夜[寐]。世代寥寥，千有餘歲。時若有待，無有乎[爾]。撫茲圖而興懷，賦四宣而見[意]也。

黃萃夫《四宣圖賦》一共使用 470 字，全賦分爲八段，每段押一部韻，部韻裏有若干韻字。賦句式以四六爲多。在押韻方面，雖不按四平四仄相間來押韻，但頗工整。賦開頭直接詮題，點出四宣圖的出處。賦第二段承上而入。第三段結合中國文史典故講解宣圖中的四大輔國良臣「傅岩板築，竟不求伸。高宗思道，恭默在身。夢帝良弼，賚予云云。置諸左右，師焉後臣。王室如毀，釣於渭濱。帝王之師，抱負經綸。鷹揚變伐，韜鈐若神。涼彼武王，遏劉勝殷。炎火不爐，孔明一人。三聘而起，如尹在莘。許以馳驅，魚水逢辰。奈王師之不作，煥事業之如新。」全賦言簡意賅，用典得當。因此黃萃夫《四宣圖賦》是按中國八韻律體來寫的。

我們再來瞭解另外一篇《四宣圖賦》的試卷，此答卷由此科進士鄧宣寫的，全文如下：

遊予心於往古，探載籍之前[聞]。懷風流於逸少，慕先哲之逢[辰]。惟四宣之有圖，垂千載而不[泯]也。

想其燕處神閒，書齋畫[寂]。草翻簾外之青，鏎嫩空中之[碧]。彩筆弄兮午牕〔窗〕明，生綃展兮虛室[白]。淡意匠之經營，運胸中之圖[畫]。緬懷莘野之翁，默想傅岩之[客]。憶渭水之精神，思南陽之事跡。宛如見於目前，遂濡毫而吹[墨]。曰繪畫之何如，遂□搜而有[得]。

爾其綠漲平原，縈回袤[延]。勻勻禹甸，漠漠寒[煙]。想伊尹於此時，高養志於立[圜]。樂堯舜於畎畝，淡無欲以囂[然]。惟彼成湯，無方立[賢]。遂遍求於元聖，勤束帛之[箋]。果賢哲之改慮，答禮意之勤[拳]。此非成湯之於伊尹，而宣召之有[傳]乎。

至若路長地僻，岩幽景[清]。嵐光浮而隱映，瀑布瀉以清[冷]。想

傳說於此時，隨所欲而無營。課胥靡而未已，響登登之築聲。更何心於鼎京，聊以畢夫此生。惟彼高宗，積思至誠。夢帝賚以良弼，乃審象而審形。紛使者之四出，羌有見於岩扃。感群君臣之奇遇，慰恭默之眞情。此又非高宗之於傅說，亦宣召之有名者乎。

若乃一灣碧水，兩片丹楓。蕭蕭細雨，猶猶科風。想子牙於此時，散短髮之蓬蓬。投竿竹之籤籤，披撥口之茸茸。聊寓吾仁於直鈎之下，寧知有意於濟國之封。惟彼西伯，兆葉非能。命車從而往猶，庶賢□之幸逢，果帝師之有得；喜志合而心同，乃載歸而優待，極體貌之尊榮。此又非文王之宣召太公者乎。

若其苔磁砌綠，樹繞舍青。圖書左右，琴劍縱橫。想諸葛於此時兮，自神怡而氣清。或封松竹而寓興，或吟梁父以陶情。曾何心於聞達，非有志於功名。惟彼益州，志在扶傾。感徐庶之一薦，篤三顧而益誠。遂見許以驅馳，攄素蘊於平生。譬魚水之相得，縱長鯨於南溟。此又非先主之宣召孔明者乎。

惟此四者，時雖不同、事則無異。禮則雖殊、誠心一致。信千載之奇逢，播芳名之不墜。我儀圖之，莫過乎是。景與心融，手能會意。運造化於筆端，極纖悉而周至。怳斯圖之披，如目見之當世。欽其廣大之量，仰其高尚之志。倘人君而見之，必重待賢之禮。賢者而見之，亦有知其自貴。風俗不至於澆漓，名節不至於廢棄。彼之荒志逸遊留神山水，睹茲圖而風斯下矣。

烏呼！君臣際會，何其至哉。撫茲圖而慨想，每奮發以興懷。藏美玉以待價，姑以俟其招徠。肯求售以自衒，恐初志之或乖。

方今聖德光被，黎獻共臣。六相併列於左右，二老來歸於海濱。居鼎軸者，陋麒麟之選；擁節鉞者，下雲臺之倫。翼乎如順風之送飛鴻，沛然如大壑之縱巨鱗。又何勞乎遠聘，皆感會於良辰。爲士者固當捫心吐紅，攤詞挾雲。等河圖而瑞世，寫豳風而獻君。壯伊傅之志節，建呂葛之功勳。上以至君，下以澤人。豈徒四宣之是尚，而歆賞於王右軍者哉。

鄧宣《四宣圖賦》在科考試卷中篇幅最長的一篇。全賦共有九聯，使用888字，賦句式以四六爲多。賦的每一聯押一部韻，部韻裏有若干一些韻字。

雖不按平仄相間來押韻，但押韻很工整，未出現一聯內重複使用韻字的情況。全賦通篇對偶，平仄比較隨意，總的來說，此賦是按駢體賦來寫的。

綜上所述，黎朝初期自太宗大寶三年（1442）第一次開會試科至仁宗太和六年（1448），科舉制度雖逐漸得到改進，但對考賦科目尚未有詳細的規定。如同年同題考《春臺賦》，阮直使用八韻體、阮維則使用駢體、陳文徽使用騷體。其三人的賦試卷上使用的字數都不相同，如阮直《春臺賦》使用 482 字，阮維則和陳文徽分別使用 584、563 字。在押韻方面也顯得比較隨意，如阮直《春臺賦》，整篇賦中只有唯一一段押仄聲（第四段）：

> 惟茲臺之顯晦，觀世道之盛 衰 。揆義農於往古，想太樸之淳 質 。
>
> 懿茲臺於此時，極蟠際而爲 一 。

而且，在三個韻腳字「衰」、「質」、「一」中，「衰」韻腳字屬平聲「旨」韻部，「質」、「一」韻腳字屬入聲「質」韻部。按平仄押韻規律來講，一般以平聲押平聲、仄聲押仄聲爲準。此外，賦中有兩段只押兩個韻字，如第一段和第六段分別押「儀、熙」和「孥、嗟」兩個韻腳。此明顯表示押韻是隨意的。

但通過他們賦文的內容，可窺出黎朝初期文人對中國賦體文學及歷代典章有相當清晰的瞭解。如阮伯驥、黃萃夫、鄧宣三位進士的《四宣圖賦》，就是對中國古代傳說、伊尹、姜子牙、諸葛亮四大輔國良臣進行描寫，顯示出他們對此四人的相關文史典故頗爲熟悉。如鄧宣《四宣圖賦》：

> 至若路長地僻，岩幽景清。嵐光浮而隱映，瀑布瀉以清冷。想傳說於此時，隨所欲而無營。課胥靡而未已，響登登之築聲。更何心於鼎京，聊以畢夫此生。惟彼高宗，積思至誠。夢帝賚以良弼，乃審象而審形。紛使者之四出，羌有見於岩扃。感群君臣之奇遇，慰恭默之眞情。此又非高宗之於傅說，亦宣召之有名者乎。

此段賦文很明顯取材於中國《書・說命上》：「說築傅岩之野」〔註36〕。孔傳：「傅氏之岩在虞虢之界，通道所經，有澗水壞道，常使胥靡刑人築護此道。說賢而隱，代胥靡築之，以供食或亦有成文也。」〔註37〕對典故的化用有助於增加詞句之含蓄與典雅，使得立論有所依據，且化繁爲簡，辭藻妍麗。

〔註36〕 李民、王健等撰，《尚書譯注》，上海古籍出版社，2000 年版，第 168 頁。
〔註37〕 李民、王健等撰，《尚書譯注》，上海古籍出版社，2000 年版，第 169 頁。

總之，黎朝初期考賦制定使用的體裁、賦文字數多寡、用韻平仄次序等條目還比較鬆馳，未成慣例。舉子在科考中可隨意使用某一賦體來撰寫，字數、韻數多寡任其文才。

（二）黎聖宗期間對考賦科目的規定及其特點

1. 黎聖宗對黎朝場屋文體的影響

黎聖宗（1442～1497）真名黎恩誠，又名黎灝，自號天南洞主、道淹主人。他是黎太宗的第四子，1460 年即位，在位 38 年，這一段時間是越南黎朝的鼎盛時期—史書上稱之為「盛黎」。黎聖宗是越南歷史上功績最卓著的一位皇帝，也是 15 世紀下半葉有名的詩人，人稱「真英雄才略之主」，崇文尚武。〔註 38〕

聖宗帝本人崇尚儒學、好吟詩賦、精通漢詩音律，御製《瓊苑九歌》。所謂《瓊苑九歌》乃聖宗所作的 9 首漢詩：《豐年》、《君道》、《臣節》、《明良》、《英賢》、《奇氣》、《書草》、《文人》和《梅花》。其後，亦曾集合 28 位文臣立為文學騷壇二十八宿。「帝自為騷壇元帥。命東閣大學士申仁忠、杜潤為副元帥；東閣校書吳綸、吳煥；翰林院侍讀阮沖慤、劉興孝；侍書阮光弼、阮德訓、武暘、吳忱；侍制吳文景、范智謙、劉舒茂；校理阮仁被、阮孫蔑、吳權、阮寶珪、裴溥、楊直源、周晥；檢討范謹直、阮益遜、杜純恕、范柔惠、劉暉、譚慎徽、范道富、朱塤等二十八人賡和其韻，號騷壇二十八宿。」〔註 39〕《瓊苑九歌》詩集收錄聖宗及騷壇文人中的詩，共有 200 多首，1495年刊行，由黎聖宗寫序。黎聖宗在序言中寫道：「餘萬機之暇，半日之閒，親閱書林，心遊藝苑，群囂靜聽，一穗芬芳，欲寡神清，屆安興逸……通召群臣，使之履韻呈琅，下情上達，吐虹霓之氣，光奎藻之文。」

除了詩歌以外，「聖宗御製《藍山梁水賦》。蓋以模擬《文選》、《兩京賦》、《三都賦》。用字雖少奇僻，而氣骨豪峻，光彩飛動，不減古人。」〔註 40〕此外，在阮朝恩光侯陳公獻編撰《名賦合選》〔註 41〕中收錄聖宗御製的《諸葛

〔註38〕 轉引自於在照撰《越南文學史》，軍事誼文出版社，2001 年 12 月，第 59 頁。
〔註39〕 〔越〕潘清簡等撰，《欽定越史通鑒綱目》，第 6 集，正編卷 24，漢喃研究院藏本，編號：A.2674，第 121 頁。
〔註40〕 〔越〕黎貴惇撰，《見聞小錄》，卷 4，《篇章》，漢喃研究院抄版，編號：VHv.1322。
〔註41〕 〔越〕陳公獻編撰《名賦合選》，嘉隆十三年（1814）新鐫，漢喃研究院藏版，編號：A.2802/1-4。

武侯賦》。此賦按律體八段、押獨韻來寫：

　　　　南陽奇士，西蜀元勳。智略包藏天地，機謀運用鬼神。虎鬥龍爭，閒視奸雄鼎峙；蜂屯蟻聚，厭看時勢瓜分。

　　　　聞達不求於分外，樓遲濘養於天眞。傲風月於草廬，詩吟梁父；寄聲名於畎畝，趨樂有莘。龍肯作池中之物，鵬直衝天外之雲。

　　　　金帛蟬聯，三顧甫諧遭際；乾坤開闔，一時大展經綸。博望火攻，頃刻破夏侯之膽；白河然決，須臾驚魏祖之軍。計設掃一方凶孽，威楊驅三郡妖氛。

　　　　堂堂仗儀開圖，聲世根山河四面；凜凜出師陳表，忠儀懸日月兩輪。錦囊括九州地軸，羽扇清四後風塵。鳴角山頭，立見姜胡鮮散；操琴城上，坐觀仲達逡巡。

　　　　報國之壯懷凜冽，受遺之重任殷勤。伏弩八門，跨孫子兵書之法；屯田五丈，溢高王侍雨之仁。併比吞東，指輿閣混一；扶顛拯溺，擬社稷生春。

　　　　使其天命常留，未沒火炎元氣；得以人謀做盡，更蘇水墊生民。爭李侍機之未濟，難將手段以亨屯。三路雷車，以自比兵之盛；九霄雨降，竟空木柵之焚。

　　　　天下三分，安排已定；胸中八陣，計巧何神。壇上燈明，冀達蒼穹大造；營中星隕，難回比斗元辰。得失全知在世，成敗勿論於人。

　　　　雖氣數盡虛，玄機巨測；然英雄氣慨，往古如新。廟貌屹隆中，長亨春秋之祭；芳各留國史，丕昭佈帛之文。至今夷攷殘篇，試觀舊史未嘗不歎美於斯焉云。

　　通過黎聖宗詩文，我們可見聖宗比較喜歡和重視詩歌的韻律、辭藻和意境的美。黎聖宗在文學事業上的身體力行和大力提倡，不僅推動了越南詩歌的蓬勃發展，而且還促進了整個越南文學事業的繁榮昌盛。史臣武瓊曰：「帝〔黎聖宗〕天資高邁，英明果斷，有雄才大略，緯武經文而聖學尤勤，手不釋卷。經史篇集歷數算章聖神之事莫不貫精。詩文爰出詞臣之表。與阮直、武永謨、申仁忠、郭廷寶、杜潤、陶舉、覃文禮爲《天南餘暇》。自號天南洞主、道庵主人。又崇尚儒術，振英才。取士之科不一而定三年大比之舉，自帝始之其得人之盛。振古有光，文武並用，各隨所長，故能修政立事，制

禮作樂，號令文章煥然可述。」〔註42〕因此，科考詩賦在聖宗期間也受到一定的影響。

　　值得注意的是，聖宗洪德年間（1470～1497）所倡導的場屋文體，被稱為「洪德文體」。吳時仕對其評曰：「洪德文：經義隨意用字，務發章旨。四六參用古史與本朝事。賦或《騷》或《選》。詩不拘五七言，開用史、傳、外書與諸景物。非學問該博者不能。」〔註43〕又高春育《國朝鄉科錄》評曰：「文體則不尚浮虛，策問則務求實用。既如壬辰會策題，則問以詩書旨意之異同，歷代政事之得失；乙未會策題，則問以將帥韜鈐；戊辰會策題，則問以帝王治道。作文只務以渾厚本體，而不過於孤經絕句之難。取士貴得淹博實才，而不拘於程限尺衡之病，故士生於斯世者，學得以該洽博通，而不苦於尋摘，才得以奮起上達，而不落於簸揚。」〔註44〕

　　此文體不僅在黎朝初期得到推崇、使用，而且在黎中興以後也循用洪德文體。如玄宗景治二年（1664）二月申定會試條例規定，舉人行文，「文體用渾雅，禁用浮薄險陂難澀之詞；對策陳時務，要斟酌得體，適於實用，不得泛為誇大」。〔註45〕熙宗正和十四年（1693）「整正科場文體。洪德初文尚雅瞻，詞氣渾厚。中興後學者拘於套藝，文體日卑。至是始加釐正試法，一用洪德文體。〔註46〕顯宗十二年（1751）諭天下貢士復用洪德文體，詔曰：「國初文尚雄渾，題目亦務求體要。紹平、洪德間，經義不拘何章何篇；四六詩賦不必盡出經史；策問不用隱僻。如《營營青繩止於焚制義》、《命黎念為平章制》、《占城貢象表》。其詩賦或用雜書，如《渡蟻橋》、《硯池牛》、《漁父入桃源》之類，非富贍淹通者不能。策問亦然。中興以後一變而以蹈襲為尚，再變而以攤摘為工，文體日趨輕弱。〔熙宗〕正和年間（1679～1704），議復洪德文體，武石、吳為實繼出釐正之，然不能止也。及是復試，吳廷瑩等發問復分眾目。汝廷瓚惡之，請准定古策問以是非大略，今策問議世務機宜。

〔註42〕〔越〕吳士連撰，《大越史記全書》，第3集，卷13，河內社會科學出版社，1998年版，第78頁。

〔註43〕潘清簡等撰，《欽定越史通鑒綱目》第七集正編卷34，漢喃研究院藏版，編號：A.2674，第349～350頁。

〔註44〕〔越〕高春育撰，《國朝鄉科錄》，越南漢喃研究院藏本，編號：VHv.635。

〔註45〕潘清簡等撰，《欽定越史通鑒綱目》正編卷33，漢喃研究院藏版，編號：A.2674，第8頁。

〔註46〕潘清簡等撰，《欽定越史通鑒綱目》第7集，正編卷34，漢喃研究院藏版，編號：A.2674，第349～350頁。

鄉、會試並遵洪德文體。」〔註47〕要求「旨趣必究其淵微，文章必取其純雅，各宜濯磨思奮，砥礪加工，先義理而後詞章，敦操尚而恥浮蕩，溯聖賢之閫奧，為國家之基光，以副我獎育成才之至意。」〔註48〕

　　綜上所述，因黎聖宗本人崇尚儒學、喜愛文學、精通漢文詩賦音律，所以聖宗在位期間對場屋文體制定出了「洪德文體」。此文體的旨意是尚雅雄渾、不浮虛，務以渾厚本體，而不過於孤經絕句之難，求其淹博實才。此一規定，不僅對黎聖宗期間場屋文體產生影響，成為科考中衡量文才的標準，而且還影響至黎朝中興及後期的場屋文體，被黎中興及後期諸帝套用於科舉制度。

2. 黎聖宗洪德年間制定洪德試法及其對考賦科目的規定

　　黎聖宗光順、洪德年間（1460～1497 年）科舉制度日益規範化，不僅對參加科考的人士有詳細的規定，如：

> 1462 年夏四月定保結鄉試例旨。揮天下應試士人，不拘軍民諸色，期以今年八月上旬就本監本道報名，通身候鄉試。場中者送名禮儀院。至明年正月中旬會試。聽本管官及本社社長保潔其人實有德行者，方許上數應試。其不孝、不睦、不義、亂倫及教唆之類，雖有學問詞章不許入試。〔註49〕

同年開始對考賦科目有詳細規定：

> 光順三年（1462 年）四月鄉試第三場試詩賦，詩用唐律，賦用古體、《騷》、《選》〔註50〕

　　開科年在黎太宗、黎仁宗期間定例為六年開一科，到黎聖宗光順七年（1466）得到更改，「定為三年一科。子、午、卯、酉鄉試，辰、戌、丑、未會試。以是年為始。」〔註51〕

　　黎聖宗洪德年間（1460～1497）科舉制度達到了巔峰時期，如高春育《國朝鄉科錄・天南科舉總論》對黎聖宗時期的科舉制度評曰：

〔註47〕潘清簡等撰，《欽定越史通鑒綱目》第 8 集，正編卷 41，漢喃研究院藏版，編號：A.2674，第 377～378 頁。
〔註48〕〔越〕吳士連撰，《大越史記全書》，續編卷 4，《黎紀》，河內社會科學出版社，1998 年版。
〔註49〕〔越〕吳士連等著，《大越史記全書》，第 3 集，卷 12，河內社會科學出版社，1998 年版，第 10 頁。
〔註50〕潘清簡等著，《欽定越史通鑒綱目》，正編卷 19，漢喃研究院藏版，編號：A.2674，第 1976～1977 頁。
〔註51〕〔越〕黎貴惇撰，《見聞小錄・科目》，漢喃研究院藏版，編號：VHv.1322。

　　當此之時，賢才森羅，藹然稱得人之盛矣！迨夫洪德泰象休明，人文歷闡，臨御終二十餘年，設科至八九次，必先中鄉貢方得入會試，必出身翰林方得充考官。文體則不尚浮虛，策問則務求實用。既如壬辰會策題，則問以詩書旨意之異同，歷代政事之得失；乙未會策題，則問以將帥韜鈐；戊辰會策題，則問以帝王治道。作文只務以渾厚本體，而不過於孤經絕句之難。取士貴得淹博實才，而不拘於程限尺衡之病，故士生於斯世者，學得以該洽博通，而不苦於尋摘，才得以奮起上達，而不落於簸揚。天下無遺才，朝廷無濫士。其選舉之公旦明者，又非前此之所可及也。〔註52〕

　　洪德年間，除了制定場屋文體以外，還制定了「洪德試法」，此試法爲黎朝聖宗之後歷代統治者所推崇。關於洪德年間制定出試法的年度，高春育《國朝鄉科錄》記載有二：

　　　　洪德三年（1472）詳定試法。第一場《四書》八題，《論》、《孟》各四，士子自擇四題行文；《五經》，每《經》三題，士子自擇一題行文；惟《春秋》二題，並爲一題行文。第二場《詔》、《制》、《表》，各一題。第三場詩賦，各一題，可用李白體。第四場《策》一道，以詩書旨意之異同、歷代政事之得失爲問〔註53〕

　　　　洪德六年（1475），試法：第一場《四書》八題，《論》三、《孟》四、《庸》一，士子自擇四題行文；《五經》，每《經》各三題；獨《春秋》只二題。第二場詩賦各一，詩用唐律、賦用李白。第三場《詔》、《制》、《表》各一。第四場策文，問以經史異同、將帥韜矜。〔註54〕

按范廷琥《群書參考》記載：

　　　　（黎朝）會試四場文策之外，重在第三場詩賦。蓋詩賦中試，方得入對四場以取大科。……當時學者既中鄉科，始習四六詩賦，而尤以賦爲難。或曰進士天榜也。……故以詩賦爲重。〔註55〕

〔註52〕　〔越〕高春育撰，《國朝鄉科錄》，漢南研究院藏本，編號：VHv.635。
〔註53〕　〔越〕高春育撰《國朝鄉科錄》，卷1、2，《鄉會試法附》，漢喃院藏版，編號：VHv635/1-4。
〔註54〕　〔越〕高春育撰《國朝鄉科錄》，卷1、2，《鄉會試法附》，漢喃院藏版，編號：VHv635/1-4。
〔註55〕　〔越〕范廷琥撰，《群書參考‧賦有三難》，明命壬辰仲秋月朔新錄（1832年），第162頁。

由上所述，「洪德試法」是指黎聖宗洪德三年制定的試法。此試法對科考各項科目的規定很詳細。如清代學者褚稼軒對當時的試法評曰：

> 褚稼軒《堅瓠餘集》云：「安南國去中國數千里。雖名奉聲教，實自帝其國，建元創制其國。凡幾道，如中國藩省。然，有安邦道者，其中之一道也。人有見《安邦道鄉試錄》題曰：『洪德二年辛卯科（1471）。初場四書義四篇、五經義五篇；二場《詔》、《制》、《表》各一道；三場詩賦各一篇；四場長策一篇。』其取士之法比中國反加詳焉。」〔註56〕

綜上所述，黎聖宗在位期間（1460～1497）對越南科舉制度做出了很大的調整與改善。自聖宗光順三年（1462）開始對考試科目有詳細規定至洪德三年（1472）制定出洪德試法，科舉試賦科目的規定有所更改。光順年間考以古、《騷》、《選》，像陳朝末年實行仿中國元代四場試法。聖宗洪德年間以洪德三年制定試法爲準繩，會試第三場試賦，規定賦體「可用李白體」〔註57〕。據黎貴惇《見聞小錄》記載：「本朝洪德中，會試法，賦用八韻律體，有隔句對（鄉試法，賦用李白體），格正雙關，對其體則四平四仄相間。」〔註58〕從此兩條文獻記載，可窺出黎聖宗及以後歷代君王考賦科目規定的賦體是：鄉試規定用李白體；會試一般規定用八韻律體，但也可使用李白體。

3. 黎聖宗期間科考兼用李白體賦

如上所述，黎聖宗期間鄉試、會試的考賦科目都規定用李白賦體來進行考試。李白賦體究竟是何賦體？爲何成爲越南黎朝科考中所制定的體制？

李白賦今存8篇：《大鵬賦》、《劍閣賦》、《大獵賦》、《明堂賦》、《擬恨賦》、《惜餘春賦》、《愁陽春賦》、《悲清秋賦》，其中《大鵬》、《惜餘春》二賦同爲北宋兩大文選總集《文苑英華》、《唐文粹》選錄。可見最爲文館詞臣所欣賞，惟《大鵬》、《惜餘春》二賦。

良以前者最能體現太白之胸襟氣概，高揚其主體精神。如元祝堯《古賦辨體》所云：「此顯出莊子寓言，本自宏闊，太白又以豪氣雄文發之，事與辭

〔註56〕轉引自黎貴惇《見聞小錄》，卷4，《篇章》，漢喃研究院抄版，編號：VHv.1322。
〔註57〕〔越〕高春育撰，《國朝鄉科錄》，卷1、2，《鄉會試法附》，漢喃院藏版，編號：VHv635/1-4。
〔註58〕〔越〕黎貴惇撰，《見聞小錄》，卷2，《體例》，漢喃研究院抄版，編號：VHv.1322。

稱、俊邁飄逸，去騷頗近。」〔註59〕張道亦云:『《希有鳥賦》（按即指《大鵬賦》）、《惜餘春賦》，實可仰挹班、張，俯提徐、庾。』《惜餘春賦》極爲穠麗，是梁陳抒情小賦體段，又間以騷賦風格，增其搖曳之姿。置散句於其中（如「天之何爲令北斗而知春，回指於東方。」如「恨不得掛長繩於青天」）有疏宕之氣，不似駢四儷六之單調板重，堪稱唐人抒情小賦中上乘之作。故《文粹》、《英華》均以入選。迄今亦有其生命力也。

此外，太白《明堂賦》、《大獵賦》二賦亦受評者頗高評價。元祝堯《古賦辨體》曰:

> 太白《明堂賦》從司馬、班、揚諸賦來，氣豪辭豔，疑若過之，論其體格，則不及遠甚。蓋漢賦體未甚俳，而此篇與《大獵賦》則悅於時而俳甚矣。晦翁云:白有逸才，尤長於詩，而其賦乃不及魏、晉，斯言信矣。又曰:《大獵賦》與《子虛》、《上林》、《長楊》、《羽獵》等賦，首尾布敘，用事遣辭，多相出入。〔註60〕

對李白的《劍閣賦》，祝堯評云:「其前有『上則』、『旁則』等語，是擊敘《上林》、《兩都》鋪敘體格，而裁入小賦。」又曰:「太白天才英卓，所作古賦，差強人意，但俳之蔓雖除，律之根固在，雖下筆有光焰，時作奇語，只是六朝賦耳。」〔註61〕

> 清何焯云:「《明堂》、《大獵》二賦，晉宋以降，未有此作。」
>
> 〔註62〕

章炳麟在論李白賦時，云:

> 李白賦《明堂》、杜甫賦《三大禮》，誠欲爲揚雄臺隸，猶幾弗及，世無作者，二家亦足以殿，自是賦遂泯絕。」〔註63〕

綜上中國各位前輩學者對李白賦的評價，我們可窺出李白所作的賦是一種混融「騷賦的風格」、「裁入小賦」、「俳之蔓雖除，律之根固在」的古賦。

又當今學者譚優學《讀李白賦札記五則》〔註64〕認爲《明堂》、《大獵》二賦雖沿襲司馬、班、揚，然實亦具新風格。太白能越六朝而專爲風、騷、

〔註59〕祝堯撰，《古賦辯體》，文淵閣四庫全書本。
〔註60〕祝堯撰，《古賦辯體》，文淵閣四庫全書本。
〔註61〕同上。
〔註62〕〔清〕何焯撰，《論騷一卷》，乾隆34年（1769）刻本。
〔註63〕章炳麟撰，陳平原導讀，《國故論衡・辨詩》，上海古籍出版社，2003年4月。
〔註64〕譚優學撰，《讀李白賦札記五則》，西安師範大學學報，1990年第3期。

二雅、兩漢古詩，能「悅於時」愜讀者之心。太白之賦「俳之蔓雖除，律之根固在」，然「悅於時」，律多俳少，正是唐人律賦風格而風靡一代。雖以太白大才，亦難越出時代文學氛圍之外。貴在「超前」，不至落後！筆者意見與之同。

　　因李白詩賦有超越空間、時間約束的生命力，有「氣豪辭豔」的特徵，所以與黎聖宗洪德年間所倡導並推崇「文尚雅瞻，詞氣渾厚」的「洪德文體」恰恰符合。因此成為黎朝考賦科目規定的賦體。

　　可惜，「三代之下，取士必由於科目。而科目之所得，莫盛於鄉舉。我越陳、黎以前，記載闕如，文獻無徵，考古者惜之。」〔註65〕關於黎聖宗期間鄉試、會試考賦試卷的記載全無，所以無法考證當時士子如何按李白賦體來寫賦。

4. 黎聖宗期間賦篇的現存情況及其特點

　　我們在現存的資料當中找到《群賢賦集》中所收錄聖宗年間中第者寫的賦有：洪德9年（1478）進士阮儼〔註66〕的《美玉待價賦》和《墨池鯉魚賦》兩篇。《美玉待價賦》按《騷》體來寫：

> 惟君子所寶於道德兮，何嗇乎美玉之韜藏。不肯衒玉以求售兮，
> 豈肯匿彩而韜光。既溫潤以縝密兮，又闇然而日章。諒追琢以禮義
> 兮，惟金玉於其相。不沽名釣譽於當世兮，亦不泣璞於蓁荒。……
> 何有道之不沽兮，將待價之為是。乃知士為席上之珍兮，不比瑚璉
> 之為器。彼少室之高蹈兮，亦辰價騰湧；而終南之捷徑兮，紛物議
> 之洶洶。誰抱玉以終身兮，無知己之見收。視聖人之懷玉待價兮，
> 曾霄壞之不侔。顧予生之最晚兮，志聖德之所志。谷將叫閶闔而呈
> 琅玗兮，近玉階之寸地。聊遊歌於璧水兮，樂於焉以卒藏。

　　此賦題出自《論語・子罕》：「子貢曰：『有美玉於斯，韞櫝而藏諸？求善賈而沽諸？』子曰：『沽之哉！沽之哉！我待賈者也。』」〔註67〕賦文以楚騷為學習對象，無論賦題、筆意乃至句式、音韻均體現出楚騷之風。

〔註65〕　〔越〕高春育撰，《國朝鄉科錄・序》，漢喃院藏版，編號：VHv635/1-4。

〔註66〕　據 Ngô Đức Thọ chủ biên, Các Nhà Khoa Bảng Việt Nam, Hà Nội. Nhà xuất bản văn học, P.159：阮儼，1419～？，河北東岸安慈人，黎聖宗洪德9年（1478）中進士，當時年已60，官至參政。按黃萃夫《群賢賦集》成書於1457年，所以此兩篇賦應該在1457年之前寫的，也是阮儼及第前所作。

〔註67〕　楊伯峻譯注，《論語譯注》，中華書局，2006年版，第104頁。

但阮儼《墨池鯉魚賦》則按八韻體來寫:

　　雲霧窗起,波濤案翻。忽文魚之躍出,孕秀質之貞堅。想韜光於學海,得桃浪而高騫。宜其為儒家之物,變化氣質於當年也。

　　觀其錦鱗奮迅,赤鬣激揚。身落寒波,初疑囷囷;腹橫英氣,恍若洋洋。既確乎其不轉,又闇然而彌彰。不潛身於淵沼,不寄跡於濠梁。志欲橫於學海,故游泳於文場。

　　笑沖波之魴鱮,傲逐浪之鯤鱣。不遊戲於蒲荷之畔,不依附於藻荇之傍。秋月凝輝,浸夜雲而出色;春風送暖,分曉日之生光。尺寸之水雖不能容,而變化之神固自非常。

　　雖撥剌潛伏,未足以露其華采;而喁喁浮動,赤足以顯其文章。其精粹也,可以澡濯於鳳凰之池;其溫潤也,可以粉飭於鷺坡之堂。並蟣坳而載筆,對丹墀而惹香。

　　予常觀之,千變萬化,假形天地。不在乎物,而在乎器。器因物而益彰,物因器而益美。況墨池器之貴也,何必待鯉魚之遊;而鯉魚物之美也,何必遊墨池之水。蓋物與器者,雖若無情;而驗於用者,由人見貴。

　　故善觀者,不可泥其淺近之跡,而取其遠大之志。抑好事之人,運心匠之精微;非頑礦之材,較小大而北擬也。

　　嗟夫人為物靈,物有如此。況士之賢者,最為靈異。

　　方今時開文治,運際嘉亨。光宵日月,煥爛奎星。網羅天下之才,振作天下之英。春闈大開,科舉盛行。為士者固當歷心志於學海,奮鬐鬣於滄溟。躍禹門之桃浪,振平地之雷聲。吞若木之菁華,焱點額而化成。變一時之凡質,為儒者之至榮。何暇鬥雕蟲之巧,而較其重輕也哉。

　　全賦共有八段,使用 480 字,句式以四六為多,間有隔對。關於押韻方面,雖不按四平四仄相押,但每賦聯押一部韻工整。賦中通過描寫墨池和鯉魚的關係來談學習之事,同時歌功頌德、歸美於當世黎朝。如「方今,時開文治,運際嘉亨。光宵日月,煥爛奎星。網羅天下之才,振作天下之英。春闈大開,科舉盛行。」以墨池鯉魚為始終之於對聖皇歌功頌德,甚得大賦「篇終奏雅」之概。

除了上述兩篇賦外，筆者在阮朝恩光侯陳公獻編撰《名賦合選》〔註68〕中找到洪德9年（1478年）戊戌科進士阮簡嚴〔註69〕（1453～？年）寫的《聚米為山谷賦》。《聚米為山谷賦》的全文如下：

經綸乎叚，規畫猷 圍為 。懿彼伏波之彥，出扶東漢之 圍基 。聚米為山谷之形，果哉其智；終畝復山河之舊，久矣多 圍禪 。

昔公以脫跡北方，委身世 圍祖 。忠良式展於後先，扶翊不忘於禦侮。屬雄斷欲平隴賊，方裹餱將以於徵；承芝綸召問虜形，特借箸籌其可 圍取 。

於是爰擄妙手，盡展丹 圍懷 。不假良工之圖繪，恍如舊跡之安 圍排 。盡包險阻高深，行行玉積；提舉往來道徑，比比珠 圍堆 。境內之迢迢盡括，目前之歷歷陳 圍年 。

斯時也地勢既明，賊形易 圍洞 。輜食馳九五之襃，宿飽鼓三軍之 圍勇 。蓐食入淵魚之境，函谷泥開；委糧奔餓虎之軍，車書道 圍共 。揆中興之業速成，由馬子之謀出眾。

嗚呼！王師至重，險地遽 圍遄 。人皆謂取之難也，公胡為視若易然。懿馬公久在西方，知蚯蚓不堅於稿 圍壤 ；故此日指陳地勢，料螳螂難拒於車 圍前 。此所以功收三捷，此所以兵出萬 圍全 。

雖以義暗處成，理乖知 圍止 。攘臂耽馮婦之風，辟穀昧子房之 圍智 。馬鞍喜事，桑蓬之志枉誇雄；貝錦招讒，薏苡之車空自 圍累 。是未知姬旦之明農，果何取伏波之聚 圍米 。

然而，義明許國，道盡從 圍王 。食德不孤於易訓，素餐何負於詩 圍章 。鋤羌戍隴展劬勞，洪烈匹馮公進麥；出塞平蠻攄軫掌，高勳同子翼調 圍糧 。休指一辰之小玷，猶流萬古之名 圍芳 。

噫！得失飛鴦，是非覆 圍鹿 。觸目東都城郭，殊非昔日之人民；回頭西界封疆，不復昨時之山谷。至今目東漢史，口馬氏編，至聚米之事，未嘗不曰：馬公之過可微而功可 圍錄 。

〔註68〕〔越〕陳公獻編撰《名賦合選》，嘉隆13年（1814）新鐫，漢喃研究院藏版，編號：A.2802/1-4。

〔註69〕阮簡嚴，1453～？，河北東翁默人。黎聖宗洪德9年（1478）戊戌科進士，官至都給事中。

此賦題出自《後漢書‧馬援傳》（卷 24）載：「馬援字文淵，扶風茂陵人也。……八年，帝自西征囂至漆，諸將多以王師之重，不宜遠入險阻，計猶豫未決。會召援，夜至，帝大喜，引入，具以群議質之。援因說隗囂將帥有土崩之勢，兵進有必破之狀。又於帝前聚米爲山谷，指畫形勢，開示眾軍所從道徑往來，分析曲折，昭然可曉。」〔註70〕賦按八韻律體來撰寫，共有八段，使用 474 字。賦每一聯押一部韻，按四平四仄相押。賦句式一般先是四字句，次雙關句，次隔句相對。賦第一聯詮題，點出賦體所要求的內容。之後，借題發揮描寫出馬援熟知兵機和山川地理，能指畫軍事形勢，運籌決策的軍事才能。

陳公獻《名賦合選》賦集中，除了選錄進士阮簡嚴《聚米爲山谷賦》外，還收錄洪德 24 年（1943）癸丑科狀元武暘〔註71〕撰寫的《從赤松子遊賦》。此賦亦按八韻律體寫。我們來看賦中幾段賦文：

> 昔公以智綽曉人，門榮世相。變故逢國步屯，邅馳吾儒氣象。
> 依光會沛中之日月，一身去就漢韓；同氣符汜上之雲龍，木舌捲舒秦項。五年帷幄任重帝師，萬戶茅苴榮膺侯壤。白屋無涯沾露雨、繡衣常願足布衣；赤松有地鬪繁華、雲帳欲開看錦帳。

> 爾乃願辭世事，眇視坐途。心適山人之趣，念滅富貴之圖。戰局殘而成敗追來，無不改赤松前契約；盟山小而功名何物，有重尋黃石舊風流。酒壁詩神平章歲月，花童風交笑傲春秋。付鼎鍾於狗曹、人鄭之勳勞樵腳步、岩臺榮吾，總天地自然之鳴儁；饒縑帛於綿叔、哇唐之儀節收聲歌、閬苑樂我，皆潤繁興也之青幽。綽綽許多高尚占，清清搏得外方遊。

此賦題出自《漢書‧張良傳》：「願棄人閒事，欲從赤松子遊耳。」〔註72〕賦文講述了子房授業於黃石公，輔佐劉邦奪得天下後，看破紅塵，辭官不做，追隨赤松子，隱匿江湖，雲遊四海一事，內容緊扣題意，表達充分。賦篇在修辭上雕琢字句，擅長使用八言對甚至更長的隔句對。在用韻方面，每段押一韻，一韻中有若干韻字，非常符合唐佚名《賦譜》中所記載：「賦體八段，

〔註70〕范曄撰，《後漢書》，卷24，中華書局，1982 年版，第 834 頁。
〔註71〕武暘，1472～？，河內青林人。黎聖宗洪德 24 年（1493）癸丑科狀元。《騷壇》中二十八宿之一員。官至工部尚書，侯爵。
〔註72〕班固撰，《漢書》，卷 40，第 10，《張良傳》，中華書局，1982 年版，第 2037 頁。

宜乎一韻管一段，則轉韻必待發語，遞相牽綴，實得其便。」〔註73〕

　　此外，阮朝佚名編輯的《歷朝名賦》〔註74〕賦集中也收錄洪德 24 年（1493）
癸丑科探花黎熊〔註75〕（1466～？年）《漁父入桃源賦》，此賦全文如下：

　　　　乘桴世遠，入海跡空。撫東晉之故事，懷武陵之漁翁。萍水無
　　心，漫作平生之選趣；桃源有約，偶成一旦之奇逢。

　　　　想初夢斷鼉宮，歌殘鳧渚。閒尋鷗鷺之盟，欲作魚蝦之侶。宅
　　浮水國，方任意其所之；路失塵寰，忽不知其何許。

　　　　殆見枝枝春色，樹樹奇花。晴豔東西之宿雨，香蒸遠近之紅霞。
　　水碧山清，恍爾一壺世界；雞鳴犬吠，宛然幾簇人家。

　　　　爾乃窈窕相迎，慇懃交問。淚滴滴而霑襟，風飄飄而吹鬢。冥
　　鴻避戈，亂離只紀昔年秦；匹馬渡江，變改豈圖今日晉。

　　　　時其几筵肆設，俎豆生光。日煖醉娛鶴帳，風清伴宿雲鄉。清
　　冷滿懷，覺精神之特異；笑談交會，信邂逅之非常。

　　　　夫何塵慮難拋，俗緣未斷。茫茫之梓里魂醒，喔喔之金雞聲喚。
　　船移棹遠，忽極目以長辭；溪隱川藏，復勞心於詠歎。

　　　　至今騷人墨客，短什長篇。鳳想鶯情，追桃源之勝致；枝枯葉
　　落，悵漁父之無緣。

　　　　雖然神仙渺茫，聖賢垂戒。療饑火策，耳傍空聞；度紀赤□，
　　眼中安在。愚將跨禹門之桃浪，折月殿之桂枝，繼群仙於當今之熙
　　代。

　　此賦題出自東晉陶淵明《桃花源記》。賦按八韻律體來寫，全賦共有八段，
每段押一部韻，以四平四仄相押。賦句式先以四字、次雙關、次隔對句出現，
對偶工整，在黎朝漢文八韻律賦中，此賦使用的字數可說是最少的。雖僅有
337 字，但描繪出一個有聲有色、無微不至的世外桃源。全賦按《桃花源記》
的內容，以八韻律體賦的體裁來鋪敘武陵漁人進出桃花源的行蹤，按時間先
後順序，把發現桃源、小住桃源、離開桃源、再尋桃源這一曲折離奇的情節

〔註73〕佚名撰，《賦譜》（張伯偉撰，《全唐五代詩格彙考》，鳳凰出版社，2005 年版，
　　　　第 564 頁）。
〔註74〕〔越〕佚名《歷朝名賦》，漢喃研究院藏本，編號：A.366。
〔註75〕黎熊，1466～？，海興青林人。黎聖宗洪德 24 年（1493）癸丑科探花，官至
　　　　東閣。

貫串起來，描繪了一個沒有階級，沒有剝削，自食其力，自給自足，和平恬靜，人人自得其樂的社會。

此賦爲後黎朝及阮朝所推崇，成爲科考試賦的樣板賦，如高春育撰《國朝鄉科錄》記載：「顯宗十二年（1751 年）復洪德文體，要尙雄渾，不拘斤對，如《平吳大誥》云：『於以開萬世太平之基；於以雪千古無窮之恥』。經義不拘何篇何章，如：『營螢青繩止於焚』。四六詩賦或用外史、或古書、或當時政事，如：《以黎念爲平章制》；《占城貢象表》；《漁父入桃源賦》、《海棠睡未足賦》。策問亦然。非淹慣富贍者不能。中興一變而爲蹈襲，群書再變而爲尋章摘句，故命復之。」〔註76〕

又阮朝明命十四年定祥阮懷永編輯《賦則新選》評閱：「自陳以八韻賦體取士，黎興因之，追戲《劉阮入天台》、《漁父入桃源》、《牧兒蕘豎》、《秦關雞》等作，體則八韻，而其中字句聲調粲然琳琅，仍與明、清以前諸名作一致。」〔註77〕

綜上所述，由於歷史原因，黎聖宗期間賦篇現存者亦爲極少，全文則僅存上述《聚米爲山谷賦》、《從赤松子遊賦》、《漁父入桃源賦》三篇。此三篇賦從命題、形式、用韻以及賦文中使用的典故都按中國唐律賦的規定來撰寫。

三、中國詩賦對黎朝初期賦的影響

（一）李白詩賦對黎朝初期賦的影響

如上所講，由於黎朝初期帝王的推動、科舉制度對賦體的規定、中科高第所帶給中第者的榮華富貴的刺激，導致熱衷於筆墨者在日常要按科考要求去研習詩賦，形成一種定向性地接受中國文學及中國某作家影響的模式。而帝王也有意識地予以倡導，特別是在黎聖宗期間，因「帝天資高邁，英明果斷，有雄才大略，緯武經文而聖學尤勤，手不釋卷。經史篇集、歷數算章、聖神之事莫不貫精。詩文爰出詞臣之表。與阮直、武永謨、申仁忠、郭廷寶、杜潤、陶舉、覃文禮爲《天南餘暇》。自號天南洞主、道庵主人。又崇尙儒術，振英才。」〔註78〕所制訂的進士科「洪德試法」和倡導的「洪德文體」，成爲

〔註76〕〔越〕高春育撰，《國朝鄉科錄》，漢南研究院藏本，編號：VHv.635。

〔註77〕〔越〕阮懷永撰，《賦則新選》，明命 14 年新鐫，越南國家圖書館，編號：R.36，第 1 頁。

〔註78〕〔越〕吳士連撰，《大越史記全書》，第 3 集，河內社會科學出版社，1998 年版，第 656 頁。

黎朝歷代試法和科考文體的準繩，試賦常以八韻律體、李白體爲科考要求。

關於對越南古代文學施加影響的中國文士，〔越〕楊廣咸在其所撰《越南文學史要》中有專章談及屈原（前 340～前 278 年）、陶潛（約 365～427 年）、李白（701～762 年）、韓愈（768～824 年）、蘇東坡（1037～1101 年）等五位詩人，而詩賦體製成爲越南科舉制度規定試賦體格準則的，唯有李白。其詩賦流傳到越南之後，深受越南當時的騷人墨客、懷鉛之子的青睞，再加上統治階級的推崇和倡導，使之影響範圍越來越廣闊。自陳朝以來，李白詩賦已對越南當時文人，特別是從事舉業士子留下深刻的影響。他們在日常唱和、研習的活動中常直接襲用、或間接化用李白詩賦到自己的文章。

陳朝佚名的《湯盤賦》：「猗歟成湯，濂哲溫良。仁風馭沓兮九有，義武顯赫兮四方。乃仗大順，革夏爲商。參天地以立極，正萬國之紀綱。掃氛埃於絕域，陶元氣於遐荒。」取材於李白《明堂賦》：「伊皇唐之革天創元也，我高祖乃仗大順，赫然雷發以首之。於是橫八荒，漂九陽，掃叛換，開混茫。景星耀而太階平，虹霓滅而日月張。欽若太宗，繼明重光。廓區宇以立極，綴蒼顥之頹綱。淳風汐穆，鴻恩滂洋。武義烜赫於有截，仁聲馭乎無疆」數句。

陳朝阮法（生卒年未詳）《勤政樓賦》：「萬里來歸，錦江玉壘。御樓勞軍，加黃脫紫。南內淒涼，已無力士。」也借鑒李白詩《上皇西巡南京歌十首》：「地轉錦江成渭水，天回玉壘作長安」兩句。

黎朝阮夢荀《紙田賦》：「爾其，無邊有圖，表宋璟之忠；千秋有錄，推九齡之良。既抗言於諫疏，復效力於彈章。不進《清平調》以示寵，不獻《河清頌》以呈祥。」賦中間接提到李白的詩文創作背景。《新唐書・李白傳》記載：「天寶初，白往見賀知章，知章見其文，歎曰：『子，謫僊人也！』言於玄宗。召見金鑾殿，論當世事，奏頌一篇。帝賜食，親爲調羹，有詔供奉翰林。白猶與飲徒醉於市。帝坐沉香亭，意有所感，欲得白爲樂章，召入，而時白已醉。稍解，援筆成文，婉麗精切無留思。」〔註79〕

黎朝李子晉《昌江賦》：「不揭不屬，可方可舟。一葦航而無瞿塘灔澦之險；投鞭入而無大河黑水之憂。」賦句從李白《長干行》詩：「常存抱柱信，豈上望夫臺。十六君遠行，瞿塘灔澦堆。五月不可觸，猿聲天上哀。」而來，並反用其詩意。

〔註79〕歐陽修、宋祁撰，《新唐書》，卷 202，列傳第 127，《李白傳》，中華書局，1986 年版，第 5762 頁。

這表明越南陳朝末期、黎朝初期的文人對李白詩文及其事跡非常熟悉。

（二）中國詩賦對黎朝初期賦的影響

我們以黎朝黃萃夫於黎仁宗延寧四年（1457 年）編輯的《群賢賦集》爲依據，來看越南當時的文士如何模仿、借鑒及運用中國文人詩賦。《舊編群賢賦集序》云：

> 國朝〔黎〕蝟興文治，設科取士，斟酌成規，第三場試以詩賦觀士。非胸中素有定見，安能晷援。免文衡過眼空迷也哉。如北方鄉會諸科，歷舉古賦既有原本刊行，而南朝陳、胡至今，往賢後俊，公私所試頗多佳作，堪爲軌範者。殘毀之餘，所存無幾。翰林院待制黃萃夫編而集之，僅一百餘篇。中臺省黃門郎陳文徽爲之批點。王府文學阮維則又加考正，甚善本。書坊清沈貝阮克寬袖而謁余，志於右，將鋟梓以壽其傳。余曰：噫！此而翫味焉，公於科場中軍，可以馳騁筆力，頡頑班馬，而無勞神也。〔註80〕

通過此段序文，我們可知《群賢賦集》是針對當時舉子學習詩賦而編輯的，也是越南現存的文獻中最早的科舉賦集。此賦集除卷一收錄陳朝文人及中第者的 13 篇賦文以外，後五卷收錄黎朝初期太祖、太宗、仁宗等三代 18 位作者的 95 篇賦。這些作品「雖公《選》、《騷》異格，然入題、體用、議論、歸美未始不同。惟貴切題，善補以意圓、充瑩，音韻鏗鏘，切事中節皆可滿人意耳。」〔註81〕，頗有利於研習詩賦的舉子們。創作者都是黎朝初期科榜出身的偉大詩人，舉例如下：

阮廌（1380～1442），又名黎廌，號抑齋。生於河東省（今河山平省）一官僚家庭。1400 年考取胡朝太學生。阮廌是越南十五世紀最偉大的詩人和作家，是越南古典文學三大詩人之一。與他同時代的阮夢荀評價他是「黃閣清風玉署山，經邦華國古無前。一時詞翰推文伯，兩道軍民握政權。白髮只閒天下慮，清忠留與子孫傳。」潘孚先贊曰：「珠元會合幸逢塵，佐治名儒喜有人。」黎貴惇在《見聞小錄》中評價他是「書信草檄，才華蓋世。」〔註82〕

〔註80〕 〔越〕黃萃夫撰，《群賢賦集》，舊編群賢賦集序，漢喃研究院藏版，編號：A.575。

〔註81〕 〔越〕黃萃夫撰，《群賢賦集》，舊編群賢賦集序，漢喃研究院藏版，編號：A.575。

〔註82〕 〔越〕黎貴惇撰，《見聞小錄》，卷5，《才品》，漢喃研究院藏版，編號：VHv.1322。

　　李子晉（1378～1459），名晉，字子晉，號拙庵。上福縣潮東鄉人。他學識淵博，是後黎初期僅次於阮廌的第二大學者。1400 年考取胡朝太學生，不仕。當黎利在藍山起義時，他便前往投奔。黎利認為他學識高便委任他司文稿之職。黎朝建立後，黎太祖（1428～1433）、黎太宗（1434～1442）、黎仁宗（1443～1459）三代歷任通奉大夫、行遣北道、承旨院翰林、經筵侍讀等職。著有《拙庵詩集》。黎貴惇在《見聞小錄・才品》對他詩文評曰：「李子晉為翰林學士，陳舜俞為中書侍郎，並以名德耆宿，時號李、陳。……子晉號拙庵，有文集多散逸，其見存者皆典重有法。詔誥似漢，詩似宋。」〔註83〕

　　阮夢荀，生卒年不詳，字文若，號菊坡，東山圓溪人。1400 年中舉胡朝太學生，與阮廌、李子晉同科。黎太祖、黎太宗、黎仁宗期間官至左納言，爵榮祿大夫。阮夢荀是越南十五世紀上半葉的詩人和賦家，著有《菊坡集》。

　　阮直（1417～1474），字公穎，號籲僚，青威背溪人。黎太宗大寶三年（1442年）壬戌科狀元。黎貴惇《見聞小錄・卷之五・才品》：「阮直少年狀元。接對明使黃諫立，和其留別詩五十韻，足壯國體。仁宗命中使同畫工就繪其像置之左右以示不忘。聖宗令齎《天南餘暇集》至所居環碧亭，使之評點，皆異遇也。」〔註84〕

　　陳舜俞，生卒年不詳，號密僚，河南維仙新堆人，黎太祖順天二年己酉明經科（1429）中第。黎貴惇在《見聞小錄・才品》對他詩文評曰：「李子晉為翰林學士，陳舜俞為中書侍郎，並以名德耆宿，時號李、陳。」

　　此外，還有梁如鵠（1420～1501 年）、阮維則、阮伯驥、黃萃夫、鄧宣、阮孚先、李子構、阮天縱、阮儼等詩人。

　　《群賢賦集》卷二中收錄李子晉（1378～1459）：《至靈山賦》、《遊仙岩賦》、《會英殿賦》、《昌江賦》、《朝星賦》等 21 篇。

　　卷三、四收錄阮夢荀（？～？）：《藍山佳氣賦》、《藍山賦》、《至靈山賦》、《義旗賦》、《賀繼天聖節賦》、《日出扶桑賦》（獻賦）、《蟠桃賦》、《玉筍班賦》、《虎豹關賦》、《春臺賦》等 41 篇。

　　卷五收錄 6 位作者的 10 篇賦：程舜俞《至靈山賦》；阮廌《至靈山賦》；阮孚先《杏鉉琴賦》、《美玉待價賦》；李子構《三益軒賦》、《八公山風鶴賦》、《絜矩賦》；阮天縱《雞鳴賦》；阮儼《美玉待價賦》、《墨池鯉魚賦》

〔註83〕　〔越〕黎貴惇撰，《見聞小錄》，卷 5，《才品》，漢喃研究院藏版，編號：VHv.1322。
〔註84〕　〔越〕黎貴惇撰，《見聞小錄》，卷 5，《才品》，漢喃研究院藏版，編號：VHv.1322。

卷六收錄 10 位作者的 23 篇賦：阮直《春臺賦》；梁如鵠《博浪鎚賦》、《鴻門會飲賦》、《孔子宅賦》、《土牛賦》、《夫子甕賦》、《宣室前席賦》；阮維則《春臺賦》、《洛書賦》；阮伯驥《四宣圖賦》；黃萃夫《四宣圖賦》；鄧宣《四宣圖賦》、《方諸賦》、《松柏後凋賦》；同赦《三雍賦》；陳文徽《春臺賦》、《沘水賦》、《牛山木賦》、《蘇武節賦》；黎盛《壁水賦》、《三仁賦》、《進善旌賦》；丁約《壁水賦》。

通過各位作者的賦，我們可窺出黎朝初期的文人或襲用或化用中國經史、典故和中國著名文人的詩賦。其中引用《楚辭》的，如：

李子晉《養拙賦》：「蹇挨予之初度兮，何耊直之懵懵。……既不能辟穀以茹芝兮，又不能佩茝而裳蓉。」此賦句借用《楚辭‧離騷》：「皇覽揆予初度兮，肇錫予以嘉名。」〔註85〕和「製芰荷以爲衣兮，集芙蓉以爲裳。」〔註86〕等句以表述自己的意思。

李子構《三益軒賦》：「聱余身以企及，聊弭節兮盤桓。」也引用自《楚辭‧離騷》：「吾令羲和弭節兮，望崦嵫而勿迫。」

或者化用中國著名賦家賦句，如：

李子晉《至靈山賦》：「觀其，遒姿聳漢，瑞氣爭霄。眾軋列屏兮峛崺，群峰捶玉兮岹嶢。」取材於揚雄《甘泉賦》：「登降峛崺，單埢垣兮」〔註87〕和曹植《九愁賦》：「踐蹊隧之危阻，登岹嶢之高岑。」

李子晉《中秋月賦》：「物無疵厲，民不知兵。二稻吐華，而原田雲熟；八蠶出綿，而村塢月明。」取意於左思《吳都賦》：「國稅再熟之稻，鄉貢八蠶之綿。」

阮夢荀《續赤壁賦》：「忽水落而石出，想玄裳與縞衣。……清風明月，爲乾坤無盡之藏；前後二賦，爲騷人千古之思。」直接化用蘇東坡《後赤壁賦》：「江流有聲，斷岸千尺；山高月小，水落石出。」〔註88〕和《前赤壁賦》：「惟江上之清風，與山間之明月，耳得之而爲聲，目遇之而成色，取之無禁，用之不竭。是造物者之無盡藏也，而吾與子之所共適。」〔註89〕

〔註85〕 朱熹集注，《楚辭集注》，上海古籍出版社，1979 年版，第 3 頁。
〔註86〕 朱熹集注，《楚辭集注》，上海古籍出版社，1979 年版，第 10 頁。
〔註87〕 費振剛等校注，《全漢賦校注》，廣東教育出版社，2005 年版，第 233 頁。
〔註88〕 〔宋〕蘇軾著，傅成等標點，《蘇軾全集》，上海古籍出版社，2000 年版，第 649 頁。
〔註89〕 同上。

阮夢荀《滹沱水賦》：「蕩關河之腥穢，揭日月之曈曨。」取意於潘岳《秋興賦》：「月曈曨以含光兮，露淒清以凝冷。」

李子構《八公山風鶴賦》：「泊泊汹汹，錚錚吰吰。有如鐘鼓之令，人馬之行。天地爲之震疊，山川爲之奔崩。義垂威而挾力，凶徒喪腑而搖睛。前後倒戈而流水盡血，萬人失色而草木皆兵。」借用歐陽修《秋聲賦》：「其觸於物也，鏦鏦錚錚，金鐵皆鳴；又如赴敵之兵，銜枚疾走，不聞號令，但聞人馬之行聲。」從內容到用辭、節奏，都可見出《秋聲賦》的影子。

有的化用中國唐宋詩人的詩句，如：

李子晉《昌江賦》：「不揭不屬，可方可舟。一葦航而無瞿塘灩澦之險；投鞭入而無大河黑水之憂。……歌曰：聖德盛兮山川靈，一戎衣兮武功成，四塞靜兮海宇清，挽天河兮洗甲兵，茲江如帶兮萬代昇平。」化用杜甫《所思》詩：「故憑錦水將雙淚，好過瞿塘灩澦堆。」和《洗兵馬歌》詩：「安得壯士挽天河，洗淨甲兵長不用。」

李子晉《養拙賦》：「惟居易以靜處兮，息勢頓之奔忙。」借鑒於白居易《春日題乾元寺上方最高峰亭》詩：「始知天造空閒境，不爲奔忙富貴人。」

李子晉《壽域賦》：「天開正旦，歲屬肇端。樂奏鈞天，四門洞啓；警傳清蹕，雲推千官。宰臣元老，劍佩衣冠，跪進霞觴。」其中「霞觴」一詞見於許碏《醉吟》：「閬苑花前是醉鄉，翻番王母九霞觴。」一詩。

李子晉《早梅賦》：「陋桃李之麗俗，友松竹以爲鄰。……疏影橫斜，傲饕風而獨秀；暗香浮動，闞虐雪以爭妍。……簷葡斂容，差幾塵之爵隔；山礬避席，知與汝之不如。……擁袖微吟，醒林逋之祥夢；巡簷索句，清何遜之詩脾。……化工著意，而先啓機緘；花神促駕，而急催裝束。」很巧妙地運用中國著名詩人描寫各種花卉的詩句，如蘇東坡《海棠詩》：「嫣然一笑竹籬間，桃李漫山總粗俗。」北宋‧林逋（967～1028 年）《詠梅詩》：「疏影橫斜水清淺，暗香浮動月黃昏。霜禽欲下先偷眼，粉蝶如知合斷魂。」黃庭堅（1045～1105 年）《水仙花詩》：「凌波仙子生塵襪，水上輕盈肯微月。是誰招此斷腸魂？種作寒花寄愁絕。含香體素欲傾城，山礬是弟梅是兄。坐對眞成被花惱，出門一笑大江橫。」杜甫《舍弟觀赴藍田取妻子到江陵喜寄》詩：「巡簷索共梅花笑，冷蕊疏枝半不禁。」和陸龜蒙（？～公元 881 年）《辛夷花》：「柳疏梅墮少春叢，天遣花神別致功。」等。

阮夢荀《日出扶桑賦》：「天吳紫鳳，兩驂而雁行。……乍浴銀盤之瀲灩，

忽騰金鉦之礴硠。」取意於杜甫《北征詩》:「海圖折波濤,舊繡移曲折,天吳及紫鳳,顚倒在短褐。」和盧全《月蝕詩》:「爛銀盤從海底出,出來照我草屋東。」的詩意。

李子構《三益軒賦》:「霜雪之姿,蛟虬之狀。皺皮溜雨兮四十圍;黛色參天兮百餘丈。……賦之曰:『世間桃李覺芳華,紛紛輕薄何須數,歲寒交契期百年,傲雪凌霜吳與汝。』」出於杜甫《武侯廟柏詩》:「霜皮溜雨四十圍,黛色參天二千尺。」和杜甫《貧交行》:「翻手爲雲覆手雨,紛紛輕薄何須數。君不見管鮑貧時交,此道今人棄如土。」

此外,各作者在創作詩賦時還使用中國的經書和史書來書寫,使賦文更加生動、富有韻味,達到言簡意賅的境界。如:

阮夢荀《擊賊笏賦》:

> 明大義於天下兮,豈論功於成敗也。博浪誤中副車,而空用鐵錐;少連欲擊姦臣,而未發其機。……覽茲笏而垂光簡策也,因節義而光輝。齊太史執簡而書崔杼;晉董狐秉筆而措直辭。與夫蘇武之節,亦忠義之一奇,而道輔之擊蛇。……想正氣之所在,曾何代無之。視夫倒執手扳,看山拄頰,臨大事而不失措,任人職而無知,未足議其是非也。

賦中使用較多與笏有關的中國典故,如《史記・留侯世家》中說張良爲給韓國報仇,不惜重金收買了一個壯士,命他用大鐵錘「擊秦始皇博浪沙中,誤中副車。」〔註90〕《新唐書・顧少連傳》記載:「裴延齡方橫,無敢忤者。嘗與少連會田鎬第,酒酣,少連挺笏曰:『段秀實笏擊賊臣,今吾笏將擊姦臣。』奮且前,元友直在坐,歡解之。」〔註91〕石介《擊蛇笏銘》:「宋孔道輔(987~1040),代理御史中丞。宋眞宗祥符中(約公元 1013~1017 年),寧州天慶觀有妖蛇,日兩至郡刺庭,人皆異之。孔道輔時佐幕是郡,因曰:「蛇惑吾民亂吾俗,殺無赦!」因以笏擊其首,遂斃之,亦無他異。」或從《晉書・王徽之傳》:「王子猷爲大司馬桓溫參軍,……沖嘗謂徽之曰:『卿在府日久,比當相料理。』徽之初不答,直高視,以手版拄頰云:『西山朝來致有爽氣耳。』」〔註92〕或使用《左傳》記載董狐筆:《左傳》襄公二十五載:齊大夫崔杼(?—

〔註90〕 司馬遷撰,《史記》,中華書局,1982 年版,第 2034 頁。

〔註91〕 歐陽修、宋祁撰,《新唐書》,中華書局,1986 年版,第 4995 頁。

〔註92〕 〔唐〕房玄齡等撰,《晉書》,中華書局,1974 年版,第 2103 頁。

前 546）殺齊莊公，「太史書曰：『崔杼弒其君。』崔子殺之。其弟嗣書而死者二人，其弟又書，乃捨之。南史氏聞太史盡死，執簡以往，聞既書矣，乃還。」〔註93〕這些用例，因爲較好地使用了中國古書的典故，除使語言更爲簡潔外，蘊含也更爲豐富。

阮夢荀在《筆陣賦》裏還使用唐代詩人的詩意與中國經史書相結合，使賦句增添形象性，詞藻也更有表現力，而且這些典故都與筆陣有關，譬如：「**物有比武事之雄偉，力可掃於三軍，此筆陣之得名，而策萬古騷壇之勳也。**」賦句來源於杜甫《醉歌行》：「詞源倒流三峽水，筆陣獨掃千人軍。」

再如「氣直而壯，鋒豪而俊。爲詩**書之元帥**，傳天下之正印。非**鵝鸛、魚麗**，而推當時之巨擘；非**常山、六花**，而繫一代之氣運。」賦句來自於《開元天寶逸事》：「九齡文章，自有唐名公皆弗如也。朕終身師之，不得其一二，此人眞文場之元帥也。」〔註94〕的事跡。同時也直接談起中國詩文中曾提到的陣名，如：《文選・張衡〈東京賦〉》：「火列具舉，武士星敷，鵝鸛魚麗，箕張翼舒。」薛綜注：「鵝鸛魚麗，並陣名也。謂武士發於此而列行，如箕之張，如翼之舒也。」〔註95〕；【常山陣】首尾呼應的陣法。陣勢如常山之蛇，故名。隋明餘慶《從軍行》：「風捲常山陣，笳喧細柳營。」；【六花陣】唐李靖「以時遇久亂，將臣通曉者頗多，故造六花陣以變九軍之法，使世人不能曉之。」〔註96〕短短幾十字內，一連點出中國古代「鵝鸛」、「魚麗」、「常山」、「六花」等四大陣名來謂詩文謀篇佈局擘畫如軍陣。

又如：

> 奮迅於九天九地，莫名其妙；橫行於九州四海，難抗其雄。笑半千三陣之陋見；偉千載一時之奇逢。

巧妙地化用《孫子兵法》中的文字：「善守者，藏於九地之下，動於九天之上，故能自保而全勝也。」和《新唐書・員半千傳》：「高宗御武成殿，問：『兵家有三陣，何謂邪？』眾未對，半千進曰：『臣聞古者星宿孤虛，天陣也；山川向北，地陣也；偏伍彌縫，人陣也。臣謂不然。夫師以義出，沛若時雨，得天之時，爲天陣；足食約費，且耕且戰，得地之利，爲地陣；與三軍士如

〔註93〕徐中舒編注，《左傳選》，中華書局，1979 年版，第 192 頁。
〔註94〕《開元天寶遺事》見《唐五代筆記小說大觀》，上海古籍出版社，2005 年版。
〔註95〕蕭統撰，李善注，《文選》卷 40，嶽麓書社，2002 年版，第 97 頁。
〔註96〕〔元〕脫脫等撰，《宋史》，卷 195，志第 148，中華書局，1985 年版，第 4866 頁。

子弟從父兄，得人之和，爲人陣。捨是，則何以戰？』帝曰:『善。』」〔註97〕
的典故來謂寫作鳴世、遠見卓識的文章。

阮夢荀《紙田賦》:賦題典自劉義慶《世說新語・賞譽》:「凡此諸君，以
洪筆爲鉏耒，以紙箚爲良田，以玄默爲稼穡，以義理爲豐年。」〔註98〕此篇
賦句多取材於中國各種文史典籍，如:

> 士有篤志於好學，盡歲月於經書。耕也餒在其中，又何必帶經
> 而鋤。撫紙田而興感，惟筆耕於群書。豈徒誇車馬之賜，在明善而
> 復初。

引用《漢書》卷五十八《倪寬傳》和《漢書》卷六十四《朱買臣傳》中
「帶經而鋤」的典故來形容生活貧苦依然堅持學習。再化用《唐才子傳》中
對王勃的記載:「心織而衣，筆耕而食。」〔註99〕

再如:

> 商鞅無力以變更，蔡倫創智而權輿。豈均限之可議，亦不防於
> 旱澇。曰禾穀與楮藤，而繭竹之呈巧。十樣出於益州，側釐白鹿之
> 製造。雖所產之不同，實文房之至寶。

雖短短幾十字的賦聯，但句中仍援引諸多中國典故。包括:《後漢書・蔡
倫傳》記載:「自古書契多編以竹簡，其用縑帛者謂之謂爲紙，縑貴而簡重，
並不便人。倫乃造意，用樹膚、麻頭、蔽布、魚網以爲紙。元興元年奏上之。
帝善其能，自是莫不以用焉，故天下咸稱『蔡倫紙』。」〔註100〕〔宋〕蘇易簡
《紙譜》:「蜀人以麻，閩人以嫩竹，北人以桑皮，剡溪以藤，海人以苔，浙
人以麥麵稻稈，吳人以繭，楚人以楮爲紙。」〔註101〕和〔唐〕韓浦《寄弟洎
蜀箋》詩:「十樣蠻箋出益州，寄來新自浣谿頭。老兄得此全無用，助爾添修
五鳳樓。」

又如:

> 式負版於王府，陋價貴於洛陽。……爾其，無邊有圖，表宋璟
> 之忠;千秋有錄，推九齡之良。既抗言於諫疏，復效力於彈章。不

〔註97〕歐陽修、宋祁撰，《新唐書》，中華書局，1986年版，第4159頁。
〔註98〕朱鑄禹撰，《世說新語彙集校注》，上海古籍出版社，2002年版。
〔註99〕〔元〕辛文房著，《唐才子傳》，黑龍江人民出版社，1986年版，第6頁。
〔註100〕〔宋〕范曄撰，《後漢書》，卷78，《宦者傳・蔡倫傳》，中華書局，1982年版，
　　　　第2513頁。
〔註101〕蘇易簡撰，《文房四譜》，卷2，文淵閣四庫全書本。

　　進《清平調》以示寵，不獻《河清頌》以呈祥。

　　引用《晉書·左思傳》中關於左思寫《三都賦》的事例：「於是豪貴之家
競相傳寫，洛陽爲之紙貴。」〔註102〕李白《清平調》、鮑照《河清頌》等例子
來寓意文章出眾帶動紙價昂貴。

　　綜上所述，黎朝初期的漢文賦，特別是黃萃夫《群賢賦集》中所收錄由
黎朝初期科榜出身的文人撰寫的95篇賦，無論是使用的賦體，還是賦題的出
處、賦中的用典，都源自於中國文史典籍。他們在日常研習賦詩中借鑒中國
古書的典故、中國文人著名的詩賦，除使已賦達到中國某賦體的標準外，還
使語言更爲簡潔、蘊含也更爲豐富。此外，通過借鑒、學習中國辭章，他們
在科考中能「馳騁筆力，頡頏班馬，而無勞神也。」〔註103〕

第二節　中國詩賦對越南莫朝試賦的影響

一、莫朝的科舉制度

　　莫朝於1527年至1592年代替後黎朝，後因避難遷都到越南高平，再延
續幾十年就歸順後黎朝。我們談到莫朝就是指莫朝在升龍治國期間（1527～
1592）。此時，黎中興朝主要活動在清化省。因此莫朝將升龍城改名爲東京，
以區別於黎中興朝在清華省的西京。莫朝雖然享國時間不長，但在教育與科
舉方面也取得一定的成就。

　　莫朝建立後仍以儒教爲正統思想。莫朝各帝明知「帝王之治天下，必以
仁義、郊社、屯田、水利、六藝、圖書、學校、文章爲治要也。」〔註104〕而
「仁義著於鄒書，郊社之禮載於中傳，是仁義郊社所當先也。富國足民在於
屯田，民田所資在於水利，是屯田所當興也。六藝皆至理所寓，圖書乃理學
淵鋪則六藝，圖書可不講乎？學校爲教化之根本，文章乃治道之精花，則學
校，文章可不重乎？」〔註105〕。因此，莫朝特別尊崇儒教和注重科舉教育。

〔註102〕〔唐〕房玄齡等撰，《晉書》，卷92，列傳62，中華書局，1974年版，第2377
　　　　　頁。

〔註103〕〔越〕黃萃夫撰，《群賢賦集》，舊編群賢賦集序，漢喃研究院藏版，編號：
　　　　　A.575。

〔註104〕《樂道社歷朝登科考》，莫永定丁未科（1547）狀元楊福滋廷試策問試卷，漢
　　　　　喃研究院藏版，編號：VHv.2339。

〔註105〕同上。

　　莫朝時，國子監、太學仍爲全國的最高學府。國內各路設有社學、鄉學以及私塾學校。此外，在莫太祖登庸故鄉古齋的中心——陽京，當時的第二京城，也建立國學學校。陽京國學教官由國家核選，稱陽京校生。全國各地方爲鼓勵學業還建立斯文會。學習教材、教學內容仍與黎朝初期相同，包括：《四書》、《五經》、《登科錄》、《會試錄》、《玉堂文範》、《文獻通考》、《文選》、《綱目》。學官以此教習，科舉以此取士。國子監被莫黎戰爭所壞，1536 年，莫〔太宗〕使「東軍都督府左都督謙郡公莫廷科重修國子監」〔註106〕。1537年，「正月，莫〔太祖〕視太學」。〔註107〕

　　莫朝期間，祭祀孔子和先賢的活動，除了在京城的文廟，還在各地方的文址或文祠進行。先賢包括越南名儒及地方儒學前輩。1574 年新明縣先賢文碑記載：「戶部尚書下令縣官，供給棟雞處三畝田建先賢祠便於祭祀」〔註108〕。按此文可見，建設寺廟、道觀費用由村民料理，建設先賢祠則由國家來承擔。據越南學者丁克順《莫朝文碑》：當時新明縣的斯文會有十一村的 185 位儒學前輩，包括各村的當職官吏及科舉中第的儒生。該斯文會定每年 2 月 25 日爲祭祀大節。

　　爲鼓勵學者和提高儒學地位，莫登庸登基後於 1529 年開會試科。「其試法恩格一依黎朝典例。是後三年一比，寧以爲常。」〔註109〕並立進士碑文、重賞中舉人。實際上，立進士碑自黎洪德年間開始，但不是每科都立進士碑，莫朝曾主張補立進士碑，但因戰爭等諸多緣故，只立過兩次。1582 年提調少保陳時深上疏建議立進士碑及記載中第者姓名於金書，但不得實施。「莫茂洽認爲當今國內事多，此事暫不行。」〔註110〕雖立進士碑之事只在初期實施，但開科取士卻經常實現，甚至於 1592 年戰爭逼近升龍城時，「節制鄭松督兵渡江，進至於千春寺，將至仁睦橋。莫茂洽大驚，遂棄升龍城，渡珥河至菩提，居於土塊」〔註111〕莫朝還在菩提行宮「開會試科，賜范有能等四人進士

〔註106〕〔越〕吳士連撰，《大越史記全書》，第 4 集，本紀續編，卷 16，河內社會科學出版社 1998 年版，第 2 頁。

〔註107〕〔越〕吳士連撰，《大越史記全書》，第 4 集，本紀續編，卷 16，河內社會科學出版社 1998 年版，第 2 頁。

〔註108〕〔越〕丁克順撰，《莫朝文碑》（Văn bia thời Mạc, tr.167）。

〔註109〕〔越〕潘清簡等撰，《欽定越史通鑒綱目》，第 6 集，卷 27，漢喃研究院藏版，編號：A.2674，第 371 頁。

〔註110〕〔越〕黎貴惇撰，《大越通史》，漢喃研究院藏本，編號：A.1389，第 276 頁。

〔註111〕〔越〕吳士連撰，《大越史記全書》，第 4 集，本紀續編，卷 17，河內社會科學出版社，1998 年版，第 27～28 頁。

出身，阮有德等十三人同進士出身。」〔註112〕

　　莫朝在升龍治國 65 年期間（1527～1592），共開 22 科，取士 499 位進士，其中有 13 位狀元。莫朝各位中舉士人，如：甲海、阮秉謙、裴詠、黃士愷、杜汪、范光進等都得到朝廷的重用，爲莫朝在升龍城治國 65 年做出很大貢獻。

　　阮秉謙（1491～1585），字亨甫，號白雪居士，別號雪江夫子，海陽省永賴縣人。其父曾爲國子監太學生，其母亦通曉經史，故阮秉謙自幼受漢文化與儒家思想的薰陶。長大後又師從榜眼梁得明。阮秉謙學識淵博，長期無意仕進。莫太宗大正 6 年（1535），阮秉謙 45 歲時才參加科舉考試，連中三元，考中狀元。入仕莫朝，任吏部左侍郎兼東閣大學士，後升吏部尙書，賜爵程國公。因上疏請誅 18 姦臣被朝廷駁回，憤而辭官。1542 年退隱家鄉，居白雲庵，徜徉山水，以詩文自娛，並辦學授徒，從學者甚多。

　　甲海（1507～1586），字節齋，北江省鳳眼縣穎繼人。莫太宗大正九年（1538）戊戌科狀元。莫朝重臣，歷仕莫朝五代帝王（1538～1586），曾出任明使，歷六部尙書，兼東閣大學士、都御史，後升爲太保，官銜少保，賜爵蘇溪侯、倫郡公、策國公。甲海文章鳴世，稱「辭筆文尊名兩國，華璘壽耀炫三尊」。據潘輝注《歷朝憲章類志》記載：「1586 年 11 月，甲海年已 70，上疏請求致仕，詞語懇切。莫茂洽不得不准，賜旗，上繡「狀頭宰相斗南俊、國老帝師天下尊」對聯。」〔註113〕

　　裴詠（1498～？），山南鎮清潭人。莫太宗大正三年（1532）壬辰科榜眼，仕莫朝吏部左侍郎，賜爵梅嶺侯。漢文詩賦著述頗多，如：《五言長篇詩》押 49 韻、《帝都形勝賦》。

　　黃士愷（1515～？），字懶齋，北寧省朗才縣萊舍人。莫獻宗廣和 4 年（1544）甲辰科進士。莫朝名臣，歷任戶部尙書，少保，賜爵詠喬侯，曾出使明朝。以文章鳴世，其作品有：《使程曲》、《使北國語詩集》、《小讀樂賦》，可惜皆佚失。潘輝注評其詩文曰：「黎中興以前有詠喬侯〔黃士愷〕，黎中興後有唐川子〔武惟斷〕。」

　　杜汪（1532～1600），海陽嘉福縣段林人。莫宣宗光寶二年（1556）丙辰科榜眼。仕莫朝，歷任兵部右侍郎、吏部尙書、東閣大學士，賜爵福郡公。

〔註112〕〔越〕吳士連撰，《大越史記全書》，第 4 集，本紀續編，卷 17，河內社會科
　　　　　學出版社，1998 年版，第 30 頁。
〔註113〕〔越〕潘輝注撰，《歷朝憲章類志》，第 1 集，漢喃研究院藏本，編號：A.2445。

莫滅後，歸順黎朝，官至戶部尚書兼東閣學士，賜爵通郡公。莫、黎二朝都被選出使明朝。其現存作品有《木鐸賦》一篇。

范光進（1530～？），京北鎮梁才縣梁舍人。莫茂洽淳福四年乙丑科（1565年）探花。仕莫朝任東閣大學士，被選出使明朝，中途去世，追封左侍郎。其現存作品有《以禮爲羅賦》、《大匠誨人必以規矩賦》兩篇。

莫朝珍愛人才的政策得到後世的高度評價，如阮朝阮伯卓在《皇越甲子年表》曰：「莫氏崇儒」。〔註114〕黎朝學者潘輝注（1782～1840）在《歷朝憲章類志·科目志》對莫朝科舉及選拔人才評曰：「按莫氏篡位，黎統中絕者陸年。莊宗（1533～1548）繼統清華，當時戎事規恢，未遑文教。迨至中宗順平（1548～1556），始設制科，一初草創，人才猶未興起。而莫自明德、大正貳科以後，遵用三年壹試之例，雖或兵興多事，未嘗廢弛。人才所得，爲多用能維持國事，與黎氏抗衡而卒能延陸拾年之祚者。蓋實科目之效云。」〔註115〕

表一：莫朝期間開科年及取士人數

次序	莫朝歷代帝王及年號		開科年	取士人數
1	莫太祖〔登庸〕	明德三年	己丑科（1529）	取士 27 位進士
2	莫太宗〔登瀛〕	大正三年	壬辰科（1532）	取士 27 位進士
3		六年	乙未科（1535）	取士 32 位進士
4		九年	戊戌科（1538）	取士 36 位進士
5	莫憲宗〔福海〕	廣和元年	辛丑科（1541）	取士 30 位進士
6		四年	甲辰科（1544）	取士 17 位進士
7	莫宣宗〔福原〕	永定元年	丁未科（1547）	取士 30 位進士
8		景曆三年	庚戌科（1550）	取士 26 位進士
9		六年	癸丑科（1553）	取士 21 位進士
10		光寶二年	丙辰科（1556）	取士 24 位進士
11		六年	己未科（1559）	取士 20 位進士
12		九年	壬戌科（1562）	取士 18 位進士
13	莫茂洽	淳福四年	乙丑科（1565）	取士 16 位進士
14		崇康三年	戊辰科（1568）	取士 17 位進士

〔註114〕〔越〕阮伯卓撰，《皇越甲子年表》，漢喃研究院藏本。
〔註115〕〔越〕潘輝注撰，《歷朝憲章類志·科目志》，第 3 集，漢喃研究院藏本，編號：A.2445。

次序	莫朝歷代帝王及年號		開科年	取士人數
15		六年	辛未科（1571）	取士 17 位進士
16		九年	甲戌科（1574）	取士 24 位進士
17		十二年	丁丑科（1577）	取士 18 位進士
18		延成三年	庚辰科（1580）	取士 24 位進士
19		七年	癸未科（1583）	取士 18 位進士
20		端泰元年	丙戌科（1586）	取士 23 位進士
21		興治二年	己丑科（1589）	取士 17 位進士
22		洪寧	壬辰科（1592）	取士 17 位進士

（此表據吳德壽撰，《越南科榜諸家》，文學出版社 1993 年版）

二、莫朝的詩文面貌及其受中國詩賦影響

　　如上所述，因統治者提倡儒教，尊重文人，所以莫朝時的文學得以發展，並在詩歌、傳記、散文等方面取得一定的成就。各位作者在創作新作品的同時，也注意搜集前代因兵火干戈而失落的作品，對越南古代文學發展作出一定的貢獻。

　　莫朝文學在詩歌方面，以阮秉謙為代表。阮秉謙（1491～1585）著述頗多，撰有漢字和喃字詩文千餘篇，收入《白雲庵詩集》和《白雲國語詩》中。在詩歌風格上，阮秉謙繼承了 15 世紀詩歌瀏亮、清麗的風格，同時增添了濃厚的感傷色彩，如《與高舍友人別後》：

> 相逢亂後老相催，縫綣離情酒數杯。夜靜雲庵誰是伴，一窗明
> 月照寒梅。

　　因當時封建秩序混亂，社會動蕩，各階層分化嚴重，戰爭、飢饉、洪澇、疫病，民不聊生，封建統治岌岌可危，所以阮秉謙詩也反映了當時社會的混亂、政權的腐朽、世俗的醜惡，表達了當時封建知識分子彷徨和無奈的心理狀態。

　　《寓意》抒發了阮秉謙奮鬥一世後的失落和困惑的情懷：

> 濟弱扶危愧天才，故園有約重歸來。潔身只恐聲名大，劇醉那
> 知老病催。山帶秋容青轉疫，江涵月影白相猜。機關了卻都無事，
> 津館柴門盡日閒。

　　面對亂世雖有心憂天下之志，如《秋思》：「光景逐人年似矢，危時憂國

鬢成絲。」《自述》:「何年再現唐虞治,償了君民致澤心」。然而命運多舛,時勢難違,如:《中津館寓興》:「滿目干戈苦未休,暫乘餘暇覓閒遊。棲棲燕壁多坤衍,寂寂箕山幾許由。千丈光搖新劍氣,三春暖入舊書樓。老未未艾天下志,得喪窮通豈我憂。」阮秉謙在對世俗時事提出憤激批評的同時,歌頌「萬事置度外,清閒似神仙」的隱居生活:「高潔誰為天下士?安閒我是地上仙。」

莫朝時期漢詩的發展可謂是繁花似錦,絢麗多彩。除了田園山水詩、抒情言志詩,還有詠史詩、哲理詩和出使詩等。在越南漢語詩歌歷史上,出使詩很多,幾乎所有出使中國的使臣都留有記錄自己行程中所見、所聞和所感的詩歌。如甲海《應答邦交集》、黃士愷的《使程曲》等。「藝術風格百花齊放、爭奇鬥豔。五、七言絕句、律詩趨向完美。排律進一步發展,尤其是五言排律的興起,為後世漢文敘事詩的形成打下了基礎。」〔註116〕

此外,莫朝文學還出現了傳記,其代表作是阮嶼《傳奇漫錄》和楊文安《烏州近錄》。阮嶼(?~?)海陽省嘉福縣杜松人,是16世紀越南著名作家和詩人,他是阮秉謙的學生,與馮克寬是同窗。據黎貴惇的《見聞小錄》記載,阮嶼參加莫朝鄉試中解元,當莫朝小官。後歸順中興黎朝,被補為清泉知縣,不到一年後他就辭官歸隱了。阮嶼的代表作《傳奇漫錄》是越南第一部漢語傳奇文學作品,被古人譽為「千古奇筆」、「千古奇書」〔註117〕。《傳奇漫錄》反映了當時的社會現實,抨擊黑暗現象,其中包含了作者對家庭、社會、政治、倫理等方面的看法,希望以此勸誡世人。

楊文安(1515~1591),字靜甫,廣平省淚水縣祿水人。莫宣宗永定元年(1547)丁未科進士出身。莫朝歷任吏科都級事中、吏部左侍郎、尚書,爵崇岩伯,卒後追封為峻郡公。其代表作《烏州近錄》〔註118〕編於1553年,共六卷。作者通過甄別史料,深入分析其社會背景,全面記錄了當時烏州(今越南廣平、廣治、順化)的地理、歷史及人物,並發表了自己的評價。

縱觀莫朝文學,筆者借用阮朝學者范廷琥在《雨中隨筆》中的評語來總結:「明德(1527~1529)、大正(1530~1540)之間,氣勢日下,騷人文士

〔註116〕於在照撰,《越南文學史》,軍事誼文出版社,2001年12月第一版,第66頁。
〔註117〕《新編傳奇漫錄增補解音集注·序》,黎景興35年(1774)柳嘗堂刊印,漢喃研究院藏版,編號:VHv.1491/1-4。
〔註118〕〔越〕楊文安撰,《烏州近錄》,漢喃研究院藏本,編號:A.263。

覽趨於輕浮。蓋又視前黎爲尤遜者，然而，士習未陋，其學問、文章、政事、功業，或不多讓於古人，以其所從事者未至於僻陋、乖謬之甚也。」〔註119〕

　　關於莫朝科舉詩文，尚存者極少。筆者在越南漢喃研究院的古籍資料中，只找到佚名撰的《黎朝會試廷對策問》〔註120〕一書中有收錄莫宣宗永定元年（1547年）丁未科狀元楊福滋（1505～？，京北鎭順安府嘉林縣樂道人。莫時官致參政，莫滅後上疏歸順黎朝，後退而隱居。）和莫茂洽延成六年（1583年）癸未科進士阮俊彥的廷對文策。莫朝其它科榜出身者的應試詩賦完全無法考究。莫朝治國60餘年，開22科，取士499人，而詩賦尚存者極少，若不是干戈兵火所造，也應該是後朝統治者有意刪廢。

　　仕莫文人在莫滅後仍不歸順黎朝者，其詩文、賦作幾乎全無或只存篇名，如：黃士愷（1515～？），字懶齋，北寧省朗才縣萊舍人。莫獻宗廣和4年（1544）甲辰科進士。莫朝名臣，歷任戶部尚書，少保，賜爵詠喬侯，曾出使明朝。當時文章鳴世，其作品：《使程曲》、《使北國語詩集》、《小讀樂賦》等皆佚失。

　　關於莫朝文人賦篇，今存者僅有：榜眼杜汪《木鐸賦》被收錄於陳公獻編《名賦合選》〔註121〕；另外，探花范光進的《以禮爲羅賦》、《大匠誨人必以規矩賦》兩篇被收錄於佚名撰《舊文抄集》〔註122〕。

　　雖莫朝賦篇今存者極少，但從其賦體、內容的角度來看，賦文寫得相當漂亮。下以榜眼杜汪〔註123〕的《木鐸賦》爲例，賦全文如下：

　　　　聲非舜鼓，音不禹 鍾 。歷數聖人而下，惟吾夫子時 中 。教立於
　　斯，穩作驚人之鐸；道傳以是，有光垂世之 功 。

　　　　昔夫子以標異江河，鍾英山嶽。心得道統之傳，身任綱常之 託 。
　　皓不可尚已，道最明有若秋陽：文其在茲乎，天將使之爲木 鐸 。

　　　　是鐸也，資殊捨木，質異口 金 。靜處盡通義理，動時妙播聲 音 。
　　匪徒道路之行，徇於人耳；允是□□之器，警於眾 心 。

〔註119〕〔越〕范廷琥撰，《雨中隨筆》，漢喃研究院藏本，編號：A.145。
〔註120〕〔越〕佚名《黎朝會試廷對策文》，漢喃研究院藏本，編號爲：A.3026/1-3。
〔註121〕〔越〕陳公獻編輯，《名賦合選》，嘉隆13年新鐫，海學堂藏版，漢喃研究院藏本，編號：A.2802。
〔註122〕〔越〕佚名《舊文抄集》，漢喃研究院藏本，編號：A.2349。
〔註123〕杜汪，1532～1600，海陽嘉福段林人，莫宣宗光寶2年（1556）丙辰科榜眼。仕莫官至吏部尚書，東閣大學士，爵福郡公。莫滅後，仕黎，官至吏部尚書，東閣大學士，爵上郡公。

　　足使化妙作成，器森造[就]。一時業授，堂升弟裔三千；六藝身通，室入子稱八[九]。借同學行之科，盡是木鐸之[教]。

　　嗚呼！末流趨下，邪說紛[紜]。道久矣響寥寂寂，聖於焉善誘循[循]。與其徒講道學，於杏垃沾施化雨；爲斯世溶道源，於洙水揚振斯[文]。想這般有夫子之鐸，此見稱於封儀之[人]。

　　雖以時遇晦實，君非睿[哲]。東周念一不得施，期月事若爲空[說]。道不行而囂囂，歎起乘桴；心決去以拳拳，跡勞環[轍]。使當時位身已居，道得以行；知吾聖政必由施，教必由[設]。

　　然而德弘道大，仰高鑽[堅]。寶鑒洪鐘道隨所得，金聲玉振理無不[全]。正雅樂、刪詩書、讚易封、修春秋，心沒沒萬世垂教；張紀綱、致太平、爲生民、立美命，功巍巍二帝獨[賢]。豈止爲濟時之藥，蓋亦開正道之[傳]。

　　愚也木訥孱資，葉枝俗[學]。生王國爲王士，化欣沾琢玉追金；服聖訓佩聖言，美粗究撞鐘攻[木]。何幸得干施政之位，預列振鐸之朝；敢不鼓舞教聲以歌，詠菁莪之藥[育]。

此賦題出自《論語・八佾第三》：「天下之無道也久矣，天將以夫子爲木鐸。」〔註124〕；《玉篇》中解釋：「木鐸，金鈴木舌，所以振文教。」；《周禮・天官・小宰》中記載：「徇以木鐸，以宣教令也。古者將有新令，必奮木鐸以警眾。木鐸，木舌也。文事奮木鐸，武事奮金鐸。」

作者以八韻律體、四平四仄相間來寫。賦開頭以「聲非舜鼓，音不禹鍾。」來破題，接下來講夫子「標異江河，鍾英山嶽。心得道統之傳，身任綱常之託。」及木鐸「資殊捨木，質異口金。靜處盡通義理，動時妙播聲音。」然後按題出處及其解釋來敷衍「化妙作成，器森造就。一時業授，堂升弟裔三千；六藝身通，室入子稱八九。借同學行之科，盡是木鐸之教。」賦中「寶鑒洪鐘道隨所得，金聲玉振理無不全。正雅樂、刪詩書、讚易封、修春秋，心沒沒萬世垂教；張紀綱、致太平、爲生民、立美命，功巍巍二帝獨賢。」此句既說木鐸的功能，又講夫子的業績。字句組織工整，言簡意賅，對偶合律，聲音鏗鏘。此賦對從事舉業士子來講，頗有借鑒及欣賞之處，亦其今尚存之緣由。

〔註124〕楊伯峻譯注，《論語譯注》，中華書局，2006 年 12 月，第 35 頁。

又范光進〔註125〕《大匠誨人必以規矩賦》，此賦以規矩方圓之至爲韻，全文如下：

有大匠師，終日孳孳；正繩守墨，蹈矩循規。謂衆工之居肆，必有法以自持。彼製器而尚象，豈競巧而爭奇。苟恣意見之偏能，妙一心之運用；恐論方圓之至將，謬千里於毫釐。有規矩在，何莫由斯。

厥有游於藝者，從旁問曰：教亦多端，善以爲主。惟神而明，其利斯溥。何必規爲一定之程，何必矩爲必然之數。而所以爲方爲圓，必期於中規中矩。以此誨人，亦何所取。

匠應之曰：不爲其事，不知其詳。教之爲道，戒哉迷方。惟規也，所以裁大小；惟矩也，所以縶短長。蓋範圍百工之本，亦曲成萬物之綱。捨之則失，寧曰無傷。況乎爲車之載，爲弓之張。爲巨室、爲高堂，爲欒桷、爲棟樑。莫不於斯取則以稱良。苟持循之無準，將錯謬而何常。事不以規矩爲模楷，事不以規矩爲堤防。

君不見作樂者乎，師曠雖聰必以六律，方使音樂之相宣；友不見教射者乎，后羿雖善必致於彀，方使射者之序賢。其則不遠，我匠亦然。如不以規矩，何豈能成方圓。

且吾之於人也，豈必過爲府就，豈必責以難知。固非引不發，而隱不與；亦豈引而高，而抑自卑。天之所賦，人各殊資，或流於怠，或荒於嬉。或恃才而思自逞，或畏難而憚於爲。既不能爲衆人改繩墨，高不以規矩範驅馳。

若夫熟極而生巧，抑或質美而明機。心高手應，神動天隨。是又存乎人者，序又事而限之。

時也衆工，方勤利器。聞厥誨之諄諄，皆小心而惴惴。又曰規矩誠至善，而不可逾；嗟我同人素居肆，以成其事。毋或忽而不行，而徒逞其小智。

客須臾去，歸以告於信師。師曰：善哉！規矩者方圓之至。

此賦題出自《孟子·告子章上》：「孟子曰：『弈之教人射，必志於彀，學

〔註125〕范光進，1530～？，北寧良材良舍人，莫茂洽淳福四年（1565）乙丑科探花，官至東閣大學士。

者亦必志於鵠。大匠誨人，必以規矩，學者亦必以規矩。』」〔註 126〕

范光進以主客問答格撰寫，全賦共有八段，按賦題規定的韻字順序切押「規矩之方圓之至」六韻。通過「大匠師」與「游於藝者」的問答，點出《孟子・離婁上》「離婁之明、公輸子之巧，不以規矩，不能成方圓；師曠之聰，不以六律，不能正五音；堯舜之道，不以仁政，不能平治天下。今有仁心仁聞而民不被其澤，不可法於後世者，不行先王之道也。」來說明沒有規矩，不能成方圓。沒有規矩，教師不能教，學生無法學。小至手工技巧，大至安邦定國，治理天下，凡事都有法可依，有規律可循。因此，一定要順其規律，不可倒逆而行。賦文流暢，切韻組字工整。賦中若把一些問答發語省略，就變成純粹的八韻律體。

綜上所述，莫朝賦篇雖然尚存者極少，但通過莫朝科榜出身的杜汪、范光進兩位作者的賦文，我們也能窺出當時文人墨客深受中國文化、古代文學的影響。同時也窺出他們對中國賦體文學、中國文史典故非常熟悉。雖賦篇數量顯少，但其對越南古代文學的發展、對莫朝之後的士子肄賦有一定的貢獻。

第三節　中國詩賦對黎朝中興及後期試賦的影響

一、黎朝中興及後期的科舉教學狀況

黎中興以後，南北紛爭，社會動蕩，經濟蕭條。統治集團側重軍事力量的擴充，對發展學校教育和學術文化投入的物力財力遠不及前期。因此，科教方面也深受影響，「順廣久經兵火，學業荒廢」〔註 127〕，「國學殿堂宮牆內外率多揍雨」〔註 128〕。到黎朝末年，「國家多故，學校傾頹」〔註 129〕。

雖兵火連綿，但在此期間，統治者仍比較重視教育，科教仍以五經、四書、《性理大全》、《少微》（《少微節要大全》或《少微通鑒節要》）、《資治通

〔註 126〕焦循撰，《孟子正義》，中華書局，1987 年版，第 802 至 803 頁。
〔註 127〕〔越〕潘清簡等撰，《欽定越史通鑒綱目》正編卷 45，漢喃研究院藏版，編號：A.2674，第 3913～3914 頁。
〔註 128〕吳士連撰，《大越史記全書》，第 4 集，本紀續編，卷 18，河內社會科學出版社，1998 年版，第 64 頁。
〔註 129〕〔越〕潘清簡等撰，《欽定越史通鑒綱目》正編卷 46，漢喃研究院藏版，編號：A.2674。

鑒》以及一些舉業參考書作爲科舉命題和學校教習之書。此外，統治者還通過法令，欲以振興教育來激勵民情士氣。如：

神宗萬慶元年（1662），「夏，五月，命參從禮部尙書兼東閣大學士少保燕郡公范公著堅守國子監卑隸民奉事。時，國學殿堂宮牆內外率多湊雨，公著增加修理制度規模稍復輪奐。又於月朔望，大會諸生肄習課程。自是，儒風益振，人才多有成就焉」〔註130〕。

熙宗正和年間（1680～1705）下詔鼓勵讀書，「化民之本，教學爲先，謹庠序申孝梯，自古而然。今後復古，每府設學所，許校官得充教訓，凡爲士民者，當佩服教化，精勤學業，講明禮義、廉恥、孝悌、忠信，以回淳風。」〔註131〕

1693年，參從阮文實啓言：「人才由學校而出。歷代得人皆以教養有素。今國子監當設監官，以重其職。審擇祭酒司業及五經教授、學政，日常講習。使人才有所成就，以資國家之用。」〔鄭〕根從之。〔註132〕

裕宗保泰元年（1720）八月頒行教化十條，訓飭中外，有曰：「爲士當勤學業，禮義忠信，先須講明」〔註133〕

但是，黎朝末年因受長期戰爭的破壞，加上社會經濟日益凋弊，科場腐敗，「從來諸科，考核士人，嚴條具在，仍奉行者往往視爲文具，徇私泛取，弊習仍然。」〔註134〕一些士子走僥倖之路，學術疏鹵，學風文風日下。顯宗景治40年（1779）「命國子監與各處提督學政教習士人，先行實而後文辭。諸省分爲二等，注入學籍，逐日聽講，又不期詢問以作其勤。藉中諸生，確有學行才品者，輒以名聞，以備甄錄。〔註135〕

1785年，東閣大學士范阮攸上言，略曰：「……國家有國學以教鄉貢，有府學以教生徒。中間途徑大開，設有三貫生徒之法，鄉貢至有未通文理者濫

〔註130〕吳士連撰，《大越史記全書》，第4集，本紀續編，卷18，河內社會科學出版社，1998年版，第64頁。
〔註131〕《正和詔書》卷一，漢喃研究院藏抄本，編號：A.256，第7頁。
〔註132〕〔越〕潘清簡等撰，《欽定越史通鑑綱目》正編卷34，漢喃研究院藏版，編號：A.2674，第350頁。
〔註133〕〔越〕潘清簡等撰，《欽定越史通鑑綱目》正編卷35，漢喃研究院藏版，編號：A.2674，第457頁。
〔註134〕《正和詔書》卷3，漢喃研究院藏藏抄本，編號：A.256，第14頁。
〔註135〕〔越〕潘清簡等撰，《欽定越史通鑑綱目》第9集正編卷45，漢喃研究院藏版，編號：A.2674，第176頁。

選。總中鄉貢，動念做官；做官不得，退而爲文書爲衙役。舉國之士，殆居其半；生徒又下於此。乃至初學之士，亦無有爲之師表。願省各府縣學官合爲一道，道有大成殿、有講學堂、有敦業齋、有藏書室，用科榜文官之有學行道義者，每道一員爲提舉，專教本道鄉貢、生徒及初學之情願在學者。其在國學直講、助教等員。當妙選文臣優加廩祿。凡諸道鄉貢、生徒，有能來京肄習都並聽入監。於是特頒科條教以禮義，而甄別之。其法始於國學而行於諸道。……庶幾教立而有待求之士矣。」〔註136〕然而，這些改革教育、振興文風的措施，因戰爭不斷而沒有產生多少實際效果，科教也隨之開始走下坡路。

二、黎朝中興及後期的科舉制度

黎朝中興，自莊宗繼統於清化。當時因兵火擾亂，未遑文治。至中宗順平六年（1554），初「設制科取士，賜丁拔萃等五人第一甲制科出身，朱光著等八人第二甲同制科出身」〔註 137〕。〔英宗〕正治八年（1565），又「試制科取士，賜黎謙等四人第一甲制科出身，黎義澤等六人第二甲同制科出身」〔註 138〕。

世宗嘉泰五年（1577）再次設制科取士，賜黎擢秀等三人第一甲制科出身，胡秉國等二人第二甲同制科出身〔註 139〕。世宗光興三年（1580）、六年（1583）、十二年（1589）、十五年（1592）立會試科，會試天下士人。迨世宗光興十八年（1595），僞莫既滅，且復大比三年一科之例，「會試天下貢士於草津，復殿試。」〔註 140〕此後，歷代黎帝均按三年一大比，開科取士。

縱覽黎朝中興及後期的科舉，自中宗順平六年（1554）至昭統元年（1787年），黎朝中興及黎朝後期共開科 73 科。中興初期，始設制科，一初草創，

〔註 136〕〔越〕潘清簡等撰，《欽定越史通鑒綱目》第 9 集，漢喃研究院藏版，編號：A.2674，第 240 頁。

〔註 137〕〔越〕吳士連撰，《大越史記全書》第 4 集，本紀續編卷 16，河內社會科學出版社，1998 年版，第 11 頁。

〔註 138〕〔越〕吳士連撰，《大越史記全書》第 4 集，本紀續編卷 16，河內社會科學出版社，1998 年版，第 21 頁。

〔註 139〕〔越〕吳士連撰，《大越史記全書》，第 4 集，本紀續編卷 17，河內社會科學出版社，1998 年版，第 6 頁。

〔註 140〕〔越〕潘清簡等撰，《欽定越史通鑒綱目》第 6 集，正編卷 30，漢喃研究院藏版，編號：A.2674，第 20 頁。

會試雖有分二甲，但殿試則未有舉行。黎朝後期自世宗光寶十八年（1595 年）至終，且復三年一大比，殿試分三甲，共開 73 科。

此外，黎朝中興及後期很重視進士科及中舉人，據黎貴惇《見聞小錄》記載：

> 自本朝中興以來，待遇尤隆，選任尤貴。賜朝衣、冠帶，榮歸鄉貫各具旗仗、鼓樂迎接，一也。有司役鄉民先為起第，二也。不惟三魁，應制中格得入翰林；同進士亦並授科、道，不除府縣官，三也。科中少年一人得授校討，四也。出為外任，承、憲二司並授掌印正官，不為副貳，五也。五者皆中國古今設科目以來之所無也。〔註 141〕

黎朝後期科考，除進士正科之外，神宗永壽年間（1659～1662）又設有士望科、東閣科以授太學校書、補內外官職、待當官及未仕之淹博者。

科舉制度在中興後期更加完善與詳細，試法比前代更加嚴密。熙宗永治二年（1677）定鄉試例，府州縣各社長〔有文學或生徒為之〕係屆科期考覆社內士人有通文理者以數登縣，各以社之大中小為限，縣考取其通文理者類為四場士人。大縣二十名，中縣十五名，小縣十名。次通者，類為三場士人。至入試，其四場士人得合與諸科儒生生徒入試（官員子中三場謂之儒生，庶人中三場者謂之生徒），別卷送閱，有學者鮮有遺落。

裕宗保泰二年（1721）罷社考，改命縣考二遭，先考詩及策問一二句，或詩賦；後考策問一道。取中例：大縣二百名，中縣一百五十名，小縣一百名。通詩律者皆得充選，仍撮取其尤者別為一簿，納鎮承司。承司與憲司會同考試：先考詩一題，或絕句；賦三四聯與策問一二句，後考策問一道。連中者謂之稍通，中縣舉者謂之次通，有稍通、次通之別。倘次通有未服情，許指出稍通的名，情願與之比較，以定優劣。及至場期，第一、第二、第三三場不拘稍通、次通，試卷一例送閱。稍通預中三場者謂稍通生徒。第四場惟稍通生徒入試，不中三場者並失稍通。其次通中三場者，但謂之生徒，而不得入第四場。俟來科，再由府校官覆考一遭，題用策問一道，謂之能文考，預中者方得與稍通生徒同入四場射策，故士爭以稍通為優。

此期間，試法甚嚴。范廷琥《雨中隨筆·科舉》記載：「中興間試法甚嚴，唱優之子不得應舉，故祿溪侯陶惟慈有高才能文章，會試中格，以伶官子之故，

〔註 141〕〔越〕黎貴惇撰，《見聞小錄·科目》，漢喃研究院藏版，編號：VHv.1322。

削出中簿。余於《桑蒼偶錄》既及之矣。及如京張太妃亞旅辨脩容，並以教坊家起身，而唱優應舉之禁始弛。考官私徇法制亦密。曹山梁公宜〔註 142〕、覽山阮公文溻〔註 143〕並以徇私備徒刑。三山吳公策諭〔註 144〕、策詢〔註 145〕亦以此絞。」〔註 146〕

黎中興科舉制度，自顯宗景興二年（1741）以來，兵興費廣，軍用不足，一惑於奸臣杜世佳之言，更變試法，縣考二遭取中，大縣七十名，中縣五十名，小縣三十名，中者爲舉知。餘，男人自十歲以上，聽納通經錢，各三貫，投名應試，免其考覆，利其得錢之多，不問有學無學。雖屠沽販賣之輩與或三、四歲小兒，不拘顧倩懷挾，凡名在三場者即爲生徒，惟不入第四場。十八年再舉行之，於時三貫生徒，布滿天下。遂使寶興之典，公爲眩鬻之場。古來科舉取人不如是之以錢代也。

三、黎朝中興及後期的文體及場屋文體

黎朝中興及後期的文體，因受社會動蕩、戰爭連綿的影響，學風日益下降。中興時期，黎氏雖然復辟，但據范廷琥《雨中隨筆》記載：「人心之向莫者未盡還。一時通儒文士，往往鏟彩埋光。其出而應世者，該洽少而讕陋多。」〔註 147〕因當時人心未全歸順黎朝，而精通儒學文人多數「鏟彩埋光」不出應試、做官，參加科考的見聞讕陋、才能淺薄。學風日下導致中興時期文體輕浮、「弊尤甚」。如范廷琥在《雨中隨筆》評曰：「蓋或一句一聯，自開門面，語其淳漓浮澆繁殺，斟酌得宜者，不多見焉。」〔註 148〕

中興自後，科教方面得不到統治者認眞的關注，所以「其講學課士於《經》、《傳》大意，古今之亂得失之原，多不致意，專向後儒詳論諸象箋注，及史籍中之險題僻句，抉摘見工。當時隨功名之士，希旨向風，掇拾

〔註 142〕 梁宜，1614～？，清華省靜嘉縣曹山人。黎眞宗 1643 年中舉進士。官至校書，爵義山子。
〔註 143〕 阮文溻，1612～？，北寧省桂陽縣古覽人。黎眞宗 1643 年中舉進士。官至平科都級事中。
〔註 144〕 吳策諭，1640～？，北寧省東岸三山人。黎玄宗 1664 年中舉進士。官至奉天府尹。
〔註 145〕 吳策詢，1648～1697，策諭之弟。黎熙宗 1676 年中舉進士。官至吏部右侍郎。
〔註 146〕 〔越〕范廷琥撰，《雨中隨筆・科舉》，漢喃研究院藏本，編號：A.145。
〔註 147〕 〔越〕范廷琥撰，《雨中隨筆・文體》，漢喃研究院藏本，編號：A.145。
〔註 148〕 同上。

先儒殘吻，習爲後世枝葉文章。而李、陳以來立教作人之意，爲之盡變。積習既久，業舉子者將《經》、《傳》正文斷截句叚，專學「小注」之文，而尤以《史》論爲尚。及其當大事議大禮，苟且迂合，以求集事，至於制度文爲之末，尤鮮可觀者。」〔註149〕導致「學者拘於套藝，專事章句，文日卑陋。」《大越史記全書》也記載：「中興以來文體日陋。制義用開講一句，餘全寫書注，無所發明。詩賦、四六皆蹈襲舊文，不忌重見。」〔註150〕阮朝學者范廷琥《雨中隨筆》評曰：「中興以後與國初迥別。國初簡而奧，中興煩而卑；國初暢而博，中興局而陋。故光興以後，學恭頓殊。挾壙典者，惟思循習圈套而不復知該洽之爲通。持衡尺者，但取記憶舊聞，而不思淹博之可尚。雖其間簡擇所得，俊彥固多，而文弊質窮。」〔註151〕此與黎朝初期文體，特別是洪德年間所推崇的完全兩樣。洪德「文尚雅瞻，詞氣渾厚」，「經義隨意用字，務發章旨。四六參用古史與本朝事。賦或《騷》或《選》。詩不拘五七言，閒用史、傳、外書與諸景物。非學問該博者不能。」〔註152〕

　　科舉教學、學風如此日下，場屋詩賦何能與別？「場屋之詩專用七言律，有破題、入題、上狀、下狀、上論、下論、上結、下結等句。關韻專押用入題句，局促拘關，從古未聞。故舉子之詩苟且趨長，率多鄙俚。想200年間，高才碩學，出於其途者，不爲不多，而程度扼之，鮮堪傳誦。應制東閣之詩，則用五言排律長篇，多者七十韻，少者五十韻，或三是韻。其制關韻押在首句，率用僻題孤韻，迫人於險。故視會試、鄉試詩韻題爲尤難。」〔註153〕

　　文策「取險題僻句，務以難人。殿試制策必命同進士撰之，蓋以撰題官既殿三甲，必不使人勝已，故策題最爲險僻。三魁多不具員，而賜策第或止於二甲、第三甲者。」〔註154〕

　　試賦亦如此，「中舉業諸前輩，嘗論作賦之法，謂賦有三難，皆指史書之賦也。其一漢明帝紀，馬武等專論與致堂胡氏論；其二宋太祖紀復試貢士之

〔註149〕〔越〕范廷琥撰，《雨中隨筆・文體》，漢喃研究院藏本，編號：A.145。
〔註150〕潘清簡等撰，《欽定越史通鑒綱目》第7集，正編卷34，漢喃研究院藏版，編號：A.2674，第349～350頁。
〔註151〕〔越〕范廷琥撰，《雨中隨筆・文體》，漢喃研究院藏本，編號：A.145。
〔註152〕潘清簡等撰，《欽定越史通鑒綱目》第7集，正編卷34，漢喃研究院藏版，編號：A.2674，第349～350頁。
〔註153〕〔越〕范廷琥撰，《雨中隨筆・詩體》，漢喃研究院藏本，編號：A.145。
〔註154〕〔越〕范廷琥撰，《雨中隨筆・科舉》，漢喃研究院藏本，編號：A.145。

下，宋史斷；其三唐太宗紀，至鄴祭魏太祖之下胡氏論。三者皆書旨難澀，師說不同，及其作賦措辭立意準的不一，學者莫知所從。」〔註155〕

　　科場當中，命題者以搜玄索隱為工，專業者摘句尋章為務。文體卑弱，至於范廷琥在《雨中隨筆》寫道：「余觀陳公璉《吉川捷筆集》中，每讀至『時欣逢至治，臣願取三妻』之句，未嘗不為之噴飯也。」〔註156〕

　　朝廷對當時的場屋文體也作了一些調整，如：景治二年（1664年）二月申定會試條例規定，舉人行文，「文體用渾雅，禁用浮薄險陂難澀之詞；對策陳時務，要斟酌得體，適於實用，不得泛為誇大」。〔註157〕熙宗正和十四年（1693）「整正科場文體。洪德初文尚雅瞻，詞氣渾厚。中興後學者拘於套藝，文體日卑。至是始加釐正試法，一用洪德文體。」〔註158〕阮朝高春育《國朝鄉科錄》也記載：「是年（1693）復洪德文體，要尚雄渾，不拘斤對，如《平吳大誥》云：「於以開萬世太平之基；於以雪千古無窮之恥」。經義不拘何篇何章，如：「營螢青繩止於焚」。四六詩賦或用外史、或古書、或當時政事，如：《以黎念為平章制》；《占城貢象表》；《漁父入桃源賦》、《海棠睡未足賦》。策問亦然。非淹慣富瞻者不能。中興一變而為蹈襲，群書再變而為尋章摘句，故命復之。」〔註159〕此後，鄭氏統治者遂於景興二十年（1759年）十一月，諭天下貢士復用洪德文體，詔曰：「我朝自中興以來，循用洪德文體，家庭之講習，鄉國之論斥，一以典雅雄渾為尚。」要求「旨趣必究其淵微，文章必取其純雅，各宜濯磨思奮，砥礪加工，先義理而後詞章，敦操尚而恥浮蕩，溯聖賢之閫奧，為國家之基光，以副我獎育成才之至意。」〔註160〕這些調整文體的法令使得「儒風益振，人才多有成就焉。」〔註161〕

〔註155〕范廷琥撰，《群書參考·賦有三難》，明命壬辰新錄，漢喃研究院藏版，編號：A.487，第162頁。

〔註156〕〔越〕范廷琥撰，《雨中隨筆·詩體》，漢喃研究院藏本，編號：A.145。

〔註157〕〔越〕潘清簡等撰，《欽定越史通鑒綱目》正編卷33，漢喃研究院藏版，編號：A.2674，第8頁。

〔註158〕潘清簡等撰，《欽定越史通鑒綱目》第7集，正編卷34，漢喃研究院藏版，編號：A.2674，第349～350頁。

〔註159〕〔越〕高春育撰，《國朝鄉科錄》，漢喃研究院藏版，編號：VHv.635。

〔註160〕〔越〕吳士連撰，《大越史記全書》，續編卷4，《黎紀》，河內社會科學出版社，1998年版，第27頁。

〔註161〕〔越〕吳士連撰，《大越史記全書》，第4集，本紀續編，卷18，河內社會科學出版社1998年版，第64頁。

此外，黎朝後期 1720 年參從阮公沆〔註162〕提議更改場屋文體，因「北國八股文新尖佳贍，欲用以取士。」〔註163〕據范廷琥《雨中隨筆》記載：「正和保泰間，阮公公沆奉使中朝，博訪有明經藝以歸，及入相，議以此科士。」〔註164〕但後來遭到群臣的反對「今本朝初場經義，次《詔》、《制》、《表》，次試賦，次策。四場入格方為中選。每一期一閱，簸揚已數。復換八股文於初場以限束之，預選者能有幾人哉。經義舊套，誠拙樸，無文采。其要皆程、朱旨意也。使人記誦傳注，剪裁融化，以合格式，已為不易。淹貫精熟之士，亦即可驗，何用新式為哉？」〔註165〕再加上，八股文在中國清朝當時也受到批判，據黎貴惇《見聞小錄》記載：「嘗觀康熙三年，上諭：『八股文章，實於政事無涉。自今以後，將浮飾八股文章，永行停止。惟於為國為民之《策》、《論》、《表》、《制》中出題考試。』八年禮部始仍舊說。鈐舥勝又云：『占嘩之家，以帖括竊取科第，自本經而外，一無通曉。士路之登進日繁，學術之荒落日甚。』則中朝時論，已不滿於此。」〔註166〕因此，最終後黎朝不改當時場屋文體為八股文，仍以詩賦為取士良法。

黎景興庚子（1780），「改定經義體。汝公繽以番僚入侍撰程文，將書中大注、葹注以次補綴，略加雕琢成篇，貼掛府堂、國學堂，為多士楷式。然體裂葩浮，又不若舊體之為盛也。」〔註167〕

綜上所述，黎朝中興及後期因學風日下，導致當時文體輕浮、詞氣卑陋，不像黎朝初期所推崇的雄渾尚雅。中興及後期的場屋文體，因命題者多用「僻題孤韻，迫人於險」，導致士子「摘句尋章為務」。雖朝廷也作了一些調整，但綜觀黎中興及後期的場屋文體，還是不如黎朝初期的。

四、黎朝中興及後期的賦、試賦狀況及其受中國詩賦的影響

雖然長期南北紛爭，戰爭不斷，但黎朝中興及後期諸帝均崇奉儒學，以儒學作為建國治民的指導思想，作為制定各種典章制度的理論依據，作為全國上

〔註162〕阮公沆，1680～1732，東岸扶軫人。黎熙宗正和庚辰科（1700）進士。歷任提刑、御史、高平督鎮、兵部右侍郎、吏部尚書，參從，爵朔郡公、官銜太保。曾正使清廷。
〔註163〕〔越〕黎貴惇撰，《見聞小錄·科目》，漢喃研究院藏版，編號 VHv.1322。
〔註164〕〔越〕范廷琥撰，《雨中隨筆·文體》，漢喃研究院藏本，編號：A.145。
〔註165〕〔越〕黎貴惇撰，《見聞小錄·科目》，漢喃研究院藏版，編號 VHv.1322。
〔註166〕同上。
〔註167〕〔越〕范廷琥撰，《雨中隨筆·文體》，漢喃研究院藏本，編號：A.145。

下共同遵守的金科玉律，作爲支配全社會的正統思想。此期間亦不乏有識之士，發展教育，振興文風。在整個黎朝建立起了一套上自國子監，下至府學、縣學、社學、私塾的較爲完備的學校教育系統。科舉制度在此期間也得到改進和完善，科教與科舉的互動發展，不僅爲越南封建王朝培養了一批批封建官僚，而且推進了越南漢文學的繁榮和發展。黎朝的漢文賦體文學也得到空前的發展，漢文賦在此時期不僅數量多，而且內容豐富，各賦體佳作亦甚多。

我們在越南漢喃研究院書庫裏，搜索到今尚存者有關黎朝中興及後期的賦集和賦作，如下：

1. 《歷朝名賦》，手抄本，202 頁，規格：31，5 x 21，5 cm。編號：A.366。此集收錄後黎朝名儒賦作 63 篇賦。

2. 《古賦詩文集》，手抄本，188 頁，規格：27x15 cm。編號：A.2442。此集收錄後黎朝名儒詩賦，如：吳時仕，鄧陳昆，阮伯麟，阮公環等 95 篇賦。

3. 《黎朝賦選》，手抄本，240 頁，規格：25.3 x 15 cm。編號：VHv.1856。此集收錄後黎朝名儒詩賦，如：鄧陳昆，武輝卓，黎貴惇，阮卓倫等 88 篇賦

4. 《黎朝歷科登龍文選》，另名《歷科登龍文選》，手抄本，945 頁，規格：26，5 x 15，5 cm。編號：A.1397。此集收錄黎朝從隆德（1733 年）至昭統元年（1787 年）19 科會試中格賦 28 篇賦。

5. 《天南歷科會選》，阮廷素編，印刷本，題序於黎景興癸巳年（1773 年），130 頁，規格：26 x 15 cm。編號：A.2735。此集收錄黎朝從正和十五年（1674 年）至昭統元年（1787 年）31 科會試中格的賦 52 篇。

6. 《歷科登龍文選》，印刷本 1，手抄本 1。海陽寧江嘉柳堂鐫於阮朝明命 20 年 （1839 年），全集共六卷，1194 頁，規格：27，5 x 15，5 cm。編號：A.2648/1-6。全集收錄黎朝從正和 4 年（1683 年）至昭統元年（1787 年）34 科會試中格賦 60 篇。

7. 《名賦合選》，恩光侯陳公獻編集，印刷本，〔阮〕嘉隆十三年（1814）新鐫，海學堂藏板。書有序，無目錄，共四本，1296 頁，規格 24x16 cm。編號：A.2802。全書收錄從陳朝到阮朝各個名人詩賦 405 篇。

8. 《皇黎八韻賦》，手抄本，佚名編於阮朝明命十一年（1830），共 178 頁，規格 27x15 cm。編號爲 VHv311。選錄黎朝科榜、名士作的八韻賦 98 篇。

9. 《八韻賦合選》，手抄本，270 頁，規格：29 x 16 cm。編號：VHv.312。選錄黎朝科榜、名士作的八韻賦 89 篇。

10. 《名賦集》，手抄本，156 頁，規格：24 x 14 cm。編號：A.1421。選錄黎朝科榜、名士賦作 71 篇。

11. 《名賦抄集》，手抄本，366 頁，規格：27 x 17 cm。編號：A.1598。選錄從陳朝到黎朝科榜、名士賦作 132 篇。

12. 《賦選》，手抄本，504 頁，規格：22 x 13 cm。編號：VHv.1870。此集收錄黎朝陳仲祚、陳尹澤、武輝卓、阮輝瑾等作者的賦 216 篇。

13. 《賦卷》，手抄本，75 頁，規格：26 x 14 cm。編號：VHv.560。此集收錄黎朝作者的賦 45 篇。

14. 《名人文集》，手抄本，174 頁，規格：27 x 16 cm。編號：VHv. 2432。此集收錄黎、阮朝名人賦 57 篇。

15. 《疆輿文戰》，手抄本，黎仲珹（1871～1931）編，2480 頁，規格：27 x 15 cm。編號：VHv 2439/1-13。其中第一至第十集收錄詩文；第十一集《北賦》收錄唐、清兩朝律賦 39 篇；第十二、三集《南賦》收錄越南從陳至阮朝名賦 112 篇。

這些賦集收錄黎朝科榜出身及當時文章鳴世士人的賦作。筆者從中統計了黎朝歷代中舉士人的賦作入選情況，如下：

次序	作者姓名	生卒年	原　籍	登第年	入選賦篇
1	進士阮簡嚴	1453～？	河北仙山翁墨	1478 洪德 9 年	聚米為山谷賦
2	狀元武暘	1472～？	河內青林	1493 洪德 24 年	從赤松子遊賦
3	探花黎熊	1466～？	青林樂泉	1493 洪德 24 年	漁父入桃源賦
4	進士吳廷值	？～？	河北廷榜	1511 洪順 3 年	燕山舟棣賦；景公怨善言賦
5	榜眼杜汪	1523～1600	海興嘉福段林	1556 莫光寶 2 年	木鐸賦
6	進士黃春時	1626～？	乂安南堂長吉	1680 永治 5 年	太極圖
7	進士黎英俊	1671～1734	河內青梅	1694 正和 15 年	孔子夢周公賦
8	進士阮致恭	？～？	丹鳳山洞	1703 正和 24 年	海內昇平賦

次序	作者姓名	生卒年	原　籍	登第年	入選賦篇
9	探花范謙益	1679～1741	河北嘉定	1710 永盛 6 年	太平天子儀衛賦；天地不私日月均照賦；統紀一法度明賦；漢宮威儀賦
10	進士阮公寀	1684～1758	河內青池大金	1715 永盛 11 年	尚忠尚質尚文賦
11	進士陳恩霑	1673～？	清化安定	1715 永盛 11 年	解衣惟食賦
12	進士何策譽	1682～？	海興唐豪安仁	1718 永盛 14 年	春省耕秋省斂賦
13	進士阮公完	1690～？	梅林瑜林	1721 保泰 2 年	美珠酒賦；岳家軍賦
14	進士阮倬倫	1700～？	海興錦江平勞	1721 保泰 2 年	升崇元服衰冕賦；赤草生水涯賦，南陽貴士賦
15	榜眼何宗勳	1697～1766	清化安定金域	1724 保泰 5 年	多士生王國賦
16	進士阮伯麟	1701～1786	河西古都	1731 永慶 3 年	東海赤雁賦；宗澤志賦；圜橋門觀聽賦；掖庭羊車賦；張翰思蓴鱸賦，并州長城賦
17	進士阮儼	1708～1775	乂安宜春仙田	1731 永慶 3 年	年尊德邵賦；王導揮扇賦
18	進士梅世準	1703～1761	清化峨山石泉	1731 永慶 3 年	五載成帝業賦
19	榜眼汝仲臺	1696～？	海興唐安獲澤	1733 龍德 2 年	平原境賦
20	進士張有條	？～？	東岸春耕	1733 龍德 2 年	五十衣帛七十食肉賦；處女子東門賦；興廉舉孝賦；岳家軍賦；得隴望蜀賦
21	狀元鄭穗	1704～？	清化靜嘉長林	1736 永祐 2 年	囊沙賦
22	進士阮世楷	1709～？	海興青林仁理	1736 永祐 2 年	息民重農賦
23	進士汝廷瓚	1703～1774	海興唐安獲澤	1736 永祐 2 年	撫諸侯親百姓賦；春夏秋多賦
24	進士張廷琯	1713～？	河北廣德	1739 永祐 5 年	四人爲海賦
25	進士武琰	1705～？	天祿土旺	1739 永祐 5 年	與大臣辯論賦

次序	作者姓名	生卒年	原　籍	登第年	入選賦篇
26	探花潘儆	？～？	羅山萊石	1743 景興 4 年	百姓泰和萬物咸若賦
27	進士阮琪	1718～？	南河平陸安老	1748 景興 9 年	叩門聲賦；大人跡賦
28	進士陳璉	1709～？	海興至靈滇池	1748 景興 9 年	艤航待項王賦
29	進士阮輝胤	1708～？		1748 景興 9 年	雪夜入蔡城賦
30	榜眼黎貴惇	1726～1784	太平延河	1752 景興 13 年	夫子聞韶賦；版築飯牛賦；甘草池賦；太平制度賦；爲善最樂賦
31	進士阮春暉	1704～？	河北瑯材	1752 景興 13 年	劉寵受一錢賦
32	進士阮賞	1727～？	東岸雲恬	1754 景興 15 年	牛山木賦
33	進士陶輝琠	1724～？	海興唐安陶舍	1757 景興 18 年	升陑鷹揚相賦
34	進士阮輝瑾	1729～1790	河內嘉林富市	1760 景興 21 年	網羅豪傑賦；嚴陵瀨賦；伏龍鳳雛賦；舟師過三江賦；客遊長安賦
35	進士阮致恭	？～？	丹鳳山桐	1765 景興 24 年	海內昇平賦
36	進士阮惟宜	1731～1793	慈廉羅溪	1766 景興 27 年	河汾教授賦
37	進士阮伯楊	1740～？	興河神溪	1766 景興 27 年	斜陽聽漁歌賦
38	黃甲吳時仕	1725～1786	青池青威	1766 景興 27 年	張良借箸賦；太牢祠孔子賦；堯湯蓄積賦；春夏秋冬賦；替天地化育賦
39	進士李陳坦	1721～？	南河維先黎舍	1769 景興 30 年	魚水相歡賦
40	進士吳維垣	1744～？	慈廉羅溪	1769 景興 30 年	子房用高祖賦；威容德器賦；學士登瀛洲
41	進士武輝㑮	1730～？	南河大安大弄	1772 景興 33 年	公侯干城賦；北辰居所眾星拱賦；仁義爲麗道德爲威賦；香孩兒賦；天地神人福賦；天章筆箚賦；秋霜烈日爭嚴賦；睢水鳳濤沱水賦；日光月輪星輝海潤賦；赤壁風賦；乘單舸見周瑜賦；六和一家賦；僊人掌承露賦

次序	作者姓名	生卒年	原　籍	登第年	入選賦篇
42	進士楊阮晛	1748～？	慈廉倚羅	1772 景興 33 年	上壽頌公德賦
43	進士吳時任	1746～1803	河西青威	1775 景興 36 年	謹權量審法度賦；燿武亭賦；天君泰然賦；夢天台賦；逍遙遊賦；遊蕉山賦；秋月長天賦；臨池賦；表忠賦；雪月疑賦；黃鶴樓賦；續隘雲賦；太學門樓賦；賞蓮亭賦
44	進士范貴適	1759～1825	海興唐安花堂	1779 景興 40 年	雲長燭賦；江東將相賦
45	黃甲阮攸	1754～？	河西應和章德	1785 景興 46 年	蛟龍得雲雨賦
46	黃甲裴揚瓥	1758～1828	河靜羅山安全	1787 昭統元年	子以四教賦；足食足兵民信賦
47	進士阮貴斑		青池仁睦	1787 昭統元年	正道菹天下賦
48	進士范琪	未詳	未詳	未詳	國治天下平賦
49	進士吳先生	未詳	未詳	未詳	揆文教奮武術賦
50	進士阮循理	未詳	未詳	未詳	顏子瓢賦；置酒高會賦；楊震四知金賦
51	進士黎維泰	未詳	未詳	未詳	象陣賦
52	進士阮弼直				卷阿矢音賦
53	士望武光宰	未詳	未詳	未詳	輔世長民賦
54	解元潘輝璿	未詳	未詳	未詳	抱膝長吟賦
55	鄉貢阮廷梁	未詳	未詳	未詳	三往乃見賦
56	鄉貢武柳	未詳	未詳	未詳	諸葛廬賦
57	督學陳名晉	未詳	未詳	未詳	耕釣富春賦
58	監課武璪	未詳	未詳	未詳	經學博覽賦
59	鄉貢吳阮穎	未詳	未詳	未詳	光復舊物享祚久長賦
60	鄉貢杜宗元	未詳	未詳	未詳	儒館獻歌賦
61	鄉貢堅中一	未詳	未詳	未詳	草木人形風鶴王師賦
62	鄉貢黃金城	未詳	未詳	未詳	龍臥南陽賦

次序	作者姓名	生卒年	原　籍	登第年	入選賦篇
63	鄉貢范時湊	未詳	未詳	未詳	遇合眞君賦
64	鄉貢阮瓊	未詳	未詳	未詳	金帛財物賦；秦宮婦女賦
65	鄉貢鄧陳琨	未詳	未詳	未詳	借箸畫籌賦；張良布衣賦；娘子賦；娘子軍賦；張翰思蓴鱸賦；瀟湘八景；叩門聲
66	直講譚愼伯	未詳	東岸翁墨	未詳	量己量人毫髮不爽賦

　　此外，還有頗多佚名作者創作的賦篇。這些賦集是舉業者學習辭章、作賦的重要範本，其內容包括當時傳習的各種賦體小類。學者范廷琥在《群書參考》對當時的賦有如下評論：

　　　　有曰『賦景』者，如《山水文籍自娛賦》、《叩門聲賦》、《張良布衣賦》之類，必須兼用外書字，立意新奇。

　　　　又有曰『賦諾』者，如《知人善任賦》、《海內稱治賦》、《信賞必罰賦》之類，就專史書出題外，觀其意向採取文字，然後立意措辭。

　　　　又有曰『賦筋』者，如《興趙治功計安天下賦》、《召群臣議封建賦》、《井田良法賦》、《正道蒞天下賦》之類，其出題之處，書旨委曲繁雜，作文者須斟酌書旨，押入題面，最爲難能。

　　　　又有曰『賦豬』者，其出題之處，雖有脈絡，而無事跡文學，難於立意措辭也。

　　　　又有曰『賦鼓』者，如《訓示子孫賦》、《垂法將來賦》、《本仁祖義賦》、《任賢使能賦》、《致治君太平時賦》之類，書中泛旨，不顯事實，最難措辭。

　　　　又有曰『賦吞』者，如《崇趙忠後》、《保合太和》之類，其釋實聯，須作爲書中古人之意焉，初學之士，視之爲難。俗諺曰『詔諭賦吞』，蓋謂此也。

　　　　又有曰『賦傳』者，書旨深奧，又爲最難，詩體大略亦然，舉業之士，或病於鄙陋，而學到妙處，即亦無所不通。若浮浪之士，專習傳奇之文，鼓吹之詩，每見舉子之文字，深覺鄙賤而不屑爲，及其作文，以浪子之口吻，填入舉業之文章，不待考閱，而已難入

格矣。〔註 168〕

由上文所引，可見越南當時對試賦體裁非常熟悉，並按題材歸納其功能與做法。

黎朝學者黎貴惇《見聞小錄》記載黎朝科舉制度的相關規定：「本朝〔黎〕洪德中，會試法，賦用八韻律體，有隔句對（鄉試法，賦用李白體）格正雙關，對其體則四平四仄相間，取其格調齊整，遵宋制也。」〔註 169〕黎中興及後期，熙宗正和十四年（1693）「整正科場文體。洪德初文尚雅瞻，詞氣渾厚。中興後學者拘於套藝，文體日卑。至是始加釐正試法，一用洪德文體。」〔註 170〕范廷琥《群書參考》記載：「（黎朝）會試四場文策之外，重在第三場詩賦。蓋詩賦中試，方得入對四場以取大科。……當辰學者既中鄉科，始習四六詩賦，而尤以賦為難。或曰進士天榜也。就使未有天命，而三場累中，亦可以肥妻蔭子，故以詩賦為重。」〔註 171〕因此，科舉當中考賦一關成為決定去取的關鍵，對舉子中科及第非常重要，還對舉子將來的仕途有重大的意義。

「賦既然成了進士考試的科目，為了便於試官的評閱和防止士人的預做，就自然地形成了一些限制。」〔註 172〕這些限制就是唐律賦的特點，也就是八韻律賦的特點。簡宗梧先生在《唐律賦之典律》〔註 173〕一文中詳細歸納了《律賦》的特點，如下：

形式結構方面，大致可考知：唐律賦以八字韻為主，題韻與題義大體相比附。

1. 唐律賦每韻用二至六個韻字為最多，換韻頻仍。

2. 唐律賦以 320 字以上，400 字以下為大宗。

3. 題韻以平仄各半為多，但未必平仄相間排列；賦文用韻則以平仄相間為原則。

〔註 168〕〔越〕范廷琥撰，《群書參考·賦有三難》，明命壬辰新錄，漢喃研究院藏版，編號：A.487，第 162 頁。

〔註 169〕〔越〕黎貴惇《見聞小錄》卷二《體例》，漢喃研究院藏版，編號 VHv.1322。

〔註 170〕〔越〕潘清簡等撰，《欽定越史通鑑綱目》，第 7 集，正編卷 34，漢喃研究院藏版，編號：A.2674，第 349～350 頁。

〔註 171〕〔越〕范廷琥撰，《群書參考·賦有三難》，明命壬辰仲秋月朔新錄（1832 年），第 162 頁。

〔註 172〕馬積高撰，《賦史》，上海古籍出版社，1987 年 7 月，第 362 頁。

〔註 173〕簡宗梧撰，《唐律賦之典律》，《逢甲人文社會學報》，2000 年 11 月第 1 期。

　　4. 句式大量使用四六隔句對，但也常用一兩聯長偶對以炫才學，並疏宕其氣。

　　內容取向方面，則見以下三點特色：

　　1. 因命題作賦，所以首重破題，講究氣象，如：李程《日五色賦》起句云：「德動天監，祥開日華」為代表。

　　2. 因律賦既用之於科舉，述德頌聖便成為最常見的內容。

　　3. 以穿穴經史為務，用事配合聲律以炫其博學與工巧。

　　下以范益謙、吳時仕的賦為例。

　　范益謙（1679～1741），嘉定寶篆人，黎裕宗永盛六年（1710）庚寅科探花，累官吏部右侍郎、兵部尚書、戶部左侍郎、都御史、吏部尚書，爵述郡公。卒後追封大司空、太宰。1723 年益謙等使至燕。「清帝召見於乾清殿，慰問，特賜御書『日南世祚』四字。是年太史奏日月合璧五星聯珠。益謙等因獻詩稱賀。清帝嘉獎。」〔註174〕他創作的賦，今存者有《太平天子儀衛賦》、《天地不私日月均照賦》、《統紀一法度明賦》、《漢宮威儀賦》等四篇，收錄於《皇黎八韻賦》、《名賦合選》、《天南歷科會選》等賦集。

　　《統紀一法度明賦》是永盛六年（1710）庚寅科會試賦題，此賦是他當年參加會試所作的，全文如下：

　　　　忠形告原，義效陳前。出際炎劉之盛，喜稱董子之賢。統一法明，對策之言形灑灑；功興業造，匡時之志篤拳拳。

　　　　昔董子以漢代鴻儒，廣川才子。屬琢磨學問之功，應方正賢良之舉。三策邱聞於睿藻，祇舉德音；守懷欲展於經綸，敷陳世事。

　　　　爾乃麟經授證，檮筍陳辭。道勿使他岐雜探，術宜尊孔聖旨意。統可一、法可明，自無紊亂；民知從、下知守，有所據依。凡此對歟之語，無非平治之規。

　　　　是宜，久契術聰，弘開學術。六經由是而表章，百家於焉而罷黜。斯文久通，道理燦爾復明；洪業永垂，號令煥然可述。非惟禆當日政清，抑亦見聖真統一。

　　　　嗚呼！基聞劉漢，弊樓秦瀛。斯道猶聞晦蝕，文風未見顯行。

〔註174〕〔越〕潘清簡等撰，《欽定越史通鑒綱目》第 8 集，卷 36，漢喃研究院藏版，
　　　　編號：A.2674，第 50 頁。

－135－

下徒專各有殊，方人多穿鑿；上竟無以持一，統法屢變<u>更</u>。宜董子有斯條對，此漢世所未發明。

使其正道得行，醇儒見<u>用</u>。腹心居帷幄之親，左右任公卿之<u>重</u>。必箴規而捄正致君，攄作揖和羹；必輔導而建明夷化，妙長琴結<u>綱</u>。則可以及帝之名，而求保得天之<u>統</u>。

奈武帝也德乖水止，欲肆火<u>烘</u>。正士邊聞補外，初心鮮克有<u>終</u>。開試耽方士之言，術中易墜；紛更惑姦臣之語，法上加<u>工</u>。治累實由於武帝，策陳豈咎於董<u>公</u>。

曷若今，天眷聖皇，日陸寶<u>祚</u>。臨政資賢佐作鄰，開科得眞儒舉<u>首</u>。道統之術源，恢拓崇正辟邪；朝廷之綱紀，振修準令酌<u>古</u>。但見規模寵遠，文軌混同，直與唐虞三代比陸狹小漢家制度。

此賦題出自《漢書・董仲舒傳》：凡「不在六藝之科、孔子之術者，皆絕其道，勿使並進。邪辟之說滅息，然後統紀可一而法度可明，民知所從矣。」〔註175〕此賦按八韻律體來寫，全賦共有八段，使用 457 字，每段押一部韻，按四平四則相押。除第一聯有三個韻字外，其它七聯都押四個韻字。賦中句式以四六隔句對為多。賦開頭以「忠形告原，義效陳前。出際炎劉之盛，喜稱董子之賢。統一法明，對策之言形灑灑；功興業造，匡時之志篤拳拳。」來拴題，直接點出賦題的要求。賦中「六經由是而表章，百家於焉而罷黜。」典自《漢書・武帝紀贊》：「孝武初立，卓然罷黜百家，表章《六經》。」〔註176〕賦末聯「天眷聖皇，日陸寶祚。臨政資賢佐作鄰，開科得眞儒舉首。道統之術源，恢拓崇正辟邪；朝廷之綱紀，振修準令酌古。但見規模寵遠，文軌混同，直與唐虞三代比陸狹小漢家制度」述德頌聖，歌頌當時黎朝的開明文化制度比得上中國唐虞三代時期。

吳時仕（1725～1786），山南青威左青威人，黎景興 27 年（1766）丙戌科黃甲，累官僉都御史，出督涼山鎮。兼國史校正，著越史標按，號午峰居士。吳時仕「以文學名。〔鄭〕森在亮府。司講阮浣進之，為隨講。一日〔鄭〕森以『鳳凰名』命賦，命仕賦之。〔鄭〕森親自點閱，愛其辭博。」〔註 177〕

〔註 175〕班固撰，《漢書》，卷 56，《董仲舒傳》第 26，中華書局，1982 年版，第 2523 頁。

〔註 176〕班固撰，《漢書》，卷 6，《武帝紀》第 6，中華書局，1982 年版，第 212 頁。

〔註 177〕〔越〕潘清簡等撰，《欽定越史通鑒綱目》第 9 集，正編卷 44，漢喃研究院藏版，編號：A.2674。

他創作的賦，現存者有《張良借箸賦》、《太牢祠孔子賦》、《堯湯蓄積賦》、《春夏秋冬賦》、《替天地化育賦》等 5 篇，收錄於《歷朝名賦》、《皇黎八韻賦》、《名賦合選》、《天南歷科會選》等賦集。

《替天地化育賦》是景興 27 年丙戌科會試賦題，又是他會試爭魁所撰的賦篇。此賦題出自《中庸‧第二十二章‧誠意》：「惟天下至誠，爲能盡其性；能盡其性，則能盡人之性；能盡人之性，則能盡物之性；能盡物之性，則可以贊天地之化育；可以贊天地之化育，則可以與天地參矣。」

作者按場屋規定的賦體，以八韻律體、四平四仄相間來寫。全賦共有八段，每段押一部韻，部韻裏有若干韻字，按四平四仄相間來押。賦中使用 543 字，句式一般先四字，次雙關，次隔對，次鶴膝句；賦聯開頭常帶「原夫」、「殆見」、「嗚呼」等發語；用典得當，非常合乎八韻律體的規定。其破題曰：「繼離出震，參乾兩坤。惟天下之至實，儼元後之極尊。任君陋寵綏宣推職久，替天地化育渴得名言。」使用直起筆法來點題，「令全題在握，閱者自覺神旺。」〔註178〕賦中使用很多較長的隔句和鶴膝句，如：「奇偶中何厚、何高，莫綱維乎是、莊張乎是；業育以載胞、載與，匪以綸者焉、表裏者焉。」；「蓋□其至宜，義其至堅，尚以中孚而格此；況天不能載，地不能覆，必有無妄以參之。」；「當此惟堯舜之聖有作，致其謹於匡之、直之、勞之、來之、輔之、翼之；巍乎其天地之道同符，極其至於高也、明也、博也、勇也、悠也、久也。」；「成而不遺，範而不過，運動背鼓舞之神；微者各遂，大者各安，位育自中和之致。」等，若一氣串讀方見作者的筆力。賦篇經常使用鶴膝句式，字句組織工麗，聲調鏗鏘，頓挫有勢，體現作者卓越文才，不愧爲會元之名。

詩賦成爲士人們的敲門之磚、進身之階，所以必然提升整個社會對它的重視度，促使舉子們在日常生活中努力研習詩賦。再說，黎朝期間科舉取士制度較爲發達，各級學校，上自國子監，下至地方府學、縣學乃至社學、私塾，其教學內容均涉及中國歷史，如：黎朝景興四十年（1779 年），命國子監官與提督學政官，「嗣後學習士人，其《四書》、《五經》，務在熟讀精思，講究義理。其《通鑒綱目》與國史，須究歷代人物賢否，政事因革，世運興衰，古今得失，融會貫通，俾知監戒，以經世務。係逐日講讀，隨處剖折義理，

〔註178〕〔清〕余丙照撰，《分類賦學指南》，卷 7，〔越〕阮朝嗣德 29 年新鐫，國家圖書館藏版，編號：R.1492。

訓海諸生，非止耽玩文辭，務得諸心身，以措事業。其命題當用貫通經傳大旨，評論古今事宜，人物賢否，爲治體統，政事得失，與當今爲政先後緩急，不須抉摘細碎。其行文務渾淳易平，義理顯白。其文辭浮華駢偶，一切黜去。其鄉會廷試，亦仿此例，以得實才資國用。」〔註179〕我們根據〔黎〕阮廷素《天南歷科會選》和〔阮〕高春育《阮朝鄉科錄》〔註180〕兩集中記載黎朝中興及後期的會試科考試賦情況，列成以下表格：

表三：黎朝中興及後期歷科會試賦題

次序	黎中興及後期歷代帝王年號	開科年	會試賦題
1	莊宗 1533～1548 元和年間		未詳
2	中宗 1549～1556 順平、天祐年間		未詳
3	英宗 1557～1573 正治、洪福年間		未詳
4	世宗 1573～1599 嘉泰、光興年間	1595	《近悅遠來賦》
		1598	《天下重用賦》
5	敬宗 1600～1618 弘定年間	1602	《鴻世功賦》
		1604	《君明臣忠賦》
		1607	《施仁政省刑罰賦》
		1610	《得天下爲正賦》
		1613	《將相舊功臣賦》
		1616	《諸侯群臣朝貢賦》
		1619	《后稷教民賦》
6	神宗 1619～1642 永祚年間	1623	《擇天下賢賦》
		1628	《崇尚虛無賦》
	德隆	1631	《爲政以德賦》
	陽和	1637	《忠臣愛君防漸賦》
7	眞宗 1643～1648 福泰年間		未詳
8	神宗 1649～1662 慶德、盛德、永壽年間		未詳
9	玄宗 1663～1671 景治年間		未詳

〔註179〕 〔越〕《皇黎朝紀》，漢喃研究院藏手抄本，編號：A.14，第96頁。
〔註180〕 〔越〕高春育撰，《國朝鄉科錄》，漢喃研究院藏版，編號：VHv.635。

次序	黎中興及後期歷代帝王年號	開科年	會試賦題
10	嘉宗 1671～1675 陽德、德元年間		未詳
11	熙宗 1676～1704 永治年間	1676	試東閣科：《恭寬信敏惠賦》
	正和年間	1683	《四時行百物生賦》
		1685	《本諸身徵諸民賦》
		1691	《豐年爲瑞賢臣爲寶賦》
		1694	《綱羅豪傑賦》
		1697	《君子中庸賦》
		1700	《建國家長久賦》
		1703	《天下昇平賦》
12	裕宗 1705～1729 永盛年間	1706	《易田疇薄賦斂賦》
		1710	《統紀法度明賦》
		1712	《俊傑臣方正士賦》
		1715	《天下皆悅賦》
		1718	《服遠人正四方賦》
	保泰年間	1721	《溫良恭儉讓賦》
		1724	《與民同樂賦》
		1727	《五星聚奎賦》
13	黎帝維坊 1729～1732 永慶年間	1731	《聖用仁智雄略賦》
14	純宗 1732～1735 龍德年間	1733	《養民致賢賦》
15	懿宗 1735～1740 永祐年間	1736	《文武並用賦》
		1739	《選用賢能賦》
16	顯宗 1740～1786 景興年間	1743	《百姓太和萬物咸若賦》
		1746	《同心輔政賦》
		1752	《篤恭天下平賦》
		1754	《天下大同賦》
		1757	《六服承德賦》
		1760	《遠邪佞進忠直賦》
		1763	《定天下致太平賦》
		1766	《替天地化育賦》
		1769	《視四海如一家賦》
		1772	《君德日新賦》

次序	黎中興及後期歷代帝王年號	開科年	會試賦題
		1775	《謹權量審法度賦》
		1778	《信用儒術愛養黎庶賦》
		1781	《正道蒞天下賦》
		1785	《葉心同德興化致治賦》
17	愍帝 1787～1788 昭統年間	1787	《光復舊物享祚久長賦》

據上表列黎中興及後期歷代帝王的會試賦題，我們不難看出從世宗光興十八年（1595）至愍帝昭統元年（1787）會試賦題無一不是和天地、君臣有關，與天、禮儀、道德等政治觀念的聯繫尤其密切，體現的是很純粹的封建意識形態內容，這既是黎朝中興及後期試律賦命題的傾向，也是特點所在。

正如簡宗梧先生在《律賦在唐代「典律化」之考察》一文中所談：

> 賦題和典籍之間的緊密呼應，當然是一種別出心裁的設計，絕非毫無意義的文字遊戲。試想：要對這些賦題進行「據事類義」的發揮，倘若對題目的出處茫無所悉，對典籍的意旨不能熟諳，如何可能？因此，律賦考驗的絕不僅僅是詞藻和聲律的斟酌，而是「穿穴經史」、「驅使六籍」的工夫。讀書人為了求在竟試中脫穎而出，自然會對典籍的內涵用心揣摩、深入體會，進而接受其中的政治觀、社會觀、價值觀等，而國家也正是透過這個普遍又帶有強制性質的管道，達成塑造知識分子、操控菁英文化的目的。〔註181〕

因此，賦題基本上取材於中國的名著：《老子》、《論語》、《孟子》、《左傳》、《史記》、《漢書》、《後漢書》、《三國志》、《資治通鑒》、《資治通鑒綱目》、《文獻通考》等。如：

1. 世宗光興十八年（1595）會試賦題為《近悅遠來賦》，其出自孔子《論語·子路》：「葉公問政。子曰：『近者悅，遠者來。』」〔註182〕

2. 敬宗弘定八年（1607）會試賦題為《施仁政省刑罰賦》，其出自《孟子·梁惠王上》：「王如施仁政於民，省刑罰，薄稅斂，深耕易耨，壯者以暇日，修其孝悌忠信。」

3. 神宗陽和三年（1637）會試賦題為《忠臣愛君防漸賦》，其出自《資治

〔註181〕簡宗梧、游適宏撰，《律賦在唐代「典律化」之考察》，（臺灣）《逢甲人文社會學報》2000 年第 1 期。
〔註182〕楊伯峻譯注，《論語譯注》，中華書局，2006 年 12 月，第 156 頁。

通鑑》第一百九十六：「貞觀十七年二月，壬午，上問諫議大夫褚遂良曰：「舜造漆器，諫者十餘人。此何足諫？」對曰：「奢侈者，危亡之本；漆器不已，將以金玉爲之。忠臣愛君，必防其漸，若禍亂已成，無所復諫矣。」

4. 熙宗正和四年（1683）會試賦題爲《四時行百物生賦》，其出自《論語‧陽貨》：「孔子語天何言哉？四時行焉，百物生焉，天何言哉！」〔註 183〕

5. 裕宗永盛十八年（1718）會試賦題爲《服遠人正四方賦》，其出自《文獻通考》‧卷一百十七：《王禮考十二‧乘輿車旗鹵簿》「周致太平，越裳氏重譯來獻。使者迷其歸路，周公爲司南之制，使載之南，週年至國。故常爲先導，示服遠人，而正四方。後漢張衡始復創造。漢末喪亂，其制不存。」〔註 184〕

6. 顯宗景興四年（1743）會試賦題爲《百姓太和萬物咸若賦》，其出自《宋史‧樂志》：「古者聖王制禮法，修教化，三綱正，九疇敘，百姓太和，萬物咸若，乃作樂以宣八風之氣。」。〔註 185〕

7. 顯宗景興三十年（1769）會試賦體爲《視四海如一家賦》，其出自《資治通鑑》第一百九十二：「王者視四海如一家，封域之內，皆朕赤子，朕一一推心置其腹中，柰何宿衛之士亦加猜忌乎！」

8. 顯宗景興三十六年（1775）會試賦題爲《謹權量審法度賦》，其出自《論語‧堯曰》「謹權量，審法度，修廢官，四方之政行焉。興滅國，繼絕世，舉逸民，天下之民歸心焉。」〔註 186〕

9. 顯宗景興四十二年（1781）會試賦題爲《正道蒞天下賦》，其出自《老子》第六十章：「治大國，若烹小鮮。以道蒞天下，其鬼不神；非其鬼不神，其神不傷人；非其神不傷人，聖人亦不傷人。」

從上述黎朝中興及後期的科考賦題，可看出「一般是命題冠冕正大、古拙典雅。舉凡經、史、子、集，無論古事、近事、時事，皆可作爲命題之資，但大都關涉家國大事，瑞昭君德、王道教化、君臣和合、舉賢授能、談玄論理等等，無不彰顯主流意識形態的鉗制力量。」〔註 187〕

〔註 183〕楊伯峻譯注，《論語譯注》，中華書局，2006 年 12 月第 1 版，第 187 頁。

〔註 184〕馬端臨撰，《文獻通考》，杭州浙江古籍出版社，1988 年，第 1057 頁。

〔註 185〕〔元〕脫脫等撰，《宋史》，卷 131，志第 84，中華書局，1985 年版，第 3056頁。

〔註 186〕楊伯峻譯注，《論語譯注》，中華書局，2006 年 12 月第 1 版，第 235 頁。

〔註 187〕彭紅衛撰，《唐代律賦考》，社會科學文獻出版社，2009 年版，第 174 頁。

因此，從事舉業者在日常研習詩賦，都以《四書》、《五經》、《資治通鑑》及中國著名史書裏的內容爲題目，然後根據其要求去作。如：《皇黎八韻賦》集中所收錄的 98 篇，賦題大部份出於以下 5 種中國史書〔註 188〕：

1. 取自《史記》的有：《睢水風濁沱水賦》一篇。

2. 取自班固《漢書》、范曄《後漢書》的有：《漢官威儀賦》、《延攬英雄務悅民心賦》、《馮異抱薪鄧禹爇火賦》、《豆粥麥飯賦》、《聚米爲山谷》、《經學博覽賦》、《赤伏符賦》、《威容德器賦》、《嚴陵瀨賦》、《耕釣富春賦》、《桐江月賦》、《劍賜騎士馬駕鼓車賦》、《登靈臺望雲物賦》、《圜橋門觀聽賦》、《牧兒蕘豎賦》、《爲善最樂賦》、《儒館獻歌賦》、《勒石燕然賦》、《楊震四知金賦》、《登車攬轡賦》、《汝南月旦評賦》、《驄馬御史賦》、《劉寵受一錢賦》、《登龍門賦》、《牛馬不收邑門不閉賦》等 25 篇。

3. 取自陳壽《三國志》、羅貫中《三國演義》的有：《江東將相賦》、《蛟龍得雲雨賦》、《諸葛廬賦》、《龍臥南陽賦》、《木牛流馬賦》、《魚浦八陣賦》、《三往乃見賦》、《魚水相歡賦》、《遇合眞君臣賦》、《諸葛武侯賦》、《伏龍鳳雛賦》、《抱膝長吟賦》、《赤壁風賦》、《雲長燭賦》、《乘單舸見周瑜賦》、《蜀重險吳三江賦》等 18 篇。

4. 取自姚察、姚思廉《梁書》的有：《同泰寺講經賦》、《國家如金甌賦》等 2 篇。

5. 取自房玄齡、褚遂良、許敬宗等二十一人共編《晉書》的有：《輕裘緩帶賦》、《掖庭羊車賦》、《宮人竹葉賦》、《五馬渡江賦》、《江左夷吾賦》、《中夜聞雞賦》、《聞雞起舞賦》、《中流擊楫賦》、《陶公運甓賦》、《士衡分陰賦》、《新亭遊宴賦》、《王導揮扇賦》、《山水文籍自娛賦》、《八公山草木賦》、《草木皆兵賦》、《得隴望蜀賦》、《張翰思蓴鱸賦》、《羲皇上人賦》、《三秦豪傑賦》、《竹林七賢賦》、《竹林會飲賦》、《舟師過三江賦》、《桓彝見夷吾賦》等 24 篇。

《皇黎八韻賦》中的 98 篇八韻賦主要由八個段落所構成，其中：六段兩篇（《羲皇上人賦》；《汝南月旦評賦》），七段十六篇（《木牛流馬賦》；《魚浦八陣賦》；《聞雞起舞賦》；《兩謝圍棋賦》；《同泰寺講經賦》；《國家如金甌賦》；《延攬英雄務說民心賦》；《馮異抱薪鄧禹爇火賦》；《得隴望蜀賦》；《劍賜騎士馬駕鼓車賦》；《按社稷重朝廷賦》；《赤草生水涯賦》；《登車攬轡賦》；《朝

廷清政事治賦》；《一世人龍賦》；《蛟龍得雲雨賦》），其餘八段（共 80 篇）。
在有八段的 80 篇賦當中，使用總字數：約 450 字有 9 篇，約 500 字有 35 篇，
約 550 字有 23 篇，約 600 字有 11 篇，約 650 字有 2 篇；比例分別為 11，25%；
43，75%；28，75%；13，75%；2，5%。

　　在用韻方面，《皇黎八韻賦》中的賦篇：獨韻一篇（《諸葛武侯賦》），六
韻兩篇（《羲皇上人賦》；《汝南月旦評賦》），七韻十六篇（《木牛流馬賦》；《魚
浦八陣賦》；《聞雞起舞賦》；《兩謝圍棋賦》；《同泰寺講經賦》；《國家如金甌
賦》；《延攬英雄務說民心賦》；《馮異抱薪鄧禹爇火賦》；《得隴望蜀賦》；《劍
賜騎士馬駕鼓車賦》；《按社稷重朝廷賦》；《赤草生水涯賦》；《登車攬轡賦》；
《朝廷清政事賦》；《一世人龍賦》；《蛟龍得雲雨賦》），其餘八韻（共 79 篇）。
賦中用韻時，完全合乎《新揀應試詩賦・賦譜》所講的：「第一韻：拈題即小
講也。二、三韻：漸次入題，即入手提比也。四五韻：鋪敘正面，即中比也。
六韻：或總髮，或互勘，或推原。七韻：或旁面證佐，或題後敷衍，總之歸
結題旨為正，即後比結也。末韻：或頌揚，或寓意，頌揚務須大雅，寓意勿
至乞憐。」〔註189〕押韻方式一般是：一篇之中可轉若干次韻，有平聲韻，有
仄聲韻。一韻之中各韻字，雖以用屬同一韻為主，卻也允許和聲音接近的鄰
韻相通，一韻部中勿得重複韻字。其中以第一、二部韻用三個字韻，其它部
韻用四個字韻為常見，如：

表四

篇名	第一部韻及押韻部	第二部韻及押韻部	第三部韻及押韻部	第四部韻及押韻部	第五部韻及押韻部	第六部韻及押韻部	第七部韻及押韻部	第八部韻及押韻部
中流擊楫賦	霜、方、**航**	性、**耿**、命	風、中、中、戎	熾、異、**穢**、志	聲、**兵**、**生**、成	雨、手、取、**注**	舟、**雛**、猶、流	寂、昔、狄、激
	陽、**唐**	勁、**耿**、映	東	志、**廢**	清、**庚**	**虞**、有、**遇**	尤	錫、昔
士衡分陰賦	金、陰、今	萃、實、志	**須**、遊、**晡**、乎	再、**懈**、害、愛	常、強、**光**、**荒**	事、旅、壘、**許**	**成**、明、亭、**衡**	雪、節、月
	侵	至，錫、志	**虞**、尤、模	代、**盬**、泰	陽、**唐**	志、**語**	**清**、庚	薛、屑，月
登樓玩月賦	宮、公、風	**節**、**潔**、月	筵、**天**、娟、仙	意、水、累、知	**遲**、期、思、時	弊、歲、世、際	淪、人、塵、**輪**	改、**在**、代、慨
	東	**層**，月	仙、**先**	志、旨、實，支	**支**，之	祭	**諄**，**真**	**海**，代

────────────

〔註189〕〔越〕《新揀應試詩賦》，柳齋堂，明命 14 年 8 月仲秋望成，漢喃研究院藏版，
　　　　編號：A.172。

篇名	第一部韻及押韻部	第二部韻及押韻部	第三部韻及押韻部	第四部韻及押韻部	第五部韻及押韻部	第六部韻及押韻部	第七部韻及押韻部	第八部韻及押韻部
王道揮扇賦	中、公、風	爐、印、鎮	臣、鈞、人	寓、手、袖、故	成、清、平、升	晃、建、便、扇	飛、支、揮	異、耳
	東	震，問	眞，諄	遇、有，宥，暮	清，庚，蒸	獮、願，線	微，支	志，止
時人擬管葛賦	名、英、情	位、士、擬	推、辭、師、之	一、術、出	倫、群、人、塵	呂、霸、駕	高、毫、曹、褎	午、覩、輔、誤
	清，庚	至，止	灰、之，脂	質、術	諄、文，眞	語，禡，果	豪	姥，霽，暮
蛟龍得雲雨賦	先、妍、天	長、鳳、響	羅、飛、池	適、霹、尺、滴	龍、宗、中、雄	動、勇、用	驅、徒、都、符	異、致、機
	先	養，送	支，微	錫、陌	冬，東	董、腫，送	虞	寘，紙
伏龍鳳雛賦	珍、人、群	目、屋、鵠	高、巢、毛、翔	夢、放、鳳、重	尤、丘、籌、流	熄、國、北、嗇	霄、朝、梟、標	爪、好、舊、有
	眞，文	屋，沃	豪，肴	送，漾，宋	尤	職	蕭	皓，有
三國人才盛賦	靈、生、轟	祚、胄、工、舞	來、才、懷	舉、世、計	謀、侯、儔	泊、北、鑠、國	臣、身、人、云	正、定、鼎、敬
	青，庚	遇，宥，東，霽	灰，佳	語，霽	尤	職	眞，文	敬，徑，迥
時人擬管葛賦	名、英、情	位、士、擬	推、辭、師、之	一、術、出	倫、群、人、塵	呂、霸、駕	高、毫、曹、褎	午、覩、輔、誤
	清，庚	至，止	灰、之，脂	質、術	諄、文，眞	語，禡，果	豪	姥，霽，暮
舟師過三江賦	風、童、功	鼎、境、盛	夷、飛、磯、師	掉、噪、蠹、肇	州、流、舟、籌	過、左、鎖、下	嫌、廉、砭、謙	編、淺、褊、善
	東	迥、梗、勁	脂、微	筱、號、小	尤	過、哿、果、馬	添、監	產、先／獮
驄馬御史賦	輪、人、聞	馭、事、史	威、飛、違、司	地、氣、避、志	官、班、觀	謝、馬、駕	風、忠、風、驄	泯、磷、運、恨
	眞，文	御，寘	微，支	寘，未	寒，刪	禡、馬	東	寘，問，願
雲長燭賦	芒、長、煌	局、顧、燭	煙、年、天、玄	月、澈、節	中、從、東	口、首、狗	新、身、神、人	逝、止、偉、是
	陽	沃，遇	先	月，屑	東，冬	有	眞	霽，紙，尾
江東將相賦	生、英、衡	莽、壤、相	人、聞、臣、雲	畏、勢、魏、矣	從、雄、功、東	好、道、保、寶	無、圖、乎	勇、用、重
	庚	養，漾	眞，文	未，霽，紙	冬，東	皓	虞	腫，宋
又體	光、疆、昌	旺、狀、相	鄰、君、鄰、人	氣、勢、地、智	雄、龍、重、東	正、境、鼎、并	圖、雛、羞、乎	馬、畫、且、也
	陽	漾	眞，文	未，霽，寘	東，冬	庚、梗、迥	虞，尤	馬，卦
蜀重險吳三江賦	湯、疆、強	取、禹、宇	爭、庭、形	契、勢、畏、矣	中、東、雄	及、急、立	殘、安、端、山	也、可、下、者
	陽	麌	庚，青	霽，未，紙	東	緝	寒，刪	馬，碼

篇名	第一部韻及押韻部	第二部韻及押韻部	第三部韻及押韻部	第四部韻及押韻部	第五部韻及押韻部	第六部韻及押韻部	第七部韻及押韻部	第八部韻及押韻部
諸葛廬賦	求、流、休	逆、壁、客	中、宮、公	智、裏、計、志	名、情、横	振、溢、旦、華	人、眞、津、臣	顯、遠、擅、羨
	尤	錫，陌	東	霽，紙，寘	庚	眞，質，麻	眞	銑，阮，霰

（此表依〔宋〕陳彭年等編，《宋本廣韻》，江蘇教育出版社，2005年12月第2版）

　　關於《皇黎八韻賦》中的聲律方面，我們注意到兩個問題〔註190〕：（1）八韻賦中的平仄律；（2）八韻賦中的黏律。

　　（1）八韻賦中的平仄律：一般根據每段的句型及用的部韻來決定。一般規律如下：（以〔△〕表示平聲，以〔▲〕表示仄聲）

　　1. 四字或雙關句型：若韻腳乃平聲，則上聯仄聲也。反之亦然。如：

達不離道，德以潤身。懿彼漢光令子，堪爲炎漢名臣。
　　　▲　　　　　△　　　　　　▲　　　　　　△

（黎貴惇《爲善最樂賦》）

魏狐跡遠，晉馬符徵。特地之虎文日炳，御天之龍位時乘。
　　　▲　　　　　△　　　　　　▲　　　　　　△

（阮伯鄰《掖庭羊車賦》）

自天有隙，何地不生。緬想全吳之國，許多益世之英。
　　　▲　　　　　△　　　　　　▲　　　　　　△

（范貴適《江東將相賦》）

邑非莘縣，形不斗州。慨想全齊故境，自昂大漢輿圖。
　　　▲　　　　　△　　　　　　▲　　　　　　△

（汝仲臺《平原境賦》）

一介不取，十視其嚴。不意衰時徇利，有斯良吏稱廉。
　　　▲　　　　　△　　　　　　▲　　　　　　△

（佚名《楊震四知金賦》）

詩稱敬懷，書美顯承。紹此令聞之不替，美哉眞主之有興。
　　　▲　　　　　△　　　　　　▲　　　　　　△

（范謙益《漢官威儀賦》）

〔註190〕參見阮玉麟《唐律賦對黎朝八韻賦之影響研究》，中山大學碩士論文，2007年。

2. 八字，隔，鶴膝或復合句型：若上聯的最後一個字是平聲，則「逗」字是仄聲。反之亦然。（「逗」字是上聯前截的最後一個字。）

2.1 八字句型：如：

一時相見、固是足稱，兩意相交、其乃有濟。（「逗」字：見、交）
　　　▲　　　　△　　　　　△　　　　　▲

（進士武輝倬《乘單舸見周瑜賦》）

天之生賢、良不偶也，賢之處世、不無補云。（「逗」字：賢、世）
　　　△　　　　▲　　　　　▲　　　　　△

（佚名《三秦豪傑賦》）

帝王之興、自有天數，神器之命、見諸圖書。（「逗」字：興）
　　　△　　　　▲　　　　　▲　　　　　△

（佚名《赤伏符賦》）

水不在深、有龍則異，山不在高、有仙則靈。（「逗」字：深）
　　　△　　　　▲　　　　　▲　　　　　△

（佚名《桐江月賦》）

2.2 隔句型：如：

以一州而能抗八分之天下，此將相固足有為；（「逗」字：下、襄）
　　　　　　　　　　　　▲　　　　　　△

舉全吳而不越一步於荊襄，此將相又將安用。
　　　　　　　　　　　　△　　　　　　▲

（進士范貴適《江東將相賦》）

僥倖人面色如泥，清節貫此夜有光之皎月；（「逗」字：泥、寶）
　　　　　　　　△　　　　　　　　▲

清白吏子孫是寶，福蔭留他時無價之黃金。
　　　　　　　　▲　　　　　　　　△

（進士阮循理《楊震四知金賦》）

2.3 鶴膝句型：如：

目索興乘涼之勝概，即迢迢江夜之月，偕吳江赤壁而同明；
　　　　　　▲　　　　　　▲　　　　　　　△

究揚清激濁之高風，即蕩蕩長空之江，對顯水箕山而增潔。
　　　　　　△　　　　　　△　　　　　　　▲

（「逗」字：概、風）　　　　　　　　（佚名《桐江月賦》）

在訓有之矣，子止孝臣止敬，當求至善之本原；
　　　　▲　　　　　　▲　　　　　　　△

於傳不云乎，滿不溢高不危，方保有常之富貴。
　　　　△　　　　　△　　　　　　　▲

　　　（「逗」字：矣、乎）　　　　　　　　　（黎貴惇《爲善最樂賦》）

想天下三分之會，崎嶇雙手，孰能扶炎揀於衰微；
　　　　　　▲　　　　▲　　　　　　　△

顧斯人一出之餘，開濟兩朝，亦足報劉皇之知遇。
　　　　　　△　　　　▲　　　　　　　▲

　　　（「逗」字：會、餘）　　　　　　　　（鄉貢阮廷梁《三往乃見賦》）

以之掃群夷於內地，五胡戎馬，勢將爲荊楚山戎，
　　　　　　▲　　　　▲

以之還舊鼎於故都，一馬乾坤，功會見葵丘首止。
　　　　　△　　　　△　　　　　▲

　　　（「逗」字：地、都）　　　　　　　（佚名《桓彝見夷吾賦》）

過夜遊恐不堪事，一日齋身度務，豈易周戎幃達旦之心思；
　　　　　　▲　　　　▲　　　　　　　　△

多暇逸寧能出人，會朝致力中原，將有徯軍府先時之利害。
　　　　　　△　　　　△　　　　　　　　▲

　　　（「逗」字：事、人）

想此日登舟不早，回視聞雞擊楫，應爲名將惜荊州浪度之光陰；
　　　　　　▲　　　　▲　　　　　　　　△

看後事仗鉞爭先，迄成浴日洗光，幸以分陰留晉祚重延至歲月。
　　　　　　△　　　　△　　　　　　　　▲

　　　（「逗」字：早、先）　　　　　　　　（佚名《士衡分陰賦》）

2.4 復合句型：

通喉咽於漢沔，於以內修政事、外見時變，霸圖獲定於三分；
　　　　▲　　　　　　▲　　　▲　　　　　△

固唇齒於江都，以之南平寇叛、北向中原，義氣發揚於六出。
　　　　△　　　　　　▲　　　△　　　　　▲

　　　（「逗」字：沔、都）

昭昭忠貫日星，子龍之都膽，翼德之睜眼，雲長之赤面朱唇，
　　　　△　　　　　▲　　　　　▲　　　　　　　△

莫有匹公之美；
　　　　▲

赫赫名高宇宙，老瞞之虩魄，周瑜之破膽，仲達之唾手喪氣，
　　　　▲　　　　　　△　　　　　　　▲　　　　　　　▲

未足盡公之奇。（「逗」字：星、宙）
　　　△

（解元潘輝瑈《抱膝長吟賦》）

（二）八韻賦的黏律

1.上句四字、下句雙關：若四字句末字是平聲，則雙關句末字也是平聲。反之亦然。如：

仲父而後，東晉有人。友千古襟懷脗合，懿茂弘才忘絕倫。
　　　　　　　△

（佚名《江左夷吾賦》）

上聖天生，賢臣日贊。寵綏昭舜德罔愆，制度秩堯文有煥。
　　　　　　　▲　　　　　　　　　　　　　▲

（范謙益《漢官威儀賦》）

優游自得，澹泊寧甘。曾愛武侯之雅操，足爲漢史之美談。
　　　　　　　△　　　　　　　　　　　　△

（潘輝瑈《抱膝長吟賦》）

蜀鼎星移，火圖煙歇。寥寥往跡之以然，炳炳遺蹤之永揭。
　　　　　　　▲　　　　　　　　　　　　▲

（黃金城《龍臥南陽賦》）

2.上句四字或雙關，下句隔句或鶴膝句：若四字句或雙關句末字是平聲，則隔句或鶴膝句「逗」字和末字也是平聲。反之亦然。如：

佚名《八公山草木賦》：

昂昂之鶴，瑟瑟之風。
　　　　　△

一則鳴混軍聲，驚走卒於草行之際；一則吹和馬響，
　　　　△

促疲兵於露宿之中。
　　　　△

－148－

阮廷梁《三往乃見賦》：

定軍之人馬俱無，白帝之杜鵑曷訴。

▲

想天下三分之會，崎嶇雙手，孰能扶炎揀於衰微；

▲

顧斯人一出之餘，開濟兩朝，亦足報劉皇之知遇。

▲

綜上所述，平仄律與黏律在《皇黎八韻賦》中體現得非常清楚，使賦篇達到音律諧協、節奏鮮明、循環迴蕩的音樂美，吟詠時悅耳鏗鏘，不愧為舉子們研習詩賦的重要範本。亦為我們當今研究越南八韻賦起了積極的作用。

關於押韻問題，〔清〕余丙照《分類賦學指南・卷一・押韻法》曰：

> 作賦先貴煉韻，凡賦題所限之韻，字字不可率意押過。易押之字，須力避平熟，務出新意，庶不致千手雷同；難押之字，人皆束手者，爭奇角勝，正在於此。但不得過於鑿空，反歉大雅。押官韻最宜著意，務要押得四平八穩。〔註191〕

押韻時「先求韻穩，句之工巧次之。蓋押韻既穩，句雖平常，亦不刺目；韻一不穩，雖有佳句，卒難合拍。」〔註192〕然而，律賦應避免的六種弊病：「一曰戒復，二曰戒晦，三曰戒重頭，四曰戒軟腳，五曰戒衰颯，六曰戒拖沓。」〔註193〕所以當時文人在研習以及創作詩賦時，一般情況下，不論騷體、駢體、問答體、律體，都特別注意此點。

但也有破格者，如吳時任〔註194〕的《雪月疑賦》：

> 一色紛紛。吾不知其何為兮宵鰥晨。吾欲觀太虛兮，長庚與啓明而俱泯。指前山而拭瞻兮，草樹堆白以輪囷。豈長夜之未央兮，胡為乎鳥聲約略相聞。將清晨之初稀兮，胡為乎板橋夐不見 人。予有疑乎雪月兮，喚輿者而咨詢。乃侏離之不辨兮，手指口而云云。

〔註191〕〔清〕余丙照撰，《分類賦學指南》，卷一，〔越〕阮朝嗣德29年新鐫，國家圖書館藏版，編號：R.1492。

〔註192〕同上。

〔註193〕〔越〕《新揀應試詩賦》，柳齋堂，明命14年8月仲秋望成，漢喃研究院藏版，編號：A.172。

〔註194〕吳時任，1746～1803，字希尹，號達軒先生。他是吳時仕的兒子。1775年進士及第，在戶部任職。黎朝滅亡、西山朝建立後，吳時任得到光中皇帝的重用，任吏部侍郎。

行獨會於予心兮，宇宙洪荒之未 $\boxed{分}$ 。下誰爲川嶽兮，上誰爲星雲。中
以何狀而爲物兮，以何形而爲 $\boxed{人}$ 。又何爲上中下兮，使各類聚而群
$\boxed{分}$ 。是理底倥侗兮，是氣底渾淪。何名利之相逐兮，孰爲疏而爲親。
何送迎之相煩兮，孰爲僞而爲眞。自舟車之既陳兮，彼爲貓而此爲獷。
既矛戟之相尋兮，乃玉帛之相鄰。時有萬千里之修途兮，重三譯而策
驊騮。苟人跡之所到兮，皆可履青霜而踏紅塵。又何疑夫雪月兮，計
較夫深宵之與大昕。願長康乎此身兮，效遽車之轔轔。幸謏諏之無咎
兮，期少答夫洪鈞。賦蓮社之歸來兮，囂囂然希莘野之天民。

此篇賦按騷體來撰寫。全賦篇幅較短，但在押韻方面上出現兩次破格。
賦中第六、第九句的韻腳字分別是「人」、「分」，第十一、十二句的韻腳字同
樣分別爲「人」、「分」。按余丙照《賦學指南》所講的押韻法，此犯六種戒之
一的「復」病。

　　一般入選舉業賦集者都是當時從事舉業者和文人墨客在日常研習創作詩
賦中留下的合乎規制的作品，如上所講《皇黎八韻賦》中的聲律情況。

　　此外，賦本是「鋪采摛文，體物寫志」〔註195〕，所以作者在創作文詞、
抒寫情志時，都選用典故來敷衍題意，以顯露自己讀書之廣、見聞之博，以
及聯想之巧妙。如：

　　　　阮伯麟〔註196〕的《掖庭羊車賦》，按裴維新《越南文學從十世
　　紀至十八世紀中葉》注：「相傳《掖庭羊車賦》是阮伯麟與其父阮公
　　環一同渡船過江。渡江中，父子以『掖庭羊車』爲題，約誰後完，
　　被拋於江下。伯麟先完。因而此賦世傳後有另名『一渡江成章賦』」
　　〔註197〕

此賦題出自《晉書・后妃傳上・胡貴嬪》卷31：「時帝多內寵，平吳之後復
納孫皓宮人數千，自此掖庭殆將萬人。而並寵者甚眾，帝莫知所適，常乘羊車，
恣其所之，至便宴寢。宮人乃取竹葉插戶，以鹽汁灑地，而引帝車。」〔註198〕

〔註195〕劉勰撰，范文瀾注，《文心雕龍注》，卷 2，《詮賦》，人民文學出版社，2001
　　　　年版，第 134 頁。
〔註196〕阮伯麟（1701～1786），河西古都人，永慶 3 年（1731）登進士。登第前，常
　　　　與其父阮公寰（？～？）研習詩賦。
〔註197〕〔越〕裴維新撰，《越南文學從 10 世紀至 18 世紀中葉》，教育出版社，2001
　　　　年版，第 533 頁。
〔註198〕〔唐〕房玄齡著，《晉書》，卷 31，列傳 1，后妃上，中華書局，1974 年版，
　　　　第 962 頁。

《掖庭羊車賦》按八韻律體來作，以物寓人、以前說今。

全賦有 31 聯 63 句。前 14 聯 28 句，作者敷陳武帝與宮嬪美女行樂。賦開頭描寫昇平景象「魏狐跡遠，晉馬符徵。特地之虎文日炳，御天之龍位時乘。」四海風平浪靜「鯨帖吳江，牛閒周野。」所以武帝「掖庭羊車，極人間之燕樂」，「內嬖重沉魚之價。吳宮粉黛，選中之如意五千，金屋房帷，貯裏之可人萬個。」「椒塗鱗次鸞房，半掩之紗窗隱約；檀制鷹行羝轡，肆行之轍跡繽紛。」幾乎沉湎酒色「不辨某花某月，燕間娛無限之春。」「享一人自在之繁花，曠千古無傳之禁掖。」

後 17 聯 35 句卻帶有尖銳的議論並直接批判武帝及女色禍害。歷史上曾有很多帝王因女色而亡國，所以作者提出「曾不覺，女戎傾國，色界傷生。」並引出「與其函漢妃嬪，虎隕作黑頭之鬼；曷若捐秦婦女，苗傳延赤帝之精。觀成敗孔昭於往轍，即燕安宜戒於後庭。」分析得失、利弊「但貪尤物以為歡，甘蹈覆車而莫顧。」「坐見意偕酒伐，志以情荒。」然後從中吸取教訓「弗收自己之放心，無奈及身之私語。」

此賦除了言簡意賅、議論尖銳、用典得體以外，作者在賦中還巧妙地運用各種動物的名稱來比擬象徵。文章共 36 次提到各種動物，包括：狐、馬、虎、龍、羊、燕、鳳、鯨、牛、鹿、魚、麟、鸞、鶴、龜、鷹、羝、雞、雀、鳥、蠱、駿、蟆、犬、駝、苗精等 26 種，平均一聯提到一種。若把它們分種歸類，有的代表權威、身強力壯，如：龍、虎、鯨、牛；有的代表貧賤，如：犬、鷹；有的代表惡毒、危險，如：狐、蠱、蟆、苗精；有的代表男女恩愛，如：雞、雀、鸞、鳳、龜、鶴。作者很巧妙的運用龜、鶴的動作形象來描寫男女雲雨之景「鶴鳴疎而燎光寒，龜淫逞而巫夢劇。」篇末以源自中國典故「究竟銅駝荊棘，伊洛氈裘。孰不追咎武皇之失馭。」來結尾。

除《掖庭羊車賦》以外，阮伯麟今尚存的漢文賦還有《東海赤雁賦》、《宗澤志賦》、《圓橋門觀聽賦》、《張翰思蓴鱸賦》、《并州長城賦》等 5 篇。這些賦篇被收錄於《歷朝名賦》、《皇黎八韻賦》、《名賦合選》等賦集，成為供當時及以後阮朝舉子研習和借鑒的「樣板賦」。

吳維垣（1744～？），慈廉羅溪人。黎景興 30 年（1769）登進士。登第前，「吳公為東鄂平章潘〔仲翻〕公門人，入門《威容德器賦》一篇，文甚醞藉。潘公曾以事業許之。」〔註199〕除了《威容德器賦》以外，吳維垣今尚存

〔註199〕〔越〕范廷琥撰，《雨中隨筆・科舉》，漢喃研究院藏本，編號：A.145。

的漢文賦還有《子房用高祖賦》、《學士登瀛洲賦》等兩篇，收錄於《歷朝名賦》、《名賦合選》等賦集。

吳維垣的《威容德器賦》，賦題出自《後漢書・伏侯宋蔡馮趙牟韋列傳》：「宋弘字仲子，京兆長安人也。……時帝姊湖陽公主新寡，帝與共論朝臣，微觀其意。主曰：『宋公威容德器，群臣莫及。』帝曰：『方且圖之。』後弘被引見，帝令主坐屏風後，因謂弘曰：『諺言貴易交，富易妻，人情乎？』弘曰：『臣聞貧賤之知不可忘，糟糠之妻不下堂。』」〔註200〕「威容德器，群臣莫及。」表示對大司空宋弘德才與儀表的愛慕。

賦用八韻律體，賦文開門見山：「丰姿挺特，宇度宏恢。想漢世名臣不少，如宋公何處得來。威儀迥出於常人，不可選也；名望永垂於史冊，豈不美哉？」然後進一步描寫宋弘德才與儀表「玉金氣質，冰雪精神。」「信義銘心，綱常盡道。」「在國有必聞之譽，於家爲有義之夫。」及宋弘的家景「富貴念肯爲物誘，毛輕幾度之殘容。」漢帝召見，想把帝姊新寡的湖陽公主許配給他「花顏增豔，密締翠帳之良姻；進見間，玉趾徐移，惱殺屏風之寡婦。即斯容止之動人，益信威儀之中度。但他委婉的推辭「糟糠妻聊樂我思，膠固百年之舊好。」作者在賦末聯用反問手法，同時歌頌宋弘的德貌併兼「相面不如相心，以貌何如以德？故惟褊心者，何取於容止之間；而不知禮者，無貴於威儀之甌。以百媚但誇態度，即公之盛德也。未足爲君子之品題顧一言有繫綱常，即公之盛儀也」。全賦從體格、句式、用典至押韻等方面，都合乎於中國對律賦所要求的規定。因此，阮朝在收錄及編輯舉業賦集時選錄，並作爲從事舉業者研習的賦篇。

武輝侹〔註201〕創作的漢文賦篇是黎朝中興及後期尚存者最多的，有《公侯干城賦》、《北辰居所眾星拱賦》、《仁義爲麗道德爲威賦》、《香孩兒賦》、《天地神人福賦》、《天章筆箚賦》、《秋霜烈日爭嚴賦》、《睢水鳳潾沱水賦》、《日光月輪星輝海潤賦》、《赤壁風賦》、《乘單舸見周瑜賦》、《六和一家賦》、《儒人掌承露賦》等 13 篇。黎朝和阮朝所編的賦集，如《名賦合選》、《歷朝名賦》、《詩賦合選》、《皇黎八韻賦》、《名家詩賦合選》等都選錄他的作品。

黎朝編的《歷朝名賦》和阮朝編的《名賦合選》卷十一選錄有《香孩兒

〔註200〕 〔宋〕范曄撰，《後漢書》，卷26，《伏侯宋蔡馮趙牟韋列傳》，中華書局，1982年版，第 904 頁。

〔註201〕 武輝侹，1730～ ？，南河大安大弄人，黎景興 33 年（1772）進士及第。

賦》。我們通過此篇來看他的賦的特色及受中國文化的影響：

> 母彌厥月，天誕維神。誰料六陰末造，適逢五百昌辰。號香孩兒，可識塵埃天子；爲宋太祖，初傳社稷長君。

> 想初家起隊州，苗稱趙氏。麟符早順於定州，鳳卜雅諧於安喜。熊夢叶充閭之慶，火德鍾靈；馬營騰滿室之光，香孩出世。

> 但見篤生不偶，微應何奇。簞下粤初誕育，營中乍見芳菲。經宿中不散異香，麝馥蘭馨之味；四世變何徵吉慶，面方耳大之兒。此人非常也，覺天欲啓之。

> 時而年及長成，身經行陣。木題早協於奇徵，日盥好逢於興運。推戴之人心易屬，七歲兒不能以禁石張；吊伐之義韻孔昭，三尺童不知其爲堯舜。撫兒之大志果然，覺兒之餘香不盡。

> 嗚呼！代而及季，天未欲平。八姓更相朝暮，一場弄得戈兵。夾河而陣，無奈戰場，空笑豚兒之遺臭；因亂而推，何堪負荷，厭看犯帝之流腥。嗟赤子正無所仰，彼香孩何自得生。

> 意者否泰數之相因，期運天之所援。剗惟天成紀元，正是唐明踐阼。香每焚而密祝，爲民煥發於聖心；香始陞而居歆，啓治默回於天數。故此何物老嫗，生寧馨兒；蓋天早生聖人，爲生民主。

> 帝王之興，爲天所與；神器之屬，至理不差。剗此云昏之交曛，正當奎運之將開。世但見陳橋一夕，寡婦易欺，若出人謀巧做；孰能識乾卦五爻，大人利見，實由天命安排。此亦異乎季世，籲無間於香孩。

> 已矣乎！世事滄桑，人情溪谷。杜母以孩貴，香味濃於拜舞之衣；太宗爲弟難，香煙泯於遙紅之燭。至今，目觀舊史，口誦殘篇。說到香孩兒，亦曰萬事足。

賦以八韻律體來撰寫，全篇使用 485 字，句式多數使用四六隔句對，賦文用韻按四平四仄相間押韻。全賦按命題來寫，賦首聯「號香孩兒，可識塵埃天子；爲宋太祖，初傳社稷長君。」直接點出宋太祖趙匡胤的乳名及其業績。賦第二聯「簞下粤初誕育，營中乍見芳菲。經宿中不散異香，**麝馥蘭馨**之味；四世變何徵吉慶，面方耳大之兒。此人非常也，覺天欲啓之。」取材於《宋史》卷一《太祖紀》：「太祖，宣祖仲子也，母杜氏。後唐天成二年，

生於洛陽夾馬營，赤光繞室，異香經宿不散，體有金色，三日不變。既長，容貌雄偉，器度豁如，識者知其非常人。」〔註202〕

賦中「香每焚而密祝，爲民煥發於聖心；香始陞而居歆，啓治默回於天數。」典出葉夢得《石林燕語》：「太祖皇帝微時，嘗被酒入南京高辛廟，香案有竹杯筊，因取以占己之名位。俗以一俯一仰爲聖筊。自小校而上自節度使，一一擲之，皆不應。忽日：『過是則爲天子乎？』一擲而得聖筊。天命豈不素定矣哉！」〔註203〕

接下來「雲昏之交曛，正當奎運之將開。世但見陳橋一夕，寡婦易欺，若出人謀巧做；孰能識乾卦五爻，大人利見，實由天命安排。」又根據《宋史》卷一《太祖紀》的記載：「七年春，北漢結契丹入寇，命出師禦之。次陳橋驛，軍中知星者苗訓引門吏楚昭輔視日下復有一日，黑光摩蕩者久之。夜五鼓，軍士集驛門，宣言策點檢爲天子，或止之，眾不聽。遲明，逼寢所，太宗入白，太祖起。諸校露刃列於庭，日：『諸軍無主，願策太尉爲天子。』未及對，有以黃衣加太祖身，眾皆羅拜，呼萬歲，即掖太祖乘馬。」〔註204〕化用中國歷史上俗稱「陳橋兵變，黃袍加身」的典故。

賦末聯使用源自《公羊傳・隱公元年》：「桓何以貴？母貴也。母貴則子何以貴？子以母貴，母以子貴。」〔註205〕的「母以子貴」的典故談及宋太祖母后杜太后因子而貴。

全賦字字鏗鏘，聯聯用事，顯示出作者對漢文賦體及音律的精通、讀書之廣、見聞之博，以及聯想之巧妙。

除上所述外，黎朝中興及後期的文人、舉子因日常肄習詩賦中，常以八韻律體爲準，甚至漁樵問答體也導入八韻律體，成爲一種格律八韻的漁樵問答賦體，如《名賦合選》卷二選錄阮賞〔註206〕的《牛山木賦》，全文如下：

物隨意促，景觸心 寬 。間有漁樵二子，趣娛仁智一 團 。鳥道中偶適遭逢，共契交遊之意；牛山木特形問答，聊供言笑之 歡 。

〔註202〕〔元〕脫脫等撰，《宋史》，卷1，中華書局，1985年版，第2頁。

〔註203〕葉夢得撰，宇文紹奕考異，侯忠義點校，《石林燕語》，卷1，中華書局，1984年版，第1頁。

〔註204〕〔元〕脫脫等撰，《宋史》，卷1，中華書局，1985年版，第4頁

〔註205〕范曄撰，李賢等注，《後漢書》，卷10下，皇后紀第十下，中華書局，1982年版，第441頁。

〔註206〕阮賞，1727～?，東岸雲恬人，黎景興15年甲戌科（1754）登進士。

間者運屬天開，量弘物 育 。遨遊宇內，人有漁樵；怡蕩壺中，志殊耕 牧 。千山千水，逍遙於塵外之天；一往一來，問答以牛山之 木 。

漁者問於樵者曰：形成自地，氣稟由 天 。山之木產隨所合，木於山氣得其 全 。昔牛山木樹清清，其材已具；自今日山間濯濯，是孰使 然 。

樵者笑而答曰：是子不知，從來有 自 。蓋此山接近外郊，而在人不循物 理 。且天地所生，雨露所潤，山固多可用之材；然牛羊所踐，刀斧所傷，木安保本然之 美 。引而申之，茲可睹 矣 。

君不見蒸民有命，自帝降衷其付與。本無彼此而智愚何判壞 穹 。蓋仁義禮智，允若有恒性之性，固是皆善；而操捨存亡，豈能無異人爲人，便有不 同 。此孟子所以借山木取譬，而人生要當從性上加 工 。

漁者曰：不然。人物頓殊，氣象不 一 。夫人得其氣之全，而木乃無知之 物 。且謂人之氣習相遠，品不同此固宜然；若謂物之盛衰有時，子之言豈能無 失 。

樵者曰：數雖有異，氣則相 符 。譬之人則山焉，性則木焉，有生之初固無不善；及其養則美矣，棄則惡矣，有生之後所以迥 殊 。此而不悟，子何其 愚 。

漁者聞而謝之曰：噫！一理所行，萬殊共 貫 。始吾謂全偏異數，物於人固比擬不倫；今子語人性相參，聞其言實渾融無 間 。此吾所以請事斯言而與子相得，其性命之天使私欲淨盡天理渾 全 。庶可靈於物秀於人，比乾沒塵中者高出萬 萬 。」

此賦題出自《孟子·告子上》：「孟子曰：牛山之木嘗美矣，以其郊於大國也，斧斤伐之，可以爲美乎？」

從形式上來講，全賦由八段所構成。從押韻的方式來說，賦每段押一韻部，四平四仄相間，合乎八韻律賦的押韻法，一韻之中各韻字，雖以用屬同一韻爲主，卻也允許和聲音接近的鄰韻相通。其中以第一、二部韻用三個字韻，其它部韻用四個字韻。用韻時，完全合乎《新揀應試詩賦·賦譜》所講的：「第一韻：拈題即小講也。二、三韻：漸次入題，即入手提比也。四五韻：

鋪敘正面，即中比也。六韻：或總髮，或互勘，或推原。七韻：或旁面證佐，或題後敷衍，總之歸結題旨爲正，即後比結也。末韻：或頌揚，或寓意，頌揚務須大雅，寓意勿至乞憐。」〔註207〕若把「樵者曰」、「漁者曰」等發語，此賦就變成純粹的八韻律賦。

除此賦按八韻律寫漁樵問答體以外，書同卷也選錄佚名的《泰山北海賦》：

嶺峰洋灑，泉水從 容 。頤性情於風月，不羈之外；寄生涯於乾坤，未老之 中 。一生各自爲娛，逍遙任適；兩個忽如有約，邂逅相 逢 。

漁者問樵者曰：四極肇形，九州分 界 。凌霄之萬障排青，崎屹之千峰染 黛 。盈乎兩間之內，州各有山；胡然五嶽之中，山惟稱 泰 。

樵者曰：千層崎屹，萬仞嶢 岩 。靜鎮青徐之界，獨雄齊魯之 間 。紅日在巒頭登者，頓知天下小；青雲生石腳望之，不似蜀山難。此之爲泰 山 。

樵者又問漁者曰：氣判兩儀，形分九 極 。千溪之發無端，四瀆之深莫 測 。且四族均是海，各辯無方；何千古得其名，獨歸於 北 。

漁者曰：千層凝碧，萬派排 青 。納白谷而白銀生彩，聚眾流而素煉爲 形 。一天之沙雪飄來，澄凝瑩色；幾陣之朔風翻去，震盪作聲。此之爲北 溟 。

樵者又從而難之曰：聞事莫談，長中各 訴 。泰山之高，固自爾但可挾乎；北海之大，本如斯果能超 否 。云胡孟子之善辭，於對齊王爾借 喻 。

漁者正色而答曰：大賢取譬，微意難 窺 。非故使常情之難對，則以攻人事之不 爲 。今徒泥挾山超海之言，必窮推於難說；孰若就反掌折枝之論，且理會於易知。斯可遵聖賢以下意，安用泄山海之玄 機 。

樵者怳然拱手而揖之曰：穹壤之間，海山其二。觀於泰山者難爲山，遊於北海者難爲 水 。仁樂山而智樂水，我與君且喜同爲自得之人；山可挾而海可超，今而後何必遏辯難窮之 理 。但得乾坤自在，

〔註207〕〔越〕《新揀應試詩賦》，柳齋堂，明命 14 年 8 月仲秋望成，漢喃研究院藏版，編號：A.172。

山海長 存 。君之誼則如泰山之高，我之情則如北海之深而已。」

此賦與阮賞《牛山木賦》一樣，形式上是問答體，但結構、押韻及用典都屬八韻律體。從使用字數角度來看，全賦共有 480 字，除了第七、八段字數較多外，其餘使用字數都在 50 字左右。

從句式上說，賦中除了「漁者問樵者曰、樵者曰、樵者又問漁者曰、漁者曰、樵者又從而難之曰、漁者正色而答曰、樵者恍然拱手而揖之曰」等 7 個發語詞外，全由對偶句組成，包括單對 18 個，隔句對 9 個（輕隔 7 個、重隔 2 個），漫句 2 個，長句 9 個。從句式上說，比較符合佚名《賦譜》對標準律賦的句式要求：「約略一賦內用六、七緊，八、九長，八隔，一狀，一漫，六、七發；或四、五、六緊，十二、三長，五、六、七隔，三、四、五發，二、三漫、壯；或八、九緊，八、九長，七、八隔，四、五發，二、三漫、壯；或八、九隔，三漫、壯，或無壯，皆通。」〔註 208〕

從結構上來講，此賦分為八段，段段之間使用較多的發語詞承上啓下，轉韻和轉意自然，音律和文意連貫緊湊，符合《賦譜》所講：「八段，段段轉韻發語為常體。」〔註 209〕

從語言上看，賦中文字雅麗典則，使用典故不算生僻，隸事均能妥帖，如：「今徒泥挾山超海之言，必窮推於難說；孰若就反掌折枝之論，且理會於易知。」賦句援引《孟子・梁惠王》上：「挾太山以超北海，語人曰『我不能』，是誠不能也。為長者折枝，語人曰『我不能』，是不為也，非不能也。」〔註 210〕

總之，此篇賦雖在使用字數上與唐佚名《賦譜》有所出入，形式上與問答賦體相似，但從句式、結構、用韻以及賦中使用的典故來看，都按中國律賦來撰寫。

綜上所述，黎朝中興及後期的科教及科舉制度較為完善，教育與科舉互動，促使當時的文人、士子努力研習詩賦，促進了當時賦體文學的發展。在此歷史背景下，試賦頗受從事舉業士人的重視。從事舉業者及文人墨客在日常肄賦中常以八韻律體賦為準衡，出題都從中國經史子集中取材。然而，律賦本為中國唐代及科舉制度的產物，所以他們在行文、押韻、用典等方面都

〔註 208〕張伯偉撰，《全唐五代詩格彙考》，鳳凰出版社，2002 年版，第 564 頁。
〔註 209〕張伯偉撰，《全唐五代詩格彙考》，鳳凰出版社，2002 年版，第 563 頁。
〔註 210〕焦循撰，《孟子正義》，中華書局，1987 年版。

以中國對律賦的規定爲自己賦文嚮往的目標。賦文中離不開中國的典故，行文上也離不開唐律的規制。

小　結

越南封建制度到後黎朝達到鼎盛時期。政治、經濟、文化等方面迅速發展。儒學在此期間也登上了獨尊的地位，成爲支配全社會的正統思想。

雖然黎朝後期間有戰亂、社會動蕩，經濟、文化受損，但總體來講，後黎朝和莫朝諸帝以及鄭王均崇奉儒學，興科教，重科舉，通過科教與科舉選拔出眾官吏來擁護、鞏固中央政權並穩定社會秩序。在此背景下，當時文人、學士努力研習詩賦，學習中國典章。因而文學，特別是場屋文體蓬勃發展，賦體文學亦然。

科舉制度在黎朝期間得到了全面的改善與完備。考試科目的規定比李、陳、胡三朝更爲詳細。試賦科目規定自黎聖宗洪德三年就定下來：鄉試用李白體，會試用八韻律體。此製成爲黎朝與莫朝考賦科目的標準樣式。從黎朝考賦科目的規定來看，試賦命題至士子賦試卷的取向、內容都與中國的文史典籍有著密切的聯繫，顯然深受中國科舉制度、詩賦辭章以及中國著名文人的影響。

由於歷史原因，黎朝初期、莫朝以及黎朝中興時期的賦篇大多數已遺失。今尚存者均爲阮朝編的賦集所收錄，而阮朝鍾愛「麗以則」的律賦，所謂「夫麗體之賦有體格，以爲之範，字句工整，聲調鏗鏘。雖與古賦雄渾流動，不爲體格所縛定者不同，而其品致亦必歸於清眞雅正。本無詭於揚子之所謂『麗之以則』者。」〔註211〕，所以收錄、入選多以律體爲尚。因此，古體、李白體的賦以及鄉試賦卷「記載闕如，文獻無徵，考古者惜之。」〔註212〕

黎朝的會試賦卷，除了黃萃夫《群賢賦集》收錄黎太宗、黎仁宗的六篇賦試卷外，還有阮廷素編《天南歷科會選》中所收錄黎朝中興及後期的 52 篇試賦。這些賦試卷有的按騷體撰寫，有的以八韻、駢體及律體來寫。其命題、體格、用典都顯示出受影響於中國詩賦與文史典故。

〔註211〕〔越〕阮懷永撰，《賦則新選》，明命 14 年新鐫，越南國家圖書館，編號：
　　　　R.36，第 1 頁。
〔註212〕〔越〕高春育撰，《阮朝鄉科錄・序》，漢喃研究院藏版，編號：VHv.635。

　　此外，黎朝、莫朝的賦篇今存者基本上都被收錄於《名賦合選》、《歷朝名賦》、《皇黎八韻賦》等賦集。各賦集編輯的目的，除了保存黎朝著名詩人、科榜出身的詩賦外，主要就是供舉業者參考，因此其體格均爲八韻律體。若有問答或其它賦體，亦轉向八韻律體，如阮賞的《牧牛山賦》。此不僅與黎朝會試制定的賦體有關，而且還跟阮朝爲舉子編賦集的目的有關。

第四章　中國賦對阮朝漢文試賦之影響

第一節　阮朝的科舉制度及其特點

一、阮朝的科舉制度

　　1802 年，阮福映在法國人的幫助下，建立了越南最後一個封建王朝阮朝（1802～1945），改年號爲嘉隆，史稱世祖。1803 年，阮福映改安南爲越南國，清政府「命廣西按察使齊布森往封阮福映爲越南國王」〔註1〕。這是「越南」作爲國名的開始。

　　阮朝期間，歷代帝王比以前歷代王朝更重視儒學教育。嘉隆帝曾經對侍臣說過：「學校儲才之地，必教育有素，方可成材。朕欲法古設學以養，文風振作，賢才並興，以爲國家之用。」〔註2〕於是設立國學堂、崇文館，申明教化，使四方學者咸集京師。從中央到地方普遍建立各類學校，且「以儒家經典作爲基本教材，以儒學作爲基本教學內容。」

　　明命帝即位後，初建國子監、并置國子監祭酒、司業。後又設集善堂，作爲諸皇子講學的場所。因帝自幼「遊心典籍」，深受中國儒學濡染，崇尙中國典制、禮樂、以儒家倫理思想爲治國之本，所以他頗重視國子監士子的培養。明命在位年間，「廣學舍」、「置生員」，給予厚待，讓從事舉業者專心學習儒家經典，如《四書》、《五經》、《孝經》。又規定庶民子弟，七八歲都要上

〔註1〕趙爾巽等撰，《清史稿》，卷 572，列傳第 314，《屬國傳》，中華書局，1976 年版，第 14643 頁。
〔註2〕〔越〕《大南實錄》第 1 紀，卷 48，漢喃研究院藏版，編號：A. 27/1-66。

學，選讀《孝經》以及《小學》、《四書》，然後再讀《五經》。學習經書，以培養孝悌忠信爲宗旨，以正心修身爲目標。幼童則學習《明心寶鑒》及小學書，使之知道進退應對的禮節。此外，明命帝十分重視爲行政機構培養、選拔有才之士。因帝崇尙儒學，所以官吏的選拔主要通過以科舉取士爲途徑。阮朝期間，對於科舉出身的人，待遇更加優厚。如黎朝時，舉人一般不授官；阮朝時，則授官從八品。「鹿鳴賜宴，則恩寵爲更榮，銅符隨頒（鄉貢既補知縣）」〔註3〕「殿試賜進士、同進士出身有差，皆賜冠服、簪綵、筵宴，給旗扁榮歸。」〔註4〕

科舉制度經李、陳、黎等朝的改進與完善，到了阮朝阮世祖定國之後，繼承其業，於嘉隆六年（1807）下詔曰：「國家爲尋求人才必須依照科目。方今天下穩定，南北合一，求賢是爲當務之急，汝等應好好砥礪學業。」〔註5〕爲招攬人才而開鄉試，始開阮朝科舉制度之源。因阮朝歷代皇帝主張「雖人才之難得，亦由選擇之未精。夫十步之內必有芳草，天下之廣豈無異才，得非衡尺所限，常套所拘。雖有淹博之學，富贍之文或未能以自見。」〔註6〕所以科舉制度在阮朝發展得更加嚴密、完備。阮朝自聖祖明命3年壬午科（1822）始開會試，至凱定4年己未科（1919），共開38科，取進士284名、副榜268名。

阮朝科舉考試制度仍按黎朝的四場試法，如嘉隆六年丁卯科「其試法：第一場，制、義、經五題，傳一題。士人行文專治一經或兼治亦可；第二場，詔、表、制各壹道；第三場，唐律詩一首，八韻體賦一篇；第四場，策問一道。」〔註7〕

阮聖祖明命（1820～1840）年間實行的諸多改革措施，科舉制度大有更改，使阮朝科舉制度走向嚴密化、規範化。明命三年（1822），初開會試恩科，並定試法：「試題第一場制義經五題、傳一題，第二場詔、制、表各一道，第三場排律詩一首、八韻賦一道，第四場策問一道、古文或十段、今文或三四段。」〔註8〕明命明命六年（1825）始定三年一大比，子午卯酉爲鄉，辰戌丑未爲會。十三年（1832）「分南北甲乙兩圍，並改用三場試法，罷四六，其試

〔註3〕〔越〕高春育撰《阮朝鄉科錄・天南科目總論》，漢喃研究院藏版，編號：VHv635/1-4。
〔註4〕〔越〕高春育撰《阮朝鄉科錄・鄉會試法附》，漢喃研究院藏版，編號：VHv635/1-4。
〔註5〕〔越〕《大南實錄》第1紀，嘉隆6年2月，漢喃研究院藏版，編號：A.27/1-66。
〔註6〕〔越〕《欽定大南會典事例》，卷106，《科舉》，漢喃研究院藏版，編號：A.54/1-3。
〔註7〕〔越〕高春育撰《國朝鄉科錄》，卷1、2，《鄉會試法附》，漢喃研究院藏版，編號：VHv.635/1-4。
〔註8〕同上。

法：第一場經義，第二場詩賦，第三場策問。」〔註9〕十五年（1834）甲午科，「始置各場內外科道監察各壹。始定三場試法。第一場，八股制義。士人行文經一、傳一；第二場，詩賦。詩，鄉用七言律，會用五言律。八韻賦用明、清律體；第三場，策問一道。鄉試覆核用賀、表一題。」〔註10〕此試法延用至嗣德五年（1852）壬子科「鄉、會試復用四場試法，逐期出榜，串得三場爲秀才、四場爲舉人」〔註11〕。

阮聖祖對科舉改革等問題發表過許多意見並付諸實施。曾說：「殿試第一甲最爲難得，如其不取，則是乏才。若泛取之，恐無以愜士夫之望。」「出題易，行文難，蓋場官出題，有書可考。而士子行文，只是記憶而已。」並命派往清朝的人士多買書籍，頒佈士林。他十分關心科舉考試的一些具體問題，對考試場次、科目、內容、答題要求、格式、考生年齡等規定都曾親自提議進行改革，並多次宴請新科進士。正如范文誼〔註12〕《三登黃甲場賦》集中的《十八學士登瀛州賦》所歌頌「今我皇上，乾坤合德，堯舜用心。廷試加選士之規，寵賜宴筵旗扁；經筵廠集賢之院，班職玉筍文簪。」〔註13〕

嗣德年間（1847～1883），科舉制度再次得到調整。嗣德十一年（1858）戊午科，朝廷規定「鄉試只用三場（罷詩賦），會試仍舊四場」〔註14〕。嗣德二十九年（1876）丙子科「鄉試則制義罷專經，而四六改以詩賦，策道改以題案」〔註15〕。此試法一直沿用到凱定四年（1919）己未科爲止。

阮朝科舉制度中，除了進士科以外，還設恩科、甲科、宏詞科、雅士科、淹博科等，以恩命視進士爲特優。

此外，阮朝科舉制度對中第者有明顯的規定：（1）鄉試：中三場者爲生徒，中四場者爲鄉貢。明命九年（1828）戊子科始改鄉貢爲舉人，生徒爲秀才。嗣德三年庚戌，場官閱卷按七項批取：優、優次、平、平次、次、次次、

〔註9〕〔越〕高春育撰《國朝鄉科錄》，卷1、2，《鄉會試法附》，漢喃研究院藏版，編
　　　號：VHv.635/1-4。
〔註10〕同上。
〔註11〕同上。
〔註12〕范文誼，1805～1880，號義齋，南定省大安縣三登人。明命19年（1838）黃
　　　甲進士出身，歷任編修翰林員、南定督學。
〔註13〕〔越〕范文誼撰，《三登黃甲場賦》，漢喃研究院藏版，編號：VHv321。
〔註14〕〔越〕高春育撰《國朝鄉科錄》，卷1、2，《鄉會試法附》，漢喃研究院藏版，
　　　編號：VHv635/1-4。
〔註15〕同上。

劣。中三場預有優平、大次項爲舉人，小次、次次項爲秀才。嗣德五年（1852）壬子科，鄉、會試復用四場試法，逐期出榜，串得三場爲秀才、四場爲舉人。嗣德十一年（1858）戊午科，經義則暗寫。正文傳注行文則各具。專經兼經、策問改爲經傳史共十道。批閱改爲優、平、次、劣四項，與二次一平爲舉人，三次爲秀才。(2) 會試：明命十年（1829）己丑科會試始定「十分以上爲正榜，九分以下爲副榜。」嗣德六年癸丑會試，更議前期中方得入後期，罷串通試法，中四場均得入廷試。廷試改定四分以上賜甲第、二分以下賜副榜。嗣德二十九年丙子科會試通串二場，間或一場有分亦得入第三場，串前或二期有分，亦得入第四場。八分以上正中格；七分以下，與三期十分以上，爲次中格；均入廷試。三分以上次甲第，二分以下賜副榜。

綜上所述，科舉制度發展到阮朝期間已十分完善，開科年期、考試科目、取士及授予中舉者名稱等條目都有詳細的規定。阮朝自嘉隆六年（1807）實施科舉制度至啟定四年（1919）己未科爲止。己未科之後，科舉結束了其在越南八百多年的歷程。

二、阮朝科舉制度的特點

如上所述，阮朝開始實施科舉制度時，仍按黎朝的四場試法，如嘉隆六年丁卯科「其試法：第一場，制、義、經五題，傳一題。士人行文專治一經或兼治亦可；第二場，詔、表、制各壹道；第三場，唐律詩一首，八韻體賦一篇；第四場，策問一道。」〔註16〕

到明命年間，因帝推崇中國模式，「敬事天朝，深明治體」，仿照清朝體制。明命十三年（1832），以往的四場制改爲與中國同樣的三場制，「分南北甲乙兩圍，並改用三場試法，罷四六，其試法：第一場經義，第二場詩賦，第三場策問。」〔註17〕同年，定殿試法，鑄殿試之印，「掄才盛典」小方篆，銀質。並再規定進士題名碑立於文廟門外左右。此外，當年科舉考試中還引入清朝八股文，「其八股制義，正格有破題、承題、起講、題比、出題、中比、後比、束比、小結。句法，八股之外有兩扇、三股、兩截。」〔註18〕據《大

〔註16〕〔越〕高春育撰《國朝鄉科錄》，卷1、2，《鄉會試法附》，漢喃研究院藏版，編號：VHv.635/1-4。

〔註17〕同上。

〔註18〕〔越〕《欽定大南會典事例》，卷106，《禮部·科舉·試藝體裁》，漢喃研究院藏版，編號：A.54/1-3。

南實錄》記載：

> 明命十三年（1832）「先期鑄會試之印，建試場與京城內之南。
> 分為內外場及甲乙二圍。照應試人數於圍內各造號舍、懸名簡。……
> 試院設紅案，以備奉安御題。貢監行文墨卷，書吏謄錄朱卷，均用
> 官令紙印紅格。入場日，號舍外，武士各一人，終日糾察。貢監行
> 文，用真字不得草書。收卷以日暮為限。外場官各期收卷後，照次
> 送彌封、撰號、謄錄、對讀。墨卷留試院，朱卷送同考。每卷二人
> 合同點閱，分憂、平、次、劣。外場官審閱定去取。」〔註19〕

由此可見，阮朝明命時期的科舉制度，從內容到形式都與中國明清科舉
大同小異。

值得注意的是，阮朝科舉制度中，關於授予中舉者的名稱，與前朝有所
不同：一，因阮朝自嘉隆元年（1802）實施極端的封建專制，制定「不立宰
相、不選拔狀元、不立皇后、不封皇族以外之人王爵」的「四不」制度，所
以阮朝期間沒有狀元，中第最高者是庭元第一甲進士及第第二名榜眼。二，
自明命十年己丑科（1829）會試始定「十分以上為正榜，九分以下為副榜。」
〔註20〕按阮朝規定，副榜就相當於「亞進士」，不能參加庭試取進士。

而「副榜」一名稱，在中國，是指除正榜外另取若干名，列為副榜。始
於元至正八年（1348）。《元史·百官志八》：「是年（至正八年）四月，中書
省奏准……三年應貢會試者，凡一百二十人，除例取十八人外，今後再取副
榜二十人。」〔註21〕明永樂中會試有副榜，給下第舉人以作官的機會。嘉靖
中有鄉試副榜，名在副榜者準作貢生，稱為副貢。《明史·選舉志一》：「是時，
會試有副榜，大抵署教官，故令入監者亦食其祿也。」〔註22〕清只限鄉試有
副榜，可入國子監肄業。《清史稿·職官志二》：「初制，詔各省選諸生文行兼
優者，與鄉試副榜貢生，入監肄業。」〔註23〕由此可見，阮朝授予中舉者「副
榜」名稱顯然源自於中國的科舉制度。

〔註19〕 〔越〕《大南實錄》第 2 紀，漢喃研究院藏版，編號：A. 27/1-66。
〔註20〕 〔越〕高春育撰《國朝鄉科錄》，漢喃研究院藏版，編號：VHv635/1-4。
〔註21〕 〔明〕宋濂撰，《元史》，卷 92，志第 41 下，中華書局，1976 年版，第 2345
　　　　頁。
〔註22〕 《明史》，卷 69，志第 45，第 1680 頁。
〔註23〕 趙爾巽等撰，《清史稿》，卷 115，志第 90，《職官志二·國子監條》，中華書
　　　　局，1976 年版，第 3320 頁。

　　縱覽阮朝的科舉制度，我們以高春育在其撰《阮朝鄉科錄》對阮朝科舉制度的評語為言：「總本〔阮〕朝試法大要而論，則鄉試始於嘉隆，會試始於明命。而六年〔嘉隆〕、三年〔明命〕隨時設目舉額〔紹治〕、秀額〔嗣德建福〕量地而分。三四場預中，所以分舉人、秀才〔嗣德以下〕。三四分以下，所以分進士、副榜。經義既有暗寫（鄉）、停寫（會）之別。行文亦有專經、兼經之殊。策題則或目或道，亦只求問答之工。場期則或四或三，蓋亦有鄉會之辨。以至宏詞有科，以待夫宏博之士；雅士有選，以求其核洽之材，皆於嗣德年間施行。惟增秀才原額，加復考一期，則始至建福年補設耳，是其間試法之沿革或異，則已至而益求其至，蓋亦詳前此之未詳耳。文式之古後或殊，則已能而益求其能，蓋亦備前此之未備耳。至於崇雅黜浮，一洗相沿之習者，則未始不同也，肆士之生於世也。探春而思秋實，拾枝葉而求根本。連篇累牘而不踩，夫風雲月露之形。理明義精而不事，夫繪句稀章之末。論古則解惑辨疑，務明大義而不徒以憶舊聞。談今則讜言正論，務切時宜而不徒以應故事。故能經術以經世務，文學以文太平。鳳鳴高崗，可以播周朝吉士之歌。鳶飛戾天，可以賡周雅作人之頌。將見，文章鳴世，於典謨雅頌而有光；科目得人，冠丁、李、陳、黎而獨盛者矣。」〔註24〕

第二節　阮朝科舉試賦的特點

一、阮朝科舉中試賦科目的地位及其規定

（一）阮朝科舉中試賦科目的地位

　　據高春育《國朝鄉科錄》，結合現存阮朝文獻的記載，阮朝自世祖嘉隆六年（1807）至凱定四年（1919）的試法，如下：

　　　　嘉隆六年（1807）丁卯鄉試科，其試法：第一場，制、義、經五題，傳一題。士人行文專治一經或兼治亦可；第二場，詔、表、制各壹道；第三場，唐律詩一首，八韻體賦一篇；第四場，策問一道。〔註25〕

　　　　明命三年（1822）會試：第三場用五言排律詩一首，八韻體賦

〔註24〕〔越〕高春育撰《國朝鄉科錄》，漢喃研究院藏版，編號：VHv.635/1-4。
〔註25〕〔越〕高春育撰，《國朝鄉科錄》，卷1、2，《鄉會試法附》，漢喃研究院藏版，編號：VHv635/1-4。

一道。〔註26〕

　　明命十三年（1832）改定三場試法。第二場題目鄉、會並用律賦一道，詩一道。〔註27〕

　　明命十五年（1834）甲午科，始定三場試法。第一場，八股制義。士人行文經一、傳一；第二場，詩賦。詩，鄉用七言律，會用五言律。八韻賦用明、清律體；第三場，策問一道。鄉試覆核用賀、表一題。〔註28〕

　　嗣德三年（1850）……第三期題目用詩一題，律賦一題。〔註29〕

　　嗣德五年（1852）壬子科，鄉、會試復用四場試法。〔註30〕

　　嗣德十一年（1858）戊午科，經義則暗寫。……鄉試只用三場（罷詩賦），會試仍舊四場。〔註31〕

　　嗣德二十九年（1876）丙子科鄉試則制義罷專經，而四六改以詩賦，策道改以題案，複核則改五言八韻用四六一題。〔註32〕

　　由上文所引，阮朝自嘉隆六年至嗣德二十九年，科舉制度間換三、四場試法，最終以嗣德二十九年試法為準，一直沿用到凱定四年（1919）己未科為止。縱觀整個阮朝科舉制度的試法，除了嗣德十一年（1858）戊午科至嗣德二十九年（1876）四次鄉試科不試賦以外，阮朝的考試科目中，都設有試賦一場。儘管嗣德年間四次「鄉試罷詩賦」，但是「會試仍舊四場」〔註33〕第三場律賦一道。此表明考賦科目一直是阮朝科舉制度中必有的科目。

（二）阮朝科舉考賦科目的規定

　　按阮朝科舉試法的規定，無論鄉試還是會試，都要求士子用八韻律體賦。如高春育《國朝鄉科錄》記載：

〔註26〕同上。
〔註27〕〔越〕《欽定大南會典事例》，卷106，《科舉》，漢喃研究院藏版，編號：A.54/1-3。
〔註28〕〔越〕高春育撰，《國朝鄉科錄》，卷1、2，《鄉會試法附》，漢喃研究院藏版，編號：VHv635/1-4。
〔註29〕〔越〕《欽定大南會典事例》，卷106，《科舉》，漢喃研究院藏版，編號：A.54/1-3。
〔註30〕〔越〕高春育撰，《國朝鄉科錄》，漢喃研究院藏版，編號：VHv635/1-4。
〔註31〕同上。
〔註32〕〔越〕高春育撰，《國朝鄉科錄》，漢喃研究院藏版，編號：VHv635/1-4。
〔註33〕〔越〕高春育撰，《國朝鄉科錄》，卷1、2，《鄉會試法附》，漢喃研究院藏版，編號：VHv635/1-4。

　　嘉隆六年鄉試。第三場：唐律詩一首，八韻體賦一篇。

　　明命十五年甲午科，始定三場試法。第一場，八股制義。士人行文經一、傳一；第二場，詩賦。詩，鄉用七言律，會用五言律。八韻賦用明、清律體；第三場，策問一道。鄉試覆核用賀、表一題。〔註34〕

　　由上面這段引文，我們可知道阮朝規定賦體在科舉考試中不僅是八韻體賦，而且還明確指定使用中國明、清律賦的。

　　阮朝考賦科目要求使用律體賦的原因是律賦注重對仗與聲律的工整嚴密，並對全篇字句數和韻式作了嚴格的限制。此嚴格的程序恰恰符合阮廷把試法的嚴格與否看作選擇人才的有效工具。據《欽定大難會典事例》記載：

　　　　為治之道必以人才為先，求才之方要非一格可限。自古三物興
　　賢，四科取士。周、漢以前代有其法。唐、宋、元、明以來，進士
　　正科之外別有制舉之科以待非常之士。歷代行之，得人之效藹有可
　　想。我〔越南〕國家美化薰陶既深且久，人才成就亶惟其時，向來
　　鄉會有科，貢監有舉，其所以采玉求珠已無不用其。歷代帝王以來，
　　留心教育以振文風，右文設科，詳定試法欲多得俊，又列之眾職以
　　贊治功。雖人才之難得，亦由選擇之未精。夫十步之內必有芳草，
　　天下之廣豈無異才，得非衡尺所限，常套所拘。雖有淹博之學，富
　　贍之文或未能以自見。〔註35〕

　　由上所見，阮朝歷代君王很注重儒學教育及選拔人才工作，並認為「人才之難得，亦由選擇之未精」。因此，阮朝科舉試法更為嚴密、繁瑣，選擇程序嚴格的中國律賦為考賦標準是必然的。祝尚書《宋代科舉與文學》也指出「嚴格的程序和音韻規則，實際上就是設置了許多知識點，也就是考點，使閱卷官有了可以統一掌握的客觀尺度；而這些考點大多屬於死的、硬性的『技術』規範而非活的、具有伸縮性的文章評價」，「可以培養鍛鍊人們超常的駕御文字和調協聲韻的能力，也就是『因難見巧』，從而可以較準確地評判舉子的智力高下。」〔註36〕

〔註34〕〔越〕高春育撰，《國朝鄉科錄》，卷1、2，《鄉會試法附》，漢喃研究院藏版，編號：VHv635/1-4。
〔註35〕〔越〕《欽定大南會典事例》，卷 106，《科舉》，漢喃研究院藏版，編號：A.54/1-3。
〔註36〕祝尚書撰，《宋代科舉與文學》，中華書局，2008年版，第283頁。

關於場中考賦格式方面，阮朝也作出了詳細的規定。考賦的文體格式到明命十四年已基本確定下來，如明命十四年《試法新硎》記載：

> 至如律賦宜用駢體，其法大要直陳其事，主於鋪陳切實，各因題立局，要之體物、鋪張、揆理、議論而已。首篇或用『原夫』、『乃若』、『若夫』等字；發端或不必用，或用單句，或用雙句起題亦可；篇中蘊勢轉換題處或用一、二字，或用三、四字，或不必用。通篇每題爲一截，或四、五、六韻，或七、八、九韻，不必構定。押韻不構一平一仄相間，其逐截句數不必多寡相等。至如每截內雙句、隔句隨文勢迭用亦可，不必概構舊套挨排八字、雙關、隔句、次弟。篇尾或用『歌曰』、『系曰』、『頌曰』，或不必用，但要總撮，收束全篇大意，及詠贊、悠揚其未盡之意或稱述。〔註37〕

由上面引文，我們可窺出阮朝明命十四年之後，試賦對格式規定比較嚴格，對賦中句式、押韻還比較鬆弛。但從阮朝當時的文獻記載，我們發現阮朝試賦原先對押韻方面也很嚴格，如《欽定大南會典事例・科舉・試藝體裁》曾提到：

> 明命十年，因思韻學一款士人記憶良難，間有詩思可觀偶因出韻便已不堪入格，所以措辭押韻之間恐於韻字未必妥協而意下模糊，縱有好底詩思亦無由披展矣。是則宏碩之士未免爲衡尺所拘，殆非朝廷獎拔人才之意也。〔註38〕

可見當時嚴格的用韻規則已給士子帶來很大困擾，即拘泥於繁瑣的形式而喪失思致與文理。在科考中爲押韻合乎規定而無暇顧及詩思已成爲相當普遍的現象，這種規則無疑暴露出一定的弊端，因此在明命期間（1820～1840），對律賦的押韻、形式規定又有所放寬：

> 賦韻一款：從前士子臨文或有合用上下二韻，而場官概爲區別，間或文理可觀亦以不合見黜。似此頗屬太拘。茲著嗣凡鄉會賦體，如：平韻東、冬、支、微，仄韻語、御、麌、遇之類字音相近者準通用，無須仍舊拘攣俾眞才者得以自見。〔註39〕

〔註37〕〔越〕《試法新硎》，明命14年春鐫，柳齋堂藏板，漢喃研究院藏版，編號：A.2393。

〔註38〕〔越〕《欽定大南會典事例》，卷106，《科舉》，漢喃研究院藏版，編號：A.54/1-3。

〔註39〕同上。

　　律賦原用對偶、駢儷，其句中之押腳字原要平仄諧音。從來作者亦有偶句平對平、仄對仄，與夫驪句或有上二句迭用平、下二句迭用仄，或有第一句平、第二句仄、第三句平、第四句亦平者，亦間有不拘常律。嗣凡應試律賦於一篇之中如有一二偶句、驪句不拘平仄常律，而其使字穩當者亦聽，但不得多用。〔註40〕

　　此一規定得到當時士子的響應，以范文誼《三登黃甲場賦》〔註41〕賦集中《四方風動賦》（題韻）為例：

　　民蕘於中，臣成其[美]。刑罰之中，精華之[治]。莫是好生之德，承帝意於宥三；對看敷治之功，等禹聲於訖[四]。蓋非刑發聞惟醒，莫謂法官少和[氣]。

　　君哉盧舜，治繼陶[唐]。士師有命，股肱為[良]。刑期無刑，從以治兮帝欲；闢以正闢，祗厥敘兮阜[方]。至愛之心，實寓至威之內；服刑之下，更聞明德之[香]。

　　則見作興無間，觀感攸[同]。凡此及人之化，恍然鼓物之[風]。奉揚欽恤之仁，觀感不於刑法上；普扇慈祥之化，鼓舞圍於德化[中]。惟明之化所敷，舉朔東西而漸暨；克久之仁所發，合要荒侯甸以流[通]。

　　理妙有孚，障蔽之陰寒普暢；機神必偓，發榮之草木春[濃]。到處生輝，著炳文之革；無人不化，清脫枯之[蒙]。吹來而花落犴庭，不犯有司之禁；掃去而塵清苗障，昭回大道之[公]。和氣翱翔，彷彿羊韶之節奏；教聲振舉，依稀干羽之雍[容]。人知有契之教，不知有阜之[功]。

　　我們從押韻角度來看此賦韻腳字是否合乎押韻規則。按題要求賦以題字為韻、順押。「四、方、風、動」等四韻腳分別屬「至」韻去聲、「陽」韻平聲、「東」韻平聲、「董」韻上聲。

　　第一截的韻字：美、治、四、氣，其中「四」、「治」字屬「至」韻去聲，「美」字屬「旨」韻上聲，「氣」字屬「未」韻去聲。

　　第二截的韻字：唐、良、方、香，其中「唐」字屬「唐」韻平聲，「良」、

〔註40〕　〔越〕《欽定大南會典事例》，卷106，《科舉》，漢喃研究院藏版，編號：A.54/1-3。
〔註41〕　〔越〕范文誼撰，《三登黃甲場賦》，漢喃研究院藏版，編號：VHv.321。

「方」、「香」字屬「陽」韻平聲。

第三截的韻字：同、風、中、通等四韻字都屬「東」韻平聲。

第四截的韻字：濃、蒙、公、容、功，其中「蒙」、「公」、「功」屬「東」韻平聲，「濃」、「容」屬「鍾」韻平聲。

按押韻規則和賦題的要求，「動」字屬「董」韻上聲與「濃、蒙、公、容、功」字屬「東」、「鍾」韻平聲不相押。但有上述對押韻放寬的規定，所以此段押韻仍被視為符合規則。

可是，到嗣德年間（1847～1883），試賦科目對押韻方面又開始嚴格起來，據《欽定大南會典事例》記載：

> 嗣德三年（1850）……第三期題目用詩一題，律賦一題。關韻由場官酌量限定，士人行文照隨題意發揮，不可流於浮靡。其押韻須於每聯酌用三、四韻以上，若止一、二韻不得合式。〔註42〕

由上文所引，嗣德期間考賦嚴格限定為律賦，由場官選取韻腳，參加考試的士人只能隨題意發揮，內容要求平正切實之外，對押韻的規定尤為細緻，每段要用三、四韻以上，否則會被判為不合式，失去進身機會。

關於考賦命題及限字情況，阮朝科舉制度也作出相當詳細的規定，如《欽定大南會典事例·科舉·命題規式》記載：

> 凡命題。鄉、會試：第一場《傳》，用二題；《大學》、《中庸》一題；《論》、《孟》一題；《五經》各一題。第二場用《策問》一道；《古文》各段須用大道理、大制度、確有根據；《今文》鄉試則照向辨略略發問，會試則詳問政務。第三場《詔》、《表》、《論》各一道。第四場詩、賦各一題。鄉試用七言唐律詩，會試用五言排律詩。（明命十三年）應試詩賦體或以政事，或典故，或經史正文，或古人成句，或山川景物。不得引用僻書、私集文字。其唐律詩及八韻賦，舊套並行停止。士人行文賦體通篇。鄉試限二百五十字以外，會試限三百字以外。〔註43〕

通過上面引文，我們看出阮朝科舉制度對科目命題各項都比較詳細，並對舉子作文的行文、用典、字數的要求都比較詳盡。鄉試考賦科目規定使用字數在二百五十字以上，會試則用三百字以上。

〔註42〕〔越〕《欽定大南會典事例》，卷106，《科舉》，漢喃研究院藏版，編號：A.54/1-3。
〔註43〕〔越〕《欽定大南會典事例》，卷106，《科舉》，漢喃研究院藏版，編號：A.54/1-3。

關於賦中用事，《文心雕龍·事類》曰：「事類者，蓋文章之外，據事以類義，援古以證今者。」〔註44〕因而，士子在撰寫程序嚴格的律賦，喜用字數簡短的典故來表述已見，從而大大增加了賦文內容的含量，使表達含蓄而不淺露。

阮朝科考規定雖不明確使用典故的數量，但要求士子試卷中使用「典故、經史正文、古人成句」等，不能「引用僻書、私集文字」。再者，因律賦講究聲律，所以考官就根據舉子對駕御文字、用典和調協聲韻的能力，從而評判舉子的智力高下。如沛陽吳世榮《竹堂賦選》〔註45〕集中收錄的《克明俊德賦》，賦中：

> 至誠無息，行己不恍。安安則曰欽、曰思，存存則不舒、不驕。本高明而極於高明，寧由勉勉；因光大而至其光大，亦孔昭昭。⋯⋯時獻聰明，光宅中夏。穆穆敬止，緝聖學於光明；日日新之，積川流而敦化。文章與成功並茂，堂哉大哉；上下與天地同流，高也厚也。

此段賦文，雖短短幾句，但大量取材於中國著名的經、文、史書，如（1）《中庸》第 26 章：「故至誠無息。不息則久，久則徵，徵則悠遠，悠遠則博厚，博厚則高明。博厚，所以載物也。高明所以覆物也。」（2）《尚書·堯典》曰：「欽明文思安安。」〔註46〕（3）《中庸·大哉章》：大哉聖人之道！洋洋乎，發育萬物，峻極於天。優優大哉！禮儀三百，威儀三千，待其人而後行。故曰：「苟不至德，至道不凝焉。」故君子尊德行而道問學，致廣大而盡精微，極高明而道中庸，溫故而知新，敦厚以崇禮。（4）《禮記·大學》記載：「湯之盤銘曰：『苟日新，日日新，又日新。』」〔註47〕，甚至賦題也出自《尚書·堯典》：「曰若稽古帝堯，曰放勳。欽明文思安安，允恭克讓，光被四表，格於上下。克明俊德，以親九族。九族既睦，平章百姓。百姓昭明，協和萬邦。」〔註48〕等，表現出作者對中國典故的掌握及駕御文字的能力。

阮朝對應試律賦內容的要求，也做出具體的規定。據《試法新刊》記載：「本朝鋪陳盛美，大抵應試詩賦宜堂皇正大、渾厚流轉，不得瑣屑、浮淺鉤

〔註44〕劉勰撰、范文瀾注，《文心雕龍注》，人民文學出版社，2001 年版。
〔註45〕〔越〕吳世榮撰，《竹堂賦選》，漢喃研究院藏版，編號：A.128。
〔註46〕李民、王健撰，《尚書譯注》，上海古籍出版社，2000 年版，第 1 頁。
〔註47〕陳澔注，王文錦譯解，《禮記》，中華書局，2001 年版，第 898 頁。
〔註48〕李民、王健撰，《尚書譯注》，上海古籍出版社，2000 年版。

棘」〔註49〕。

　　關於阮朝期間考賦試題，筆者從《嗣德聖製文三集》、《皇越歷科詩賦》、《辛巳恩科文選》、《辛丑科會試文選》、《淹博科文集》等阮朝應舉賦集，稍作統計，如下表：

次序	阮朝歷代帝王年號	開科年	會試賦題	限韻字
1	明命 16 乙未	1835	《日月光華弘於一人賦》	泰和在宇宙間
2	19 戊戌	1838	《聲教覃敷賦》	大化神明洪恩溥洽
3	紹治元年辛丑恩科	1841	《水未波鑒未塵賦》	澄清九淵光照萬里（順押）
4	2 壬寅恩科	1842	《升配大禮慶成覃恩中外宴賡臣工賦》	君臣夾修情孚同樂
5	3 癸卯	1843	《南省奏豐登賦》	風調雨順歲美民康
6	4 甲辰	1844		
7	7 丁未	1847	《高蠻來廷下詔西征將土班師朝覲論功行賞賦》	威振殊境藝催功
8	嗣德元年戊申恩科	1848	《奉三無私賦》	家給人足近悅遠來
9	2 己酉	1849	《仲春欽文殿首開經筵賦》	親賢圖治振作文風
10	4 辛亥	1851	《四氣爲政賦》	運而無積天下咸歸
11	28 乙亥	1875	《富使來朝修好和禮賦》	富使來朝修好和禮
12	30 丁丑	1877	《在璣衡以齊七政賦》	以題爲韻
13	32 己卯	1879	《老蚌生珠賦》	和氣相感海出明珠
14	33 庚辰	1880	《投壺賦》	偶而中耳幾乎破壺

　　據上述表格，可窺出阮朝考賦的內容比較豐富，如嗣德乙亥（1875 年）科會試題爲《富使來朝修好和禮賦》（以題爲韻，除賦字外）；丁丑（1877 年）科會試題《在璣衡以齊七政賦》（以題爲韻）；己卯（1879 年）會試恩科題《老蚌生珠賦》（以和氣相感海出明珠爲韻）；庚辰（1880 年）科會試題《投壺賦》（以偶而中耳幾乎破壺爲韻）。〔註50〕這些賦題均表現出「穿穴經史」、「驅使六籍」的特點。

〔註49〕 〔越〕《試法新刊》，明命 14 年，柳齋堂藏板，漢喃研究院藏版，編號：A.2393。
〔註50〕 〔越〕《嗣德聖製文三集》，卷 14，漢喃研究院藏版，編號：VHv.1137。

綜上所述，阮朝對考賦科目的規定很詳細。無論賦體、押韻還是用事、行文、字數等條目，都有具體和明確的規定。而這些要求明顯都來自於中國律賦的影響。

二、中國律賦對阮朝試賦的影響

阮朝科舉考試中對試賦的規定不止詳細，還具體地選錄中國的賦譜以及一些賦篇作爲舉子的參考。自明命十三年（1832）「改定三場試法」〔註51〕之後，就制定試法規程及文體格式。同時也選錄清代若干賦篇作爲士子研習律賦的依據。根據明命十四年（1833）柳齋堂刊印的《試法新硎》〔註52〕記載，在其附錄部份有收錄清代乾隆丙申年（1776）朱一飛《律賦揀金錄》中的賦譜以及清代道光癸未科（1823）中舉的賦篇及考官對此賦的評語。

如徐兆彥《嚴子陵釣臺賦》，以不事王侯高尚其志爲韻。其賦開頭：「東漢中興之間有隱君子者，運際赤符，情輕朱綬。獨尋盤古之居，勿效鑒湖之乞。……」。考官批此賦「就釣臺前後敘事。議論縱橫，筆楮蓬勃」、「能發出子陵高隱之意。清景中復饒秀麗。」〔註53〕

朱傳治《月鈎賦》，以月鈎初上紫微花爲韻。賦以「霞綺初銷，日輪乍沒。奧魄鷥環，蟾光飄忽。新開不夜之樓臺，微露廣寒之宮闕。」爲開端。考官批此賦「細針客縷，處處不脫鈎字。方與《初月賦》有別相類，這眞形容曲肖、雙管齊下、一絲不走神，似初庚風格。」〔註54〕

此外，還有宋由萊《銀河賦》，以玉露初下銀河已橫爲韻；章雷《三十六天賦》，以元都以下三十六天爲韻；揚昌光《春山如笑賦》，以題爲韻等賦篇。

這些賦作不僅是朝廷對考賦科目要求的具體例子，而且還給舉子研習律賦的體格、押韻、用典等方面提供最好的材料。特別是〔清〕朱一飛《律賦揀金錄》的賦譜，較詳細地講述撰寫律賦的方法：

> 立格宜相題而立，無一定也。如：長題有截做法，有串做法；
> 扇題有分疏法，有交互法。古體有敘在題前法，有述在題後法。時
> 題有因時制義法，有援古記今法。至短題則宜於中三韻另立柱頭，

〔註51〕〔越〕《欽定大南會典事例》，卷106，《科舉》，漢喃研究院藏版，編號：A.54/1-3。
〔註52〕〔越〕《試法新硎》，明命14年，柳齋堂刊印，漢喃研究院藏版，編號：A.2393。
〔註53〕〔越〕《試法新硎·附錄清代賦體》，明命14年，柳齋堂刊印，漢喃研究院藏版，編號：A.2393。
〔註54〕同上。

乍溯古法，有寫影法。而題僚比擬者，尤宜處處雙關夾寫，抉出題眼才見本領。

協韻之法，不外平穩而已。今人窗下著作欲愜意，每以所限之韻前後調用場中宜以順押爲是。所限之字尤須協得四平八穩。要知試官注意全在此處。凡虛字、俗字、怪誕字、陳腐字，總以典切不浮者協之，已可冠領一場。

遣辭之謂，有虛處宜實，有實處宜虛，一題正面無幾，得力處全在旁面反面，題前題後善於驅遣，便虛實得法。不善者則實處全實，虛處全虛。一篇中堆垛枯骨諸弊百出，古人作詩歎著眼之難，爲賦亦然。縱極四庫之富，須調度得宜，疏密相間，如兵家遣將，枝枝當緊要處，乃爲無弊。摘用成語賦家上乘，然不宜荒詞腐句，折用古典賦家三昧，亦不宜涉纖近晦。至運用詩歌詞賦，必以家絃戶誦，絕無僻澀粗纜者方可。否則寧簡毋繁。〔註55〕

由上文所引，朱一飛《律賦揀金錄》中的賦譜比較詳細地講解作賦的立格、押韻、遣辭、用典等方面。對越南阮朝當時從事舉業，有很大的啓發，下以範文誼《三登黃甲場賦》集中的《烏鵲橋賦》〔註56〕（以坦然若履平地爲韻）爲例：

亦嘗拱立間庭，仰瞻雲漢。愛夜色之澄澄，羨仙橋之坦坦。鵲惟多巧，別成造化之功；烏若有情，樂結仙家之伴。相彼烏傳斯異事，亦云秋以爲期；今何夕見此良人，誰謂往而不返。

聞自織女之嫁牽牛也，綠鬢花顏，朝朝暮暮；雲情雨意，夜夜年年。愛屋及烏，方幸彼天有意；有巢爲鵲，轉憐之子無緣。兩路分攜，芳心已矣；幾番隔望，別緒悠然。抱空紅如夢之懷，待逢秋夕；唱何處尋眷之曲，笑指河邊。

有所爲橋，自西徂東；誰謂斯橋，曰烏與鵲。相相戴土，九重飛向雲霄；去去塡河，一漾橫鋪碧落。倏爾而成，望之儼若。俯嘲啣石，精衛室勞；仰望臥波，神龍欲躍。異哉橋也，人間七夕之期；如此夜何，仙侶百年之約。

〔註55〕〔越〕《試法新刪・附錄・賦譜》，明命14年，柳齋堂刊印，漢喃研究院藏版，編號：A.2393。
〔註56〕〔越〕范文誼撰，《三登黃甲場賦》，漢喃研究院藏版，編號：VHv.321。

於是相送兮風姨，偕行兮月娣。道有蕩兮子游敎，路如矢兮君所履。橋上香車度去，漢水濯之；橋頭繡幄披來，雲章倬彼。又今相見，應殊未嫁之嫦娥；閱歲一來，定勝孤眠之婺女。

無何晃輪落影，鼉鼓殘更。惆悵驪駒一曲，淒涼歸雁數聲。郎別妾於雲中，祗應作淚；妾送郎於月下，豈易爲情。橋更消魂，曾否知予有恨；禽如會意，亦宜鳴我不平。

回想昨宵，還疑夢裏。豈知仙子，猶爲別離人；遂使銀河，永爲離別地。吁嗟乎，來路而翻成去路，烏爲啼哀；所幸者，今秋而剩有來秋，鵲重振美。願君努力且加餐，天長地久終如此。

此賦題來自中國民間傳說的故事，天上的織女七夕渡銀河與牛郎相會，喜鵲來搭成橋，稱鵲橋。常用以比喻男女結合的途徑。

全賦共有六段，按題要求，以「坦、然、若、履、平、地爲韻」，順押。在「立格」方面，借鑒朱一飛《賦譜》中所講「短題則宜於中三韻」的做法，第一、二段先用題前推原的筆法，說明烏鵲橋的來源。第三段漸入題，描寫並說明其橋的功能。第四段賦文「又今相見，應殊未嫁之嫦娥；閱歲一來，定勝孤眠之婺女。」從另外一個角度來看烏鵲橋，可說「破泣而笑」。第五段寫題後事，講述牛郎織女相見後的傷心。賦末段筆墨淋漓，以慰解筆收結。第三至五段可說「另立柱頭」，「抉出題眼」，立意新穎，體現出作者的卓越文才及獨到視野。

在協韻方面，所限的韻字按次序在賦中一一出現，一段押一韻部。每韻部用三韻字，其中有賦題要求押的韻字，並「協得四平八穩」。

賦中在比擬烏鵲橋、別離心情等的地方，按賦譜的做法，都用雙關的句式來描寫，如「惆悵驪駒一曲，淒涼歸雁數聲。郎別妾於雲中，祗應作淚；妾送郎於月下，豈易爲情。橋更消魂，曾否知予有恨；禽如會意，亦宜鳴我不平。」

在用典方面，除了使用《漢書・儒林傳・王式》：「謂歌吹諸生曰：『歌《驪駒》。』」顏師古注：「服虔曰：『逸《詩》篇名也，見《大戴禮》。客欲去歌之。』文穎曰：『其辭云「驪駒在門，僕夫俱存；驪駒在路，僕夫整駕」也。』」〔註57〕的典故來描寫告別，還摘用成語「天長地久」，眞可謂「賦家上乘」。

〔註57〕班固撰，《漢書》，卷88，第58，《儒林傳・王式傳》，中華書局，1982年版，第3610頁。

從此例可看出〔清〕朱一飛《律賦揀金錄》的賦譜對越南當時文士的影響及其作用。

此外，賦譜中還提出賦有四品「曰清，眞，雅，正。……四品之目，曰清，以氣格言也；曰眞，以典實言也；所謂詩人之賦麗以則，則者法之。鍊字必取其雅，用意必歸於正，所謂詞人之賦麗以淫，淫者謹之。」〔註58〕此一條，不僅是士子作賦的標準，而且還是考官評判舉子律賦優劣的準繩。

在《試法新硎》問世的同時，明命十四年（1833）〔越〕柳齋堂刊印的《新揀應試詩賦》〔註59〕（收錄中國唐、清 68 篇賦）和阮懷永編《賦則新選》〔註60〕（收錄中國清代 242 篇賦）的兩本賦集陸續出現，爲當時舉子研習律賦增添了學習工具。據阮懷永《賦則新選·序》記載：

> 夫麗體之賦有體格，以爲之範，字句工整，聲調鏗鏘。雖與古賦雄渾流動，不爲體格所縛定者不同，而其品致亦必歸於清眞雅正。本無詭於揚子之所謂「麗之以則」者。……我皇朝文治昌明，試法益精而備，就中試賦一道，又翻其陳，以返乎清眞雅正之則，爲士者幸逢熙世，孰不磨勵心與用仰答聖天子崇文之懿，綺歟盛哉。余素業學，向曾見《揀金》、《新硎》二集，讀而慕之，或亦涉其藩籬。至是乃遍求撐板諸賦集，揀取切於時習者若干篇，彙編成帙，顏曰：《賦則新選》，聊以備管窗自課，及課童取優焉自矣。〔註61〕

由此可見，《賦則新選》的問世是爲舉業者在日常肄習律賦之用的，其內容主要是中國清代的律賦，這顯然是中國律賦對阮朝試賦產生的影響。

阮朝期間，由朝廷選錄中國律賦以爲士子研習樣板之事不止出現一次。嗣德年間，於 1855 年編纂《欽定大南會典事例》〔註62〕告成，其書卷一百一十《禮部·科舉·詩賦式》選錄十九篇中國律賦：1.《天行健賦》（以自強不息悠久無疆爲韻）2.《文以載道賦》（周子通書文所以載道也）3.《籍田扈駕

〔註58〕〔越〕《試法新硎·附錄·賦譜》，明命 14 年，柳齋堂刊印，漢喃研究院藏版，編號：A.2393。

〔註59〕〔越〕《新揀應試詩賦》，柳齋堂於明命 14 年（1833）印，漢喃研究院藏版，編號：A.172。

〔註60〕〔越〕阮懷永撰，《賦則新選》，香茶會文堂於明命 14 年（1833）印，漢喃研究院藏版，編號：A.129。

〔註61〕同上。

〔註62〕〔越〕《欽定大南會典事例》，共 264 卷，阮朝敕撰，1855 年完成刻本，漢喃研究院藏版，編號：A.54/1-3。

賦》4.《以德爲車賦》5.《秋日懸清光賦》6.《鳳鳴朝陽賦》7.《江漢朝尊賦》8.《農乃登麥賦》題韻）9.《所寶爲賢賦》10.《圭璋特達賦》（以言念君子溫其如玉爲韻）11.《日月合璧五星連珠賦》12.《蓂葉生階賦》13.《石渠閣賦》（以礱石爲渠以導水爲韻）14.《風不鳴條賦》（題韻）15.《十月先開嶺上梅賦》（題韻）16.《春雨如膏賦》（題韻）17.《天光雲影賦》18.《松柏有心賦》（以如松柏之有心爲韻）19.《金在鎔賦》（以金在良冶求鑄成器爲韻）

經筆者考證，以上十九篇賦都出自《新揀應試詩賦》和阮懷永《賦則新選》兩本賦集。按此二賦集的注記，這些賦篇取自中國清代以下賦集：

1.《揀金律賦》：《天行健賦》（以自強不息悠久無疆爲韻）；《文以載道賦》（周子通書文所以載道也）；《籍田扈駕賦》；《以德爲車賦》；《日月合璧五星連珠賦》

2.《百篇賦抄》：《秋日懸清光賦》

3.《館閣賦》：《鳳鳴朝陽賦》

4.《試賦新硎》：《蓂葉生階賦》；《春雨如膏賦》（題韻）；《金在鎔賦》（以金在良冶求鑄成器爲韻）；《農乃登麥賦》（題韻）；《圭璋特達賦》（以言念君子溫其如玉爲韻）；《江漢朝尊賦》；《風不鳴條賦》（題韻）；《天光雲影賦》

5.《試賦衡能》：《石渠閣賦》（以礱石爲渠以導水爲韻）

6.《律賦雕龍》：《松柏有心賦》（以如松柏之有心爲韻）

7.《應制律賦》：《所寶爲賢賦》；《十月先開嶺上梅賦》（題韻）

以上十九篇律賦，除了《金在鎔賦》由〔宋〕范仲淹所作，其它十八篇都爲清代文人所撰。選錄范仲淹《金在鎔賦》是因爲律賦講究起承轉合，首尾呼應，結語不是起語的簡單重複，往往有所引申。而「范仲淹的《金在鎔賦》的『正意』是『求試』，希望『聖人』能像良冶鑄金那樣使自己成爲國器：『士有鍛鍊誠明，範圍仁義。俟明君之大用，感良金而自試。居聖人天地之爐，亦庶幾於國器。』但這一『正意』只在結尾處輕輕一點，而全賦的主要內容是以『良冶鑄金』喻『上之化下』，所謂『觀此冶金之義，得乎爲政之謀』。李調元《賦話》卷五《新話》五認爲此賦善於馭題而不爲題縛：『文正借題抒寫，躍冶求試之意居多，而正意只一點便過，所謂以我馭題，不爲題縛者也。』〔註63〕，所以阮朝選其賦作爲舉子研習律賦的樣板。

綜上所述，中國律賦，特別是清代律賦對阮朝科考試賦的影響是明顯的。

〔註63〕 曾棗莊撰，《論宋代律賦》，文學遺產 2003 年，第 5 期。

原因在於阮朝在科舉制度上模仿清代三場試法，同時在選拔人才上喜用嚴格程序、「因難見巧」來評判舉子的智力高下，定期去取。阮朝試賦科目用律體，而當時清朝律賦益盛，所以借鑒清代律賦成為順理成章之事。

第三節　唐、清律賦在阮朝期間的傳播及其對阮朝漢文賦之影響

一、唐、清律賦在阮朝期間的傳播

律賦，乃唐代詩歌格律化之一體。「律賦之體雖自唐始有之，然其源卻肇自齊梁。律賦實亦駢賦之一體，齊梁之賦篇幅漸短，而對偶日趨嚴整，便是開律賦之先者。」〔註64〕

〔明〕徐師曾《文體明辨序說・賦》云：「三國、兩晉以及六朝，再變而為俳，唐人又再變而為律，宋人又再變而為文。」其中對律賦論曰：「六朝沈約輩出，有四聲八病之拘，而俳遂入於律。徐、庾繼起，又復隔局對聯，以為四六，而律益細焉。隋進士科專用此體，至唐宋盛行，取士命題，限以八韻，要之以音律諧協、對偶精切為工。」〔註65〕

〔清〕孫梅《四六叢話》卷四《賦三》評律賦曰：「自唐迄宋，以賦造士，創為律賦，用便程序，新巧以製題，險難以立韻，課以四聲之切，幅以八韻之凡，以重棘之圍，刻以三條之燭。然後銖量寸度，與帖括同科，夏課秋卷，將揣摩共術矣。徒觀其繩墨所設，步驟所同，起謂之破題，承謂之頷接，送迎互換其聲，進退遞新其格。」〔註66〕

〔清〕王芑孫《讀賦卮言・試賦》曰：「唐以賦試士凡二百餘年，科場風會，遁更迭變，前後懸殊。」〔註67〕又曰：「讀賦必從《文選》、《唐文萃》始，而作賦則當自律賦始，以此約其心思，而堅整其筆力。聲律對偶之間，既規重而矩疊，亦繩直而衡平。律之為言，固非可鹵莽為之也。」〔註68〕

〔註64〕尹占華撰，《律賦論稿》，巴蜀書社，2001年版，第103頁。

〔註65〕徐師曾撰，《文體明辨序說》，人民文學出版社，1962年版，第55頁。

〔註66〕〔清〕孫梅撰，《四六叢話・賦三》，卷四，（萬有文庫），商務印書館發行，1937年版，第61頁。

〔註67〕〔清〕王芑孫撰，《讀賦卮言・試賦》，（何沛雄撰，《賦話六種》，三聯書店1982年版，第15頁）。

〔註68〕〔清〕王芑孫撰，《讀賦卮言・律賦》，（何沛雄撰，《賦話六種》，三聯書店1982年版，第12、13頁）。

以上這些觀點是針對律賦的來源及其特點與功能的論述。值得注意的是〔清〕王芑孫《讀賦卮言·試賦》提出：「作賦則當自律賦始。」此一觀點比較符合阮朝科舉制度的定制。從一開始，阮朝就選律體作為考賦科目，所以在推行科舉制度的同時，阮朝也不斷提供給舉子研習律賦的資料。如陳公獻編輯《名賦合選》〔註69〕，嘉隆十三年（1814）新鐫，海學堂藏版，印刷本，1296頁，規格：24 x 16。收錄從陳朝到阮朝的名人詩賦405篇。此賦集是在嘉隆六年（1807）規定「鄉試第三場八韻體賦一篇」後刊印的，其中收錄後黎朝98篇八韻賦。

據前人統計，越南現存的安南本中國書籍共有514種，其中集部共有51種。有關舉業文和賦有：《歷科名表》、《初學靈犀》、《校文全集》、《十科策略》、《策學纂要》、《應制詩》、《時文備法》、《名文精選》、《新揀應試詩賦》、《明清狀元策》、《明清狀元策體式》、《賦學指南》（傳到越南後改名為《分類賦學指南》）、《少岩賦草》、《金蓮寺賦》等15種。〔註70〕然而，經筆者考閱，與賦有關者僅有《新揀應試詩賦》、《分類賦學指南》、《少岩賦草》、《金蓮寺賦》等4種。其中：

1.《分類賦學指南》由〔清〕余丙照撰，阮朝嗣德29年（1876）孟春吉日新鐫，丹安集文堂藏板。此本以〔清〕道光七年（1827）初刊本為底本刊行。此書屬賦格一類。

2.《少岩賦草》由〔清〕夏思沺撰，印刷本，〔越〕大著堂印於嗣德28年（1875），416頁，規格：20 x 12 cm。收錄作者的79篇賦。

3.《新揀應試詩賦》，明命十四年（1833）〔越〕柳齋堂刊印，收錄中國唐、清六十八篇賦。此集收錄〔唐〕崔膺《金鏡賦》和〔唐〕獨孤及《漢光武渡滹沱水賦》兩篇；〔宋〕范仲淹《金在鎔賦》一篇；其餘是清代的65篇。

4.《金蓮寺賦》由〔清〕沙門祠朗撰，印刷本，11頁，規格：32 x 22 cm。此賦描寫越南河內金蓮寺。

此外，筆者在越南漢喃研究院的藏書中，統計了阮朝收錄中國唐、清律賦集的現存文獻，有以下幾本：

1.阮懷永編《賦則新選》，印刷本，共十卷。其中編號 A.129/1～2：會文

〔註69〕〔越〕陳公獻編輯，《名賦合選》，漢喃研究院藏本，編號：A.2802。

〔註70〕劉玉珺撰，《越南漢喃古籍的文獻學研究》，中華書局，2007年7月，第34～40頁。

堂鐫於明命 14 年（1833 年），1028 頁，規格：26x15 cm。A.2248/1～2：盛文堂鐫於紹治 3 年（1843），1028 頁，規格：27x16 cm。編號：A.129/1～2。收錄中國清代律賦 242 篇。

　　2.《名家詩賦合選》，手抄本，16 卷編成 6 冊，1850 頁，規格：23 x 16cm。其中：第一冊：420 頁，收錄賦譜及中格賦篇；第二冊：289 頁，收錄裴輝廷學府的名賦；第三冊：429 頁，收錄認齋學府的名賦；第四冊：251 頁，收錄中格詩賦；第五冊：257 頁，名家詩集合選；第六冊：204 頁，收錄張先生龍仙學府的名賦。一共收錄 301 篇賦，其中第六冊收錄中國清代 16 篇律賦。

　　3.《疆輿文戰》手抄本，黎仲珹〔註71〕編，2480 頁，規格：27 x 15 cm。其中第一至第十集收錄詩文；第十一集（北賦）收錄唐代律賦 28 篇、清代律賦 11 篇；第十二、三集（南賦）收錄越南從陳至阮朝名賦 112 篇。

　　以上所列的賦集，基本上在明命、嗣德年間（1820～1883）編輯與印行。各賦集中或多或少收錄清代律賦。

　　如阮懷永《賦則新選》，〔越〕會文堂鐫於明命 14 年（1833 年）。此賦集從清代各賦集中選錄律賦作爲士子研習律賦的材料，其選錄情況如下：

　　（1）取自《揀金律賦》的有：《天行健》、《日月合璧五星聯珠》、《以德爲車》、《陋巷》、《薰風自南來》、《籍田戹駕》、《清篆》、《玉燭》、《日抱戴》、《日印萬川》、《白樓畫壁》、《放鶴亭》等 35 篇賦。

　　（2）取自《律賦新硎》的有：《雲從龍》、《易兼三才》、《正仲冬》、《閏月定四時成歲》、《五載一巡狩》、《江漢朝宗》、《蠶月條桑》、《五月鳴蜩》、《鶴鳴九皋》、《鳴鳩拂其羽》、《圭璋特達》、《籥章歡豳》、《秋月如圭》、《平疇交遠風》、《樵夫笑士》、《西王母獻白玉環》、《蓮花峰》、《牛渚燃犀》、《箏笛浦泛月》、《瑞柳》、《蟻梅》等 68 篇賦。

　　（3）取自《新機律賦》的有：《天衢賦》、《巡野觀稼》、《八月剝棗》、《寧歲飯牛》、《百辟獻農書》、《李想雪夜之蔡州》、《太常山蝶》、《修月》、《漣漪濯明月》、《春陰》、《百日習一經》、《靈壽杖》、《隗囂宮盌》、《定香亭》、《佛手柑》、《白槿花》等 22 篇賦。

　　（4）取自《律賦麗則》的有：《動靜交相養》、《振木鐸》、《人情爲田》、《冬日可愛》、《五聲聽政》、《王雒山寶鼎》、《妙空岩觀日出》、《寒江釣雪》、

〔註71〕〔越〕黎仲珹（1871～1931），號夢石、同江、南亞余夫、南中、南史氏，字國寧，南定膠水會溪人

《惜分陰》、《側理紙》、《偃伯靈臺》、《琢玉成器》、《鑿雕爲樸》、《歐臺子鑄劍》、《擬王子安七夕》、《江城如畫》、《棒檥橋》、《姑蘇臺懷古》、《鳶紙》、《蝴蝶夢爲周》、《荷錢》、《瓶菊》、《水仙花》等 51 篇賦。

（5）取自《玉堂賦選》的有：《平秩東作》、《閏月定四時成歲》（2 篇）、《聖人以四時爲柄》、《山川出雲》（2 篇）、《求賢》、《薰風自南來》（2 篇）、《喜雨》、《瑞雪》、《麥秋》、《臨雍頌》、《日月合璧五星聯珠》、《天保九如頌》、《太極》、《太極圖》等 17 篇賦。

（6）取自《應制詩賦》的有：《平秩東作》、《舉趾南畝》、《十月納禾稼》、《禮義以爲器》、《冬日可愛》、《所寶爲賢》、《鸚轉皇州》等 7 篇賦。

（7）取自《館閣賦抄》的有：《齊七政》、《同律度量衡》、《律和聲》、《江漢朝宗》、《木從繩則正》、《賣劍買牛》、《虎館論五經同異》、《豐年爲瑞》、《七旬以上高年千叟宴》、《仙禁日長》、《日月會壽星》、《明河》、《槎客至斗牛》、《快雪時晴》、《雪裏芭蕉》、《擬秋聲》等 20 篇賦。

（8）取自《律賦雕龍》的有：《孟冬頒朔》、《進善旌》、《五聲聽政》、《秋獮獲白鹿》、《姮娥奔月》、《向月穿針》、《大禹惜寸陰》、《文以載道》等 8 篇賦

（9）取自《少岩賦草》的有：《蘇武牧羝》、《漢武重見李夫人》、《岳武穆奉詔班師》等 3 篇賦。

（10）取自《探花窗》的有：《目不窺園》、《大閱禮成》、《甘雨爲醴泉》、《泥金帖》等 4 篇賦。

（11）取自《三山律賦》的有：《聞雞起舞》、《蘇東坡遊赤壁》、《燈花》、《寒蟬鳴》等 4 篇賦。

這些賦都是清代人寫的，有的是文章鳴世的文人，有的是科榜出身的士子，如：

1.楊開鼎《天行健賦》（以自強不息悠久無疆爲韻）

楊開鼎，字峙踢，號玉坡，江蘇甘泉人，清朝官員，1739 年高中進士，1749 年至臺灣擔任巡視臺灣監察御史。

2.謝墉《無逸圖賦》

謝墉〔註 72〕，？～1795，字昆城，號金圃，又號東墅，嘉善人。乾隆壬申進士，改庶吉士，授編修，累官吏部侍郎，降編修。有《安雅堂詩鈔》。

〔註72〕趙爾巽等撰，《清史稿》卷 305，列傳第 92，中華書局，1976 年版，第 10521 頁。

3.曹仁虎《江漢朝宗賦》

曹仁虎〔註73〕，1731～1787，字來殷（一作殷來），號習庵，江蘇嘉定人。生於清世宗雍正九年，卒於高宗乾隆五十二年，年五十七歲。少讀書，辨悟通達。年十六補諸生，學使崔紀目為異才。時同里王鳴盛才高名重，獨錢大昕與仁虎為二友。乾隆二十七年，（公元一七六二年）高宗南巡，召試列一等，特賜舉人，授內閣中書。明年，成進士，改翰林院庶吉士。累遷右庶子，擢侍講學士。每遇大禮，高文典冊，多出其手。五十一年，督學廣東，遭母憂，哀毀卒。仁虎博學多通，詩尤妙絕。與王鳴盛、王昶、趙文哲、吳泰來、錢大昕、黃文蓮唱和，稱「吳中七恋。」傳至日本，其國相高棅為七律，人贈一章寄達，人豔稱之。所著有《宛委山房》、《春盤》、《瑤華唱和》、《秦中雜稿》、《轅韶》、《鳴春》等集，及《蓉鏡堂文稿》、《二十四氣七十二候考》、《轉注古音考》。

4.儲麟趾《十月納禾稼賦》

儲麟趾〔註74〕，字履醇，江南荊溪人。乾隆四年進士，改庶吉士，授編修。進諸經講義，援據儒先，責難陳善，辭旨醇美。十四年，考選貴州道監察御史。編修硃荃與大學士張廷玉有連，督四川學政，母死發喪緩。麟趾疏劾，語不避廷玉，高宗以是知其伉直。麟趾累遷太僕寺卿，移宗人府府丞。引疾歸，家居十餘年。卒，年八十二。

5.方苞《中秋月賦》

方苞〔註75〕，1668～1749，字鳳九，一字靈皋，晚年號望溪，桐城人。桐城派鼻祖。康熙進士。康熙五十年（1711）因戴名世《南山集》案受牽連下獄。獲釋後，命為康熙帝編校《御製樂律》等。雍乾年間（1723～1795），充《一統志》總裁、《三禮義疏》副總裁，累官至禮部右侍郎。與劉大槐、姚鼐同為古文「桐城派」代表，撰文師法韓柳，講求義法，主張散文應宣揚儒家倫理綱常，對清代文學頗有影響。散文《獄中雜記》等名聞後世。有《方望溪先生全集》。

〔註73〕趙爾巽等撰，《清史稿》卷485，列傳第272，中華書局，1976年版，第13381頁。

〔註74〕趙爾巽等撰，《清史稿》卷306，列傳第93，中華書局，1976年版，第10541頁。

〔註75〕趙爾巽等撰，《清史稿》卷290，列傳第77，中華書局，1976年版，第10270頁。

6.莊培因《雲無心以出岫賦》

莊培因，江南陽湖（今江蘇武進）人。字本淳。生於清雍正元年（1723），卒於清乾隆二十四年（1759）。清乾隆十九年（1754）狀元。授職翰林院修撰，掌修國史。是科榜眼王鳴盛，後來成爲考據大師。二甲四名，紀昀成爲大學問家。二甲第四十名錢大昕爲一代宗師。因此，莊培因榜被稱爲「名榜」。乾隆二十一年，莊培因出任福建鄉試主考官。乾隆二十三年，出任福建學政，官至翰林院侍讀學士。乾隆二十四年病死於任上，年僅三十七歲。

7.葉觀國《秋獮獲白鹿賦》

葉觀國，1720～1792，字家光、號毅庵，晚年又號存吾。世居福清，順治間遷閩縣（今福州），乾隆辛未年（1751 年）中進士，選翰林院庶吉士，散館授編修。歷任典湖北、湖南、四川、雲南鄉試，督學湖南、廣西、安徽等職，歷右春坊，擢翰林院侍讀學士，遷詹事府少詹事，以足疾乞歸。著有《老學齋隨筆》。葉觀國工詩，自編所作《綠筠書屋詩鈔》18 卷。另著有《閩中雜記》。

8.王大經《水泉動賦》（以一陽初動處爲韻）

王大經〔註 76〕，約公元一六五三年前後在世，字倫表，號石袍，一號待庵居士，江蘇東臺人。生卒年均不詳，約清世祖順治中前後在世，年七十二歲。家貧，年二十，始肆力於學，通六經子史百家言，爲古文有奇氣。明末，以布衣談天下事，多奇中。明亡後，授徒養親。康熙間，御史魏雙鳳見其文，道：「當世軼才也！」薦之，不起。又詔舉「博學鴻儒」，亦不就。晚歲，築獨善堂於淘水之東。自號廬阜逸史。卒，門人私諡文介先生。大經著有字書正訛、柳城塾課等書，又輯有泰州中十場志十卷，重修靖江縣志十八卷，多不傳。令僅存獨善堂文集八卷。

以上所述，是簡介阮懷永《賦則新選》集中選錄清代律賦的大概情況。〔阮〕李文馥〔註 77〕爲此集題序：

> 我皇朝文治昌明，試法益精而備，就中試賦一道，又翻其陳，以返乎清眞雅正之則，爲士者幸逢熙世，孰不磨勵心與用仰答聖天子崇文之懿，綺歟盛哉。余素業學，向曾見《揀金》、《新硎》二集，讀而慕之，或亦涉其藩籬。至是乃遍求撐板諸賦集，揀取切於時習

〔註76〕趙爾巽等撰，《清史稿》，中華書局，1976 年版，第 11013 頁。
〔註77〕李文馥，1785～1849，字麟之，號克齋，河內永順湖口人。阮嘉隆 18 年（1819）舉人。歷仕嘉隆、紹治、嗣德三代，歷任史館翰林編修、廣南鎮參協、戶部右侍郎、兵部主事、禮部郎中辦理，官銜光祿嗣卿。

者若干篇，彙編成帙，顏曰：《賦則新選》，聊以備管窺自課及課童取優焉自矣。適吾友薛亨甫見之，謂宜公諸同好。余謂編類掇拾，昌足以佈之聞見，又念新格初行之始，士或有寡陋如余者不妨一覽以會其殊，於以求進諸麗則之境，斯可矣。薛亨甫笑以爲然。於是遂付諸剞劂。〔註78〕

由上所引，可看出《賦則新選》是一部專爲士子應試的賦集，而其內容大部份來自於中國清朝的律賦。此在在說明越南阮朝的試賦受中國清代律賦的影響。

我們再看嗣德二十九年（1876）丹安集文堂刊行〔清〕余丙照撰《分類賦學指南》賦集，其序寫道：

我〔清〕朝作人雅化，文運光昌。欽試翰院既用之，而歲，科兩試及諸季考亦藉以拔錄生童，預儲館閣之選。賦學蒸蒸日上矣。然通曉者往往矜爲秘授，嚮往者每致歎於迷途，固草茅之士苟非學有淵源，工賦者亦少。照於是忘其固陋，取唐賦佳構及國〔清〕朝名作，擇其佳句，分爲十法。始之以押韻，終之以煉局。又別爲碎目數十條，每條引佳構若干以爲程序。後復附以賦法，補其遺漏。蓋欲爲無師授者示迷途，故不憚縷晰言之耳。〔註79〕

雖此序文不是阮朝文人題筆，但其義理非常符合阮朝當時科舉用律賦考士制度的情況。此賦集行於越南阮朝，對當時從事舉業者，特別是初學之士，是非常有利的。其中「先引佳聯，所以講句法也。次引佳段，所以講段法也。後引全篇，所以講篇法也.」〔註80〕，對押韻、詮題、裁對、琢句、煉局、論賦品、論賦中諸段等方面作了詳細的講解，對研習律賦者可視之爲師。

此外，值得注意的是，〔越〕大著堂於嗣德 28 年（1875）印行〔清〕夏思沺撰《少岩賦草》。此一賦集，當今中國學者研究清代律賦幾乎都沒有提到，如尹占華《律賦論稿》〔註81〕、詹杭倫撰《清代律賦新論》〔註82〕、孫福軒

〔註78〕〔越〕阮懷永撰，《賦則新選·序》，明命 14 年新鐫，越南國家圖書館，編號：R.36。

〔註79〕〔清〕余丙照撰，《分類賦學指南》阮朝嗣德 29 年（1876）孟春吉日新鐫，丹安集文堂藏板，越南國家圖書館，編號：R.1492。

〔註80〕〔清〕余丙照撰，《分類賦學指南·凡例》阮朝嗣德 29 年（1876）孟春吉日新鐫，丹安集文堂藏板，越南國家圖書館，編號：R.1492。

〔註81〕尹占華撰，《律賦論稿》，巴蜀書社，2001 年版。

〔註82〕詹杭倫撰，《清代律賦新論》，北京燕山出版社，2008 年版。

撰《清代賦學研究》〔註83〕中均未提及。

經筆者考察中國文獻，有關夏思沺及其詩文的記載比較少，只有《安徽省銅陵縣地方志》〔註84〕和柯愈春撰《清人詩文集總目提要》〔註85〕兩本書分別記載如下：

> 夏思沺（1798～1868），字涵波，號少喦，本縣鐘鳴人。清道光十四年（1834 年）應鄉試中舉，選任蕪湖縣訓導，後升任穎州府教授。思沺博學廣聞，喜作詩、文、賦。先後有《少岩詩稿》、《少岩文稿》、《少岩賦草》、《少岩改課》刊印行世。時安徽按擦使吳坤謂夏思沺著作刊行後「異域亦多購之，近世以來，最爲罕有」，稱夏思恬爲「銅陵之傑出也」。夏思沺 70 歲告老還鄉，居鐘鳴泉水坑上山嶺樂麓，日以文章山水自娛。病逝後，其著作大都散失。現僅存刊有《少岩賦草》。〔註86〕

> 《少岩詩文稿》二十二卷，夏思恬撰。思恬原名思岩，字涵波，號少岩，安徽銅陵人。道光十四年舉人，任蕪湖儒學教諭。所撰《少岩詩文稿》二十二卷，同治間怡和堂刻，南京圖書館藏。諸家著錄別本數種：一爲《少岩賦草》四卷，山東大學圖書館藏道光十五年會文堂刻本，廣東中山圖書館藏道光十五年經綸堂刻本，安徽省圖書館藏同治七年務本堂刻本，廣東中山圖書館藏光緒五年安定堂刻本；一爲《增訂少岩賦草》二卷，咸豐元年涇縣朱氏刻，安徽省圖書館藏；一爲《少岩賦草箋注》四卷、《續集》一卷，姜兆蘭釋，民國十八年石印，廣東中山圖書館藏；一爲《少岩文稿初刻》二卷，咸豐元年刻，安徽圖書館藏；一爲《少岩詩稿》四卷，錄嘉慶二十一年至道光七年詩，共 284 首，有自序及劉履祥序，同治二年刻，《續修四庫提要》著錄；一爲《少岩詩稿》存卷九至十七，稿本，安徽師範大學圖書館藏。思恬中年周遊四方，詩作格調益高。晚遭世艱，轉而悲壯蒼涼。〔註87〕

由上文所引的文獻記載，可看出兩本書對夏氏名字、生卒年的記載有些

〔註83〕 孫福軒撰，《清代賦學研究》，浙江大學出版社，2008 年版。
〔註84〕 編纂委員會編纂，《安徽省銅陵縣地方志》，黃山書社，1993 年。
〔註85〕 柯愈春著，《清人詩文集總目提要》，北京古籍出版社，2001 年 11 月。
〔註86〕 編纂委員會編纂，《安徽省銅陵縣地方志》，黃山書社，1993 年，第 607 頁。
〔註87〕 柯愈春著，《清人詩文集總目提要》，北京古籍出版社，2001 年，第 1500 頁。

出入，但對其生平以及創作詩賦作品大都相同。

　　關於夏氏的賦集，按柯愈春撰《清人詩文集總目提要》的記載，迄今所知有 3 種版本：

　　1.《少岩賦草》四卷，山東大學圖書館藏，道光十五年（1835）經綸堂刻本；安徽省圖書館藏同治七年（1868）務本堂刻本；廣東中山圖書館藏光緒五年（1879）安定堂刻本。

　　2.《增訂少岩賦草》二卷，咸豐元年（1851）涇縣朱氏刻；安徽省圖書館藏。

　　3.《少岩賦草箋注》四卷、《續集》一卷，美兆蘭釋，民國十八年石印。

　　由此可見，夏氏《少岩賦草》一集，中國今存的、最早的版本是清道光十五年（1835）經綸堂刻本，也就是說此版本是在夏氏中舉人、任蕪湖縣訓導之後，刊印成書的。

　　可是，經筆者考察，〔越〕香茶會文堂於明命 14 年（1833）印行由阮懷永編的《賦則新選》，其卷三收錄夏思沺《少岩賦草》中《蘇武牧羝賦》、《漢武重見李夫人賦》、《岳武穆奉詔班師賦》等三篇。由此可推理，夏氏《少岩賦草》應在 1833 年前已成書、刊行於世，並傳到越南。

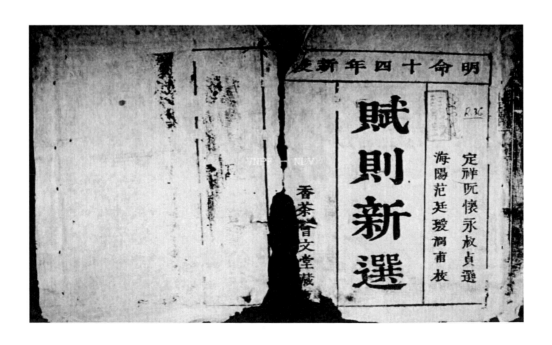

據《安徽省銅陵縣地方志》的記載，清朝當時文人對此賦集評價頗高，「時，安徽按擦使吳坤謂夏思沺著作刊行後：『異域亦多購之，近世以來，最爲罕有』，稱夏思恬爲『銅陵之傑出也。』」實際情況正是如此，域外遠離中國安徽上千里的越南自 1833 年已聞夏氏名聲並選錄其賦篇作爲從事舉業者研習律賦的資料。可惜，在越南書庫今存的只有〔越〕大著堂印於嗣德 28 年（1875）的版本。

夏氏《少岩賦草》中的賦文「以賦寫物，鋪采摛文，蘊中發外，直與漢魏六朝共爐而冶」，「意新語鍊，筆無塵滓」，「渾灝流轉，麗體不備，不拘拘於古而合，於今可謂得賦家三昧矣」〔註 88〕。因此，其賦傳到越南之後，除了阮懷永編《賦則新選》以外，還被其它多部賦集選錄，如《名家詩賦合選》〔註89〕卷二選錄 7 篇：《漢武帝重見李夫人》（以神仙妙術變化通靈爲韻）、《陶淵明歸里賦》（以不能爲五斗米折騰爲韻）、《夕陽賦》（以空清遠樹虛白陳心爲韻）、《蘇武牧羝賦》（以海上看羊十九年爲韻）、《杏花時節在江南賦》（題韻）、《吳季子掛劍賦》（以中心契合不忘故人爲韻）、《秋柳賦》（以暮雨秋風滿漢南爲韻）。

〔註88〕 〔清〕夏思沺撰，《少岩賦草》，吳楠石序，〔越〕大著堂於嗣德 28 年（1875）印行，漢喃研究院藏版，編號：AC.634/1-2。

〔註89〕 〔越〕《名家詩賦合選》，第二卷，漢喃研究院藏手抄本本，編號：A.3018。

又黎仲瑊《疆輿文戰》〔註90〕第十一集選錄4篇：《岳武穆奉詔班師賦》（題韻）、《擬蘇東坡前赤壁賦》、《蘇武牧羝賦》（以海上看羊十九年爲韻）、《吳季子掛劍賦》（以中心契合不忘故人爲韻）。

這些賦集選錄夏氏《少岩賦草》中的律賦，不僅是因爲賦文內容寫得漂亮、渾灝流轉，而且更在於其「不拘拘於古而合，於今可謂得賦家三昧矣。」〔註91〕、可用之「以備管窗自課及課童取優焉。」〔註92〕

綜上所述，我們從前一節所列舉的阮朝科考的題目可以很清楚地看到阮朝士子學習與仿照中國律賦的痕跡，由此看來，在以備考的士子爲閱讀對象而印行的文集中會選擇當時清朝的律賦就不難理解了。這些作品在清朝也許影響並不大，但是由於其成功地通過考試而自然成爲越南律賦選家所關注的對象。因爲學者向來最重源流出處，唐代開中國以賦取士的先例，唐代作家的律賦在越南一直受到垂青。因此阮朝的選家在重視清代律賦的同時，理所當然的也關注唐律賦。

二、唐清賦格在阮朝的傳播

如上所述，越南現存的安南本中國書籍中有《分類賦學指南》一集。此集由〔清〕余丙照撰，阮朝嗣德貳拾玖年（1876）孟春吉日新鐫，丹安集文堂藏板。

根據詹杭倫《清代律賦新論》第十五章《余丙照及其《賦學指南》》分析，《賦學指南》迄今所知有四種版本〔註93〕：

1.道光七年（1827）初刊本

2.道光二十八年（1848）增注重刊本

3.光緒十九年（1893）書業德重刊增注本

4.臺灣廣文書局一九七九年影印本。此本改名《增注賦學入門》，併合爲二卷。此本其實沒有「增注」的內容，是道光七年初刊本的翻印本。從字體辨認，影印本的底本乃民國年間的石印本，改變名稱也許是書賈方便銷售的行爲。

〔註90〕〔越〕黎仲瑊撰，《疆輿文戰》，第11集，漢喃研究院藏手抄本，編號：VHv. 2439。

〔註91〕〔清〕夏思洄撰，《少岩賦草》，吳楠石序，〔越〕大著堂於嗣德28年（1875）印行，漢喃研究院藏版，編號：AC.634/1-2。

〔註92〕〔越〕阮懷永撰，《賦則新選．序》，明命14年新鐫，越南國家圖書館，編號：R.36。

〔註93〕詹杭倫撰，《清代律賦新論》，第15章，北京燕山出版社，2008年版，第321頁。

按詹杭倫的歸納，「此書的四種版本可以合併爲兩個系統：兩卷本系統，包括道光七年初刻本和廣文書局一九七九年影印本；十六卷本系統，包括道光二十八年文質堂重刊本和光緒十九年書業德翻刻本。兩卷本系統無增注，十六卷本系統又增注。」〔註94〕

余丙照《賦學指南》於道光七年（1827）成書之後，「不脛而走四方」〔註95〕，但傳到越南的時間比較晚，直到阮朝嗣德二十九年（1876）才被〔越〕丹安集文堂刊印。此書扉頁有印「道光七年歲次丁亥孟秋月立葬吳東昱題於響泉書屋」〔註96〕，由此可見，改變名稱或爲方便書賈銷售。

據〔清〕余丙照《分類賦學指南‧序》寫道：

> 司馬相如曰：「賦家之心，包括宇宙，總攬人物。得之於內，不可得而傳。」然則，賦其不可學乎，相如又云：「一經一緯，一宮一商，賦之也。」劉勰亦云：「麗詞雅義，符採相勝，賦之體也。」則賦又若不可學而可學。

> 我朝文運昌明，自翰院以及小試，莫不試士以賦。賦學之勝，追漢唐而軼宋明矣。乃草茅之士能賦卒鮮者，非賦不可學也，欲學而不得其法，求法而不得其人，遂若可學而不可學也。

> 余生紗山少學於予，詩賦即頗留心，數載中耳提面命，賦中三昧已得其大凡矣。後從周生豹山遊，益加研習賦學，遂臻宏博。從此刊陳落腐，含英咀華，以登徐庚之堂而樹騷壇之幟，殊可頓指。俟今年夏，以所輯《賦學指南》就正於余。集分十法，始於押韻，終於煉局，條分縷晰，各引佳聯，以爲程序。雖只就時下律賦細爲指示，而於騷古諸體概未之及。然初學之士得此一編，伏而讀之，賦中諸法瞭如指掌，不俟耳提面命，自可抽黃對白，又何法之不易知，（何）賦之不可學哉。予喜紗山能敘述舊聞，更有心得也，少爲更正，益以數條，命付剞劂，以廣所學云。〔註97〕

〔註94〕 詹杭倫撰，《清代律賦新論》，第 15 章，北京燕山出版社，2008 年版，第 323 頁。

〔註95〕 〔清〕余丙照撰，《增注賦學指南》，道光二十八年（1848）增注重刊本。

〔註96〕 〔清〕余丙照撰，《分類賦學指南‧序》，阮朝嗣德 29 年朝 1876 朝新鐫，丹安集文堂藏板，越南國家圖書館，編號：R.1492。

〔註97〕 〔清〕余丙照撰，《分類賦學指南‧序》，阮朝嗣德 29 年朝 1876 朝新鐫，丹安集文堂藏板，越南國家圖書館，編號：R.1492。

　　由上文所引，我們可看出《賦學指南》是一部指導初學作賦的格法專書。全書以字、句、段、篇爲論述次第，詳細地剖析律賦做法，是爲繼唐抄本《賦譜》、宋鄭起潛《聲律關鍵》之後，探析律賦做法最貼切詳盡的一部專書。此外，余丙照《賦學指南》一書「在賦學理論方面徵引侯心齋《律賦約言》、朱一飛《賦譜》較多，在選賦方面，則受顧蒓《律賦必以集》影響較大。因而，在一定程度上，可以說《賦學指南》是一部總結乾隆、嘉慶年間律賦學的集大成之作，從其規模大、體系化程度高的角度觀察，我們可以認定它是中國律賦格法學最重要的一部著作。」〔註98〕

　　此賦集行於越南阮朝，對當時從事舉業者，特別是初學肄賦的士子來講，是非常有利的。因「賦中諸法了若指掌，不俟耳提面命，自可抽黃對白，又何法之不易知，〔何〕賦之不可學哉？」，所以在日常肄賦時，常根據《賦學指南》中所講解的內容去寫律賦，如范文宜《三登黃甲場賦》中收錄《老蚌生明珠賦》。

　　此賦題出自《魏書·荀彧傳》：「孔融與康父端書曰：『前日元將來，淵才亮茂，雅度弘毅，偉世之器也。昨日仲將又來，懿性貞實，文敏篤誠，保家之主也。不意雙珠，近出老蚌，甚珍貴之。」〔註99〕〔晉〕趙岐《三輔決錄》中也記載：「昨日觀弟仲將來，懿性眞實，文敏篤誠，保家之主也。不意雙珠出於老蚌。」〔註100〕

　　全賦按八韻律體來撰寫，賦開頭先破題：

　　　　緬韋家之有元仲將也，父正高年，子皆英物。雋才天下無雙，
　　伯仲人間第一。福看諸兒，譽騰當日。就二子而衡其器業，可是珠
　　稱；從迺翁而遡厥品流，寧非蚌出。

作者使用直接提本與說起的筆法，在點出賦題來源的同時，也點出映珠來，接著使用養局法，先品珠價，後談利及人。作者在賦文中著眼在「老、珠」二字，「然後握定驪珠，選詞命意」，力詮此二字。在詮「老」字時寫道：

　　　　分明錦繡溪邊，尚饒子殼；隱約連漪濯後，猶認雪膚。亶歷年
　　分云久，羌厥寶兮惟珠。想來五嶽之遊，付自學爲向叟；解說千年

〔註98〕詹杭倫撰，《清代律賦新論》，第15章，北京燕山出版社，2008年版，第338頁。
〔註99〕〔晉〕陳壽撰，《三國志》，卷10，《魏書·荀彧傳》第10，中華書局，1982年版，第313頁。
〔註100〕〔清〕張澍輯，陳曉捷注，《三輔決錄三輔故事三輔舊事》，三秦出版社，2006年版，第69頁。

之產，有人曾到燕都。

在詮「珠」字時寫道：

乃懷朵兮如懷髒，豈含漿兮實含璧。將君是望，披腹成月桂之舟；與世爲祥，洗眼看天麟之石。自蚌而連城有價，絕勝爲樓；因珠而海月同珍，何妨掛席。

作者於此段內推筆闡發，在點「珠」的同時，還以人親珠，眞可謂「水乳交融，波瀾不竭」。

賦末段收結曰：

所以詠歎形容，近出孔北海書中。昔聞蘇東坡吟裏，從而歌之曰：相爾蚌兮無處無之，羨爾珠兮斯焉取斯。內以耀門庭之彩兮，外以標宇宙之奇。何屬人之求火兮，恐以屬之堪嗤。苟弄璋而非寶兮，雖書廛也亦宜。予蚌矣，又將老矣，誦古人珠語。予因以望諸珠兒。

作者使用景題法，以蘇軾《虎兒》詩：「舊聞老蚌生明珠，未省老兔生於菟。」的典故作束，回照籠題。

從此賦寫法來看，明顯受益於《賦學指南》中所講：

賦貴審題。拈題後，不可輕易下筆。先看題中著眼在某字，然後握定驪珠，選詞命意，斯能掃淨浮詞，獨詮眞諦。如唐太宗《小山賦》，處處摹寫「小」字。宋言《學雞鳴度關賦》，處處關合「雞鳴」。此風簷中秘訣也。賦又貴肖題。如遇廊廟題，須說得落落大方，雜不得一山林境況。遇山林題，須說得翩翩雅致，雜不得廊廟風光。題目甚夥，舉可類推。苟一題到手，率而操觚，並不知題中眼目何在。如題係山水，即泛作山水賦，敷衍成篇，有何意味？況乎手無線索，定然雜亂無章，縱有新詞麗句，說得天花亂墜，終是隔靴爬癢，於題何涉然或知認題，而法未熟，並不論如何議論，如何刻畫，如何串合，以及繪景，寫情，傳神諸法，全然不知，將見湊字湊句，苦態不堪，又何能詮題也。〔註101〕

由此可見余丙照《賦學指南》傳到越南之後，被阮朝當時文人在日常肄習作賦時視爲「錦囊文集」。像《老蚌生明珠賦》這樣受益於《賦學指南》的

〔註101〕〔清〕余丙照撰，《分類賦學指南》，卷 2，《詮題》，阮朝嗣德 29 年朝 1876 朝新鐫，丹安集文堂藏板，越南國家圖書館，編號：R.1492。

例子還有許多，如范文宜《三登黃甲場賦》中收錄《珠還合浦賦》（以一年化行去珠復還爲韻）。

此賦題來自於《後漢書・循吏傳・孟嘗》：「（合浦）郡不產穀實，而海出珠寶，與交阯比境……嘗到官，革易前敝，求民病利。曾未逾歲，去珠復還，百姓皆反其業，商貨流通，稱爲神州。」〔註102〕

賦按八韻律體賦來撰寫。全賦共有八段，33 聯。賦中自審題、選詞命意等都在《賦學指南》的啓發下去作，處處關合「珠」字。如賦中第二段：

> 按合浦之地，珠所產也，人資生焉。家家戶戶，歲歲年年。昔
> 人道米如珠，況無穀地；伊郡珠常易米，別有民天。蓋五城同仰以
> 爲用，豈一人所得而獨傳。

此段開頭先點出賦題出處，接著認準賦題中的「珠」字，「握定驪珠，選詞命意」。「珠所產也，人資生焉。家家戶戶，歲歲年年」等十六字若一氣串讀可見作者筆力。賦句組織工麗，頓挫有勢，可謂一字一珠。

再如「寧使珠璣，獨在而稱珍於桂；更同珠阜，遠來而作寶於梧。」賦句無事雕刻，自成文章。

又如「泉客有情，遮莫把杯於市上；麻姑有術，不須擲米於人寰。如此仁風清範，千萬年此地之珠戶、之珠官。」此賦句使用游泳筆法，句中使用「麻姑擲米」成語，典自〔晉〕葛洪《神仙傳》：「即求少許米，得米便撒之擲地，視其米，皆成眞珠矣。」描寫米中有珠，兩用妙絕。

此外，從賦中句式的角度來看，這些賦篇都按唐佚名《賦譜》所講：

> 隔句對者，其辭云（？）。隔體有六：輕、重、疏、密、平、雜。
> 輕隔者，如上有四字，下六字。若「器將道志，五色發以成文；化
> 盡歡心，百獸舞而葉曲」之類也。重隔，上六下四。如「化輕裾於
> 五色，猶認羅衣；變纖手於一拳，以迷紈質」之類是也。疏隔，上
> 三，下不限多少。……密隔，上五已上，下六已上字。……平隔者，
> 上下或四或五字等。……雜隔者，或上四，下五、七、八；或下四，
> 上亦五、七、八字。……此六隔，皆爲文之要，堪常用，但務量澹
> 耳。就中輕、重爲最，雜次之，疏、密次之，平爲下。〔註103〕

〔註102〕范曄撰，李賢等注，《後漢書》，中華書局，1982 年版，第 2473 頁。
〔註103〕佚名撰，《賦譜》（張伯偉撰，《全唐五代詩格彙考》，鳳凰出版社，2005 年版，第 557～560 頁）。

如《老蚌生明珠賦》中的重隔句對:「蜻蜓之頭化出,人劇笑童;驪龍之頷得來,子虛驚父。」;平隔句對:「樹傳王氏之三,軼韻詢堪千古;顆詠李仙之一,佳名自足千秋。」等。

《珠還合浦賦》中的輕隔句對:「我適樂土,不妨避濁而待清;君問歸期,俟有承流而宣化。」;雜隔句對:「奮迅兮與行客,赴家而何異;忻歡兮與流民,歸里而何殊。」等。

吳世榮《春風得意賦》(以馬上錦衣回為韻)中的雜隔句對:「尋芳紫陌,繽紛宛洛之衣冠;觀勝晴皐,迢遞五陵之裘馬。」;「網春暉則遊絲縹緲,似邀仙子吟鐙;帶春光則花影徘徊,遙拂上方賜錦。」等。

綜上所述,中國〔唐〕佚名《賦譜》、〔清〕余丙照《賦學指南》等賦格集子傳到越南後,對越南當時文人墨客及士子在日常肄習和參加科考寫律賦有很大的幫助。這也在在說明中國賦對越南賦的影響。

三、中國律賦對阮朝漢文賦之影響

如上所述,阮朝自開科取士以來,考試科目中總設有考賦一場,並規定考賦用唐、清律賦體。阮朝在推行科舉制度的同時,也不斷提供給士子研習律賦的資料,如明命十四年(1833)柳齋堂刊印的《試法新硎》〔註104〕收錄清代乾隆丙申年(1776)朱一飛《律賦揀金錄》中的賦譜以及清代道光癸未科(1823)中舉的賦篇。嗣德年間,於1855年編纂《欽定大南會典事例》〔註105〕告成,其書卷110《禮部‧科舉‧詩賦式》選錄19篇中國律賦作為舉子肄習的樣板律賦。

這些樣板賦對當時士子研習律賦的句式、切題、押韻、用典,甚至文理表述等方面都有一定的啟發。如《欽定大南會典事例》,卷110,《禮部‧科舉‧詩賦式》選錄中國清代律賦《日月合璧五星聯珠賦》。此賦旨在描繪「日月合璧、五星聯珠」之罕見天象,用以稱頌皇帝德政。

此題曾由後黎朝范益謙〔註106〕在1723年使清至燕京時作過。「清〔雍正〕

〔註104〕 〔越〕《試法新硎》,明命14年,柳齋堂刊印,漢喃研究院藏版,編號:A.2393。
〔註105〕 〔越〕《欽定大南會典事例》,共264卷,阮朝敕撰,1855年完成刻本,漢喃研究院藏版,編號:A.54/1-3。
〔註106〕 范益謙,1679~1741,嘉定寶篆人,黎裕宗永盛六年(1710)庚寅科探花,累官吏部右侍郎、兵部尚書、戶部左侍郎、都御史、吏部尚書,爵述郡公。卒後追封大司空、太宰。

帝召見於乾清殿，慰問，特賜御書『日南世祚』四字。是年太史奏日月合璧五星聯珠。益謙等因獻詩稱賀。清帝嘉獎。」〔註107〕

　　孫福軒在《論康、乾時期辭賦創作中的賦、頌互滲現象》論著中，也曾提到：「同題賦如『五六天地之中合』、『日月合璧五星連珠』賦，即出現在李紱、杭世駿、齊召南、朱啓運、陳兆崙、英廉、曹一士等眾多文人的別集中。又如巡幸江浙、平定邊疆、萬壽大典賦等，更是連篇累牘，以乾隆帝八旬大壽慶禮來說，『士大夫競作詩歌祝延萬年，巨製鴻篇，鏗鏘震耀，殆不可殫數。』〔註108〕」〔註109〕

　　阮朝文人范文誼《三登黃甲場賦》集中的《日月合璧五星聯珠賦》（以千歲日至可坐而策為韻），將此賦分為八段，逐段分析其使用句式、押韻、用典等方面：

　　　　（1）天垂厥象，易衍其傳。如璧之合，如珠之連。煥乎韙哉，
　　此一經而一緯；遠哉微矣，合計萬而計千。布算而推，未至逆徵之
　　既至；積分以待，已然須決之自然。

　　此四句為賦頭，乃第一韻，規定押「千」字屬平聲「先」韻。賦段韻腳字除「千」字外，其餘「傳、連、然」字屬平生「仙」韻。按《廣韻》，「先」、「仙」兩韻可相押。此段共 58 字，全由對偶句組成，包括兩個單對、一個輕隔對、一個雜隔對。第一、二聯為緊句，第三、四聯為長句。第二句襲用唐周渭《齊七政賦》（以明主法天，用齊七政為韻）：「運天者道在於乾，占日月之初躔。既推推歷以生律，亦鈎深而索元。徒觀其如璧之合，如珠之連」。〔註110〕

　　　　（2）原夫，造物無端，聖人定歲。八十一章之數，必原始於要
　　終；六十四卦之圖，亦溯淵而窮底。天之氣始於子，五聲則肇於黃
　　鐘；歷之本起於元，三統則推乎運世。惟歲之會，日辰之會，都從
　　甲子中來；即星之行，日月之行，默與先天者契。

　　此四句為賦項，乃第二韻，規定押「歲」字屬仄聲「祭」韻。此段韻腳

〔註107〕〔越〕潘清簡等撰，《欽定越史通鑒綱目》第 8 集，卷 36，漢喃研究院藏版，編號：A.2674，第 50 頁。
〔註108〕紀昀撰《紀文達公遺集》，續修四庫全書本，第 1435 冊，第 382 頁。
〔註109〕孫福軒撰，《論康、乾時期辭賦創作中的賦、頌互滲現象》，南京師範大學文學院學報，2007 年 3 月。
〔註110〕董誥撰，《全唐文》，卷 453。

字除「歲」字外,「底、世、契」三字分別屬「薺、祭、霽」仄聲韻,通押。
此段共 88 字,除「原夫」二字爲發語外,全由對偶句組成,包括一個單對、
一個平隔對句、一個密隔對句和一個鶴膝對句。賦中典自《漢書・律曆志》:
「四營而成易,故四歲中餘一,四章而朔餘一,爲篇首,八十一章而終一統。」
〔註 111〕又,「其義極天地之變,以天地五位之合終於十者乘之,爲六百四十分,
以應六十四卦,大族之實也。」〔註 112〕第一聯爲緊句,第二、三聯爲長句,
第四聯爲鶴膝對句。

(3) 則見玉尺平分,溫輝如一。鏡開兩曜,齊臨方析之波;輪
揭重明,交照白生之室。豈或出而或入,升沉坎戶離宮;豈或速而
或遲,來往天根月窟。借日北南同道,黑環可驗之青環;詎云卯酉
結交,彼月又微之彼日。是日月之合璧也,文有慰也。

此五句爲賦胸,乃第三韻,規定押「日」字屬入聲「質」韻。此段韻腳
字除「窟」字屬入聲「沒」韻外,其餘「一、室、日」三字屬入聲「質」韻,
「沒」、「質」韻相協。此段共 91 字,除「則見」二字爲發語和第五句爲漫句
外,其餘由對偶句組成,包括一個單對、一個平輕隔對句、一個平隔對句和
一個雜隔對句。「則見」作爲「提引」類發語詞,起承上啓下、轉韻和轉意的
作用。唐杜正倫《文筆要訣》云:「屬事比辭,皆有次第。每事至科分之別,
必立言以間之,然後義勢可得相承,文體因而倫觀也。」〔註 113〕此段以描寫
日月合璧爲主要內容,典出宋邵雍《觀物吟》:「天根月窟閒來往,三十六宮
都是春。」,和《詩・小雅・十月之交》:「彼月而微,此日而微。」第一聯爲
緊句,第二、三、四爲長句,第五句爲漫句。

(4) 又若助月之光,爲天之緯。日金日木日水日火而土,則居
其中;或左或右或西或東而度,則同一軌。後先布列,似珠串分累
累;南北周回,似珠垂分比比。環集碁秤之勢,序正適於昂中;森
羅玉點之文,侯不差乎冬至。芒寒色正,閃爍有光;上下皆平,熒
晶表異。訝是海涵川媚,遠連雲漢之章;豈云天寶物範,上射斗牛
之氣。是五星之聯珠也,文之美也。

此七句爲賦之上腹,乃第四韻,規定押「至」字屬仄聲「至」韻。此段

〔註 111〕班固撰,《漢書》,卷 21,律曆志下,中華書局,1982 年版,第 1007 頁。
〔註 112〕班固撰,《漢書》,卷 21,律曆志上,中華書局,1982 年版,第 963 頁。
〔註 113〕張伯偉撰,《全唐五代詩格彙考》,鳳凰出版社,2005 年版,第 541 頁。

韻腳字押「未」韻（緯、氣）、「旨」韻（軌、比）、「至」韻（至）和「志」韻（異），未、旨、至、志同用，共 133 字。除「又若」二字爲發語和第七句爲漫句外，其餘由對偶句組成，包括一個單對、一個密隔對句、一個輕隔對句、三個平隔對句。賦句中直接化用樣板賦中「或出於東，或出於西，時維太白；或侯之晨，或侯之夕，命日辰星。中央爲士，主靜斯寧。」的賦句，同時典自《史記・樂書》：「累累乎殷如貫珠」〔註114〕的典故，使語言更爲簡潔，蘊含亦更爲豐富。第一聯爲緊句，第二聯爲長句，屬重隔，第三聯爲長句，屬輕隔，第四、五、六連爲長句，屬平隔，第七句爲漫句。

　　（5）亦異哉，璀璨千章，自圓一顆。非漸差而東兮，漸差而西；
　　　非隨轉而右兮，隨轉而左。考三辰於玉管，不須大衍太初；齊七政
　　　於璣衡，不似周髀宣夜。問何能爾，開子半於復初；求所以然，起
　　　會元於貞下。等而上者，黃帝以來；步而占之，有司亦可。

　　此五句爲賦之中腹，乃第五韻，規定押「可」字屬仄聲「哿」韻。此段韻腳字押「哿」韻（左、可）、「果」韻（顆）、「禡」韻（夜）和「馬」韻（下），哿、果、禡、馬同用，共 91 字。除「亦異哉」三字爲發語外，其餘由對偶句組成，包括一個單對、兩個輕隔對句、兩個平隔對句。賦中典出自《晉書・天文志上》：「蔡邕於朔方上書，言『宣夜之學，絕無師法。《周髀》術數具存，考驗天狀，多所違失。』」〔註115〕「又《周髀》家云：『天圓如張蓋，地方如棋局。天旁轉如推磨而左行，日月右行，隨天左轉，故日月實東行，而天牽之以西沒。譬之於蟻行磨石之上，磨左旋而蟻右去，磨疾而蟻遲，故不得不隨磨以左回焉。』」〔註116〕第一聯爲緊句，第二、四聯爲長句，屬輕隔，第三、五聯爲長句，屬平隔。

　　（6）乃若廣復旦於工歌，詠升絲於詩雅。漢東井之紀其度垣，
　　　宋奎文之紀其次舍。或昭盛大之嘉祥，或闡文明之美化。測而推也，
　　　或贏或縮之不齊；仰而觀之，乍疾乍徐之有過。又豈似態態旦旦，
　　　分瑞色於中天；耿耿離離，獻祥光於帝座，者哉。

　　此五句爲賦之下腹，乃第六韻，規定押「坐」字屬仄聲「過」韻。此段

〔註114〕司馬遷撰，《史記》，卷 24，《樂書第二》，中華書局，1998 年版，第 1234 頁。

〔註115〕〔唐〕房玄齡等撰，《晉書》卷 11，《天文志上》，中華書局，1974 年版，第 278 頁。

〔註116〕〔唐〕房玄齡等撰，《晉書》卷 11，《天文志上》，中華書局，1974 年版，第 279 頁。

韻腳字押「馬」韻（雅）、「禡」韻（舍、化）和「過」韻（過、座），馬禡過
同用，共 91 字。除「乃若」、「又豈似」爲發語和「者哉」二字爲送語詞外，
其餘由對偶句組成，包括三個單對、一個輕隔對句、一個密隔對句。此段賦
文根據樣板賦中「詩美升常，書稱復旦。重光重輪，貞明貞觀。星聚於房，
於以興姬。及周之季，復聚於箕。漢祚初開，遂駢羅於東井；宋圖丕建，爰
圞集於文奎。然而南北殊途，春秋異晷。考之於漢二曜，會於營室而星象不
隨；稽之於唐五緯，集於尾垣而著明異軌。豈若態態旦旦，耿耿離離。貞攝
提而晃朗，應媆次以參差。曙色澄鮮訝雙懸於琥玦，晨光照麗紛燦列乎衡機。」
的文詞義理化用開來，增加了賦文內容的含量。第一聯爲緊句，第二聯爲八
字句，屬雙關，第三、四、五爲長句。

（7）奉今皇上，資符舜哲，德緝文熙。德與天而合一，政先天
　　而弗違。和泰逢時，帝世復光華之旦；太平有象，天上騰奎璧之輝。
　　歌重光而重輪，萬世胥蒙於修德；詠同晷而同色，四方齊仰於吉暉。
　　璧合珠聯，今日適其會也；氣調時豫，古法夫豈遠而。

此五句爲賦之腰，乃第七韻，規定押「而」字屬平聲「之」韻。此段韻
腳字押「之」韻（熙、而）、「微」韻（違、輝、暉），之、微同用，共 92 字。
除「奉今皇上」四字爲發語外，其餘由對偶句組成，包括兩個單對、一個雜
隔對句、一個密隔對句、一個輕隔對句。此段比較合乎《新揀應試詩賦・賦
譜》所講的：「七韻：或旁面證佐，或題後敷衍，總之歸結題旨爲正，即後比
結也。」〔註117〕賦文中使用「和泰」、「太平」、「光華」、「奎璧」、「重輪」、「吉
暉」、「氣調時豫」等詞語來歸結題旨，述德頌聖。第一、二聯爲緊句，第三、
五聯爲長句，屬輕隔，第四聯爲長句，屬密隔。

（8）爰拜手而獻頌曰：天啓文明，運符半百。堯曆象辰，黃書
　　推策。天象昭回，如珠如璧；於萬斯年，監觀有赫。

此三句爲賦之尾，乃第八韻，規定押「策」字屬入聲「麥」韻。此段韻
腳字押「陌」韻（百、赫）、「麥」韻（策），陌、麥同用，共 40 字。除「爰
拜手而獻頌曰」爲發語外，全由對偶句組成，包括兩個單對、一個平隔對句。
第一、二聯爲緊句，第三聯爲八字句，屬雙關。此段合乎《新揀應試詩賦・
賦譜》所講的：「末韻：或頌揚，或寓意，頌揚務須大雅，寓意勿至乞憐。」

〔註117〕　〔越〕《新揀應試詩賦》，柳齋堂，明命 14 年 8 月仲秋望成，漢喃研究院藏版，
　　　　　　編號：A.172。

〔註 118〕賦中典自《詩經‧大雅‧文王之什‧皇矣》:「皇矣上帝,臨下有赫。監觀四方,求民之莫。維此二國,其政不獲。維彼四國,爰究爰度。上帝耆之,憎其式廓。乃眷西顧,此維與宅。」來總撮收束通篇大意。

從此賦使用句式來講,全篇除用 7 個發語詞、2 個漫句、1 個送語詞以外,全爲對偶句,單對 13 個,隔句對 23 個,緊句 8 個,長句 20 個,鶴膝句 1 個,漫句 2 個,送句 1 個,基本上都使用律賦中所規定的句式。

從結構上來講,此賦開篇破題,自後項、腹、腰、尾部份以發語詞起承上啓下的作用,轉韻和轉意雖按韻字順押要求,但不勉強,音律和文意連貫緊奏。

從語言上來講,文字雅麗典則,段段用事,援典來源都出自中國文史典故,可說是「穿穴經史」,而不算生僻。

此賦不僅合乎中國律賦的要求,而且還符合阮朝明命十四年,朝廷對試賦的文體格式的規定:

> 律賦用駢體大要直陳其事,其於敷陳切實,因題立局。篇首或用「原夫」、「乃若」、「若夫」等字發端,或不必用,亦或用單句,或用雙句起韻亦可。篇中文勢轉換及換韻處或用一二字,或用三四字,或不必用。通篇每韻爲一截。或四五六韻,或七八九韻,不必拘定。押韻不拘一平一仄相間逐截。句數不必多寡相等。至如每截內雙局、隔句隨文勢迭用亦可,不必概拘舊套挨排八字、雙關、隔句次第。篇尾或用「歌曰」、「系曰」、「頌曰」,或不必用,但要總撮收束通篇大意或稱述。〔註 119〕

我們再看潘佩珠〔註 120〕《湖上跨驢賦》〔註 121〕(以將謂偷閒爲韻)。此賦題是越南阮朝乂安省壬午年(1882)省試賦題。潘佩珠《湖上跨驢賦》是他「十六歲,壬午年小試省元」的賦篇。

此賦題出自《宋史‧韓世忠傳》:「自此杜門謝客,絕口不言兵,時跨驢

〔註 118〕〔越〕《新揀應試詩賦》,柳齋堂,明命 14 年 8 月仲秋望成,漢喃研究院藏版,編號:A.172。

〔註 119〕〔越〕《欽定大南會典事例》卷 106,《科舉》,漢喃院藏版,編號:A.54/1-3。

〔註 120〕潘佩珠,1867~1940,原名潘文珊,號巢南。乂安省南壇南和人。1900 鄉試解元。越南著名革命家。

〔註 121〕〔越〕潘佩珠撰,《漢文詩賦對聯》,河內文學出版社,1975 年版,越南國家圖書館,編號:VN1498,第 253 頁。

攜酒，從一二奚童，縱遊西湖以自樂，平時將佐罕得見其面。」〔註122〕

賦題限韻「將謂偷閒」等四字，典自〔宋〕程顥《春日偶成》：「雲淡風輕近午天，傍花隨柳過前川。時人不識余心樂，將謂偷閒學少年。」

全賦按題限韻要求，分為四段，每段押一韻，共 384 字。

　　　　一支紅杏，十里斜陽。輕盈驢背，蕩漾湖光。駕言遊兮杭州府，懷美人兮韓蘄王。幾曾虎帳談兵，據鞍踊躍；卻效漁翁覓勝，永日相將。多年雪爪留鴻，名臣託跡；爾日霜毛露豹，智將心傷。

此五句乃第一韻，規定押「將」字屬平聲「陽」韻。此段在押韻方面，押陽韻（陽、王、將、傷）和唐韻（光），陽唐同用，共 70 字。全由對偶句組成，包括三個單對、兩個重隔對句。賦開頭援引葉紹翁《遊園不值》：「應憐屐齒印蒼苔，小扣柴扉久不開。春色滿園關不住，一枝紅杏出牆來。」的詩意描寫春日遊園觀花的所見所感，同時借用「一枝紅杏出牆來」的形象寓意封鎖不住、禁錮不了的、衝破任何束縛。接著緊扣賦題，描寫韓世忠「跨驢攜酒」、「縱遊西湖以自樂，平時將佐罕得見其面。」此段末尾化用宋蘇軾《和子由澠池懷舊》：「人生到處知何似，應似飛鴻踏雪泥。泥上偶然留爪印，鴻飛那復計東西。」的詩意，感歎人生在世，像雪泥鴻爪那樣只留下暫時的痕跡，既有感於飄泊，也有感於人生短暫。

　　　　彼何時乎，中原鼎沸。以公之才，敵王所愾。賊屢攻而必克，不與此賊俱生；師未捷而先班，何哉斯師之謂？曾詫一和貽誤，瞻馬返兮徘徊；絕憐三字理究，嗟狗烹兮慷慨。知我其誰也，迴天之力綦難；群我其物乎，避地之情聊寄。

此五句乃第二韻，規定押「謂」字屬仄聲「未」韻。此段在押韻方面，押未韻（沸、愾、未）、代韻（慨）和寘韻（寄），未、代、寘同用，共 86 字。全由對偶句組成，包括兩個單對、兩個平隔對句和一個密隔對句。此段描繪韓世忠軍事才能及其對朝中名將銜冤、被姦臣所害表不平。賦中典出自《宋史・韓世忠傳》：「世忠以兵二千伏北關堰，賊過，伏發，眾蹂亂，世忠追擊，賊敗而遁。淵歎曰：『真萬人敵也。』」〔註123〕，接著點出《宋史・岳飛傳》：

〔註122〕〔元〕脫脫等撰，《宋史》卷 364，列傳第 123，《韓世忠傳》，中華書局，1985
　　　　年版，第 11367 頁。
〔註123〕〔元〕脫脫等撰，《宋史》卷 364，列傳第 123，《韓世忠傳》，中華書局，1985
　　　　年版，第 11356 頁。

「獄之將上也，韓世忠不平，詣檜詰其實。檜曰：『飛子雲與張憲書雖不明，其事體莫須有。』世忠曰：『莫須有三字，何以服天下？』」〔註124〕以及《史記・越王句踐世家》：「范蠡遂去，自齊遺大夫種書曰：「蜚鳥盡，良弓藏。狡兔死，走狗烹。」〔註125〕等典故。

　　　　為我和求，杭府凝眸。窮睇眇兮湖一色，閒往來兮驢一頭。踏
　　殘蓮葉荷花，七月東坡之興；到處梅香竹影，三冬李靖之遊。雪可
　　冒於灞橋，知我心如鄭綮；騎時憑於墨術，愛他面似子瑜。好看長
　　耳追隨，寒還堪策；時把酒觴消灑，閒不妨偷。

　　此五句乃第三韻，規定押「偷」字屬平聲「侯」韻。此段在押韻方面，押尤韻（眸、遊）、侯韻（頭、偷）和虞韻（瑜），尤、侯、虞同用，共90字。全由對偶句組成，包括兩個單對、兩個平隔對句和一個輕隔對句。賦中緊扣題中「湖、驢」二字，然後選詞命意，援典自蘇東坡《前赤壁賦》：「壬戌之秋，七月既望，蘇子與客泛舟遊於赤壁之下。清風徐來，水波不興。」孫光憲《北夢瑣言》中記載了鄭綮的一段軼事，「相國鄭綮善詩……或曰，『相國近有新詩否？』對曰『詩思在灞橋風雪驢子上，此處何以得之？』」〔註126〕《三國志・諸葛恪傳》：「恪父瑾面長似驢，孫權大會群臣，使人牽一驢入，長檢其面，題曰諸葛子瑜。」〔註127〕等典故來詮釋題中字眼。

　　　　噫異哉！夔鑠是翁，本來面目；倔強此老，何等忠肝。名久馳
　　於百戰，跡卻託於一閒。然則，鹿角誰梗而侵疆還，馬足誰斫而賊
　　心寒。公弗能為之慮乎？胡為乎驢之上湖之間？得非地到末何，慕
　　湖遊之范蠡；吾將隱矣，希驢追於陳摶。復仇之志仍齎，孤十年前
　　心事；知止之機卻早，留千載後奇觀。未談失馬福耶，昔將軍而今
　　處士；且看乘驢往處，夜風月而畫湖山。

　　此八句乃第四韻，規定押「閒」字屬平聲「山」韻。此段在押韻方面，押寒韻（肝、寒）、山韻（閒、間、山）和桓韻（摶、觀），寒、山、桓同用，

〔註124〕〔元〕脫脫等撰，《宋史》卷365，列傳第124，《岳飛傳》，中華書局，1985年版，第11394頁。

〔註125〕司馬遷撰，《史記》卷41，《越王句踐世家》，第11，中華書局標點本，1998年版，第1746頁。

〔註126〕孫光憲撰，《北夢瑣言》卷7，上海古籍出版社，1981年版，第54頁。

〔註127〕〔晉〕陳壽撰，《三國志》卷64，《吳書》，《諸葛恪傳》，中華書局，1982年版，第1429頁。

共 137 字。賦開頭以「噫異哉」爲轉韻和轉意的發語詞，先點出《後漢書‧馬援傳》：「援據鞍顧眄以示可用。帝笑曰：『矍鑠哉是翁也！』」〔註 128〕《宋史‧趙鼎傳》：「在潮五年，杜門謝客，時事不掛口，有問者，但引咎而已。中丞詹大方誣其受賄，屬潮守放編置人移吉陽軍，鼎謝表曰：「白首何歸，悵餘生之無幾，丹心未泯，誓九死以不移。」檜見之曰：「此老倔強猶昔。」〔註 129〕的典故來描寫韓世忠年老，但目光炯炯、精神健旺。接著化用《宋史‧韓世忠傳》：「背嵬軍各持長斧，上揕人胸，下斫馬足。」〔註 130〕的典故，點出韓老業績。

段中「公弗能爲之慮乎？胡爲乎驢之上湖之間？」屬漫句，按唐佚名《賦譜》：「漫之爲體，或奇或俗。當時好句，施之尾可也，施之頭亦得也，項、腹不必用焉。」〔註 131〕

接著援引《史記》：「《國語》云：范蠡乘輕舟……反至五湖，范蠡辭於王曰：『君王勉之，臣不復入國矣。』」〔註 132〕〔宋〕邵伯溫《邵氏聞見錄》：「華山隱士陳摶……常乘白驟，從惡少年數百，欲入汴州。中途聞藝祖登極，大笑墜騾曰：『天下於是定矣。』遂入華山爲道士。」〔註 133〕來寓意功成身退，四海遨遊。賦末尾以「未談失馬福耶，昔將軍而今處士；且看乘驢往處，夜風月而晝湖山。」爲總撮收束通篇大意，引用《淮南子人間訓》：「塞翁失馬，爲知非福。」的典故，委婉的提出己見，莫談將軍、處士，當今「跨驢攜酒」、日風夜月遊山玩湖好爲最。此結尾比較符合律賦講究起承轉合、首尾呼應的要求。

從賦中使用的句式來講，除一個發語詞和兩個漫句外，全由對偶句組成。每段一般先用單句，次隔對。組字工整，選詞命意，處處關合「驢」、「湖」二字。在押韻上，常以單句起韻，通篇每韻爲一段，段中韻腳字都與韻部相

〔註 128〕〔宋〕范曄撰，〔唐〕李賢等注，《後漢書》卷 24《馬援列傳》第 14，中華書局，1933 年版，第 843 頁。

〔註 129〕〔元〕脫脫等撰，《宋史》卷 360，列傳第 119，《趙鼎傳》，中華書局，1985 年版，第 11294 頁。

〔註 130〕〔元〕脫脫等撰，《宋史》卷 364，列傳第 123，《韓世忠傳》，中華書局，1985 年版，第 11364 頁。

〔註 131〕張伯偉撰，《全唐五代詩格彙考》，鳳凰出版社，2005 年版，第 561 頁。

〔註 132〕司馬遷撰，《史記》卷 129，貨殖列傳，第 69，中華書局，1998 年版，第 3257 頁。

〔註 133〕邵伯溫撰，《邵氏聞見錄》卷 7，中華書局，1983 年版。

押。雖按場中規定韻字，但篇中文勢轉換及換韻處通暢，顯無勉強之態。賦中段段用事、句句運典，選用典故切實，隸事均能妥帖，典故多出自中國經典史書。此不僅表明作者讀書之廣、見聞之博、聯想之巧妙，同時也顯示出潘佩珠對中國的文化及文學的嫻熟。

除了《跨驢遊湖賦》以外，潘佩珠還撰寫《拜石爲兄賦》（以石不能言信可人爲韻）。此賦題原由國子監祭酒叫能靜〔註134〕給國子監監生出題。當時潘氏因丁酉（1897）鄉試科「懷攜文字」，所以「終身不得應試」。賦題出後，潘在國子監育才所作此賦。賦成後，深得叫能靜和阮尙賢〔註135〕頗爲讚賞。當時京城官吏及學生爭抄其賦，並共同認爲潘佩珠文才全國第一。因此，朝中官吏上表懇求成泰帝下詔，讓潘氏能參加科考。全賦如下：

> 月落蒼江，雲堆黃石。斂卻塵容，肅此傑客。相增峻之傲骨，祗應長我十年；磊落之其姿，聊復讓君半席。

> 亦以石之爲物，巍巍屹屹。太上人之忘情，大丈夫之不屈。擎天作柱標，萬古之綱常；擲地成聲響，兩間之文筆。見止迄止，兄也匪他；敬之愛之，拜乎敢不。

> 時或晴嵐訪、遠岫登，顏乍接、神忽凝。岩腰鬆而漸緊，山肩聳而爲陵。擲杖聲中，響鳴泉之萬疊；整衣立處，披宿瘴之千層。試喚哥哥，定點頭以相許；非嫌碌碌，豈折腰而不能。

> 逢君半面，聽我一言。姨風姊月，父乾母坤。松之邊兮鶴子，谷之邊兮蘭孫。惟君也，霜爲毛，玉爲髓；爲我也，雪爲魄，冰爲魂。我願爲弟，兄當是昆。請猜伯氏之居，五百年前何處；合序長君之齒，十二會而爲元。

> 似頑似癡，亦豪亦俊。顧眄相憐，激昂自信。若干年不屈膝，豈應慄慄涼涼；見新月便下階，相對屯屯吝吝。寧咸巫拜，雲邊之僕僕幾回；豈訝難兄，碧立之巍巍萬仞。

> 挽袖攜歸，半窗陪坐。東海吐呑，蓬萊右左。託新花之五色，

〔註134〕叫能靜，1835～1920，字仲定，號美亭，南定省大安縣眞美社人。阮嗣德 33 年庚辰科第三甲同進士出身。歷任河內督學、國子監祭酒。

〔註135〕阮尙賢，1868～1925，字鼎臣，號梅山，河西應和連撥。阮成泰 4 年（1892）壬辰科第二甲進士出身。歷任國使館纂修、寧平省督學、南定省督學。後辭官，參加越南光復會。

可人可人；蘊美璞之連成，類我類我。遂令：忘形骸，閟幽雅。樂
有兄賢，亦曰拜可。未棄月而居虎豹，赤壁船頭；且臨風而揖神仙，
谷城山下。

奈有襟蒼宇，傲紅塵。蕩胸則八九雲夢，結廬於萬壑松筠。喜
米兄之未老，招石性以為鄰。三生填海之思，未忘將伯；一片補天
之力，又是逢君。弟將肅衣冠而整拜，祈四海以為春。

此賦題出自《宋史・米芾傳》：「無為州治有巨石，狀奇醜，芾見大喜曰：
『此足以當吾拜。』」〔註136〕

賦題如此枯燥無味，加上要按「鐐銬」的場屋文體撰寫，但在潘氏的筆
下，卻顯得生動有力。賦文緊扣題意，先以誇張的筆法描寫石頭的品質，接
著刻畫米芾拜石之景及人石之間的兄弟之情。但最突出、讓人矚目的就是作
者通過文詞體現倔強的精神、移山倒海的抱負：「石之為物，巍巍屹屹。太上
人之忘情，大丈夫之不屈。擎天作柱，標萬古之綱常；擲地成聲，響兩間之
文筆……襟蒼宇，傲紅塵。蕩胸則八九雲夢，結廬於萬壑松筠。喜米兄之未
老，招石性以為鄰。三生填海之恩，未忘將伯；一片補天之力，又是逢君。
弟將肅衣冠而整拜，祈四海以為春。」

從賦中使用的句式來看，一般先用四字，次雙關，次隔對。隔對句或用
輕隔（上四字、下六字）、或用重隔（上六字，下四字）。轉意處常以發語詞
開頭。在押韻方面，雖按題要求限順押指定韻字，但賦末段只選押「真」韻
的韻腳字，而不押「人」字。叫能靜批曰：「昔，狀元有『無心』之賦。今，
君侯更目下無人。可發一笑。」〔註137〕此種情況，本在中國唐代律賦中曾已
出現，如浦銑《復小齋賦話》記載：

唐律賦有偷一韻或兩韻，不可悉數。如王起《披霧見青天賦》，
偷「可」、「不」兩韻。裴度《二氣合景星賦》，偷「有」、「無」兩韻。
周針《羿射九日賦》，偷「控」一韻。陸贄《月臨鏡湖賦》，偷「動」
字一韻是也。〔註138〕

〔註136〕〔元〕脫脫等撰，《宋史》卷444，列傳第203，《文苑傳六・米芾傳》，中華
書局，1985年版，第13124頁。
〔註137〕潘佩珠撰，《漢文詩賦對聯》，河內文學出版社，1975年版，越南國家圖書館，
編號：VN1498，第177頁。
〔註138〕〔清〕浦銑撰，《復小齋賦話》卷上，何新文、路成文校證《歷代賦話校證》，
上海古籍出版社，2007年版，第371頁。

又如李調元《雨村賦話》載曰：

> 唐王維《白鸚鵡賦》，韻限以「容日上海，孤飛絕媚」八字，而賦止五韻，首尾完善，不似脫簡。豈如祖詠之賦終南山雪、崔曙之詠明堂火珠，意盡而止，不復足成邪？至其筆意高雋，自是右丞本色。〔註139〕

如上所述，可看出潘氏對中國律賦頗為瞭解及熟悉，同時也能看出他在賦中老練地運用中國典故，駕馭文字的出眾才能。

除了上述學校、日常肄習和科場中的律賦受中國詩賦的影響外，我們還能看到阮朝文人在日常交遊中亦作律賦來表達自己的感情。如黎仲瑊《疆輿文戰》中收錄杜發〔註140〕《留沛公飲賦》。此賦乃「杜公中癸卯科進士。榮歸日，其師南眞沛陽吳竹堂先生世榮往賀，因留飲，命於此題。」〔註141〕全賦如下：

> 君子適我，謂我何來；微我無酒，式燕以遊。金蘭而芥蒂無心，誰佹予美；弓劍而寒暄未敘，姑為子留。
>
> 憶自楚廷奉命，秦地分馳。酬錢當年，痛飲之歡未卜；分杯此日，投膠之惠共誰。直期函谷泥封，共熱洗塵之酒；不意河南路遄，更先飲至之詩。
>
> 笑容氣之難平，悵甘言而易醉。壯夫飲恨，弓杯之釁何生；褌將傳餐，魚肉之情修起。已矣我之過也，子則何尤；胡哉今惠來斯，予殊少慰。
>
> 睠言良知，不醉無歸。雖旨酒式飲庶幾，場可束定有白駒；維繫井堪投轄，莫教匹馬鳴悲。
>
> 以永今朝，於馬嘉容；毋以公歸，我心則懌。轅門此會，勸君須盡一杯；空谷無遐，使我更虛半席。豪俠之纖毫不繫，洗盞偏頻；英雄之義氣相忘，絕綏寧惜。
>
> 既乃蘭席將歇，羽觴猶飛。范玦舉而不應，莊劍舞而莫施。孺

〔註139〕〔清〕李調元撰，《雨村賦話》卷三，《叢書集成初編》，1935 年至 1937 年商務印書館排印、影印本。

〔註140〕杜發，1813～1893，南定眞寧群英人。阮紹治庚子年（1840）解元，癸卯恩科（1843）進士。歷任應和知府、乂安督學、鴻臚寺卿升侍郎等職。

〔註141〕〔越〕黎仲瑊撰，《疆輿文戰》，第 12 集，漢喃研究院藏手抄本，編號：VHv.2439。

子謀傾以左酌，壯士義譙以請卮。萍鹿長鳴，空惜千鍾之少；驪駒
忽唱，忙懷一鹵之遺。

　　夫詎知霞杯一擲，刀俎構隙。彭城高會而漢挫，垓下起飲而項
迫。又安得斗酒留歡，相與浮鍾而引白。

此賦題出自《史記・項羽本紀》：「沛公旦日從百餘騎來見項王，至鴻門，
謝曰：『臣與將軍戮力而攻秦，將軍戰河北，臣戰河南，然不自意能先入關破秦，
得復見將軍於此。今者有小人之言，令將軍與臣有郤。』項王曰：『此沛公左司
馬曹無傷言之；不然，籍何以至此？』項王即日因留沛公與飲。」〔註142〕

賦題即由司馬遷《史記・項羽本紀》鴻門宴的故事生發展開。宴會上，
作者通過描寫項羽、劉邦雙方的智鬥、武鬥，精彩地展現了眾多人物的行為
舉止。

從賦中使用的句式來看，除了「憶既」、「乃自」、「夫詎知」等六字為發
語詞外，全由對偶句組成，共 331 字。在押韻方面，賦共有七段，按律賦的
規定，每段押一韻，轉韻處就是轉意處。第一段：韻腳字「遊」、「留」押平
聲「尤」韻。第二段：韻腳字「馳」、「誰」、「詩」分別屬「支」、「脂」、「之」
平聲韻，此三韻部同用。第三段：韻腳字「醉」、「起」、「慰」分別屬「至」、
「止」、「未」仄聲韻，此三韻部同用。第四段：韻腳字「歸」、「悲」分別屬
「微」、「脂」平聲韻，此二韻同用。第五段：韻腳字「懌」、「席」、「惜」同
屬入聲「昔」韻。第六段：韻腳字「飛」、「施」、「卮」、「遺」分別屬「微」、「支」、
「脂」平聲韻，此三韻部同用。第七段：韻腳字「隙」、「迫」、「白」同屬入
聲「陌」韻。

全賦各段用典都援自司馬遷《史記・項羽本紀》，如「蘭席將歇，羽觴猶
飛。范玦舉而不應，莊劍舞而莫施。孺子謀傾以左酌，壯士義譙以請卮。」
典自《項羽本紀》：「范增數目項王，舉所佩玉玦以示之者三，項王默然不應。
范增起，出，召項莊，謂曰：『君王為人不忍。若入前為壽，壽畢，請以劍舞，
因擊沛公於坐，殺之。不者，若屬皆且為所虜。』莊則入為壽。壽畢，曰：『君
王與沛公飲，軍中無以為樂，請以劍舞。』項王曰：『諾。』項莊拔劍起舞，
項伯亦拔劍起舞，常以身翼蔽沛公，莊不得擊。」〔註143〕

再如「彭城高會而漢挫，垓下起飲而項迫。又安得斗酒留歡，相與浮鍾

〔註142〕司馬遷撰，《史記》卷7，《項羽本紀》，中華書局，1982 年版，第 313 頁。
〔註143〕司馬遷撰，《史記》卷7，《項羽本紀》，中華書局，1982 年版，第 312 頁。

－206－

而引白」化用《項羽本紀》:「沛公已去,間至軍中。張良入謝,曰:『沛公不勝杯杓,不能辭。謹使臣良奉白璧一雙,再拜獻大王足下,玉斗一雙,再拜奉大將軍足下。』項王曰:『沛公安在?』良曰:『聞大王有意督過之,脫身獨去,已至軍矣。』項王則受璧,置之坐上。亞父受玉斗,置之地,拔劍撞而破之,曰:『唉!豎子不足與謀。奪項王天下者必沛公也。吾屬今為之虜矣!』」〔註144〕

　　從賦句式、結構、押韻、用典等方面來講,都符合律賦程序的規定。此亦表明中國律賦對越南當時文人的影響。

　　杜發此賦後被收入《疆輿文戰》,內有無名氏批語:「筆隨興起,瀟灑淋漓,文有當席鷹揚之態,坐中得之,亦是一下酒物。」〔註145〕

　　像上面所述此三類受中國律賦的影響,我們還可以在阮朝期間所刊行的應試賦集、各場學府賦中見到,如:《辛丑科會試文選》〔註146〕收錄25篇賦,其中收錄辛丑(1841年)和壬寅(1842)會試中格賦12篇,河內、乂安、南定各場鄉試中格賦13篇;《皇越歷代試賦》〔註147〕收錄阮朝甲午至壬寅科鄉、會試中格49篇賦;《歷科鄉會文選》〔註148〕收錄明命(1820年至1840年)至紹治(1841~1847)在河內、南定、乂安、承天等省的鄉試、會試及廷試中格詩賦、策問、經義;《歷科三場文體》〔註149〕收錄紹治(1847年)至嗣德(1848年)在河內、南定、乂安、承天等省的鄉試、會試及廷試中格詩賦、策問、經義;《錦囊文集》〔註150〕收錄46篇佳賦;《竹堂賦選》〔註151〕收錄越南南定沛陽場竹堂吳世榮先生遺集108篇;《北場賦》〔註152〕收錄越南北江學府63篇賦;《壯烈官場文集》〔註153〕收錄40篇賦;《三登皇(黃)甲場賦》

〔註144〕同上。
〔註145〕〔越〕黎仲珹撰,《疆輿文戰》,第12集,漢喃研究院藏手抄本,編號:VHv.2439。
〔註146〕〔越〕《辛丑科會試文選》,漢喃研究院藏版,編號:A.472。
〔註147〕〔越〕《皇越歷科詩賦》,嗣德三十二年新鐫,梓文堂奉印,漢喃研究院藏版,編號:A2319。
〔註148〕〔越〕《歷科鄉會文選》,漢喃研究院藏版,編號:A1681/1-2。
〔註149〕〔越〕《歷科三場文體》,漢喃研究院藏版,編號:A.360。
〔註150〕〔越〕《錦囊文集》,漢喃研究院藏版,編號:A.1696/1-2。
〔註151〕〔越〕《竹堂賦選》,漢喃研究院藏版,編號:A.128。
〔註152〕〔越〕《北場賦》,漢喃研究院藏版,編號:VHv.492。
〔註153〕〔越〕《壯烈官場文集》,漢喃研究院藏版,編號:A.2467。

〔註154〕收錄111篇賦，其中收錄黃甲范文毅先生學府46篇賦、黃甲黎廷彥先生仁睦學府2篇、阮克澤先生23篇及佚名31篇；《詩賦雜抄》〔註155〕收錄原河內學政仁睦進士黎先生官場、沛陽進士吳先生官場、河內巡撫三元陳大人省課、懷德知府堂益進士阮官府課、河內學政海人進士吳先生官場等36篇名賦等。

這些賦篇除了模仿中國律賦的格式以外，還從文詞義理、押韻、煉局、琢句等方面借鑒中國律賦，並化用於自己的賦篇，使其賦意更具想像力，蘊含也更為豐富。

綜上所述，阮朝科舉制度與教育的聯繫比越南任何朝代都更為緊密。在推行科舉制度的同時，阮朝不斷提供給士子學習律賦的資料。這些資料包括越南文人自己的創作和中國唐、清的律賦以及唐、清二代的賦格。這不僅給當時從事舉業者創造了有利條件，而且還給當時文人墨客創作詩賦，特別是撰寫律賦提供了一個很好的依據。他們在創作的過程當中，模仿中國唐、清律賦的格式，借鑒中國文人的撰寫程序、佈局、鍊詞、琢句、押韻、切題等，使自己文章語言更為簡潔，寓意更加豐厚。此亦說明中國唐、清律賦對越南阮朝漢文賦的影響。

小　結

越南封建制度到阮朝處於巔峰時期。政治、經濟、文化等方面迅速發展。阮朝期間，歷代帝王比以前各王朝更重視儒學教育。嘉隆帝曾經對侍臣說過：「學校儲才之地，必教育有素，方可成材。朕欲法古設學以養，文風振作，賢才並興，以為國家之用。」〔註156〕這樣使得教學與科舉一拍即合。

阮朝科舉制度中，關於授予中舉者的名稱，與前朝有所不同：一，因阮朝自嘉隆元年（1802）實施極端的封建專制，制定「不立宰相、不選拔狀元、不立皇后、不封皇族以外之人王爵」的「四不」制度，所以阮朝期間沒有狀元，中第最高者是庭元第一甲進士及第第二名榜眼。二，自明命十年己丑科（1829）會試始定「十分以上為正榜，九分以下為副榜。」〔註157〕按阮朝規

〔註154〕〔越〕《三登皇甲場賦》，漢喃研究院藏版，編號：VHv.321。
〔註155〕〔越〕《詩賦雜抄》，漢喃研究院藏版，編號：VHv.1089。
〔註156〕〔越〕《大南實錄》第1紀，卷48，漢喃研究院藏版，編號：A.27/1-66。
〔註157〕〔越〕高春育撰《國朝鄉科錄》，漢喃研究院藏版，編號：VHv635/1-4。

定，副榜就相當於「亞進士」，不能參加庭試取進士。

　　「副榜」一名稱，在中國，是指除正榜外另取若干名，列為副榜。始於元至正八年（1348）。明永樂中會試有副榜，給下第舉人以作官的機會。嘉靖中有鄉試副榜，名在副榜者准作貢生，稱為副貢。清只限鄉試有副榜，可入國子監肄業。由此可見，阮朝授予中舉者「副榜」名稱顯然源自於中國的科舉制度。

　　阮朝明命年間，因帝推崇中國模式，「敬事天朝，深明治體」，仿照清朝體制。明命十三年（1832），以往的四場制改為與中國同樣的三場制，「分南北甲乙兩圍，並改用三場試法，罷四六，其試法：第一場經義，第二場詩賦，第三場策問。」〔註158〕阮朝明命時期的科舉制度，從內容到形式都與中國明清科舉大同小異。

　　阮朝歷代君王很注重儒學教育及選拔人才工作，並認為「人才之難得，亦由選擇之未精」。因此，阮朝科舉試法更為嚴密、繁瑣，選擇程序嚴格的中國律賦為考賦標準是必然的。祝尚書《宋代科舉與文學》也指出「嚴格的程序和音韻規則，實際上就是設置了許多知識點，也就是考點，使閱卷官有了可以統一掌握的客觀尺度；而這些考點大多屬於死的、硬性的『技術』規範而非活的、具有伸縮性的文章評價」，「可以培養鍛鍊人們超常的駕御文字和調協聲韻的能力，也就是『因難見巧』，從而可以較準確地評判舉子的智力高下。」〔註159〕

　　阮朝對考賦科目的規定很詳細。無論賦體、押韻還是用事、行文、字數等條目，都有具體和明確的規定。從阮朝對考賦科目的要求中能明顯看到來自於中國律賦的影響。中國律賦，特別是清代律賦對阮朝科考試賦具有很深的影響。原因在於阮朝在科舉制度上模仿清代三場試法，同時在選拔人才上喜用嚴格程序、「因難見巧」來評判舉子的智力高下，定期去取。阮朝試賦科目用律體，而當時清朝律賦益盛，所以借鑒清代律賦成為順理成章之事。

〔註158〕同上。
〔註159〕祝尚書撰，《宋代科舉與文學》，中華書局，2008年版，第283頁。

結　語

　　古代越南曾一度劃入中國版圖，並長期受到漢文化的影響。從越南歷史
來看，在文化上，越南人民對中國文化的接受應該說是主動的，富有獨創性
的，而不只是中國文化的一種平庸模仿。從語言方面來看，古代越南人民以
用漢字爲主，並且十分尊崇漢語言，他們接受了漢字、仰慕漢文化以及喜用
漢文學的各種體裁。從文學方面來看，越南的古代作家不僅在文學形式上，
在內容和審美趣味等方面，也以中國古代文學作爲學習的對象和創作的依
據。這意味著古代越南人民在中國文化、文學中有選擇性地進行借鑒、學習，
從而使越南在很多領域上得以發展並取得燦爛的成就。

　　賦體文學及律賦就是其中之一。據文獻記載，姜公輔的《白雲照春海賦》
是越南最早的一篇漢文律賦，在越南文學史上佔有重要的地位，被稱爲「安
南千古文宗」〔註1〕。在《白雲照春海賦》的影響下，律賦也漸漸成爲越南的
官員與文人借鑒、學習的對象之一。

　　越南獲得獨立後，封建統治者在建立與鞏固封建中央集權君主專制制度
的同時，非常注重文教方面，倡導、鼓勵士子尊儒並學習漢文的詞章，以此
選拔人才來擁護其制度。而「得人之效，取士爲先，取士之方，科目爲首。」
〔註2〕所以自李朝到後黎朝，科舉制度不斷得到完善，考試科目也更加完備、
要求更爲嚴格。科舉制度成爲讀書人求取功名、步入仕途的唯一「正途」，給

〔註1〕〔越〕陶維英撰，《越南歷史》第一集，越南社會科學委員會，1971 年版，北京
　　　人民出版社，第 130 頁。
〔註2〕〔越〕吳士連撰，《大越史記全書》卷 11，《黎紀》，河內社會科學出版社，1998
　　　年版，第 13 頁。

及第者帶來了榮譽、地位和豐厚的物質利益，對調動廣大老百姓的學習積極性、促進知識普及具有重要的作用。而陳、黎兩朝科目當中詩賦都占重要的地位，對舉子登科及第有決定性的影響。因詩賦成爲士人們的敲門之磚、進身之階，所以在日常中，他們都要努力研習，而律賦或八韻賦正是非常合適的文體。因如王芑孫《讀賦厄言》所講：「讀賦必從《文選》、《唐文萃》始，而作賦則當自律賦始，以此約其心思，而堅整其筆力。聲律對偶之間，既規重而矩疊，亦繩直而衡平。律之爲言，固非可鹵莽爲之也。」〔註3〕《皇黎八韻賦》就是他們留下的著名賦作，這不僅反映了作者們儒教學問之淵深、文辭之精湛，而且還表現出他們對以往的歷史問題及當時的社會現象的深刻洞察力。

總而言之，越南試賦主要受中國賦之影響。自陳朝以賦作爲科舉考試的獨立科目以來，陳朝初期選用中國八韻賦體爲考試科目，八韻賦體即中國唐律賦。陳朝中期及末期慢慢轉向爲駢體、古體、或《騷》、或《選》，其原因在於陳朝中、末期的科舉制度模仿中國元代科舉制度。古體、《騷》、《選》等三種賦體都源自中國。所謂古體賦，即古賦，是賦體的一類。雖然學界對此並無十分一致的分界，但一般而言，是指唐律賦前、除《騷》體賦之外的一種賦體。

所謂騷體賦，是漢賦中的一類，兼有楚辭和賦的特點，由楚辭直接演變而來。

所謂《選》體賦，是指蕭統《文選》中所收錄賦篇的賦體。因蕭統《文選》將所選之賦按題材分爲十五小類，依次爲：京都、郊祀、耕籍、畋獵、紀行、遊覽、宮殿、江海、物色、鳥獸、志、哀傷、論文、音樂、情，囊括自先秦兩漢至宋梁的三十一家共五十二篇作品，這些所謂《選》體賦實際上包含了古體、俳體和騷體在內的三種賦體。

胡朝取代陳朝之後，科舉考試仍沿襲陳朝末年的舊制，考賦選用古體、或《騷》、或《選》。

黎朝時期，考賦科目規定鄉試用李白體，會試用八韻體。黎朝考賦科目中所謂李白體賦是一種混融「騷賦的風格」、「裁入小賦」、「俳之蔓雖除、律之根固在」的古賦。

〔註 3〕清王芑孫撰，《讀賦厄言・律賦》，(何沛雄撰，《賦話六種》，三聯書店，1982 年版，第 12、13 頁)。

　　阮朝時期，考賦科目不論鄉試、會試，都用律體賦。此外，阮朝對考賦科目的賦體、押韻乃至用事、行文、字數等條目都作了詳細的規定。中國律賦，特別是清代律賦對阮朝科考試賦的影響是明顯的。

　　總之，中國古代文化、文學對越南古代文化、文學產生了深刻的影響。在越南文學發展的過程中，越南試賦得法於中國賦的創作經驗和各種體制要求，並在與本國實際相結合的過程中獲得提升。越南科舉試賦不僅豐富了越南文學的寶庫，同時也成為反映越南科舉制度與中國賦體文學關係的一面鏡子。

附　錄

一、越南歷朝漢文賦敍錄

次序	書　名	漢喃院編號	篇數	備　註
黎朝之賦				
1	歷朝名賦	A.366	63	手抄本，202 頁，規格：31，5 x 21，5
2	群賢賦集	A 575; VHc 137; Vhc 139; VHc 140	108	手抄本，六卷，364 頁，規格：33x 23，2。卷一：收錄陳、胡朝 13 篇；卷二至六：收錄黎朝 95 篇
3	古賦詩文集	A. 2442	95	手抄本，188 頁，規格：27x15。收錄後黎朝名儒詩賦，如：吳時仕，鄧陳昆，阮伯麟，阮公環 等
4	黎朝賦選	VHv.1856	88	手抄本，240 頁，規格：25.3 x 15。收錄後黎朝名儒詩賦，如：鄧陳昆，武輝卓，黎貴惇，阮卓倫等
5	天南歷科會選	A.2735	33	印刷本，阮廷素編，（黎）景興癸巳年（1773 年），130 頁，規格：26 x 15。收錄黎朝 33 科會試中格的詩賦。
6	歷科登龍文選	A.2648/1-6	34	海陽寧江嘉柳堂鑴於阮朝明命 20 年（1839 年）。印刷本 1，手抄本 1。共六卷，1194 頁，規格：27，5 x 15，5。收錄黎朝從正和 4 年（1683 年）至昭統元年（1787 年）34 科會試中格詩賦。
7	黎朝歷科登龍文選=歷科登龍文選	A.1397	19	手抄本，945 頁，規格：26，5 x 15，5。收錄黎朝從隆德（1787 年）至昭統元年（1787 年）19 科會試中格詩賦。

次序	書　名	漢喃院編號	篇數	備　註
		阮朝之賦		
1	賦策御製詩經序	VHv.2147	27	手抄本，210頁，規格：27，5x16，5
2	清化省鄉試文選	A.1088	25	手抄本，180頁，規格：26 x 14。
3	歷科鄉會文選	A.1681/1-2	38	印刷本，826頁，規格：26x16。收錄明命（1820年至1840年）至紹治（1841~1847）在河內、南定、乂安、承天等省的鄉試、會試及廷試中格詩賦、策問、經義。
4	歷科三場文體	A.360	73	手抄本，382頁，規格：31，5 x 21.5。收錄紹治（1847年）至嗣德（1848年）在河內、南定、乂安、承天等省的鄉試、會試及廷試中格詩賦、策問、經義。
5	雜文	VHv.615		手抄本，174頁，規格：25 x 15。收錄阮朝嗣德年間的詩賦。
6	辛丑科會試文選	A.472	25	手抄本，100頁，規格：32 x 22。收錄辛丑（1841年）和壬寅（1842）會試中格賦12篇；河內、乂安、南定各場鄉試中格賦13篇
7	雜文抄	VHt.6		手抄本，314頁，規格：30 x 17
8	辛巳恩科各場文抄	A.2362		手抄本，35頁，規格：29 x 16。收錄阮朝辛巳年（1821年）在河內和南定兩場鄉試中格詩賦。
9	庚子恩科文選	A.479		手抄本，66頁，規格：31 x 22。收錄紹治庚子恩科（1840）在河內、南定、乂安、承天各場的中格詩賦。
10	己卯鄉試科	A.2343	42	手抄本，嘉隆18年（1819），54頁，規格：22 x 16
11	皇越歷代詩賦	A.2319	49	嗣德三十二年（1879）新鐫，興安省關聖祠藏板，梓文堂奉印。152頁，規格：25 x 14，1
12	鄉試文選	VHv.470/3-5		同文堂印行，印刷3本，規格：23x14。VHv. 470/3：226頁；VHv. 470/4：324頁；VHv. 470/5：270頁。收錄在河內、南定、乂安、承天各場鄉試的中格詩賦。

次序	書　名	漢喃院編號	篇數	備　註
13	省庠課集	VHv.605/2-3		手抄本，338頁，規格：29 x 16。收錄各省在鄉試前舉行非正式考試中得獎的詩賦。
14	試法新硎	A.2393	118	印刷本，明命十四年春（1833年）柳齋堂印板，216頁，規格：28 x 15。收錄越南阮朝及中國在科舉考試中格的詩賦。
15	淹博科文集	A.359	4	手抄本，嗣德三十四年（1881），28頁，規格：31 x 21。收錄1881年淹博科中格詩賦。
私塾學校之賦				
1	精義詩賦文策合抄	A.2024 A.2472 VHv. 64		手抄本，其中：A.2024共5卷，2180頁，規格：卷一：14.5 x 25；卷2～5：15.5 x 28。 A.2472共6卷，1100頁，規格：卷一：14.5 x 26.5；卷二、六：15 x 27；卷三、四、五：14 x14.5。 VHv. 64，393頁，規格：14.5 x 21.
2	竹堂賦選	A.128	108	嗣德乙亥春，沛陽場吳先生撰，己丑科進士南定沛陽場竹堂吳先生遺集，表孫丁卯科舉人壽永縣尹阮遵壹編輯
3	萃芳賦集	A.2842	106	手抄本，242頁，規格：29 x 16。收錄各場學校及著名作者的賦。
4	北場賦	VHv. 492	63	手抄本，170頁，規格：24 x 14。收錄北江學校的詩賦。
5	錦囊文集	A. 1696/1-2	46	印刷本，四卷，共626頁，規格：27x16。其中卷二8篇，卷三收錄38篇。
6	諸長策文合選	VHv. 1924		手抄本，64頁，規格：29 x 17。收錄南定場丙午年（1906）鄉試詩賦。
7	舊文抄集	A. 2349	30	手抄本，126頁，規格：26 x 15。收錄本省學政場、蓮亭場、河內安察使場及個人賦
8	名家詩賦合選	A. 3018/1-6		手抄本，16卷編成6冊，1850頁，規格：23 x 16。其中：第一冊：420頁，收錄賦普及中格賦篇；第二冊：289頁，收錄探花裴輝廷學府的名賦；第三冊：429頁，收錄認齋學府的名賦；

次序	書　名	漢喃院編號	篇數	備　註
				第四冊：251 頁，收錄中格詩賦；第五冊：257 頁，名家詩集合選；第六冊：204 頁，收錄張先生龍仙學府的名賦。
9	起鳳賦抄	VHv. 1175	60	手抄本，172 頁，規格：26 x 18。收錄武石、雲亭學府的名賦和會試中格賦。
10	三登皇甲場賦	VHv. 321	111	手抄本，263 頁，規格：30 x 17。其中收錄范文毅先生學府 46 篇賦；皇甲黎廷彥先生仁睦學府 2 篇；阮克澤先生 23 篇；佚名 31 篇。
11	登龍文策選	VHv. 1421		手抄本，130 頁，規格：28 x 15。收錄各學府的賦篇。
12	詩賦雜抄	A.1089	36	手抄本，242 頁，規格：25 x 13。收錄原河內學政仁睦進士黎先生官場、沛陽進士吳先生官場（己丑科進士吳世榮）、河內巡撫三元陳大人省課、懷德知府堂益進士阮官府課、河內學政海人進士吳先生官場等名賦。
13	新式文抄	A.2371		手抄本，108 頁，規格：27 x 15。
14	度針編	A. 2406		手抄本，同慶 2 年（1887），118 頁，規格：24 x 13。收錄原河內學政仁睦進士黎先生官場的賦篇
15	壯烈官場文集	A.2467	40	手抄本，159 頁，規格：29 x 16
一些作者之賦				
1	蓬洲武先生試文	VHv. 422	1	手抄本，榜眼武維清撰，106 頁，規格：25 x 13。收錄武先生在嗣德 4 年（1851）制科中格賦篇。
2	筆溪詩草	VHv. 611	3	手抄本，陳元藻先生（號筆溪）撰，78 頁，規格：28 x 15
3	可庵文集	VHv.2457		手抄本，阮德達撰，268 頁，規格：23x13
4	見山巢詩文集	VHv. 258/1-3	2	手抄本，玄同子（吳貴同先生）撰於嗣德 4 年至 9 年（1851～1856），470 頁，規格：26 x 18。
5	金江文集	A. 1042/1-3		手抄本，桂坪子（阮仲合）撰，維戀、維門校正，714 頁，規格：28.5 x 20.
6	武岱文抄附安外經石碑記	A.2788		手抄本，49 頁，規格：30 x 18。收錄武岱賦篇

次序	書　名	漢喃院編號	篇數	備　註
7	楊亭賦略	VHv. 430		手抄本，268頁，規格：26 x 14。收錄楊亭（吳世榮）、杜發、吳寶豐、范偉、阮獻、鄧輝著等人的賦篇。
8	翰苑流芳	A. 3166		手抄本，葵東至亭撰，168頁
9	行吟歌詞詩奏	A. 623	1	手抄本，潘廷揚（紹治三年（1842）進士）撰，206頁，規格：32 x 23。收錄《望夫石賦》一篇。
10	輓金江阮相公帳文	VHv.2162	2	手抄本，78頁，規格：29 x 14.5。收錄阮才積撰的《趣陽片石賦》。
11	謝玉文聯集	VHt 28	16	手抄本，寶岱4年編（1929），138頁，規格：32 x 27。收錄《西湖秋色賦》，《龍城春色賦》及作者庚子（1900）鄉試中格詩賦。
12	三之粵雜草	VHv. 2246	8	手抄本，李文復撰於明命16年（1835），158頁，規格：26 x 16。有《中秋賦》。
13	傘翁遺稿附雜錄	A.2157	5	手抄本，陳名案撰，284頁，規格：28 x 16
14	賦選	VHv.1870	153	手抄本，504頁，規格：22 x 13。收錄陳仲祚，陳尹澤，武輝卓，阮輝瑾等作者的賦篇。
15	賦卷	VHv.560	28	手抄本，75頁，規格：26 x 14。收錄武唯蜀，范如奎，裴文盈等作者的賦篇。
16	名人文集	VHv. 2432	56	手抄本，174頁，規格：27 x 16。收錄黎、阮朝名人詩賦。
17	新江詞集	VHv. 273	6	手抄本，高春育撰，94頁，規格：25 x 18。
18	善亭謙齋文集	VHv.1600	1	手抄本，鄧春榜撰，174頁，規格：28 x 14。收錄《龍邊橋賦》，梅山（阮上賢）合纂詩集（82～130頁）及愚山（武范凱）文集（130～174頁）。
19	西行詩記	A. 2685/1	1	手抄本，李文馥撰，218頁，規格：26 x 15。有《乘舟達新加坡賦》一篇。
20	西湖賦	AB. 299	1	手抄本，章領侯（阮輝亮）撰於寶興元年（1801），12頁，規格：31 x 22。有《西湖賦》一篇

次序	書　名	漢喃院編號	篇數	備　註
21	碩亭遺稿	A.3135		手抄本，188 頁，規格：27 x 16
範文之賦				
1	名賦合選	A.2802/1-4	405	印刷本，1296 頁，規格：24 x 16。收錄從陳朝到阮朝各個名人詩賦 405 篇。
	=名賦抄集	A. 1598	96	手抄本，366 頁，規格：27 x 17。
	=名賦集	A. 1421	59	手抄本，156 頁，規格：24 x 14。
	=八韻賦合選	VHv. 312	89	手抄本，270 頁，規格：29 x 16。
	=八韻賦	VHv. 467	89	手抄本，264 頁，規格：21 x 15。
6	賦	A.1084/1-2	145	手抄本，2 集，876 頁，規格：25 x 13，5
7	新揀賦	A.2745	118	手抄本，408 頁，規格：23 x 13
8	新揀狀元策問新揀省試鄉文	VHv. 885	25	印刷本，劉齋堂鐫於明命 14 年（1833），230 頁，規格：27 x 15。
10	新揀應試詩賦	A.172	68	印刷本，柳齋堂鐫於明命 14 年（1833），248 頁，規格：26 x 16。收錄中國唐、清朝有名詩人詩賦及清朝道光癸未科會試中格賦篇。
11	少岩賦草	AC.634/1-2	79	印刷本，〔清〕夏思沺撰，〔越〕大著堂印於嗣德 28 年（1875），416 頁，規格：20 x 12。
12	賦略	VHV.435/1-2	122	手抄本，355 頁，規格：25 x 14。
13	賦卷略	VHV.2142	75	手抄本，紹治 6 年編（1846），190 頁，規格：26，5 x 15。
14	賦集	VHv 2419; VHv 2420	131	手抄本。規格：26 x 14，5。其中：VHv. 2419：收錄 64 篇賦，168 頁。VHv.2420：收錄 67 篇賦，120 頁。
15	賦則新選	A.129/1-2	242	印刷本，共十卷。其中 A.129/1-2：會文堂鐫於明命 14 年（1833 年），1028 頁，規格：26x15。A.2248/1-2：盛文堂鐫於紹治 3 年（1843），1028 頁，規格：27x16。
16	賦詩合錄	VHv.1189	4	手抄本，36 頁，規格：26x15。
17	賦文舊墨	VHv.45.	57	手抄本，136 頁，規格：26x15，5。
18	賦詔表	VHb.16	60	手抄本，242 頁，規格：20x14。收錄詩、詔、表、制、賦等共 235 篇。

次序	書　名	漢喃院編號	篇數	備　註
19	賦合選	VHv.69/1-2	78	手抄本，2 集，共 229 頁，其中 VHv.69/1 規格：17x12; VHv.69/2 規格：19x13
20	賦體雜錄	VHv.681/1-13		手抄本，252 頁，規格：24，5 x 14，5
	＝賦集	VHv.1608/1-3		手抄本，94 頁，規格：28，5 x 16
	＝賦策雜錄	VHv.2082/1-2		手抄本，其中 VHv.2082/1 有 140 頁，規格：27 x 15; VHv.2082/2 有 142 頁，規格：26 x 15。
	＝賦卷	A.1827		手抄本，116 頁，規格：27 x 15。
24	賦詩雜錄	VHv.2079		手抄本，186 頁，規格：27x15
25	經義詩賦雜抄	VHb.66/1-2		手抄本，438 頁，規格：20 x 18。收錄《幼學壯行賦》、《愛蓮賦》等賦篇。
26	凌雲氣賦集	A. 1440	160	手抄本，550 頁，規格：30 x 10。收錄黎認齋學府的賦。
27	疆與文戰	VHv 2439/1-13	151	手抄本，黎仲珹（1871～1931）編，2480 頁，規格：27 x 15。其中第一至第十集收錄詩文；第十一集（北賦）收錄唐、清兩朝律賦 39 篇；第十二、三集（南賦）收錄越南從陳至阮朝名賦 112 篇。
28	雜記	A.1716		手抄本，144 頁，規格：28 x 17。收錄詩、賦、詞、論等 132 篇。
29	雜撰詩賦論	VHv. 2004	27	手抄本，64 頁，規格：25 x 13。收錄 21 首詩，27 篇賦，27 篇論。
30	雜套新編	VHv. 2227		手抄本，162 頁，規格：27 x 16
31	雜草集	A.3159		手抄本，阮澤甫編於凱定己未年（1919），128 頁，規格：27 x 15，收錄文、詩、賦、歌、對聯等 273 篇。
32	詩賦詔表合編	VHv.714		手抄本，200 頁，規格：27 x 14。收錄詩、賦、詔、表等 135 篇。
33	詩賦詔表論雜編	VHv.366/2		手抄本，122 頁，規格：27 x 15。收錄詩、賦、詔、表、論等 41 篇。
34	詩賦舊文	A.1660	47	手抄本，河內督學官撰，148 頁，規格：27 x 15。
35	詩賦對聯古文雜錄	VHv.570/1-2		手抄本，474 頁，規格：22 x 13。收錄詩、賦、論、詔、對聯等 162 篇。

次序	書　名	漢喃院編號	篇數	備　註
36	詩賦對聯祭文雜抄	VHv.610		手抄本，88頁，規格：29 x 15。收錄詩、賦、祭文、慈、記、銘等95篇。
37	詩賦經義雜抄	VNv.82		手抄本，106頁，規格：25 x 13。收錄詩、賦、經義、問策等58篇。
38	詩賦雜錄	A.1812		手抄本，156頁，規格：29 x 17。
39	詩賦集	A.1085	37	手抄本，118頁，規格：26 x 13。
40	詩賦文抄編	VHv.2275		手抄本，176頁，規格：27 x 16。收錄詔、表、詩、賦、經義、問策等80篇。
41	詩賦雜詠	VHv.299	2	手抄本，40頁，規格：22 x 12。收錄《使舟如使馬賦》、《大旱望雲霓賦》兩篇。
42	詩文雜抄	VNv.291		手抄本，60頁，規格：28 x 16。收錄詩、賦40篇，如：《儒行賦》
43	詩文雜記內附漢字對聯祭文帳文	VNv.75		手抄本，94頁，規格：24 x 13。收錄詩、賦、祭文149篇。
44	時集文抄	A.2429/1-3		手抄本，三集，共872頁，規格：27 x 15。收錄當時有名的詩、賦。
45	瑞蓮堂詩集	VHv.1390		手抄本，72頁，規格：28 x 16。收錄詩、賦203篇。
46	試集場文諸體雜錄	VHv.622/1-14		手抄本，14集，共4368，規格：25 x 15。收錄各學場的詩、賦、詔、表、論等。
47	精金賦選	VHv 1173		
48	中山賦草	VHv. 500.		手抄本，編於（1897），239頁，規格：23 x 12.5。
49	張留侯賦	VNb.1 MF.1123	3	手抄本，176頁，規格：21 x 16。收錄《張劉侯賦》，《孔子夢周公賦》，《郭令公賦》等3篇。
50	幼學對聯集	A.2241 B.MF.1985		手抄本，編於嗣德32年（1879），30頁，規格：28 x 15。專爲幼兒學習詩、賦範本。
51	表論賦集	A.1756	1	手抄本，12頁，規格：25 x 14。收錄《立黎朝進士碑賦》1篇。
52	折桂書叢筆	VHv. 2007	1	手抄本，120頁，規格：24x13。收錄詩、賦、經義、問策等範文，其中有《衡朔賦詩賦》1篇。

次序	書　名	漢喃院編號	篇數	備　註
53	詔表體文雜錄	VHv. 621/1-4	2	手抄本，4集，規格：28 x 15。收錄詩、賦、經義、詔、表、論、制等範文，其中收錄《琢玉求文賦》和《遊山必上東岱賦》2篇。
54	雲樓賦選	VHv.1178	39	手抄本，110頁，規格：27 x 16。
55	舉業詩集	A.2178 A.316	2	手抄本，武雙玉編。有2版本，其中A. 2178編號，100頁，規格：26 x 14；A. 316編號，146頁，規格31 x 22。收錄乂安人胡士昭19首詩；河南人裴異15首詩，2篇賦，1篇碑文。
56	詔表並御製詩	A.1881		手抄本，112頁，規格：20 x 16。收錄越南阮朝明命、紹治、嗣德3位皇帝及一些官吏的詔、表、喻、詩、賦等54篇。
57	北使賦	A.130	2	手抄本，64頁，規格：33 x 23。收錄《北史賦》（從中國盤古至（清）咸豐、同治）和《南史賦》（從越南鴻龐至雄王6年）2篇。
58	金蓮寺賦	AC.257	1	印刷本，（中國）沙門祠朗撰，11頁，規格：32 x 22。此賦描寫越南河內金蓮寺。
59	故黎樂章詩文雜錄	VHv. 2658 A. 1186		手抄本，有2版本，VHv. 2658編號，87頁，規格：28 x 16；A. 1186編號，78頁，規格：31 x 22。收錄黎朝阮儼、阮緩、黎貴惇、阮輝瑩、梅世汪等5位作者的5篇喃字樂以及很多作者的詩賦。其中有鄧陳常撰的《韓王孫賦》。
60	瀝語文集	AB. 166.	1	手抄本，62頁，規格：32 x 22。
61	嗣德聖製文三集	VHv.1137		御製文三集卷之十四
62	萬選新編	A.1224/1-3		手抄本，共3集，其中編號A.1224/1：502頁；A.1224/2：308頁；A.1224/3：408頁；規格：30 x 20。選並注解、介紹中國和越南作者的作品，如：《三字經》、《三皇紀》、《夏紀》、《漢紀》、《楷同說約》；（越）嗣德、高霸括、潘清澗等作者的詩、賦、詔、表、奏、對聯。收錄《大南狀元錄》、《舉業傳奇》、《雜記文章》。

次序	書　名	漢喃院編號	篇數	備　註
63	欽定越南史略	A.1711 MF.3278		手抄本，編於嗣德 8 年（1855），152 頁，規格：28 x 18。收錄一些歌頌歷朝帝王的銘、碑記、賦、表等。
64	欽定詠史賦	VHv.801-804 /1-27		印刷本，范清、阮文交編輯。潘清澗、張國用檢閱。共 12 卷，27 集，4320 頁，規格：32 x 22。收錄關於中國自伏羲至明朝各位帝王的詠史賦。
65	詠史賦	A.595 VHv. 716		南朝翼英皇帝與內閣廷臣集成詠史賦手抄本，2 個版本，其中編號 A.595 規格：33 x 22；VHv. 716 規格：25 x 15.5；每本 304 頁。收錄關於中國自五代時期至隋朝各位帝王的詠史賦。
66	罔珠停題詠集	VHv.1427 VHv.1428		手抄本，2 個版本，規格：30 x 16，其中編號 VHv.1427：《罔珠停題詠集》，180 頁；VHv.1428：《罔珠停記》，155 頁。收錄阮朝淡齋汝伯士等作者關於成泰 12 年（1899）罔珠亭建立於清化省東山縣東山社的詩、賦、記等。
67	西堂雜組	A.191 A.1675		手抄本，吳賀尤、銅展誠撰，其中編號 A.191：320 頁，規格：31 x 22；A.1675：44 頁，規格：30 x 17。收錄關於招薄命者魂的 90 篇賦、志、制、檄文。有《孝蘭子》、《相中草》集。
68	對賦傳記雜錄	VNv. 607	3	手抄本，抄於凱定元年（1916），100 頁，規格：28 x 16。收錄《西湖秋色賦》、《建二河橋賦》、《福林寺重修竣工賦》等。

二、中國與越南紀年對照簡表

公元	干支	中　國	越　南
939	己亥	四年	吳朝前吳王權 元年
943	癸卯	後普出帝石重貴 天福八年	五年
944	甲辰	開運元年	六年
945	乙巳	二年	吳朝平王吳三哥 元年
947	丁未	後漢高祖劉暠 天福十二年	三年
948	戊申	乾祐元年	四年
949	己酉	後漢隱帝劉承祐 乾祐二年	五年
951	辛亥	後周太祖郭威 廣順元年	吳朝後吳王昌文 元年
954	甲寅	顯德元年	四年
955	乙卯	後周世宗柴榮 顯德二年	五年
959	己未	後周世宗柴榮 顯德六年	吳朝後吳王昌文 九年
960	庚申	後周恭帝柴宗訓 顯德七年 宋太祖趙匡胤 建隆元年	十年
963	癸亥	乾德元年	十三年
966	丙寅	四年	吳朝昌熾 元年
968	戊辰	開寶元年	大瞿越 丁朝大勝明皇帝 元年
970	庚午	三年	太平元年
976	丙子	宋太宗趙靈 太平興國元年	七年

公元	干支	中	國	越 南
979	己卯	宋太宗趙靈 太平興國四年		丁朝大勝明皇帝 太平十年
980	庚辰	五年		前黎朝桓 天福元年
984	甲申	雍熙元年		五年
988	戊子	端拱元年		九年
989	己丑	二年		興統元年
990	庚寅	淳化元年		二年
994	甲午	宋太平趙靈 淳化五年	遼聖宗耶律隆緒 統和 十二年	應天元年
995	乙未	至道元年	十三年	二年
998	戊戌	宋眞宗趙恒 咸平元年	十六年	五年
1000	庚子	宋眞宗趙恒 咸平三年	遼聖宗耶律隆緒 統和 十八年	前黎朝桓 應天七年
1004	甲辰	景德元年	二十二年	十一年
1005	乙巳	二年	二十三年	前黎朝龍挺 應天十二年
1008	戊申	大中樣符元年	二十六年	景瑞元年
1010	庚戌	三年	二十八年	後李朝龍挺 順天元年
1012	壬子	五年	開泰元年	三年
1017	丁巳	天禧元年	六年	八年
1021	辛酉	五年	太平元年	十二年
1022	壬戌	宋眞宗趙恒 乾興元年	遼聖宗耶律隆緒 太平元年	後李朝太祖公蘊 順天十三年
1023	癸亥	宋仁宗趙禎 天聖元年	三年	十四年
1028	戊辰	六年	八年	後李朝太宗佛瑪 天成元年

公元	干支	中　國		越　南
1031	辛未	九年	遼興宗耶律宗眞 景福元年	四年
1032	壬申	明道元年	重熙元年	五年
1034	甲戌	景祐元年	三年	通瑞元年
1038	戊寅	寶元元年	七年	五年
1039	己卯	二年	八年	乾符有道元年
1040	庚辰	康定元年	九年	二年
1041	辛巳	宋仁宗趙禎 慶曆元年	遼興宗耶律眞 重熙十年	後李朝太宗佛瑪 乾符有道三年
1042	壬午	二年	十一年	明道元年
1044	甲申	四年	十三年	天感聖武元年
1049	己丑	皇祐元年	十八年	崇興大寶元年
1054	甲午	至和元年	二十三年	大越 後李朝聖宗日尊 龍瑞太平元年
1055	乙未	二年	遼道宗耶律洪甚 清寧元年	二年
1056	丙申	嘉祐元年	二年	三年
1059	己亥	四年	五年	彰聖嘉慶元年
1061	辛丑	宋仁宗趙禎 嘉祐六年	遼道宗耶律洪甚 清寧七年	後李朝聖宗日尊 彰聖嘉慶三年
1064	甲辰	宋英宗趙曙 治平元年	十年	六年
1065	乙巳	二年	咸雍元年	七年
1066	丙午	三年	二年	龍彰天嗣元年
1068	戊申	宋神宗趙頊 熙寧元年	四年	天貺寶象元年
1069	己酉	二年	五年	神武元年
1072	壬子	五年	八年	後李朝仁宗乾德 太（泰）寧元年
1075	乙卯	八年	大康元年	四年
1076	丙辰	九年	二年	英武昭聖元年

公元	干支	中	國	越 南
1078	戊午	元豐元年	四年	三年
1081	辛酉	宋神宗趙頊 元豐四年	遼道宗耶律洪甚 大康七年	後李朝仁宗乾德 英武昭聖六年
1085	乙丑	八年	大安元年	廣祐元年
1086	丙寅	宋哲宗趙煦 元祐元年	二年	二年
1092	壬申	七年	八年	會豐（符）元年
1094	甲戌	昭聖元年	十年	三年
1095	乙亥	二年	壽昌元年	四年
1098	戊寅	元符元年	四年	七年
1101	辛巳	宋徽宗趙佶 建中靖國元年	遼天祚帝耶律延 禧 乾統元年	後李朝仁宗乾德 龍符元年
1102	壬午	崇寧元年	二年	二年
1107	丁亥	大觀元年	七年	七年
1110	庚寅	四年	十年	會樣大慶元年
1111	辛卯	政和元年	天慶元年	二年
1118	戊戌	重和元年	八年	九年
1119	己亥	宣和元年	九年	十年
1120	庚子	二年	十年	天符睿武元年
1122	壬寅	宋徽宗趙佶 宣和四年		後李朝仁宗乾德 天符睿武三年
1126	丙午	宋欽宗趙桓 靖康元年		七年
1127	丁未	宋高宗趙構 建炎元年		天符慶壽元年
1128	戊申	二年		後李朝神宗陽煥 天（大）順元年
1131	辛亥	紹興元年		四年
1133	癸丑	三年		天（大）彰寶嗣元年
1138	戊午	八年		後李朝英宗天祚 紹明元年

公元	干支	中　國	越　南
1140	庚申	十年	大定元年
1145	乙丑	宋高宗趙構 紹興十五年	後李朝英武天祚 大定六年
1163	癸未	宋孝宗趙昚 隆興元年	政（正）隆寶應元年
1165	乙酉	乾道元年	三年
1168	戊子	宋孝宗趙昚 乾道四年	後李朝英宗天祚 政（正）隆寶應六年
1174	甲午	淳熙元年	天感至寶元年
1176	丙申	三年	後李朝高宗龍翰 寶符元年
1186	丙午	十三年	天資嘉瑞元年
1190	庚戌	宋光宗趙惇 紹熙元年	後李朝高宗龍翰 天資嘉瑞五年
1195	乙卯	宋寧宗趙擴 慶元元年	十年
1201	辛酉	嘉泰元年	十六年
1202	壬戌	二年	天嘉寶祐元年
1205	乙丑	開禧元年	治平應龍元年
1208	戊辰	嘉定元年	四年
1211	辛未	四年	後李朝惠宗旵 建嘉元年
1212	壬申	宋寧宗趙擴 嘉定五年	後李朝惠宗旵 建嘉二年
1224	甲申	十七年	後李朝昭皇佛金 天彰有道元年
1225	乙酉	宋理宗趙昀 寶慶元年	陳朝太宗煚 建中元年
1228	戊子	紹定元年	四年
1232	壬辰	五年	天應政平元年
1234	甲午	端平元年	三年
1235	己未	宋理宗趙昀 端平二年	陳朝太宗煚 天應政平四年

公元	干支	中 國		越 南
1237	丁酉	嘉熙元年		六年
1241	辛丑	淳祐元年		十年
1251	辛亥	十一年		元豐元年
1253	癸丑	寶祐元年		三年
1258	戊午	宋理宗趙昀 寶祐六年		陳朝聖宗晃 紹隆元年
1259	己未	天慶元年		二年
1260	庚申	宋理宗趙昀 景定元年	蒙古世祖忽必烈 中統元年	三年
1264	甲子	五年	至元元年	七年
1265	乙丑	宋度宗趙禥 咸淳元年	二年	八年
1273	癸酉	九年	十年	寶符元年
1275	乙亥	宋恭宗趙㬎 德祐元年	十二年	三年
1276	丙子	宋端宗趙昰 景炎元年	元世祖忽必烈 至元 十三年	陳朝聖宗晃 寶符四年
1278	戊寅	宋趙昺 樣興元年	十五年	六年
1279	己卯	二年（亡）	十六年	陳朝仁宗昑 紹寶元年
1280	庚辰	元世祖宗必烈 至元十七年		二年
1285	乙酉	二十二年		重興元年
1293	癸巳	三十年		陳朝英宗烇 興隆元年
1295	己未	元成宗鐵穆耳 天貞元年		三年
1297	丁酉	元成宗鐵穆耳 大德元年		陳朝英宗烇 興隆五年
1308	戊申	元武宗海山 至大元年		十六年

公元	干支	中　　國	越　　南
1312	壬子	元仁宗 愛育黎撥力八達 皇慶元年	二十年
1314	甲寅	延祐元年	陳朝明宗𡗶 大慶元年
1318	戊午	元仁宗 愛育黎撥力八達 延祐五年	陳朝明宗𡗶 大慶五年
1321	辛酉	元英宗碩德八剌 至治元年	八年
1324	甲子	元泰定帝 也孫鐵木兒 泰定元年	開泰元年
1328	戊辰	致和元年 元幼主阿速吉八 天順元年 元文宗圖帖睦爾 天曆元年	五年
1329	己巳	二年	陳朝憲宗旺 開祐元年
1330	庚午	至順元年	二年
1332	壬申	元寧宗懿璘質班 至順三年	四年
1333	癸酉	元惠宗妥懽貼睦爾 元統元年	五年
1335	乙亥	至元元年	七年
1336	丙子	元惠宗妥懽貼睦爾 至元二年	陳朝憲宗旺 開祐八年
1341	辛巳	至正元年	陳朝裕宗暭 紹豐（興）元年
1354	甲午	元惠宗妥懽貼睦爾 至正十四年	陳朝裕宗暭 紹豐（興）十四年
1358	戊戌	十八年	太（大）治元年

公元	干支	中 國	越 南
1368	戊申	明太祖朱元璋 洪武元年	十一年
1369	己酉	二年	陳朝楊日禮 大（天）定元年
1370	庚戌	三年	陳朝藝宗暊 紹慶元年
1373	癸丑	六年	陳朝睿宗陳曔 隆慶元年
1374	甲寅	明太祖朱元璋 洪武七年	陳朝睿宗陳曔 隆慶二年
1377	丁巳	十年	陳朝廢帝晛 昌符元年
1388	戊辰	二十一年	陳朝順宗顒 光泰元年
1393	癸酉	明太宗朱元璋 洪武二十六年	陳朝順宗顒 光泰六年
1398	戊寅	三十一年	陳朝少帝烇 建新元年
1399	己卯	明惠帝朱允炆 建文元年	二年
1400	庚辰	二年	大虞 胡朝季犛 聖元元年
1401	辛巳	三年	胡朝漢蒼 紹成（聖）元年
1403	癸未	明成祖朱棣 永樂元年	開大（太）元年
1407	丁亥	五年	大越 陳朝簡定帝頠 興慶元年
1409	己丑	七年	陳朝李擴 重興（慶元）元年
1413	癸巳	明成祖朱棣 永樂十一年	陳朝李擴 重興（慶元）五年

公元	干支	中　國	越　南
1414	甲午	十二年	明朝統治
1415	己未	十三年	
1416	丙申	十四年	
1417	丁酉	十五年	
1418	戊戌	十六年	
1419	己亥	十七年	
1420	庚子	十八年	
1421	辛丑	十九年	
1422	壬寅	二十年	
1423	癸卯	二十一年	
1424	甲辰	二十二年	
1425	乙巳	明仁宗朱高熾 洪熙元年	
1426	丙午	明宣宗朱瞻基 宣德元年	陳朝暠 天慶元年
1428	戊申	三年	後黎朝太祖利 順天元年
1434	甲寅	九年	後黎朝太宗麟 紹平元年
1436	丙辰	明英宗朱祁鎮 正統元年	後黎朝太宗麟 紹平三年
1440	庚申	五年	大寶元年
1443	癸亥	八年	後黎朝仁宗濬 大和（太和、大利）元年
1450	庚午	明代宗朱祁鈺 景泰元年	八年
1454	申戌	五年	延寧元年
1457	丁丑	明英宗朱祁鎮 天順元年	四年
1458	戊寅	明英宗朱祁鎮 天順二年	後黎朝仁宗濬 延寧五年
1459	己卯	三年	後黎朝宜民 天興元年

公元	干支	中　　國	越　　南	
1460	庚辰	四年	後黎朝聖宗灝 光順元年	
1465	乙酉	明憲宗朱貝深 成化元年	六年	
1470	庚寅	六年	洪德元年	
1480	庚子	明憲宗朱貝深 成化十六年	後黎朝聖宗灝 洪德十一年	
1488	戊申	明李宗朱祐樘 弘治元年	十九年	
1498	戊午	十一年	後黎朝憲宗暉 景統元年	
1503	癸亥	明李宗朱祐樘 弘治十六年	後黎朝憲宗暉 景統六年	
1504	甲子	十七年	後黎朝肅宗濬 泰貞元年	
1505	乙丑	十八年	後黎朝威穆皇帝誼 端慶元年	
1506	丙寅	明武宗朱厚熙 正德元年	二年	
1509	己巳	四年	後黎朝襄翼帝瞁 洪順元年	
1516	丙子	十一年	後黎朝昭宗椅 光紹元年	陳暠 天應元年 陳升 宜和元年
1518	戊寅	十三年	後黎朝榜 大德元年 後黎朝橞 天憲元年	三年
1519	己卯	十四年	後黎朝昭宗椅 光紹四年	四年
1521	辛巳	十六年	六年	六年（亡）
1522	壬午	明世宗朱厚熜 嘉靖元年	後黎朝恭皇椿 統元元年	

公元	干支	中　國	越　南	
1527	丁亥	六年	莫朝太祖登庸 明德元年	
1530	庚寅	九年	莫朝太宗登瀛 大正（大政、天正）元年	
1533	癸巳	十二年	後黎朝莊宗寧 元（廣）和元年	莫朝太宗登瀛 大正四年
1541	辛丑	二十年	九年	莫朝福海 廣和（廣華）元年
1542	壬寅	明世宗朱厚熜 嘉靖二十一年	後黎朝莊宗寧 元（廣）和十年	莫朝福海廣和 （廣華）二年
1547	丁未	二十六年	十五年	莫朝福海 永定元年
1548	戊申	二十七年	十六年	景曆元年
1549	己酉	二十八年	後黎朝中宗暄 順平元年	二年
1557	丁巳	三十六年	後黎朝英宗維幫 天祐元年	十年
1558	戊午	三十七年	正治元年	十一年
1562	壬戌	明世宗厚熜 嘉靖四十一年	後黎朝英宗維幫 正治五年	莫朝茂洽 淳福元年
1566	丙寅	四十五年	九年	崇康元年
1567	丁卯	明穆宗朱載垕 隆慶元年	十年	二年
1572	壬申	六年	洪福元年	七年
1573	癸酉	明神宗朱翊鈞 萬曆元年	後黎朝世宗維潭 嘉泰元年	八年
1578	戊寅	六年	光興元年	延成元年
1584	甲申	明神宗朱翊鈞 萬曆十二年	後黎朝世宗維潭 光興七年	莫朝茂洽 延成七年
1586	丙戌	十四年	九年	端泰元年
1588	戊子	十六年	十一年	興治元年
1591	辛卯	十九年	十四年	洪寧元年

公元	干支	中　　國	越　　南	
1592	壬辰	二十年	十五年	莫朝全 武安元年
1593	癸巳	二十一年	後黎朝世宗維潭 光興十六年	
1600	庚子	二十八年	後黎朝敬宗維新 慎德元年 弘定元年	
1603	癸卯	明神宗朱翊鈞 萬曆三十一年	後黎朝敬宗維新 弘定四年	
1619	己未	四十七年	後黎朝神宗維琪 永祚元年	
1620	庚申	明光宗朱常洛 泰昌元年	二年	
1621	辛酉	明熹宗朱由校 天啓元年	三年	
1626	丙寅	明熹宗朱由校 天啓六年	後黎朝神宗維琪 永祚八年	
1628	戊辰	明毅宗朱由檢 崇禎元年	十年	
1629	己巳	二年	德隆元年	
1635	乙亥	八年	陽和元年	
1643	癸未	十六年	後黎朝眞宗維祐 福泰元年	
1644	甲申	清世祖愛新覺羅福臨 順治元年	二年	
1649	己丑	清世祖愛新覺羅福臨 順治六年	後黎朝神宗維琪 慶德元年	
1653	癸巳	十年	盛德元年	
1658	戊戌	十五年	永壽元年	
1662	壬寅	清聖祖愛新覺羅玄燁 康熙元年	萬慶元年	
1663	癸卯	二年	後黎朝玄宗維禑 景治元年	

公元	干支	中　國	越　南	
1672	壬子	清聖祖愛新覺羅玄燁 康熙十一年	後黎朝嘉宗維禬 陽德元年	
1676	丙辰	十五年	後黎朝熙宗維祫 永治元年	
1680	庚申	十九年	正和元年	
1695	乙亥	清聖祖愛新覺羅玄燁 康熙三十四年	後黎朝熙宗維祫 正和十六年	
1705	乙酉	四十四年	後黎朝裕宗維禟 永盛元年	
1718	戊戌	清聖祖愛新覺羅玄燁 康熙五十七年	後黎朝裕宗維禟 永盛十四年	
1720	庚子	五十九年	保泰元年	
1723	癸卯	清世宗愛新覺羅胤禛 雍正元年	四年	
1729	己酉	七年	後黎朝維祊 永慶元年	
1732	壬子	十年	後黎朝純宗維祥 龍德元年	
1735	乙卯	十三年	後黎朝顯宗維祳 永祐元年	
1736	丙辰	清高宗愛新覺羅弘曆 乾隆元年	二年	
1740	庚申	五年	後黎朝顯宗維祧 景興元年	
1741	辛酉	清高宗愛新覺羅弘曆 乾隆六年	後黎朝顯宗維祧 景興二年	
1764	甲申	清高宗愛新覺羅弘曆 乾隆二十九年	後黎朝顯宗維祧 景興二十五年	
1778	戊戌	四十三年	阮文岳 泰德元年	後黎朝 顯宗維祧 景興三十九年
1786	丙午	清高宗愛新覺羅弘曆 乾隆五十一年	阮文岳 泰德九年	後黎朝顯宗維祧 景興四十七年

公元	干支	中 國	越 南	
1787	丁未	五十一年	十年	後黎朝愍帝維祁 昭統元年
1788	戊申	五十二年	阮文惠 光中元年	二年
1789	己酉	五十三年	二年	三年（亡）
1790	庚戌	五十五年	阮文惠 光中三年	
1793	癸丑	五十八年	阮光纘 景盛元年	
1796	丙辰	清仁宗愛新覺羅顒琰 嘉慶元年	四年	
1802	壬戌	七年	阮朝世祖福映 （國號改越南） 嘉隆元年	
1807	丁卯	清仁宗愛新覺羅顒琰 嘉慶十二年	阮朝世祖福福映 嘉隆六年	
1820	庚辰	二十五年	阮朝聖者福咬 明命元年	
1821	辛巳	清宣宗愛新覺羅旻寧 道光元年	二年	
1830	庚寅	清宣宗愛新覺羅旻寧 道光十年	阮朝聖祖福咬 明命十一年	
1841	辛丑	二十一年	阮朝憲祖福曘 紹治元年	
1848	戊申	二十八年	阮朝翼宗福時 嗣德元年	
1851	辛亥	清文宗愛新覺羅奕詝 咸豐元年	四年	
1853	癸丑	清文宗愛新覺羅奕詝 咸豐三年	阮朝翼宗福時 嗣德六年	
1862	壬戌	清穆宗愛新覺羅載淳 同治元年	十五年	
1875	乙亥	清德宗愛新覺羅載湉 光緒元年	二十八年	

公元	干支	中　　國	越　　南
1883	癸未	九年	阮朝育德帝應禛 阮朝協和帝洪佚 阮朝簡宗福昊 嗣德三十六年
1884	甲申	十年	建福元年
1885	乙酉	十一年	阮朝咸宜帝福明 咸宜元年 阮朝景宗福升 同慶元年
1889	己丑	十五年	阮朝成泰帝福昭 成泰元年
1897	丁酉	清德宗愛新覺羅載湉 光緒二十三年	阮朝成泰福昭 成泰九年
1907	丁未	三十三年	阮朝維新帝福晃 維新元年
1909	己酉	清愛新覺羅溥儀 宣統元年	三年
1912	壬子	中華民國元年	六年
1916	丙辰	五年	阮朝啓定帝福昶 啓定元年
1917	丁巳	六年	二年
1918	戊午	七年	三年

※因篇幅所限，本表只列舉中越改元的年份

參考書目

一、中國文獻

（一）古代文獻

1. 呂不韋著，高誘注《呂氏春秋》，上海古籍出版社，1996 年版。

2. 陳澔注，《禮記》，上海古籍出版社，1987 年版。

3. 朱熹集注，《楚辭集注》，上海古籍出版社，1979 年版。

4. 司馬遷撰，《史記》，中華書局，1998 年版。

5. 班固撰，《漢書》，中華書局，1982 年版。

6. 范曄撰，《後漢書》，中華書局，1933 年版。

7. 蕭統撰，李善注，《文選》，嶽麓書社，2002 年版。

8. 劉勰撰、范文瀾注，《文心雕龍》，人民文學出版社，2001 年版。

9. 陳壽撰，《三國志》，中華書局，1982 年版。

10. 〔晉〕王嘉撰，〔梁〕蕭綺錄，《拾遺記》，中華書局，1981 年版。

11. 房玄齡撰，《晉書》，中華書局，1974 年版。

12. 劉昫撰，《舊唐書》，中華書局，1988 年版。

13. 歐陽修、宋祁撰，《新唐書》，中華書局，1986 年版。

14. 孫光憲撰，《北夢瑣言》，上海古籍出版社，1981 年版。

15. 王溥撰，《唐會要》，中華民國二十四年初版，1935 年版。

16. 吳曾撰，《能改齋漫錄》，上海古籍出版社，1979 年版。

17. 葉夢得撰，宇文紹奕考異，侯忠義點校，《石林燕語》，中華書局，1984 年版。

18. 徐師曾撰，《文體明辨序説》，人民文學出版社，1962 年版。

19. 徐師曾撰，《文體明辨》，北京人民文學出版社，1998 年版。

20. 馬端臨撰，《文獻通考》， 杭州浙江古籍出版社，1988 年版。

21. 祝堯撰，《古賦辯體》，文淵閣四庫全書本。

22. 孫梅撰，《四六叢話》（萬有文庫），商務印書館，1937 年版。

23. 蘇軾著，傅成等標點，《蘇軾全集》，2000 年版。

24. 陳彭年撰，《宋本廣韻》，江蘇教育出版社，2005 年版。

25. 歐陽修撰，《歐陽文忠公集》，文淵閣四庫全書本。

26. 楊萬里撰，《誠齋集》，上海：商務印書館，〔19～？〕年版。

27. 張耒撰，《柯山集》，文淵閣四庫全書本。

28. 宋樂史撰，《楊太眞外傳》，明顧氏文房小説本。

29. 陳鵠撰，《耆舊續聞》，文淵閣四庫全書本。

30. 楊維楨撰，《麗則遺音序》，文淵閣四庫全書本。

31. 陳思撰，《寶刻叢編》，上海：商務印書館，〔193～？〕年版。

32. 蘇易簡撰，《文房四譜》，文淵閣四庫全書本。

33. 司馬光編著，《資治通鑒》，中華書局，2007 年版。

34. 脱脱等撰，《宋史》，中華書局，1985 年版。

35. 宋濂等撰，《元史》，中華書局，1976 年版。

36. 郝敬撰，《毛詩序説》，明山草堂集内編本。

37. 焦循撰，《孟子正義》，中華書局，1987 年版。

38. 朱鑄禹撰，《世説新語彙集校注》，上海古籍出版社，2002 年版。

39. 王定保撰，《唐摭言》，上海古典文學出版社，1957 年版。

40. 王芑孫撰，《讀賦卮言》，何沛雄撰，《賦話六種》，三聯書店，1982 年版。

41. 浦銑撰，《復小齋賦話》（續修四庫全書），上海古籍出版社，2002 年版。

42. 陳元龍編，《歷代賦彙》，鳳凰出版社，2004 年版。

43. 李調元撰，《雨村賦話》《叢書集成初編》，1935 年至 1937 年商務印書館排印、影印本。

44. 夏思泊撰，《少岩賦草》，吳楠石序，〔越〕大著堂於嗣德 28 年（1875）印行，越南漢喃研究院編號：AC.634/1-2。

45. 余丙照撰，《分類賦學指南》，〔越〕阮朝嗣德 29 年新鐫，國家圖書館藏版，編號：R.1492。

46. 章炳麟撰，陳平原導讀，《國故論衡》，上海古籍出版，2003 年版。

（二）今人著述

1. 王國維撰，《宋元戲曲史》，民國四年（1915）商務印書館初版。

2. 顧祖禹輯著，《讀史方輿紀要》，中華書局，1955 年版。

3. 陶維英著、鍾民岩譯《越南歷代疆域》，北京：商務印書館，1973 年。

4. 〔日〕鈴木虎雄撰，《賦史大要》，臺灣正中書局，1976 年中譯本。

5. 黎正甫撰，《郡縣時代之安南》，中華書局，1978 年版。

6. 中國社會科學院文學研究所編，《唐詩選》，人民文學出版社，1978 年版。

7. 《全唐詩》，中華書局，1979 年版。

8. 徐中舒編注，《左傳選》，中華書局，1979 年版。

9. 曹礎基，《莊子淺注》，中華書局，1985 年版。

10. 馬積高撰，《賦史》，上海古籍出版社，1987 年版。

11. 孫映逵校注，《唐才子傳校注》，中國社會科學出版社，1991 年版。

12. 鄺健行撰，《詩賦與律調》，中華書局出版，1994 年版。

13. 郭維森、許結撰，《中國辭賦發展史》，江蘇教育出版社 1996 年版。

14. 褚斌傑撰，《中國古代文體概論》，北京大學出版社，1990 年版。

15. 陳玉龍，《漢文化史綱》，北京大學出版社，2000 年版。

16. 李民撰，《尚書譯注》，上海古籍出版社，2000 年版。

17. 何成軒撰，《儒學南傳史》，北京大學出版社，2000 年版。

18. 郭振鐸、張曉梅主編，《越南通史》，中國人民大學出版社，2001 年版。

19. 許結撰，《中國賦學歷史與批評》，江蘇教育出版社，2001 年版。

20. 於在照撰《越南文學史》，軍事誼文出版社，2001 年版。

21. 尹占華撰，《律賦論稿》，巴蜀書社，2001 年版。

22. 馬積高撰，《歷代辭賦研究史料概述》，中華書局，2001 年版。

23. 鄺健行撰，《詩賦合論稿》，江蘇古籍出版社 2002 年版。

24. 周振甫撰，《詩經譯注》，中華書局，2002 年版。

25. 郭預衡主編《中國古代文學史簡編》，上海古籍出版社，2003 年版。

26. 傅璇琮撰，《唐代科舉與文學》，陝西人民出版社，2003 年版。

27. 韓高年撰，《詩賦文體源流新探》，巴蜀書社，2004 年版。

28. 張伯偉撰，《全唐五代詩格校考》，鳳凰（原江蘇古籍）出版社，2005 年版。

29. 許結撰，《賦體文學的文化闡釋》，中華書局，2005 年版。

30. 費振剛等校注，《全漢賦校注》，廣東教育出版社，2005 年版。

31. 楊伯峻譯注，《孟子譯注》，中華書局，2005 年版。

32. 《唐五代筆記小說大觀》，上海古籍出版社，2005 年版。

33. 楊伯峻譯注，《論語譯注》，中華書局，2006 年版。

34. 劉玉珺撰《越南漢喃古籍的文獻學研究》，中華書局，2007 年版。

35. 王日根撰，《中國科舉考試與社會影響》，嶽麓書社，2007 年版。

36. 詹杭倫撰，《清代律賦新論》，北京燕山出版社，2008 年版。

37. 祝尚書撰，《宋代科舉與文學》，中華書局出版社，2008 年版。

38. 李新宇撰，《元代辭賦研究》，中國社會科學出版社，2008 年版。

39. 孫福軒撰，《清代賦學研究》，浙江大學出版社，2008 年版。

（三）論文類

1. 阮維馨在《李朝的思想體制》中譯文載暨南大學：《東南亞研究》，1987 年第 1～2 期。

2. 譚優學撰，《讀李白賦札記五則》，《西安師範大學學報》，1990 年第 3 期。

3. 曹明綱撰，《唐代律賦的形成、發展和程序特點》，《學術研究》，1994 年第 4 期。

4. 阿忠榮撰，《唐代律賦簡論》，《青海師範大學學報》，1995 年第 1 期。

5. 鍾逢義撰，《越賦縱橫》，《解放軍外語學院學報》，1995 年第 4 期。

6. 賀聖達撰，《越南古代漢語文學簡論》，《東南亞》，1996 年第 2 期。

7. 馬克承撰，《漢字在越南的傳播和使用》，《今日東方》中文版，1997 年第 1 期。

8. 王以憲撰，《唐宋賦學批評述要》，《江西師範大學學報》第 31 卷第三期，1998 年 8 月。

9. 郭延以撰，《中越一體的歷史關係》，《中越文化論集》（一），臺灣中華文化出版事業事業委員會出版，1999 年出版。

10. 王兆鵬撰，《試論唐代科舉考試的詩賦限韻與早期韻圖》，《漢字文化》，1999 年第 2 期。

11. 簡宗梧撰，《唐律賦之典律》，《逢甲人文社會學報》，2000 年 11 月第 1 期。

12. 簡宗梧、游適宏，《清人選唐律賦之考察》，《逢甲人文社會學報》第 5 期，2000 年 11 月。

13. 許結撰，《歷代賦集與賦學批評》，《南京大學學報》，2001 年第 6 期第 38 卷。

14. 曾棗莊撰，《論宋代律賦》，《文學遺產》，2003 年第 5 期。

15. 黃敏撰,《科舉制度在越南的嬗變及其對越南文化的積極影響》,《解放軍外國語學院學報》,2003 年 11 月第 26 卷第 6 期。

16. 李浩撰,《唐代『詩賦取士』說評議》,《文史哲》,2003 年第 3 期。

17. 吳在慶撰,《科舉詩賦及其對唐賦創作影響的幾個問題》,《廣西師範大學學報》第 40 卷第 2 期,2004 年 4 月。

18. 李未醉撰,《簡論古代中越文學作品交流》,《貴州社會科學》第 5 期 2004 年 9 月。

19. 鄺健行,《律賦論體》,《四川師範大學學報》第 32 卷,第 1 期 2005 年 1 月。

20. 王武撰,《試論中國文化對越南的影響》,《許昌學院學報》第 24 卷,2005 年第 6 期。

21. 許結撰,《制度下的賦學視域》,《南京大學學報》,2006 年第 4 期。

22. 陳文撰,《科舉在越南的移植與本土化》,暨南大學博士論文,2006 年。

23. 陳文撰,《越南黎朝時期的國子監教育》,《南陽問題研究》,2006 年第 1 期。

二、越南文獻

(一)漢文越南書籍

1. 〔越〕佚名《越史略》,中國商務印書館,民國 25（1936）。

2. 〔越〕黎崱撰,《安南志略》,中華書局,2000 年版。

3. 〔越〕吳士連撰,《大越史記全書》,河內社會科學出版社,1998 年版。

4. 〔越〕陳重金撰,《越南通史》,越南社會科學委員會編著,1977 年版。

5. 〔越〕潘清簡等撰,《欽定越史通鑒綱目》,漢喃研究院藏版,編號:A.2674。

6. 〔越〕黃德良撰,《摘豔詩集》,越南漢喃研究院藏本,編號:V.2573。

7. 〔越〕高春育撰,《國朝鄉科錄》,越南漢喃研究院藏本,編號:VHv.635。

8. 越南社會科學委員會,文學院主編,《李陳詩文》,河內社會科學出版社,1978 年版。

9. 〔越〕黃萃夫撰,《群賢賦集》,漢喃研究院藏版,編號:A.575。

10. 〔越〕潘輝注撰,《歷朝憲章類志》,越南漢喃研究院藏本,編號:A.2445。

11. 〔越〕黎貴惇撰,《大越通史》,越南漢喃研究院藏本,編號:A.1389。

12. 〔越〕黎貴惇撰,《皇越通史》,漢喃研究院藏版,編號:A.1389 。

13. 〔越〕黎貴惇撰,《見聞小錄》,漢喃研究院抄版,編號:VHv.1322。

14. 〔越〕范廷琥撰，《雨中隨筆》，卷上，《文體》，漢喃研究院藏版，編號：A.1297。

15. 〔越〕武欽璘撰，《古今科試通考》，阮•嗣德 26 年癸酉夏恭鐫，漢喃研究院藏版，編號：A.1297。

16. 〔越〕《欽定大南會典事例》，越南漢喃院藏版，編號：A.54/1-3。

17. 〔越〕潘輝溫撰，《科榜標奇》，越南漢南研究院藏版，編號：A.539。

18. 〔越〕阮文桃撰，《皇越科舉鏡》，越南漢喃研究院藏手抄本，編號：VHv1277。

19. 〔越〕武榴等編，阮倪校《鼎鍥大越歷朝登科錄》，黎景興 40 年刻本。

20. 〔越〕《歷代科舉法備考》，阮•嗣德 2 年閏 4 月鐫成，漢喃研究院藏版，編號：A.2980。

21. 〔越〕《皇黎八韻賦》，越南漢喃研究院手抄本，編號：VHv. 311。

22. 〔越〕《黎皇朝類編》，越南漢喃研究院藏手抄本，編號：A.325。

23. 〔越〕吳時任，《教議》，《時任選集》，越南國學研究中心和文化出版社。

24. 〔越〕陳文為撰，《歷史纂要》，越南漢喃研究院手抄本，編號：A.1452/1。

25. 〔越〕《皇黎朝紀》越南漢喃研究院藏手抄本，編號：A.14。

26. 〔越〕陳公獻編撰《名賦合選》，嘉隆十三年（1814）新鐫，越南漢喃研究院藏版，編號：A.2802/1-4。

27. 〔越〕范廷琥撰，《群書參考》，明命壬辰仲秋月朔新錄（1832 年）。

28. 〔越〕阮懷永撰，《賦則新選》，明命 14 年新鐫，越南國家圖書館，編號：R.36。

29. 〔越〕阮伯卓撰，《皇越甲子年表》，越南漢喃研究院藏本。

30. 〔越〕楊文安撰，《烏州近錄》，越南漢喃研究院藏本，編號：A.263。

31. 〔越〕佚名《黎朝會試廷對策文》，越南漢喃研究院藏本，編號為：A.3026/1-3。

32. 〔越〕佚名《舊文抄集》，越南漢喃研究院藏本，編號為：A.2349。

33. 〔越〕《正和詔書》卷一，越南漢喃研究院藏抄本，編號：A.256。

34. 〔越〕《新揀應試詩賦》，柳齋堂，明命 14 年 8 月仲秋望成，漢喃研究院藏版。

35. 〔越〕裴維新撰，《越南文學從 10 世紀至 18 世紀中葉》，教育出版社 2001 版。

36. 〔越〕《大南實錄》第 1 紀，卷 48，越南漢喃院藏版，編號：A. 27/1-66。

37. 〔越〕范文誼撰，《三登黃甲場賦》，越南漢喃研究院藏版，編號：VHv321。

38. 〔越〕吳世榮撰，《竹堂賦選》，越南漢喃研究院藏版，編號：A.128。

39. 〔越〕《試法新硎》，明命 14 年春鐫，柳齋堂藏板，漢喃研究院藏版，編號：A.2393。

40. 〔越〕黎仲瑊撰，《疆輿文戰》，第 11 集，越南漢喃研究院手抄本，編號：VHv. 2439。

41. 〔越〕《嗣德聖製文三集》，卷 14，漢喃研究院藏版，編號：VHv.1137。

42. 〔越〕陶維英撰，《越南歷史》，越南社會科學委員會，1971 年版，（中譯版──北京人民出版社 1977 年版）。

43. 〔法〕Georges Maspero（馬司帛洛）著，馮承鈞譯，《占婆史》，中華書局，1933 年版。

（二）越南文書籍

1. Dương Quảng Hàm，「Việt Nam văn học sử yếu」Nhà xuất bản trẻ 2005（楊廣函著，《越南文學史要》，青年出版社 2005 年版）。

2. Phương Lựu chủ biên，「Lí luận văn học」Nhà xuất bản Giáo dục1996（芳榴主編，《文學理論》，教育出版社 1996 年版）。

3. Phương Lựu，「Về quan niệm văn chương cổ」Nhà xuất bản Giáo dục 1985（芳榴著，《古代文章之觀念》，教育出版社 1985 年版）。

4. Đinh Gia Khánh chủ biên，「Văn học Việt Nam」Nhà xuất bản Giáo dục 1979（丁嘉慶主編，《越南文學》，教育出版社 1979 年版）。

5. Bùi Văn Nguyên，Nguyễn Sĩ Cẩn，Hoàng Ngọc Trì，「Văn học Việt Nam」Nhà xuất bản Giáo dục 1989（裴文元，阮士瑾，黃玉池著，《越南文學》，教育出版社 1989 年版）。

6. Trần Đình Sử，「Lí luận và phê bình văn học」Nhà xuất bản Giáo dục 2001（陳廷史著，《文學理論與批評》，教育出版社 2001 年版）。

7. Trần Đình Sử，「Thi pháp văn học Trung đại Việt Nam」Nhà xuất bản Đại học Quốc gia 2002（陳廷史著，《越南中古文學之詩法》，國家大學出版社 2002 年版）。

8. Lê Văn Siêu，「Văn học sử Việt Nam」Nhà xuất bản Giáo dục 2005（黎文超著，《越南文學史》，教育出版社 2005 年版）。

9. Trần Trọng Kim，「Nho giáo」Nhà xuất bản văn học 2003（陳重金著，《儒教》，文學出版社 2003 年版）。

10. Nguyễn Q.Thắng，「Khoa cử và Giáo dục Việt Nam」Nhà xuất bản tổng hợp TP.Hồ Chí Minh 2005（阮光勝著，《越南科舉與教育》，胡志明市綜合出版社 2005 年版）。

11. Phong Châu Nguyễn Văn Phú，「Phú Việt Nam Cổ và Kim」Nhà xuất bản Văn

hóa – Thông tin 2002（豐珠，阮文富著，《古今越南賦》，文化通信出版社 2002 年版）。

12. Lạc Nam，「Tìm hiểu các thể thơ cổ」Nhà xuất bản Văn học 1996（樂南著，《古詩諸體之瞭解》，文學出版社 1996 年版）。

13. Bùi Duy Tân，「Khảo luận một số thể loại tác gia tác phẩm Văn học Trung đại Việt Nam」 Nhà xuất bản Đại học Quốc gia 2001（裴維新著，《考論越南中古文學一些作家、作品》，國家大學出版社 2001 年版）。

14. Trần Văn Giáp，「Việt Nam cổ văn học sử」Nhà in Hàn Thuyên 1942（陳文甲著，《越南古文學史》，韓詮印刷防 1942 年版）。

15. Phan Kế Bính，「Việt Hán văn khảo」Hà Nội trung bắc tân văn 1930（潘繼丙著，《越漢文考》，河內中北新文出版社 1930 年版）。

16. Ngô Đức Thọ，「Các nhà khoa bảng Việt Nam」Nhà xuất bản văn học 1993（吳德壽著，《越南科榜諸家》，文學出版社 1993 年版）。

17. Viện văn học chủ biên，「Thơ văn Lí Trần」Nhà xuất bản Khoa học xã hội Hà Nội1978（越南社會科學委員會文學院主編，《李陳詩文》，河內社會科學出版社 1978 年版）。

18. Trần Nghĩa， FRANCOIS GROS chủ biên，「Thư mục đề yếu di sản Hán Nôm Việt Nam」Nhà xuất bản Khoa học xã hội 1993（漢喃研究院與法國博古遠東學院）陳義教授與 FRANCOIS GROS 教授同主編，《越南漢喃遺產書目提要》，社會科學出版社 1993 年版。

19. Trịnh Khắc Mạnh，「Tên tự tên hiệu các tác gia Hán nôm Việt Nam」， Nhà xuất bản khoa học xã hội 2002（鄭克孟著，《越南漢喃各作家之字號名》，社會科學出版社 2002 年版）。

20. Đinh Khắc Thuân，「Văn bia thời Mạc」，Nhà xuất bản（丁克順撰，《莫朝文碑》）。

（三）越南文論文

1. Đặng Thai Mai，「Mối quan hệ mật thiết và lâu đời giữa Văn học Việt Nam và Văn học Trung Quốc」， Tạp chí Văn học số 7 năm 1961（鄧臺梅撰，《越南文學與中國文學密切而悠久的關係》，越南文學研究期刊，1961 年第 7）

2. Nguyễn Đình Phức，「Từ phú Trung Quốc đến phú Việt Nam」Tạp chí Hán Nôm 4/2003，（阮廷復，《從中國賦到越南賦》，漢喃雜誌，2003 年第四期）

3. Nguyễn Ngọc Lân，「Lược khảo Lê triều bát vận phú」Tạp chí Hán Nôm 4/2009（阮玉麟，《黎朝八韻賦之略考》，漢喃雜誌 2009，年第四期）

後　記

　　自 2004 年至今，從攻讀碩士學位到博士學位的階段，恩師孫立先生對我的學業給予精心指導和鼓勵，並付出了許許多多的勞動。恩師淵博的知識、豐富的經驗、嚴謹的治學態度使我受益匪淺，爲我今後的學習和工作樹立了榜樣。恩師的熱心指導和多方面的關懷和幫助，是我終身難忘的，非一個「謝」字可以表達，謹致以最誠摯的感謝。

　　本書從選題、開題到具體寫作、修改、定稿，數易其稿，自始至終得到先生悉心指導，大到分章佈局，小到行文的遣詞造句、校改標點，先生數次審讀，悉心推敲，頗費心血。可以說，筆者的每一點進步，都浸潤著先生的心血和汗水。論文中的諸多不足，均歸於我的愚笨和慵懶，深負先生的期望而慚愧汗顏。

　　我深感幸運能夠在中大中文系古代文學教研室求學，聆聽吳承學教授、張海鷗教授、彭玉平教授的授課，收穫頗多，且以上老師在我的論文開題報告中，不吝賜教，爲本書提出了寶貴的建議，開闊了視野，得到了啓迪。此外，在平日生活中，也得到老師們的關懷與支持，謹在此向吳承學老師、張海鷗老師、彭玉平老師致以衷心的感謝。

　　在我留學中大六年內，使我感到非常溫暖的是師母馮克勤女士，像我母親一樣關心我、鼓勵我，謹致以最眞誠的感謝。

　　感謝高志忠師兄，在這兒攻讀博士的歲月裏，伴我走過這難忘的三年。

　　感謝張波、胡康嘉、陳慧娟等同門師妹在學習、生活中給予了我關心和幫助。

　　感謝越南漢喃研究院的丁克順先生、黎如維學友在資料查閱、複印、問

題探討等方面給予了我很多幫助。

感謝越南河內大學中文系的各位老師和同事給予了我很多幫助與支持。

感謝同我留學中大的黎德成師兄、范陳王同學以及各位學友在平常的生活中給予了我關心和幫助。

沒有這麼多老師的指導和朋友的幫助，筆者不可能完成這篇論文，在此謹對所有指導、幫助過我的老師、朋友、同事、同學（包括沒有述及名字的相關朋友），一併致以誠摯的謝意。

此外，我還要特別感謝養育我的父母，寄厚望於我的太太、女兒和其它親人，他們用勤勞、簡樸、無私的愛鼓勵我勤奮學習、努力拼搏。在精神上激勵我不斷超越，在物質上給予我最無私的幫助，正是他們的期望和奉獻才使我能夠全心地投入到學業中去。

由於本人學識淺薄，加之努力不夠，若以此篇平庸的論文向關心我的親人和師友獻禮，實在讓人汗顏！好在來日方長，我還能繼續讀書，還可以繼續努力，就把此篇論文當作本人漫漫求學路上邁出的第一步吧。相信在這麼多良師益友的幫助下，一定能體會到耕耘的艱辛和收穫的喜悅。

阮玉麟於中國廣州中山大學紫荊園

2010 年 5 月